復刻版

小説 キリスト

賀川豊彦 著

ミルトス

復刻版　小説キリスト／目次

凡　例

一、本書は「小説キリスト」(昭和十三年十一月二十日発行、改造社版)の復刻改訂版です。
一、旧仮名づかいは新仮名づかいに改めました。
一、旧漢字は新漢字に改めました。難しい漢字はルビをふり、あるいは平仮名に開きました。
一、文中の( )は、原書の注を意味します。
一、文中の〔 〕は、本書復刻版における編注です。
一、原書の距離や重量などの単位は尺貫法によっていましたが、そのまま残しました。
一、人名・地名は、原書の表記を尊重しつつ、現在慣用の表記に改めました。
一、章立ては原書にはなく、読者の便宜のために、新たに本書に設けたものです。
一、文中に現在不快語・差別語とみなされる不適切な表現がありますが、原書の歴史性や文学性を考慮して、そのまま残しました。

❖主な登場人物❖

〈新約聖書中の人物〉

●イエスの弟子（登場順）

（十二使徒）ペテロ、ピリポ、ナタナエル（バルトロマイ）、ゼベダイの子ヤコブとヨハネ、マタイ、アンデレ、イスカリオテのユダ、ヨセ、小ヤコブ、トマス、熱心党のシモン

ラザロ…ベタニアのマルタとマリアの弟

●イエスの女弟子

内大臣クーザの妻ヨハンナ、マグダラのマリア、ベタニアのマリアとマルタ、スザンナ

●密かな弟子（七十人議会の議員）

ニコデモ、アリマタヤのヨセフ

●エルサレム神殿の祭司達

元大祭司アンナス、祭司長カヤパ

●ヘロデ一族

アケラオ（ユダヤ、サマリアの領主）、アンチパス（ガリラヤ、ペレアの領主）、ピリピ（イツリアの領主）…ヘロデ大王の息子

ヘロデア…アンチパスの妻

サロメ…ヘロデアの娘

アグリッパ…ヘロデ大王の孫、ヘロデアの弟

キプロ…アグリッパの妻

●ローマのユダヤ知事（総督）

ポンテオ・ピラト、その妻クラウデア

〈創作された人物〉

●洗礼者ヨハネの弟子

アキバ、バアシャ、ニコライ、サラテル、ソパテル

●バラバ（イエスの代わりに赦免された男）**の一味**

ヨアキム…反納税同盟のリーダー

エヒウと娘ドルシラ…大工イエスに救われる

●神殿の祭司・パリサイ宗

宮守頭エホヤダ、学者ベンエズラ

復刻版　小説キリスト

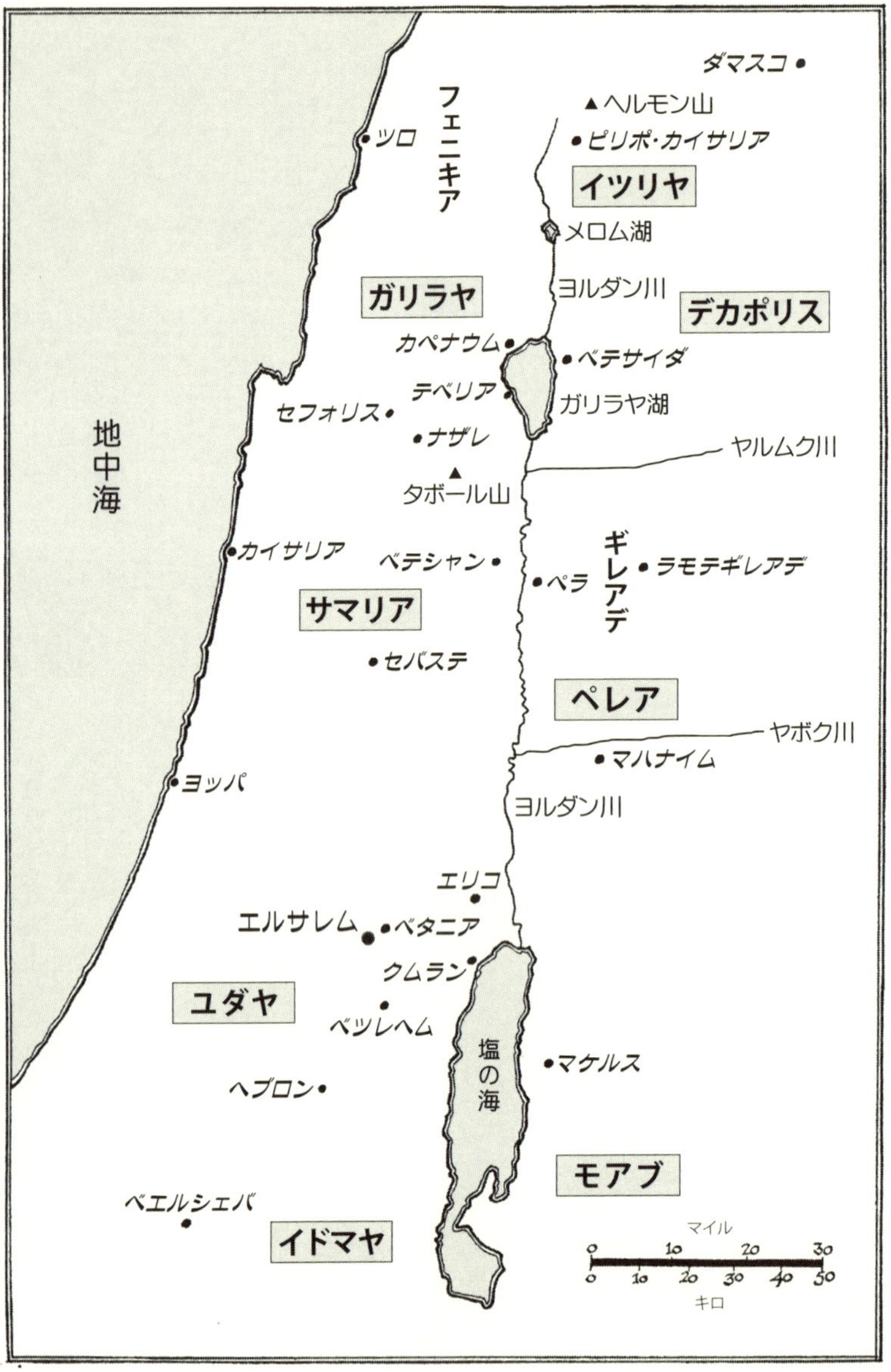

ダマスコ
ヘルモン山
ピリポ・カイサリア
フェニキア
ツロ
イツリヤ
メロム湖
ヨルダン川
ガリラヤ
デカポリス
カペナウム
ベテサイダ
テベリア
ガリラヤ湖
セフォリス
ナザレ
地中海
ヤルムク川
タボール山
ギレアデ
カイサリア
ベテシャン
ペラ
ラモテギレアデ
サマリア
セバステ
ペレア
ヤボク川
マハナイム
ヨッパ
ヨルダン川
エリコ
エルサレム
ベタニア
クムラン
ユダヤ
ベツレヘム
塩の海
マケルス
ヘブロン
モアブ
ベエルシェバ
イドマヤ
マイル
0 10 20 30
0 10 20 30 40 50
キロ

一章　ガリラヤ湖畔のイエス

一　マケルス城の裏門

城門は、彼らの後に閉された。

バプテスマの預言者ヨハネの二人の弟子は、恐怖と悲哀に怯《おび》えつつ、急ぎ足に、マケルスの城門を下った。

朝から待っていた他の十数人のヨハネの弟子達は、彼らの顔を見て、飛び付くように二人に尋ねた。

「どうだい、死骸は渡してくれるかい？」

彼らの一人は答えた。

んだ。

「行こう、行こう！」

「不浄《ふじょう》門に回れとさ」

　彼らは、城の西の門から南東の隅にある不浄門まで、約半時も歩いて、不浄門外に立ちすくんだ。

　朝からの交渉に、もう大分へロデ・アンチパスの部下の兵卒と交渉することに馴れてしまったアキバとバアシャは、他の若者らを不浄門外に待たしておいて、内側に入った。

　外側の弟子達は、大きな声も立てないで、ひそひそ話の中に、王の悪口をうんと噂《うわさ》していた。やがて半時もして、担架の上にヨハネの首のついていない胴だけが、不浄門まで担ぎ出されてきた。護衛の兵隊は、たった一人しか付いていなかった。皆厭《いや》がって、付いてくることを避けたのであった。

　マケルスの城内では、専《もっぱ》らヨハネがきっと甦《よみがえ》って来ると信じていたので、恐がってヨハネの死骸の置かれてある地下室の牢獄に近づく者は誰もなかった。唯一人、ヨハネを非常に崇拝していたヨシュアという男で、ローマにも長く行っていたことのある千卒長だけは絶えず、ヨハネの死骸に対して敬意を払い、没薬《もつやく》を塗ったり、布切れを巻いたりして、王には内々で、サマリアの都にいるヨハネの弟子達に、死骸を取りに来るようにと使いをやったのだった。ヨハネの弟子達が取りに来る間、毎日のように、彼はヨハネの死骸が腐らないように、部下に手当てをさせた。

ヨシュアの使いが、ヨルダンの東、マケルス城を立ってから五日目であった。ようやく一団のヨハネの弟子達が、マケルス城の東の門に現れた。彼らは、王ヘロデ・アンチパスがヨハネを捕えて後、アンチパスの領域内に住んでいることが危険だと思って、ローマの知事直轄《ちょっかつ》の区域内に逃げ込んだのであった。彼らの多くは、どうかして先生のヨハネの横死を復讐《ふくしゅう》する日が、一日も早からんことを祈っている、革命的情熱に燃えた者ばかりであった。

彼らは、マケルスの城に近づくことが、相当に危険であることを知っていた。しかし、ヨシュアの使者はこういう言葉をヨハネの弟子に伝えた。

「王の評判は城内でもすこぶる悪いのだから、死骸を取り片づけに来るあなた達を捕らえて、監獄に打ち込むようなことは決してない。もしそんなことをするならば、城内から革命が起こるだろう」

で、彼らは決死を覚悟して、ヨハネの死骸を取りに出かけたのであった。

ヨハネの死骸に付いて出て来た、鉄兜《てつかぶと》をかぶっている男が、そのヨシュアであった。彼は城内においても、非常に幅をきかしていた。王も、彼の希望に対しては、無下に退けることが出来なかった。で、ヨシュアがいうままに、ヨハネの屍《しかばね》を、弟子達に下付することにした。

ヨシュアはヨハネの弟子アキバに小声に言った。

「首の方はね、一昨日サラテルという人が取りに来たのでその人に渡しましたよ。それで今日は胴体だけ持って帰ってください」

黙々として、預言者ヨハネの屍は、不浄の門を出た。

「さあ、どうして持って帰ろうね？」

と、一人の口髭《ひげ》の濃いアキバが言った。

「どこからか、戸板でも探してきて、その上に載せて帰ろうじゃないか」

そう、一人が答えた。

その時、千卒長のヨシュアは、右手を振った。

「いや、それには及ばんよ、この担架を持って行けばいいよ。なに心配は要らん、もう持って来なくってもよいから。どうせ不浄門を潜《くぐ》ったものは、再び城内に入れることは出来んのだからね」

「そいつはありがたい！」

と、口髭の男が軽く答えた。

「では、このまま行こうか！」

アキバが叫んだ。

ていねいに、皆の者はヨシュアに向かい、黙礼をして、不浄門を下った。合計十八人の一団は、咳《せき》一つせず、心持ち早足で、サマリアに向かって黙々として急いだ。

春の日はとっぷり暮れて、城にはもう灯がついていた。過越《すぎこ》し祭に近い、麗《うら》らかな春の日に、新緑の喜びをも喜び得ないこの預言者ヨハネの弟子の一群は、不安と焦慮《しょうりょ》のうちに、革草《ぞう》履《り》のあとから軽く舞い上がる砂塵を残し、西に西に赤土の山を縫って、ヨルダンの川底へ駆け下った。

二　嵐の前

サマリアの丘の上に洗礼者ヨハネの首のない屍を葬った弟子二人は、すぐその足でガリラヤ湖畔のイエスに報告することにした。

サマリアのこんもり茂った石灰岩の山々を通り抜けて、ドタンの高原に出ると、春の太陽に温められて、土の下から地上に這い出した春の草花は、今を盛りと咲き乱れていた。

「厭になるなア、まったく、神様はこんな美しい花をドタンの高原に咲かしてくださるのに、なぜ人間だけがこんな醜《みにく》い姿でいなければならないかなア？」

ヨハネの弟子バアシャは持っていた杖を持ち直しながらそう言った。

「いつ見てもタボール山は美しいなア、しかしあの美しい山を見るにつけて思い出されるのは、ダビデの作った『弓の歌』だよ。俺はあの歌を口ずさぶ度に、ヨハネ先生の最後が思い出されてならないよ。どうしても今度は騒動を起こして一旗揚げんと俺の虫がおさまらねえや」

こう言ったのはハザゼルの子アキバであった。彼はガリラヤ出身の愛国者の一人で、税金不納同盟の暴動のあった時はまだ子供であったけれども、彼の父がローマの軍隊に打ち殺されたので、いったんヨハネに弟子入りをしたが、恨みは骨髄に達していた。

その昔、ヨセフが兄弟達に憎まれて、エジプト人に奴隷として売られたという伝説が残っているドタンの地は早や過ぎた。

広い平野を越えてナザレの町が真正面に見える。ナザレの裏山の遥か彼方に、雪を戴《いただ》いて聳《そび》えているのはヘルモン山であった。タボール山の南側に紺色に光っているのは小ヘルモン山であった。エリシャが寡婦《やもめ》の息子を復活させたというシュネムは絵に描いたように美しく見えた。エズレルの野もそれに近かった。アキバは吐き出すように言った。

「もうナザレも近いなア、革命者エヒウが女王アタリヤを、二階から突き落して、犬に食わせたのはどの辺りだったろうなア？　あの姦婦《かんぷ》ヘロデアをエズレルに連れて来てもう一度犬に食わしてやりたいなアー」

先生のヨハネが姦婦へロデアの要求によって、ヘロデの誕生日の晩、斬首されたその生々しい十四、五日前の出来事を思い出して、彼らはヘロデアの肉をも野良犬に食わしたかった。

いつになくエズレルの野道には、五人十人と、一団になって、北へ北へと急ぐ者が多かった。旅に出るというのに、晴れ着を着ているのではなく、仕事着のまま、たいてい腰には大きな鎌を差していた。十人に一人は、昔風の刀をぶら下げている者もあった。

アキバは、連れのバアシャに言った。

「変だね、祭りでもないし、何か物騒なことが起こりかけている様子だね」

乾ききった石灰質の砂が、もうもうと百姓達の足許から立ち上った。バアシャは興奮した調子で言った。

「聞いてみようか?」

バアシャは、右肩に引っ懸けていた上衣を、しっかと握りしめて走り出した。そして、わずか先を歩いている、小ヘルモンの南側から出て来た、百姓の一人を呼び止めた。

「もし、皆さんはどちらへ向けて急いでいられるんですか……さっきから、大勢の人が北へ北へと早足で行かれますが、何か事件でも起こったんですか?」

そう尋ねたけれども、顔を、十年も洗ったことがないと思われるほど垢《あか》のついた青年は、ただきょときょと、バアシャの風体を見つめるばかりで、返事さえしなかった。先が急がれると見えて、足だけは急がしく運んでいた。

返事がないので、バアシャは憂鬱《ゆううつ》な気持ちになった。アキバも駆け足で追いついてきた。こんどは彼が、どす太い声で、誰に尋ねるともなく訊《き》いた。

「カペナウムへ出るには、ナザレへ上ったほうが早いだろうかね」

前方を歩いていた仲間の長老らしい男が、振り向きもしないで答えた。

「山道を厭《いと》わなければ、やはり、ナザレからカナへ抜けたほうが、早いかも知れないなア。しかし、道は、メギド道から山の下を回ってテベリアに出たほうが良いだろうなア。あなた達も、カペナウムのイエスのところへ行かれるんですか？」

バアシャは、息もつかずに答えた。

「そうですよ、あなた達もですか？」

それに対して、二三人の者が一度に答えた。

「そうです！」

それで、アキバは、自分達が洗礼者ヨハネの直弟子であり、先生の屍をサマリアの丘の上に葬って、今二人して、カペナウムのイエスの許へ報告に行くところだと、大声に言った。

それを聞いた長老らしい男は、急に立ち停って、胸を打ちながら、

「ほんとに残念なことでございましたなア、おくやみ申し上げます」

と言って挨拶したが、また先が急がれるので、半分駆け足で、一団の者に負けまいと道を急いだ。

三　流言蜚語《ひご》

アキバとバアシャが、ヨハネの仲間内から来たと知った一団九人の者は、少しも遠慮せずに、彼らがローマ政府に反対しているガリラヤのユダの残党であることを告白した。それで、

アキバも、彼がガリラヤ騒動の時に殺されたハザゼルの子であることを自白した。

「ああそうですか！　私はハザゼルさんを知っておりますよ、お気の毒でした」

そう言って長老の男は眼を丸《まる》くし、瞳《ひとみ》を光らせて、アキバの横顔をみつめた。

「じゃあ、あなたは、今イエスの弟子入りしている熱心党のシモンを御存じですか？」

長老は微笑して、早足で歩きながら、アキバに答えた。

「ええ、知ってますとも、知ってますとも。あの男も、最初はヨハネ先生の弟子だったものですからね。ヨルダン川の辺りで、一つの天幕におったこともあったんですよ」

そんな話から、アキバと一団の長老ナダブは非常に心やすくなった。

ナダブは小さい声で、アキバの耳に囁《ささや》いた。

「この際に一旗揚げて、狐《きつね》を穴から追い出して、ローマの鷲《わし》を射落とさないと、またという機会はありませんぜ」

「この大勢の人達は、みんな連絡がとれているんですか？」

痩《や》せぎすの背の高いバアシャが尋ねた。

「いや、別に連絡がとれているというわけじゃないんですが、誰いうとなしに、ヨハネ先生の殺された機会に、カペナウムに集まったほうがよいと、流言蜚語《りゅうげんひご》が飛んだわけですなア、そして流言蜚語っていうものは、不思議に当たるもんですよ」

ナダブの親類だというオネシモがそう言った。彼らの一行は、テベリアのヘロデの宮殿の前を通るのが癪《しゃく》に障るといって、わざわざナザレからカナへ抜ける道をとった。道々、オネシモはアキバに、ナザレの村がメシアと思われているイエスに対して不親切だと憤慨しながら、彼がナザレで聞いた話を、一々言って聞かせた。

「なんと、ナザレの分からぬ奴といったら、仕方がないなア、イエスが生意気だといって、あの向こうの崖から突き落そうとしたっていうんだからなア、あきれるじゃないか。預言者はやはり、故郷に重んぜられないのかなア」

オネシモは、ナザレへ登る谷の向こう側の、大きな烏帽子《えぼうし》の形をしている岩を指さした。皆、その方を見た。

「ナザレでは、みんながメシアを馬鹿にしたので、奇跡が行われなかったそうですなア。信じないと、奇跡は起こらんものらしいですぜ」

それを聞いて、一行の一人が、アキバに言った。

「私はナインの者ですが……あの小ヘルモンの南側の、小さい村の者です……メシアは、うちの村ではえらい事をやりましたよ。なにしろ、寡婦《かふ》の息子が死んで、棺桶《かんおけ》を出したところへ、イエス様が来られましてなア、棺に手をつけるなり、大声で、

『若者よ、起きよ！』

と怒鳴《どな》られますとなア、えらいものじゃありませんか、棺桶の蓋《ふた》があいて、死んどったその青年が、顔を突き出したんですよ。大勢の者はびっくりしましてなア、棺桶をそこへ放《ほう》っとい

て、そら、幽霊が出たといって逃げ出した者もあったですよ。私も、その生き返った青年とは、多少姻戚関係になりますんでなア、その時、私は棺の後に付いとったんですが、棺桶の中から顔がにゅうと出た時には、びっくりしましたよ」

歩きながら面白い話を聞かされた一行は、みな大声にどっと笑った。

ヨハネの弟子バアシャは不審がって、その男に聞き直した。

「その人は今も生きていますか?」

「生きていますとも、ぴちぴちしてますよ、わしらと一緒に来るはずになっていましたが、あとはお阿母《ふくろ》一人なものですからね、お阿母が息子に戦争に出てくれるなといって、袖にすがって泣くんですよ。時機を待つといって、後から来ることになっているんです……何しろ、それから、ナインの地方ではイエス様の評判はえらいものです。みんな、メシアが来ても、イエス様以上にえらい人は、もう現れないだろうと評判していますよ」

ナザレを越えてからカナを通る時にも、オネシモは、イエスがここで、結婚式の晩に水を酒に変えた話を皆にして聞かせた。

ナダブは、また、ガリラヤの北方コラジンやベテサイダで起こったという、多くの奇跡の話を、アキバとバアシャに物語った。そしてその終わりに付け加えた。

「しかし、コラジンでもベテサイダでも、病気を治してもらう時には、みんな熱心だったですが、その後メシアに対する熱は冷えたようです」

短い春の日は、カナで暮れてしまった。ハッチンの山は紫色に彩《いろど》られ、雪を戴《いただ》くヘルモン山は、ピンク色に燃え立った。しかし風を孕《はら》む革命者の群れは、宿も取り得ないで、三々五々泉に近い牧場に野宿した。

四　天よりの火

翌日、ヨハネの弟子二人と、ナインの熱心党の一団がカペナウムに入ったのは、夕刻灯がついてからであった。

澄み切った大空には、星が燦《かがや》いていた。ガリラヤ湖は、ほの白く光っていた。水平線下六百八十尺〔約二〇四m〕の窪地《くぼち》は、早もう初夏のように蒸し暑かった。いつもなら、魚を採る漁船の灯が、十、二十と湖上に見えるのだが、今夜に限って、船は一艘《そう》も出ていなかった。

街には、どこから寄ってきた者とも知れない数千人の壮漢〔血気盛んな男達〕が、あちらの四辻、こちらの路次にうずくまって、洗礼者ヨハネの殺された話と、一旗揚げるならこの際に限るという話で持ちきっていた。

その群衆の間をぬって、熱心党の残党は、いろいろ計画的な流言蜚語《りゅうげんひご》をまき散らした。

「殺されたヨハネが甦って、今朝テベリリアを北へ歩いていた」というのが一つ。もう一つは、

「いよいよ、イエスが、天から火を呼び降して、テベリアを焼き打ちにするから、それを機会に、一隊はカイサリアに、他の一隊はエルサレムに、そして足の早い奴は、ヨルダン川の東のマケルスに火をつけるがよい」

というのであった。

その流言蜚語に迷わされて、数百人の男女は、テベリアまで天から落ちて来る火を見に出かけた者もあった。

ハザゼルの子アキバと、ヨセの子バアシャは、ガリラヤがこんなに興奮しているとは、全く想像もしなかった。彼ら二人は、噂が早く広まるのに驚いた。しかし、テベリアに王の離宮があって、そこへ早馬がヨハネの殺されたことを通知してきたということを、ある者から聞いた。それでガリラヤが騒いでいる理由をよく理解した。

アキバはガリラヤ生まれであったけれども、カペナウムに足を入れるのは、この度が最初であった。その上、民衆にメシアと仰がれているイエスに会うのも、こんどが初めてであった。イエスの顔が果たして天から来た輝きを持っているかどうかを見破りたいという好奇心も、彼に湧《わ》いていた。

しかし、天からのメシアが住んでいる、といわれたペテロの家というのは、あまりにも貧相で、狭苦しかった。そこは浜から少しばかり離れた会堂のすぐ横っちょにあった。灰色の土で塗った、円《まる》屋根の付いた粗末な家であった。そこらは通れないほど、大勢の人間で押し詰まっていた。女や子供らまでが、ひそひそ話をしていた。

「天から、いつ、火が降って来るんだろうなア、ヘロデ・アンチパス王は、いつ、神罰を受けて殺されるだろうか？」

アキバとバアシャは、人垣を押し退《の》けて、ペテロの家に入った。それも、浜に向いた炊事場の潜《くぐ》り戸からであった。

「そこから入っちゃ、いかんよ、誰だ、そこから入るのは！」

二人は、流し場の傍を通る時に、大きな声で怒鳴られた。その声は確かに聞き覚えがあると思ったので、アキバは、小さい炉の下で、その男の顔を見上げた。聞き覚えのあるはずだ、彼は、一月ほど前まで、アキバと一緒に、マケルスの城下で、ヨハネ先生に差入れ物をしたり、監獄と外部との連絡をとったりしていたアサフの子ニコライであったからだ。

「おや、君もう来てるんか、えらい早いなア」

「ウム、俺はな、ヨハネ先生が殺されなすったことを、すぐガリラヤに知らせる必要があると思ったんだ。で、君に悪かったけれど、エルサレムのザドクの兄弟と一緒に、君がサマリアへ立った翌日すぐ、ペレア道をとって、内大臣クーザさんの馬車に乗せてもらって、そっと飛んで来たんだよ。クーザ夫人を君は知ってるかもしれぬが、こちらの先生には、子供さんのことで、ずいぶん世話になってるんでなア、内大臣の馬車を、特別に仕立てて下さったんだよ」

そう言っているところへ、ここの家には似つかないギリシャ風に髪を結った、年頃二十四、五の美人が派手な着物を着て奥から出て来た。

アキバとバアシャとが丁寧にお辞儀をすると、

「私はマグダラのマリアという者です、どうぞよろしく」

そう言って、彼女も丁寧に挨拶をした。ニコライは、アキバとバアシャが彼の親友であること、そして、ヨハネ先生が殺されるまで、先生に従《つ》いていたことを、彼女に話した。そして、ヨハネ先生のお葬式が済んでからの事情を、精《くわ》しくイエス先生に報告に来たのだと、彼女に、美しいエルサレム弁で語った。

マグダラのマリアは、すぐ奥に入った。そして、イエスのところへ、サマリアから、ヨハネ先生のお葬式を済ませて弟子の二人が遥々《はるばる》やって来たことを取り次いだ。

ちょうどその時、一番遠いところへ宣伝に行っていた、奥眼のピリポと額の広いナタナエルが、これも裏口から入って来た。彼らは着物一枚、皮袋一つ、靴《サンダル》一つに杖《つえ》一つという、ごく簡単な旅姿で、どことなしゆったりしていた。

マグダラのマリアは、また、彼らの声を聞いて、奥の部屋から飛び出して来た。向かいの家の炊事場で、パンを焼いて帰ってきたペテロの女房は、日に焼けた二つの頬を林檎《りんご》のように紅《あか》くして、裏口から入ってきた。それを見るなり、ピリポは、ペテロの妻君に尋ねた。

「御主人は、もう帰っておられますか？」

「ええ、ええ、もう一昨日帰って来ましたよ。大変なことになりましたね」

と言うが早いか、気転のきくペテロの女房は、炊事場の隅っこにある石甕《がめ》から、小さい焼き物の甕《かめ》の中へ水を注ぎながら言った。

「ピリポさん、今、足を洗う水を汲みますから、ちょっとお待ち下さいませ」

「いや、結構、結構。いつも、あなたがよくして下さるから、恐縮しますよ」

そこへ、マグダラのマリアも下りて来て、雑巾《ぞうきん》を水に濡らして、サマリアから来た二人の客の方へ運んだ。

五　病者の群れ

日はとっぷり暮れた。それにもかかわらず、腰の立たない四十恰好《がっこう》の女が、遠くからペテロの家まで運ばれてきた。そして是非治してくれ、とイエスにせがんだ。イエスは、その女を奥の室に運び入れさせた。そしてペテロとヨハネとヤコブの三人を連れて、その部屋に入った。

やがて部屋の中から喜びの声が聞えた。

「立った！　立った！」

「腰が立った！　嬉しいなア」

と、病人と、病人を担ぎ入れた親族の者が、小躍《こおど》りして喜んでいる声が聞えた。

暗い内庭には、二つしか灯火が灯《とも》っていなかった。表門の傍では、誰か演説しているらしく、折々鬨《とき》の声があがった。病人が引き下がると、まだ後には、五、六組の病人が待っていた。中には、弟子がよう治さないといって、遠くから連れて来た者もあった。

マグダラのマリアが、内庭に寝ている病人の枕許を会釈しながら通り抜けて、イエスのところへ、アキバとバアシャを案内した。

イエスは、丁寧に二人に向かってお辞儀をした。

「御苦労でしたね、葬儀も恙《つつが》なくお済ませ下さいましたか、ありがとうございました。わたしとしても、行かねばならなかったんですが、ほんとに失礼いたしました」

髪の毛を少しも剪《き》らないで肩まで伸ばしているイエスは、耳の上に垂れ下がってくる毛を、後ろに撫《な》で付けながら十年の知己《ちき》に話しているような調子で、ヨハネの弟子達に丁寧な言葉をかけた。霜のような峻烈《しゅんれつ》なヨハネ先生のみを見ていたアキバとバアシャには、この優しいイエスがメシアであると、どうしても考えられなかった。

「もう少し早く、お知らせしなければならなかったんですが、何分、私達は貧乏なものですから、サマリアから四日もかかって、歩いてきたので、遅くなりました」

そこへ、ピリポとナタナエルが、これも病人の間をかき分けて、イエスに近づいた。

「先生、遅くなりました。お陰様で、非常に良い成績でした。自分ながら、余り沢山の病人が治せるので、びっくりしました。悪魔でも、これじゃあ天から追い出せるわいという気がしました」

奥眼のピリポはそう言って、にこにこした。ナタナエルは、いつものとおり、イエスの前に出ても黙っていた。それで、イエスは、ナタナニルに尋ねた。

「君は、ヨハネ先生が殺されたことを、どこで聞いた?」

「はい、カルメル山の麓《ふもと》で聞きました。それは、もう一週間も前だと思っておりますが、それからというものは、どの村へ行ってもどの村へ行っても、騒動の話ばかりでございましてね、先生が、メシアとして、既に一旗お揚げになったということばかり聞きますのでお引き受けした村を、まだ十ばかり残して帰ってまいりました。この前出発する時に、

『お前達が、イスラエルの町々を巡り尽くさぬうちに人の子は現れて来ますよ』

と言われました御言葉が、頭の底にこびり付いておりましたので、さてはいよいよヨハネの問題で、先生が決起されるのじゃないかと、それればかり心配になりました。それで少し慌《あわ》てて帰ってまいりました。しかし、えらい大勢集まったものでございますなア、こりゃ、一騒動起こるような形勢でございますなア」

ペテロやヨハネやヤコブも、イエスの後から、すぐ、ピリポとナタナエルに挨拶をした。すると、病人の傍にうずくまって、順番の来るのを待っていた他《ほか》の弟子達も、久し振りに会った人の好いピリポとナタナエルの手を握るために、イエスの部屋の前に集まった。

「よう、しばらくでしたなア」

と、マタイが、ピリポとナタナエルに言った。あとからこざっぱりした着物を着ていた熱心党のシモンが、また挨拶をした。イエスは、丁寧に洗礼者ヨハネの弟子二人を自分の部屋に迎えて、椅子を与えた。

マグダラのマリアに案内されて、ニコライもイエスの部屋に入って行った。マタイは、アキバが反納税同盟のガリラヤにおける指導者の一人であることをよく知っていた。それで、最近四週間ばかり、一緒に旅行してきた反納税同盟の（または熱心党と呼ばれる）シモンに耳打ちをして、挨拶をしろと勧めた。それで、シモンは、つかつかとイエスの部屋に入って、アキバに挨拶をした。

「私は、もと反納税同盟に属していたシモンです。えらいことになりましたなア、こんどは御苦労様です」

そう、ぶっきら棒に言うと、背の高いアキバは、つと椅子から立ち上がって、

「やア、しばらくでしたな、お見覚えがあるでしょう、ずっと前にヨルダン川のほとりで一晩一つの天幕に寝たことかありましたなア」

と挨拶をしたが、シモンはようやく思い出して大声に言った。

「そうでしたね、これは、失礼しました」

「こんどは、いよいよ、イエス先生に本領を現して頂きましょうかな、ヨハネ先生は、こちらのイエス様が、どうしても来《きた》るべき者であるに違いないと信じながら、この世を去られまし

たんでなア、そういう関係で、私らも、こちらの先生の旗の下に、一旗揚げさせて頂くと、胸が晴れますわい。いつまでも、ローマ帝国の足枷《あしかせ》に苦しんでいることを、神様はお許しになろうはずがないですからなア、今、こちらの先生が行っていられるような奇跡で、あのひょっとこ人形のようなアンチパスや、姦婦のヘロデアを犬に食わせて頂くんですなア」

ペテロの女房が、

「食事が出来ました、どちらで差し上げましょうか?」

と、イエスのところまで言いに来た。

「まあ、食事は後にしよう、イスラエルの悩みを先に負いましょうかい」

そう言って、イエスは、ペテロの居間に、マタイの連れてきた中風の病人を担ぎ込ませた。

そして、その病人の傍に立って、黙祷していたイエスは、大声に病人に向かって言った。

「よろしい、あなたの過去の罪悪一切は赦《ゆる》されました。お立ちなさい!」

そう言いながら手を伸ばして、病人の手を取って引き上げるようにすると、今まで痺《しび》れていた病人の身体はすぐ癒《い》えて、彼は、四方の壁が震《ふる》い動くほど大声で笑った。

ニコライは、アキバとバアシャを部屋から呼び出し、笑いながら出て来る病人を見て、三人で吃驚《びっくり》した。

「なんと、えらいものじゃないか、あの力を逆に使うと、ローマの大将などは竦《すく》み上がってしまうだろうなア」

後の病人は多く、悪鬼につかれたと信じられている精神病患者が多かった。その中の一人にイエスが手を触れると、狼のように吠えてイエスを罵《ののし》りだした。

「なにをするんだい、俺の身体に触るない、お前はイエスじゃないか、俺はよく知ってるぞ、生意気なことをするな！」

そう罵ったが、イエスが沈黙したまま、もう一度、手を彼の頭に触れると、彼は雷に撃たれたようになって、そこに倒れてしまった。そして、イエスが次の病人に手をつけている頃には、正気になって笑いながら、イエスの方に向かって再三お辞儀をしていた。

六　獅子座の星

まだ病人が、内庭に五人と表に二十人くらい待っていた。そこへ、会堂の司《つかさ》のヤイロが、ヘロデ王の内大臣クーザ夫人ヨハンナを案内して、入って来た。

クーザ夫人は、十四、五歳になる少年を連れていた。香水の匂いがぷーんと、彼女の歩いた後に残った。柔かい裾《すそ》摺《ず》れの音が、この家には珍しく響いた。

マグダラのマリアは、彼女の姿を見るなり、その頸《くび》に抱きついた。そして、彼女の令息にも温い接吻を与えた。

ヨハンナは、イエスの前に出るなり、恭《うやうや》しくひざまずいて、王様にするような最敬礼をした。そして彼女の息子も、母を真似《まね》た。彼女は子供を顧《かえり》みて言った。

「先生、お陰様で、去年助けて頂きました子供もこんなに達者になりました。ありがとうございます。昨日テベリアに帰ってまいりましたので、ちょっとご挨拶に伺いました」

そこへ、ニコライが顔を出した。

「奥様、先日はお世話になりました、お陰様で、こちらの先生に、もう五日も前にお耳に入れることが出来まして、仕合せいたしました。しかし、大変なことになりましたね」

クーザ夫人が、ヘロデの宮廷の模様を小さい声で語り出したので、内庭にいた弟子達はもちろんのこと、台所でパンをしゃぶっていたイスカリオテのユダまでが、ペテロの部屋に集まって来た。

「御前様（王ヘロデ・アンチパスのこと）は、クーザからこの度初めて、こちらの先生のことを聞かれましてね、びっくりしていられるんですよ……そりゃそうでしょう、長くローマに行っておられましたからね、例の事件はあちらで起こったことなんですからね、こちらの先生の善いお働きのことなど少しも御存じありませんですわね、……だもんですから、そりゃヨハネが乗り移ったんだろう。俺は、ヨハネに崇《たた》られて、のたれ死にするかな、と、悲観しておられました……ほんとにお可哀相《かわいそう》ですわ。ヘロデアさんは、系統はいい方なんてすが、宗教のことは少しもお分かりになりませんからね、クレオパトラそっくりの毒婦型ですわね」

クーザ夫人は、鬢《びん》のほつれを上にかき上げながら、ペテロにそう言った。そして、またすぐイエスの方に振り向いて、鼻の上に小皺《こじわ》を寄せながら、悲しげな表情をつくった。

「ほんとに先生、私はちょうど王様のすぐ左に座っていましたが、兵卒が、ヨハネ先生の首を斬って、銀の盆の上に盛って、恭《うやうや》しくサロメのところに持って来た時には、ぎょっとしましたわ。また、サロメがその生首《なまくび》を自分のお母さんのところへ、厭《いや》な顔もせずに持って行くんでしょう。御前様は、その時、俯向《うつむ》いて苦い顔していらしったが、クーザは、その席を下がるなり、私に耳打して申しましたよ、『こりゃ、天罰があるよ！』って。

私も実際、そう思いましたね、先生、ほんとに天罰があるんでございましょうか、どうすれば、あのヘロデの一族を救うことが出来るでしょうか？　実はね、先生、私が急に帰って来ましたのも、クーザが『ガリラヤには反乱が起こりそうだから、お前、行って、イエス先生によく頼んで来い』と泣くように言って頼むものですからね、他の人ならいざ知らず、先生が中心になって一旗お揚げになるならば、お願いしようによっては、王様の命だけでも助けて頂けると思って、急いで馳せ参じたような次第でございますの」

クーザ夫人は、ローマ風の婦人服をすらりと着流して、腕には金の腕輪をはめていた。

イエスは無言のまま炊事場の方に灯った小さい光を見つめていた。

「私、ほんとに悲しくなるんですわ、先生、確かに、うちの御前様は悪いんですから、神様の罰を受けるのは当然なんですけれども、また、私としては、長年お世話になった主人でございますしね、先生が私の一家族をお救い下さいましたように、もしも出来る事ならヘロデの一族をも、神様のお恵みでお助け下さるなら、どんなに仕合せかしれないと思いましてね。私は、早くカペナウムに来て、先生が一旗揚げなさるにしても、命なりとも助けてあげて頂きたいと思って、そればかりお祈りしてやって来たんでございますの、そんなお願いをするのは無理なんでございましょうか？　どうしても、悪人は徹底的にお罰しになるというのが、神様の律法なんでございましょうね？」

ヨハンナは、胸に垂れ下がった、紫色の刺繍《ししゅう》のはいった布の端を、興奮のあまり噛《か》んだ。

イエスは沈黙していた。アキバは、イエスの後から、大声で罵《ののし》るように言った。

「そりゃ、神様が悪人をお罰しになるのはあたりまえだよ、そんなことを頼みに来るのが間違っているよ、我々は徹底的に復讐しなければ、腹の虫が治まらんよ」

その声を聞いて、クーザの妻ヨハンナは泣き出した。

「先生、私も地獄へ行かねばならないでしょうか？　私もその席にいたんです。そして王様に、ヨハネ先生の首を斬らないようにして下さいと、よう諫《いさ》めなかったんです。その臆病の罪のために、私も地獄へ行くんでしょうか？」

彼女は、噛んでいた布切れを顔にあてた。

ペテロの女房は、すぐ彼女の後から寄り添って、小声に言った。

「奥様、あまり思い込みなさると、お身体にお障《さわ》りになりますから、御心配なさらないで、ね、私からも、こちらの先生に、よくお頼みいたしますから」

その光景を見ていた反納税主義のシモンは、声を一段と張り上げて言った。

「先生、この奥さんの言うようなことを聞いておれば、神の国というのは、悪人ばかりの巣になりますなア、それでいいんでしょうか！　この奥さんは、命だけ救って頂きたいと、虫のいいことを言っていますが、そんなに、悪人の命まで救っておれば、イスラエルは、いつ独立国になるんでしょうか？」

イエスは、部屋の戸口に突っ立ったまま、片手を壁に寄せかけて、落ち着いた口調で、シモンに答えた。

「シモン、あなたは、神の国ということが、まだよく分かっていませんね。ヨハネ先生は偉い人でしたよ、女の産んだ人間のうちで、あれほど偉い人はありませんよ、しかし、神の国の住民の一番小さい者でもヨハネ先生よりは偉大な者であることを記憶しなければなりませんよ。あなたは、ヨハネ先生が私を呼んで『民の罪を負う神の小羊』と言われたことを覚えていますか？　それはどういう意味か分かりますか？　わたしはもう一度、前に言ったことを繰り返さなけりゃなりません。人の子は人を審《さば》くために来たんではない、かえって、罪人を救わんがために来たのですよ、律法と預言者とはヨハネ先生までだよ」

そう言って、イエスは内庭の上に開いた夜の空を見上げた。そこには、春を告げる獅子《しし》座の星が、屋根の上から覗《のぞ》いていた。

七　ヨハンナ

イエスが沈黙したので、並み居《い》た弟子達もしばし沈黙した。

「何のために、遠いところから、わざわざ報告に来たか、これじゃあ、要領を得ないじゃないか！」

バアシャは、アキバの顔を見上げながら、不満の表情を示した。

「すると、奥さん、あなたは、あの姦婦へロデアをも赦してもよいというんですか？　俺達にはあなた達の精神が少しも分からない！」

アキバは、ヨハンナを睨《にら》みつけて言った。睨みつけられたヨハンナは、彼の視線を避けて、俯向《うつむ》いた。バアシャは、そっと、イエスの後から、熱心党のシモンの傍により添って、小声に言った。

「なにか君、君んところの先生は、ヨハネ先生の復讐をしようっていう気はないのか？　わしらは、君んとこの先生だけは頼りになると思って来たんだがなア」

そういっているところへ、表からどやどやっと、五六十人の者が、狭い内庭に押し入って来た。その中には、反納税主義の巨頭バラバの同志ヨアキムがいた。彼ら仲間のうちで一番幅を利かしているらしかった。彼は、イエスの弟子のイスカリオテのユダに合図して、彼を呼び寄せ、彼を通じてイエスに紹介してもらった。

ヨアキムは、サムソンを思わせるような大男で、髯《ひげ》は藪《やぶ》のように伸び、鼻だけが髯の中から覗いていた。

「先生！」

どす太い声でヨアキムは呼びかけた。

「先生！　今日、私達は、イスラエルの村々を代表して、ここへやって来たんです、ここに私と一緒にやって来た者は、イスラエルの十二の族を代表している二十四人の長老ですがね……堪忍《かんにん》してください、私達は、山にばかりいる熊の親類のような奴なんだから、言葉は下手くそなんですがな、あなたに、一つ、王様になってもらおうと思って来たんです」

そう言うなり、ヨアキムは大きく腕を振って、彼に従《つ》いて来た二十数人の者に、そこにひざまずくことを命じた。

「先生、もう時は来ました、私達は、今あそこの会堂で、宣誓式をしてきたところなんです。誓って私達は、あなたに忠義を尽くします。命の続く限り、私達はあなたを守護します。そして味方はもう既に一万人くらいはあると思います。あなたは直ちに我々の請《こ》いを容《い》れて、即刻王様の宣誓式をして頂きたいのです。我々は直ちにテベリアとセフォリスを焼き払い、預言者ヨハネの復讐をするために、マケルスに突撃したいと思っているのです」

それを聞いて、バアシャは、

「万歳！　メシア！」

と大声に叫んだ。

しかし、イエスは瞬きもしないで、獅子座の星を見つめていた。そして一言も返事を与えなかった。その時、ハンカチを両眼にあてたまま、すすり泣きして、イエスの足許にひれ伏したのは、ヨハンナであった。

「先生、あなたはイスラエルの、真の王でいられます。ヘロデ王はあなたに罰せられねばならぬものでございましょう。しかし、あなたはまた救い主でいらっしゃるんですから、どうかアンチパスの命だけはお救い下さいまし」

イエスの後に立っていたバアシャは、その言葉が癪《しゃく》に障《さわ》ったと見えて、ペテロとヨハネの間を押し分け、イエスの前に出るなり、ヨハンナを蹴飛《けと》ばした。

「よけいな命乞いをするな！　あいつらを罰しなければ、神の国は地上には来ないよ。下がれ、下がれ！　こちらの先生を誰だと思ってるんだ！」

蹴飛ばされたヨハンナは、そこに泣き崩れてしまった。ペテロの妻はすぐそこへ飛び出した。

「あなた、およしなさいよ、そんな乱暴をするものじゃありませんよ」

そう言いながら、ヨハンナを抱き起こそうとした。

ヨアキムは、イスカリオテのユダから、ヘロデ・アンチパスの命乞いをしている女が内大臣クーザの妻ヨハンナであると聞いて、二十四人の長老達に言った。

「こいつは、ヨハネ先生を殺した狐《きつね》めの一味徒党だそうな、旗揚げの血祭りに、この女をやっつけようか！」

と言うなり、ヨアキムは、腰に差していた大きなだんびら（刀のこと）を引き抜いた。

その時、イエスは、ヨアキムに言った。

「ヨアキム、あなた達は、会堂に行って祈って来なさい。私もよく祈って、何とかあなた達に返事をしよう。さあ、みんな、あなた達も旅で疲れたろうから、静かなところへ行って休んで来るがいい。ここでは、みな興奮して休めないだろうから、山へ行って祈って来るがよい」

イエスが、冴《さ》えきった口調で、もの静かに言ったのち、そこに倒れているヨハンナには目もくれないで、表の門の方へ歩き出したものだから、ヨアキムも少し慌て気味に刀を鞘《さや》に納めて、イエスの後から従《つ》いて行った。

「先生、あなたはこれから、どこへ行かれるんです、会堂へですか」

八　反納税同盟

会堂へ行くと思ったイエスは、それとは反対に浜へ下った。それで、弟子達も浜へ下りた。

イスラエルの二十四人の長老達と自称するヨアキムの一団は、ただあっけにとられて、イエスを見送った。

牧夫《ひつじかい》のような服装でいたエヒウがヨアキムに言った。

「親分、つかまえて来いよ、つかまえて来なければ仕事が出来ないぞ、計画が外れるじゃないか」

二十四人の血気盛んな男達は、細い、浜へ下りる路次を一列になって走り出した。浜は真っ暗であった。その上、イエスの後について、大勢浜に下りて行ったものだから、どこに彼がいるか、見当がつかなかった。

「おい、どこだい、どこだい……！」

「真っ暗がりで分かりゃあしないじゃないか！」

「暗いなア」

「どこへ行ったんだい？」

イエスは、暴力主義者が、彼を無理矢理かつぎあげて、一騒動起こそうとしている計画があることが分かったので、覚えのあるペテロの船に、まず乗り込んだ。

ペテロはそれを見て、あとから船に飛び込んだ。それを見て、他の弟子達も、同じ船に乗り込んだ。

船が一丁ほど沖へ出た頃、ヨアキムの一団は、イエスが船で沖に出たということを知った。

一団の一人であるエヒウは、

「徒歩で回れ、徒歩で回れ！」と怒鳴り立てた。

ちょうどその時、月が湖水の東、ギレアデの山地の上に、顔を突き出した。それで、イエスの乗っている船がどの方面に向かっているかがよく分かった。

ヨアキムの一団は、抜刀して走り出した。その噂は、どっと町に広がった。ある者は、ヨアキムの一団が、興奮のあまりヨハンナを殺すかも知れないと懸念して、ヨハンナを守るために、熱心党の一団を追いかける者もあった。

アキバも走った。もちろん、彼についてバアシャも走った。最初の二十四人は、カペナウムから半里〔一里は約四㎞〕ほど走ったところで、刀を鞘に納めて、一休みした。それは、イエスの乗った船が漕ぐことを止《よ》したからであった。

ヨアキムの一団が中休みすると、弥次馬の連中も中休みした。みんなが中休みすると、それから何事が起こるかと、町から、村から、大勢の人間が見物に出掛けてきた。群衆はだんだん数を増して、数千人になってしまった。余り大勢で、何が何だか、さっぱり分からなくなった。中には「イエス様は、みんなが止まっているところで、病人をお治しになるのだ」と独り合点して、言いふらす者も出た。

それで、ペテロの家の内庭と外に待っていた大勢の病人が、親類や友人に助けられて、のこのこその方へついて行った。

大勢の者が、町から繰り出してきたことに気が付いたイエスは、更に船を漕ぎ出すことを命じ、「こん夜は沖懸り〔沖に停泊すること〕して寝よう」と皆に告げた。

時は春だ。雨は降らない。ヨアキムの一団は、交替に見張りをつけて、海岸の砂原の上に寝ることにした。それを真似した数千人の面々は、みんな、海岸の砂利の上に身体を横たえて、朝を待った。

右側の欠けた月は、銀色に輝いて、濃紫《こいむらさき》に彩られた湖水の東側の玄武岩層の上から出た。湖水の北側は、なだらかな幾つかの丘に分かれ、月光に照らされてダマスコに導く街道が、湖岸を白く縁取っていた。

九　群衆と孤独

よもや、ここまでついては来ないだろうと、弟子達は、メロム湖からガリラヤ湖に注ぎ込むヨルダン川の吐き口の右側に近いところに船をつけた。それは過越し祭の迫った、のどかな四月の初めであった。

湖岸には、玄武岩の壊れた丸石が苔を生やして沢山転がっていた。その丸石の無くなった山手の方には、いなごまめの木や、夾竹桃《きょうちくとう》の群生した叢《くさむら》が、湖岸を飾っていた。葦《あし》のないところには茂みが密生していた。

イスカリオテのユダは、船から下りるなり、川上の方に歩いて行くイエスを呼び止めた。

「先生、もう駄目ですよ、あれ御覧なさい、あんなに大勢、岸を伝って、こちらへやって来ていますよ」

ペテロは船が流れないように、錨《いかり》を岸に打ち込んでいたが、独り言のように言った。

「うるさいな！」

そうは言ったもののペテロはやはり、イエスが、今に天の万軍を呼び集め、金色の雲に乗って、エルサレムの方に飛んで行くかも知れないという信仰を持っていた。それで、船の中を片付けていた兄弟のアンデレに言った。

「今に見ていろよ、うちの先生は、きっと正体を現して、雲に乗ってお現れになるから、それだけの人物だからなア、うちの先生は、えらいもんだ」

そこへ、呼吸《いき》を切らせながら駆けってきた者は、年頃十八、九歳の青年であった。彼は弟子達のうちでも一番若いヨセをつかまえて尋ねた。

「君ンところの先生は、いつ雲に乗るんだい？」

彼は、イエスがメシアとして雲に乗り移る光景を見たいばかりに、十里に余る道を追っ駆けてきたものらしい。若きヨセは、兄弟の小ヤコブを呼んで尋ねた。

「君は知ってるか？　いつ頃、先生が雲に乗り移りなさるか？　俺はもうそう余り遠くないと思うがなア、君はどう思う？」

腹の減った小ヤコブは、その辺に野生の無花果《いちじく》でもないかと探していたが、見つからなかった。彼が平常考えていたことを訊《き》かれたので、彼はすぐ目を丸くした。

「僕もそう思うな、お前達が、イスラエルの村々を巡り尽くさぬうちに、人の子は現れると言われたのだから、もう近いだろうなア」

そこは、ヘロデ・アンチパスの領地より相当離れていた。そこいらは、アンチパスに美しい妻を奪られた弟のピリピの領分であった。

額の汗を拭き拭き、青年は小ヤコブに言った。

「あんたンところの先生は、なかなか賢いなア、ここまで来りやあ、いくら意地悪のアンチパス王でも追っ駆けて来ないだろうからなア、勢揃いするのには、むしろこの辺がいいかもしれんぜ」

イエスは、ペテロとヤコブとヨハネを連れて、湖畔から少し遠い小山の上に登って行った。

アンデレは、昨日の旅の疲れでへとへとになっているナタナエルと、浜の小石の上に足を投げ出して、最近の地方巡回の話を語らっていた。

そこへ、ヨアキムの一団が駆けつけて来た。

「おい、先生はどこへ行ったかな？　もうここはアンチパスの領地じゃないだろう、勢揃いするには、もって来いだなア」

そう言っているうちに、ぞろぞろぞろぞろ大勢の者が、ピリピ領に押しかけてきた。その数ざっと五千人はあるだろうと推定された。

ヨアキムの一団のうちでも乱暴者として知られているエヒウは抜き身をひっ提《さ》げて、丘に登って行ったイエスの後を追い駆けた。そして、強いてイエスに、彼らの王様になってくれるようにと、また懇願した。

「来《きた》るべき者はもう来ていると、死なれたヨハネ先生も言われたのですから、我々はユダヤ全国を探していたんです。そして、てっきり、あなたがユダヤの救い主であるということに見当が付いたんです。是非お願いですから、この際、あなたの正体をお現し下さいまして、我ら憐むべき者をお救い下さいまし」

ヨアキム初め一同の者は、ひざまずいて最敬礼をした。五千人の群衆はそこへ集まった。どんな返事を、イエスがするかと民衆は固唾《かたず》を呑んで待っていた。

そこからは、ガリラヤ湖の周囲が、よく見えた。カペナウムとベテサイダを仕切る尾根の岩《がん》礁《しょう》が、目立って美しく見えた。

イエスは口を開いて、もの静かにヨアキムに諭した。

「神の国はね、あなた達が考えるように、あそこに見よ、ここに見よといって現れて来るもんじゃないんですよ。むしろ、我々の魂の内側に在るといったがいいでしょう。神の国は、海から真珠を採集するようなもんですよ、また神の国は畑に隠れた宝を探すようなものなんです、あなた達は、魂のことを考えないで、目に見える世界のことばかりを考えているから困りますね」

イエスが余り落ちついて、丁寧に言うので、ヨアキムの一味は弱ってしまった。大衆は興奮しているのに、イエス一人は少しも興奮していなかった。

ヨハネの弟子バアシャは、イエスの弟子熱心党のシモンのところへ、人垣をかき分けて追いつき、小声で言った。

「これだけあれば相当に成功すると思うがなア、ここでいったん旗を揚げることにすれば、ユダヤ全国はおろか、地中海の周囲に散らばっているユダヤ民族は、みな馳《は》せ集まって来るに違いないから、旗を揚げるなら、今だがなア、君の先生は、何を愚図々々言ってるんだい、ありゃ」

バアシャはそう言って、鼻の先をつまんだ。

ヨアキムの一味は、イエスの返事があまり頼りないので、多少しびれをきらした。

「先生、じゃあ、どうすれば神の国は来るんですか！」

それに対するイエスの返事は、簡単であった。

「みんな悔い改めて可愛がり合いをした日に、神の国は来るんです」

ヨアキムはとぼけたように口を開けて、罵《ののし》るように言った。

「そんなに、簡単に片づくもんですか？」

「そうです。あなたは、神の国が、憎悪と剣で来るように思っているようですが、それは間違いですよ。昔の人は、隣は愛しても敵は憎めと教えたが、私はそれじゃ足らぬと思うんです。敵をも愛し、あなたを責める者をよく見、呪《のろ》う者を祝し、あなたの敵のために祈ってやらなければなりません」

そのイエスの言葉に、ヨアキムの一団はどっと笑った。

「そんな馬鹿なことは出来ませんよ、ヘロデ党を可愛がったりローマ人を祝福したり、ヨハネ先生を殺した者のために祈祷したりするなんか、馬鹿臭い！　そんなことが出来るものですか！　先生の言われるとおりすれば、イスラエルは永久の奴隷民族で甘んじなければなりませんよ！」

よく肥っているナダブは、歯をむき出してそう言った。

近所の村々からは、イエスが来たという噂《うわさ》を聞いて、病人を背負ったり、戸板に乗せて担いで来た。

イエスは、四月の太陽が青空に昇っていく姿を見つめながら、熱心党の連中の顔も見ないで静かに独り言のように言った。

「天の父は、太陽を悪しき者の上にも、善き者の上にもお照らしになり、雨を、正しき者にも正しからざる者にもお降らせになるではありませんか。あなた達、よく考えてご覧なさい、自分の仲間だけ可愛がったところで、何の効果があるんです。税務官吏もそれくらいのことはしているじゃないですか（当時の税務官吏は、熱心党の主張に反対して国内から税金を取り立てて、これをローマに送っていた、で、売国奴のように考えられていた）、兄弟にだけ挨拶するくらいのことは、神を知らない異人さんだってしているじゃないですか。だから、君らは、天の父の完全な如《ごと》く、完全でなくちゃならんのです」

その言葉には、ヨアキムの一味も沈黙してしまった。それを遠くで聞いていたアキバは、傍に立っていたニコライに言った。

「こちらの先生は、むつかしいことを言うなア、完全な生活を送れったって、人間が完全な生活を送れるものか！」

熱心党のシモンは、イエスの後に立っていたが、バアシャに言った。

「ああ言っていられるけれどなア、君、先生は不思議な力を持っていられるだろう、いつ不思議な力をお現しになるか分からんからね……ああ言っていられるのは、口実だと僕には思えるね、ああ言わなければ、ローマ政府も、ヘロデ党も、気をゆるさないからね」

そこへ、三人の者が、悪鬼に憑《つ》かれた男を連れて来た。そうなると、ヨアキムの革命運動は、臨時預りとなって、イエスの注意は、すぐ病人の方に向けられた。ヨアキムの連中は、まるで警察官のようなつもりで、イエスに治してもらう病人を順序よく配列させた。

病人を治していると、いくら治しても、次から次にやって来る。ことに、ピリピ領にイエスが初めて来たというので、どの村からもどの村からも、病人を担《かつ》ぎ出さないところはないと思われたほど集まった。

その間に妙な風評が立った。ヘロデの軍隊がテベリアを出たと、いかにもほんとうらしいような話が、群衆の耳から耳へ伝わった。そのために、熱心党の一団は、一決戦する覚悟で、斥《せっ》候《こう》を山の上まで出した。しかし何事もなかった。それが昼過ぎの一時頃であった。また二時頃になると、ローマの軍隊がシリアのダマスコを立ったという風評が飛んだ。斥候が、その辺で一番高い丘に上って見た。なるほど、偉風堂々、駱駝《らくだ》二十三頭も連れた隊商の一行が、エジプトの方に下って行くのが見えた。しかし、それはローマの軍隊ではなく、単なる商売人の一団であった。

一〇　荒野のマナ

晩方になった。イエスの弟子達も、昨夜から一食もしていないし、恐らくそこにいた五千人の人々も昨夜から一食もしていないだろうと考えられた。

いつも無遠慮に、思ったことをイエスに言うピリポは、イエスのところへやって来た。その時、ヨアキムの一団は、ヘロデの軍隊が来るかも知れないというので、二隊に分かれて、ガリラヤの地境へ斥候に出ている時であった。ピリポは言った。

「先生、お腹が減りませんですか？　私達は昨日もろくろく飯を食っていませんので、もうへとへとになりましたよ。どこかでパンでも食わんと続きませんですなア、それに、先生、この連中も、昨日からほとんど何も食っていないんですから、いったん解散を命じて、思い思いに食事をするように、命令して頂きたいですなア」

その時、イエスに治されたいざり〔足の不自由な人〕は、ピリポの前を通って、小山を下って行くところであった。アンデレが、ベテサイダの村人にせがまれて唖《おし》の子供を連れて来た。

日は、もうハッチン山の後に隠れて、山々は紫色に包まれていた。

群衆は、モーセについてシナイの荒野にさ迷っているようなつもりでいると見え、朝から何も口へ入れなくとも、一人として不平を言うものは無かった。気候は良し、時は春だし、上衣《うわぎ》を草の上に敷いて、のんきに寝転んでいるものもあれば、治された病人を囲んで預言者の不思議な業を、繰り返し繰り返し賛美している者もあった。それが、あちらに一塊《ひとかたまり》、こちらに一塊と、山から谷の間まで、組々になって、ほんとに朗かに笑っていた。彼らの着ている着物が思い思い違っているので、樹木の少ない緑の牧場に相対《あい》比して、何ともいえないのどけさを描き出していた。

イエスは、その群衆を丘の上から見下ろして、ピリポに言った。

「みんなにやるだけのパンは無いかね？」

ピリポは、左の肩にかけていた上衣を後にずらせながら、肩を揺るがせて笑った。

「はは……、そりゃ、先生、二百シケルのパンを買っても、みんなに分けるんでしたら、足りゃしませんよ」

アンデレは、唖の子供を連れて来て傍に立っていたので、イエスに言った。

「先生、お腹がお空きになりましたか？　この子供の兄弟が、弁当を用意して来ていますから、先生にもらって来ましょうか？　パン五つと、焼き魚二つ持っているということでした。それを持って来きましょうか？」

「うム、じゃあ、それをもらおうかな」

アンデレは、すぐ丘を下りて、谷間に、治された病人を中心にして、大きな声で話していた群衆の中にいる子供から、五つのパンと二つの魚とをもらって来た。イエスは丁寧に、感謝してそれを受け取り、アンデレとピリポに言った。

「みんなに座るように言って下さい」

他の弟子達は、二人ずつ一組になって、谷間に群がっている病人を、祈ったり、気合いをかけたりして治すために、そこにはいなかった。アンデレは訊《き》き直した。

「先生、皆を座らせて、どうするんですか？」

「まあ、何でもいい、五十人一組に、きちんと組分けして下さい」

アンデレは、それをすぐに、彼の兄弟ペテロに伝えた。ペテロは目を丸くして吃驚《びっくり》した。それは、いよいよ、革命軍の編制にイエスがかかると思ったからであった。

バアシャは慌てて、だいぶ離れた山の上に立っているヨアキムを呼びに行った。

「おい、編制が始まった、編制が、イエスがいよいよ五十人ずつに組を分け始めたよ、みんなお出で！」

ヨアキムも、その言葉にびっくりした。

「ほんとか？」

「まあ、来てみろ！」

それで、ヨアキムは、二人の者を歩哨《ほしょう》として残して、イエスのいるところまで飛んで帰った。最初の丘の上では見えなかったが、第二の丘の上に来ると、弟子達が堂々と組分けしているのを見た。それで、彼はバアシャに言った。

「さては、物になったかな」

組分けに馴れない群衆は、五十人ずつ並ぶことが容易じゃなかった。かつてローマの傭兵であったという熱心党の一人が、列を作るように号令をかけたけれども、群衆の中には病人も混っていれば、子供も女も仲間に入っていたので、壮丁〔成年の男子〕ばかりを並ばすことが容易じゃなかった。

その点、ヨアキムの一行は心得たものである。抜剣したヨアキムの革命党は、群衆の間にさっと入り込んで、刀を振るって強制的に列を作らせた。刀を見た群衆は、声も出さないで、おとなしく五十人あるいは百人と一団になって草の上に座った。そして、ヨアキムの一団は、一人一人、百卒長《ひゃくそつちょう》の責任をとることにした。しかしそれでも百卒長が足りなかったので、バアシャ、アキバはもちろんのこと、ニコライ、ナダブも百卒長の指令を受けた。そして、イエスの十二人の弟子も百卒長の任命を、ヨアキムから受けた。

しかしそれに対して、イスカリオテのユダは反対であった。

「僕らは、ヨアキムの下で百卒長になるんじゃ、いやだよ」

と、シモン・ペテロにこぼした。

組分けが出来ると、ヨアキムはイエスのところへ走って行った。

「先生、組分けが出来ましたが、どうなさるんですか。いよいよ、エルサレムへ突撃する決心をお固めになりましたか！」

百卒長の役をもらった十二使徒も気がきでないので、配属場所を離れて、イエスの前後に集まった。

大衆は、もう戦争が始まるのだと、緊張して、イエスの方ばかり見つめていた。

さあっと風が通った。ヨアキムは、イエスがどんな返事をするか固唾《かたず》を呑んで、四肢を慄《ふる》わせていた。

イエスは沈黙を続けて、天を見上げるなり祝福を唱えて、パンを裂き始めた。その時、ピリポは、大衆がどんな態度をとっているか、よそ見をしていた。

そして二度目に、イエスの方に視線を向けると、もうそこには、パンがうず高く積まれていた。

ピリポの傍に立っていたヨアキムはもちろんのこと、弟子達は、全く目を丸くして驚いた。

ピリポは頓狂《とんきょう》な声を出して、イエスに尋ねた。

「先生、これは食えますか？」

イエスは、静かに答えた。

「ああ食えるとも、食えるとも、別に普通のパンと変わったことはないよ、さあ、これを皆に分けてあげなさい」

そこには、数千枚のパンが、うず高く積まれた。

ヨアキムは、化《ばか》されてやしないかと目をこすってみた。しかし、それは疑いなくパンであった。

「先生、昔イスラエルが、シナイの荒野で食ったというマナは、このパンに似ていたんですか？」

そうヨアキムは質問したけれども、イエスは一言も答えず、なおどんどんパンを裂いては膨《ふく》らまし、裂いては膨らまし、五千人のほかに大勢傍に立っていた女、子供、病人にまで当たるように、パンを裂き続けた。皆の者は狐につままれたように、ただもう吃驚《びっくり》してしまった。

組々に驚嘆の声や賛美の声が起こった。ある者は、預言者を見た嬉しさの余りに、都詣《もう》での歌をうたって、ハレルヤを拍子よく高唱した。

バアシャは、アキバのところへ走って言った。

「君、イエスは預言者モーセより偉いぞ、不思議な力を持っている人だなア」

パンが済むと、こんどは祝福して二匹の魚をイエスはむしった。これも面白いほど沢山に分けられた。民衆は、もう酒にでも酔ったようになって、

「イスラエル万歳！」

と連呼する者さえあった。アキバは、隣の小隊の前に立っていたニコライに言った。

「えらいことになったなア、もうこれで、九分通りまで、戦争に勝ったのと同じだね。何しろ、天から糧が降ってくるんだからなア」

アキバの足許にいた青年は、疳《かん》高い声で叫んだ。

「我々には神様がついているからなア、ローマの軍隊くらいなんでもないよ。紅海の波の下に沈んだパロの軍隊のようになってしまうよ」

もうとっぷり日は暮れてしまった。弁当をもらった民衆は、思い思いに立ち上がった。ヨアキムの一団は、すぐテベリアに向かって進軍するのかと思っていると、イエスがひとり海岸に下りて来るのを不思議に思った。ナダブはそれを見て、

「どうするんだろうね、さっぱり見当がつかんなア」

やがて、イエスは、十二人の弟子達を無理に船に乗せて、ペテロの故郷のベテサイダに渡れと命じた。ペテロは錨を上げながら大声で言った。

「すると、先生はどうなさるんですか？」

「私は今夜、祈りたいことがあるから、ここでひとり、祈らせてもらおう」

「じゃあ、僕らもおりたいです」

「いや、私は、ひとりでいたいんだから、みんなは、さきに帰ってくれ！」

日没頃から、急に風が出た。そして、今までしずかであった湖畔の草木が、風になびいて、恐ろしい音をたてた。小波が、やや激しい大波に変わった。

「今夜は、時化《しけ》るかな」

アンデレはそう言った。

海岸の小石の上で、帰る帰らぬの問答をしているところへ、またヨアキムの一団がやって来た。

「先生！　だんだん日が暮れてきましたが、組織した部隊に、どういう行動をとらしたらいいでしょうか？」

ヨアキムの言葉までが、軍隊的に変わっていた。イエスは、すぐ答えた。

「ひとまず解散するのがよいだろう」

アキバは驚いて、イエスの顔を覗《のぞ》き込んだ。

「え？　先生、せっかく組織したものを、もう解散させるんですか？」

「そうです、まだ時機じゃありません。時機が来たら、あなた達に知らせよう。天の万軍も必ず援けてくれるに違いない。しかし、今は時機じゃない。この群衆はいったん解散するがいい」

そう言い捨てて、イエスは、踵《きびす》を返して、一人山奥の方へのこのこ歩き出した。イエスの性質をよく知っている十二人の弟子達は、先生の言われたとおり船を出した。

しかし、諦められないのは熱心党の一団とヨハネの弟子達であった。

「まずいなア、せっかくここまでついて来たものを、このまま帰すなんか！　全く拍子抜けしてしまうよ。我々は、荒野へ、一片のパンを食うために来たんじゃないんだよ。いよいよ、キリストが現れて、異邦人をイスラエルの国から追い放《はら》うというからこそ、遠いところまでついて来たんじゃないか！」

ナダブは、不平満々で、腕まくりしながら皆にそう言った。

その時ヨアキムは、刀をもう一度鞘《さや》に納めながら、腕組みして独り言のように呟《つぶや》いた。

「しかし先生が中心になってくれなけりゃ、我々だけでいくら騒いでも、ものになりやしないんだから、これは考えなくちゃならんなア、……まだ早い？　なるほど……考えようによれば、戦車は無いし、連絡はとってないし、部隊の訓練はしてないし、……なるほど、先生の言われるのも無理ではないな」

アキバは、口髭《ひげ》を両側にかき分けて、ヨアキムに言った。

「時世を喧《やかま》しくいえば、いつまで経っても機会は無いよ……しかし、御本人が戦争をしようという気がないんだから、こいつも困ったなア、俺には、先生の心理がさっぱり分からん。なるほど、あの人は不思議な人に違いない。とにかく、この大勢の者に、五つのパンと二つの魚で晩飯を食わすっていうんだから、普通の人間でないことは分かってる。しかし……イスラエル民族の窮状《きゅうじょう》を知りながら、一旗よう揚げないっていうのは、どうも、わしら、解《げ》せんな」

百卒長の連中がいろいろ言い始めたので、後の部隊の者は、自由解散の形式をとって、ぼつぼつカペナウムの方へ帰るものも出て来た。先頭の者が行って止めようとしたけれども、病人を連れているからいったん帰って来るといって、制止をきかなかった。

それを見たヨアキムは、憤慨して言った。

「あれだから困るんだよ、パンをもらう時だけは、きちんと隊に加わっていて、いざ戦争となると、我勝ちに先に逃げて帰るんだからなア。今までの革命が失敗したのも、理由があるよ」

そこへ、どこから出て来たか、両眼とも見えない盲人がやって来た。着物の裾《すそ》に房を付けているところを見ると、熱心なパリサイ宗《しゅう》の一員らしかった。

「わしは、ヨアキムさんに会って、言いたいことがあるんだ」

ヨアキムは、つかつかと、十二、三歩、盲人の方へ近づいて、歯切れよく尋ねた。

「何だい？」

盲人は、大声に言った。

「君は、あの人を神の使いのようにいうけれども、ありゃ偽物だぜ。さっき、みんなにパンを配った時に、手を洗わずに、パンを裂いたというじゃないか！　もちろん、わしは、盲《めくら》じゃから、別に見たわけじゃないんだがな、わしは、昨夜中、みんなについて、今日は治してくれるかと思って、順番を待っとったんだが、とうとう治してもらわずに、また日が暮れてしまったんで、後の方で立っとったんだ。わしはメシア（救い主）として来る人は、ユダヤの律法をみな守る人だと思うなア、手を洗わずにパンを裂くというのは、あまり感心せんなア、イエスはメシアでも何でもないぜ、あれは手品師じゃ！」

熱心党の連中は、パリサイ宗と喧嘩をおっ始めては、革命が成功しないと知っていたので、沈黙して相手にならなかった。

湖岸に近い部隊は、イエスの弟子達が、船で先にカペナウムの方へ帰るのを見たので、何かカペナウムの方で事件が起こるだろうと思ったか、ヨアキムの連中が号令もかけないのに、ぞろぞろと、磯《いそ》伝いに、ピリポ領からアンチパス領の方へ引き揚げ始めた。風はますます激しくなった。そして冷気さえ加わった。ヨアキムの連中は、恨めしげに、イエスの上がって行った小山の細道を見上げたけれども、彼の姿はもう見えなかった。それで、ヨアキムもナダブもアキバも悄《しょ》気《げ》きって、とぼとぼカペナウムの方へ歩き出した。

昨夜出ていた獅子星座が、今夜も空から覗いていた。

一一　闇にひざまずくもの

山の奥の方に入ってイエスは、人の眼に付かないような岩陰《かげ》に腰を下ろして、ひとり瞑想《めいそう》に耽《ふけ》った。砂は飛ぶ、小石が崩れ落ちる、今夜はいつになく風が強いように思われた。風の呼吸する合間合間は、真っ暗闇で、草と岩とを見分けることが出来なかった。

群衆は一人残らず帰ったので、辺りは天地創造前の静けさを持っていた。その静けさを、イエスはどんなに愛したか。ただ大空だけは、銀砂を撒《ま》いたように、春の恒星が黄道を飾り、地上に住む者を憐れむかの如《ごと》く見えた。

思い出されたことは、一昨年の春、二月の雨の後、洗礼者ヨハネにヨルダン川でバプテスマを受けてから、ユダヤの荒野に退《しりぞ》いたその時の感覚であった。四十日四十夜断食をして、瞑想を続けたその時、「石をパンにせよ、塔から飛べ、悪魔を拝せよ」と三つの誘惑を、次から次に撃退したが、昨日から今日にかけて、その荒野の誘惑が現実の問題となって彼に押し寄せた。悪魔がヨアキムの姿をもって、石をパンにすることと、高い所から飛ぶことと、悪魔と妥協することを、繰り返し繰り返し誘惑したことを思い出して、イエスはある物凄《ものすご》い力が彼の背後に動いていることを感じた。

荒野から出て来て後、ヨハネがヘロデ・アンチパスに捕らわれるまで、ヨハネと行動を共にしていた静かな約一年、さらにヨハネの入獄後ガリラヤに帰って、悔い改めと、神の国顕現の福音を説いた過去一年間の出来事を、イエスは静かに回想した。そして、民衆が彼の奇跡のみに驚いて、彼の味わっている天父の愛を、万分の一も知らないことにある種の悲しみを催した。

イエスは目を開いて、紫紺《しこん》の天空を見上げ、ギレアデの山々の頂の上に出来た架空線《かくうせん》に目をすえて、宇宙の神秘に沈んでいった。

――何という平安、何という静けさ、生存の不可思議、星の光栄、風の神秘、宇宙全体が神の胎盤の如く感ぜられるではないか！

やや激しく吹いていた風までが、今はしばらく静かになった。乾燥した空気が爽《さわや》かに肺に入った。大地の小岩が、天父の胸のように感ぜられた。不思議な運命を担って地上に生まれ出たそのことが、勿体《もったい》ない神の思し召しであると感ぜられた。星が、大空が、山々が、そして、岩と形の見えない草木までが、天の父の秘密の言葉を、彼に物語っていることを感じた。

――神に可愛がられている、神の独り子、そうだ、指先の延長が、山であり、河であり、星であり、宇宙の物質はすべて神の言葉であり、彼の魂は直接、天の父の魂に吸い付いていることを深く感じた。

祈るでもなく、祈らぬでもなく、合掌《がっしょう》して岩の上に腰を下ろしていると、汚点《しみ》なく汚穢《けがれ》なく、罪なき彼の地上の生活は、一瞬一瞬が栄光の生活であり、神に溶《と》かされたる花婿の生活であることを感じた。

暗闇にうずくまっていて、しかもそこに光がまばゆいくらい照り輝いているような気がした。貧乏が貧乏ではなく、有限の世界に住んでいて無限の世界を呼吸し、人の子に生を受けて、神の子の意識に入る不思議な感じが湧いていた。

しかし、そうした神と偕《とも》なる嬉しい瞬間は、天の父の感じ給《たも》う人間の運命についての責任を思うことによって、急に暗くなった。

彼は聖霊を受けたが故に——宇宙の創造者の意識を意識とするが故に、地上の最微者の痛みをも胸に感じた。その嘆ける最後の霊のためにも、贖罪《しょくざい》の嗣業《しぎょう》を完成せねばならぬと思うと、洗礼者ヨハネが言った『民の罪を負う神の小羊』という言葉が、火山の爆発の如くに、彼の胸を粉砕した。

「父よ、負わねばならぬ罪でしたら、私は負いましょう」

と……イエスは、短く口に出して祈って、静かに涙を拭いた。

男として生まれた以上、神の使命に生きることの荊《いばら》の道を、彼は決して避けたくはなかった。そのためにのみ地上に送られたことを彼は感じた。ナザレの家を出た日から、聖霊は彼にその道をのみ示した。革命か？　十字架か？　悪魔は革命を指さし、聖霊は十字架を彼に囁《ささや》いた。それで、彼は新しく瞑想のうちに十字架を覚悟した。すると、世界は一段と、光明に輝くように見えた。もちろん、その踏むべき荊の道も、神の愛にほだされて容易に通過し得ることを、彼は強く感じた。

星が一つ飛んだ。斜めに、横に、瞬く間に消えた。物凄い晩だ。また風が起こった。闇の中に座るイエスの霊魂には、不動の静寂さが漲《みなぎ》っていても、彼の周囲は動揺を重ねて、ともすれば彼の魂を激動のうちに巻き込まんとする勢いを示した。

しかし、それでも、春の夜だ。星は移り、乙女座が頭の上に回って来た。身体も筋肉も、足も手も、眼球も、頭の中を流れる思想も、何もかも少しも動かさないでいると、人間機能を離れて、宇宙の神の静寂さのうちに、心よりの休息を得た。目を開いているけれども熟睡以上に休まり、腰はかけているけれども、横臥《おうが》した以上に、休息したような元気に充たされた。

すべての恐怖が消え去り、すべての焦慮が発散した。彼は生きながらに無生物になったかの如くに、岩と、木と、草に同化したような気がした。いや、あらゆる無生物が、彼の霊魂の衣であるかの如く感ぜられた。そして、人間の激動が、彼の裳裾《もすそ》のあたりに起こる砂埃《すなぼこり》のように思われた。

闇の中に、狼に似た動物が、二つの目をむいて近付いてきた。

それでも、イエスは微動もしないで、その動物を祝福してやる気持ちでいた。不思議がった動物は、彼のところまで匂いを嗅ぎに来た。が、すぐまたどこかに立ち去ってしまった。奪うべからざる歓喜が、彼の胸のうちに湧いてきた。それは、地上の富や、名誉や、性欲や権力が与える喜びとは違って、天が保証する、尽きざる希望の喜びであった。

風は旋風《せんぷう》になった。星が見えなくなるほど砂塵《さじん》がとんだ。

その瞬間にイエスは湖上の旋風に悩んでいる弟子達のことを思い出した。眠りよりも甘い瞑想に浸っていると、時間の経つことが分からないが、神に根底を置いていない群衆のやることに気を配ると、弟子達までが大衆の中に巻き込まれそうに思われた。

ヨアキムは、既に民心を握っている。弟子達も、その方に傾く傾向を持っている。あのまま捨てておけば、まず、イスカリオテのユダが、ヨアキムに巻き込まれて、カペナウムに一日帰ることを遅らすと、取り返しのつかぬ危機が、神の国の運動に起こりはしないかと考えた。

イエスは静かに、甘い真夜中の瞑想より立ち上がった。暗い岩影が、薄青い色に輝いているように見えた。刻む一歩一歩が、地上のそれではなく、天の星の上を歩いているような気がした。——そして地球も、天の星の一つであるに違いなかった。

一二　パンの問題

ガリラヤは、鼎《かなえ》の如く沸騰した。早馬は、王ヘロデの城下へ飛んだ。元マタイが勤めていた税務署から、カイサリア在住の、ローマ帝国知事ポンテオ・ピラト〔総督とも呼ばれる〕にまで、同様の報告が飛んだ。兵糧を買い入れる者、刀剣を仕入れる者、家の後仕末を頼みに来る者、掠奪《りゃくだつ》を恐れて、財宝を蔵《かく》す者、目的は違っているけれども、狭いローマ風の、一間《けん》に足りないカペナウムの街路は、こうした人々によって一杯になった。

ヘロデ党の密偵、さては、ローマ政府の間諜《かんちょう》らは、得たりかしこしと、民衆の行動をさぐっていた。また、エルサレムからは、わざわざガリラヤの動揺を調査するために、祭司の長《おさ》カヤパから、視察員の一行が派遣されて来た。

街の話題は、イエスが五千人にパンを与えたことと、昨夕、彼が海の上を歩いて帰って来たという話で持ちきっていた。会堂に近い、角のパン屋の前には、朝から一週間分の弁当を注文する者が多いので、店は雑踏していた。そこに立ち寄る人々は皆、昨日食ったパンが、そのパン屋の品物より上等であることを吹聴《ふいちょう》して立ち去った。

しかし、イエスが、近くの街のパン屋を無視して、無闇にパンを製造したことを店屋の主人は非常に不服に思っていた。

「あんな事をされちゃあ、こっちは上がったりじゃ、パン屋がたちゆかんよ」

背の低い、獅子鼻をした、腹のとび出したパン屋の主人は、客の一人を掴《つか》まえてそう言った。パンを買いにきたパリサイ宗《しゅう》の男も、イエスの奇跡に対して疑問を持っていた。それで、話がよく合った。

「たかがナザレの大工じゃないかね……みんなどうかしているよ、この町の人は。……五つのパンと二つの魚で、どうして五千人に食わすことが出来るもんか。みんな魔術にかかってるんだよ。イエスっていう奴は、飯を食う時、手も洗わずに食うっていうからね、信仰があるかどうか分からんね、あいつは。何でも、ある人にいわすと、悪魔の大将のベルゼブルが憑いているという噂《うわさ》だなア。何でも、昨日も、みんなにパンを配る時に、手を洗わなかったとかで、うちの隣のパリサイ宗の盲人が、きゃんきゃん言って怒っとったよ。あんな大工の奴が、町を騒がすと、また、こりゃ、ひと騒動起こるわい。困ったこっちゃなア」

パン屋の角で、そんなことを、いつも声を振るわせて物をいう神経質のパリサイ宗の男と、イエスを商売敵《かたき》のように思っているパン屋の親爺《おやじ》が噂しているところへ、どかどかっと、熱心党の一団がパンを買いに入ってきた。

「おい、親爺、ここにあるパンを皆売ってくれ、いくらにしてくれる?」

そう言ったのは、昨日からヨアキムを助けて、五千人の一団を指揮していた巨大な体格の持ち主エヒウであった。

「さあ、十シケル分くらいありましょうかな、もう少し御入用でしたら、今から焼いてもようがすよ」

店の中に入って行った四人のうちの一人は、よほど疲れていると見えて、パンをこねる台の傍にあったベンチの上に寝てしまった。その傍の椅子に腰をかけた一人はパンを食いながら、イエスの批評を始めた。

「なってやしないよ、あいつは！　あれだけ、わしらが話を持ちかけてゆくにかかわらず、ああいえばこう、こういえばああと逃げちゃうんだからなア。もう俺は、あいつに失望しちゃったよ」

ベンチの上に寝ている男は、けだるそうに眼を閉じたまま、小さい声で言った。

「実際、癪《しゃく》にさわるな、あいつは！　君らは何だ、昨日パンを食ったから集まって来たんだろう……ふん、人を馬鹿にしてるじゃないか。我々は腐ってもイスラエル魂を持っているからなア、あんな大工の小倅《こせがれ》に馬鹿にされたくはないや」

二人の会話を興味深く聞いていたパリサイの男は、表から、椅子に腰かけている青年に声をかけた。

「あいつは、やはり偽ものでしょう、メシアじゃないね、食事する時に手を洗わんというじゃないかね」

その言葉を聞いた椅子の男は、すぐ答えた。

「なに、飯を食う時に手を洗わぬのは、俺も同じじゃがな、あいつは、大体卑怯者《ひきょうもの》だよ。我々が五千人から集めてやって、ちゃんと革命の膳立までしてやっているのに、山の中に逃げ込むんだからなア」

「ふム、そうだろうなア、根が大工の子だからなア、戦争する気はないだろう」

ベンチの上に寝ていた男が、パンを注文していた怪しげな男に尋ねた。

「おい、エヒウ、さっき、イエスが会堂で言っていたことは、あれは何だい？　荒野で食ったマナは駄目で、彼奴《きやつ》の肉を食う者は死なないと言っていたが、あれは何じゃい？　俺にはちょっとも分からねえや」

手鼻をかんで、パン屋の主人も、話に一枚加わった。

「五千人にパンを食わしたって、ほんとですかい？」

椅子に腰かけている男が答えた。

「うム、俺も食ったは食ったがね、そのパンがどっから来たか、俺は知らねえんだ」

腹の突き出たパン屋の親爺は疑い深い口調で言った。

「みんな狐につままれていたんと違うんですか？」

ベンチの上に寝ている男が、嘲《あざけ》るように言った。

「そのくらいの程度だろう……しかし、不思議な奴は不思議な奴だなア、あいつは」

みんなが、イエスの噂をしている時に、ローマ風の袈裟《トガ》を肩にかけた、上品な紳士《しんし》が、パン屋の前を、二人の従者を連れて通りかかった。パン屋の親爺は、その男をよく知っていると見えて、彼を呼び止めた。

「旦那《だんな》、マナエンの旦那、お久しうございます」

そういった声が、紳士の耳にとまると、彼ははたと立ち停った。パン屋の親爺は、内から表に走り出てぺこぺこお辞儀をした。

「また、旦那、どうしてカペナウムへお出でになったんです？　先だっては、いろいろお世話様になりました。えらい立派な御殿を拝見させて頂きまして、ありがとうございました……」

「いや、あの時は失敬しました。アグリッパ殿下の御用で忙しかったものですからね」

紳士は、言葉丁寧にパン屋の親爺に応対した。

「今日はどちらへ？」

パン屋の主人は突っ込んで聞いた。

「ちょっと会堂まで」

「ああ、あの預言者のところへ？」

「ええ、そうです」

そこへ、会堂司のヤイロがやって来た。そして、マナエンに丁寧な挨拶をした。

「お見それいたしまして失礼致しました。あなたがお出でになっていることを伺いまして、あとから、追っかけて参りましたんです」

マナエンはヤイロの顔を見て、立ち話を始めた。

「えらい騒ぎですなア」

ヤイロは口髭《ひげ》をしごいて言った。

「今朝の話を会堂でお聴きになりましたか？」

「えエえエ、聴くだけは聴きました。ギリシャの哲学者のようなことをいう人ですなア、あの人は哲学を知っているんですか?」

マナエンは、袈裟《トガ》の端を右手から左手に持ち変えながらそう尋ねた。

パン屋の店のなかでは、熱心党の連中の間に、マナエンが何人《なんびと》であるかの取り沙汰を始めた。椅子にかけている男が一番よく知っていると見えて、寝ている男に、明瞭に答えた。

「ありゃ、アグリッパの乳兄弟で、マナエンという奴だよ。そら、エッセネのメナヘムという預言者がおったろう」

ベンチに寝ている男は、頭を左右に振った。

「俺は、そんな男を知らねえ」

「なにも知らん奴だなア、あすこに立っている人の親爺《おやじ》がさ、メナヘムといってさ、アンチパスの親爺がまだ馬賊をしとった時にさ、お前は将来、イスラエルの大王になると預言した、その預言者なんだよ。そのためにヘロデ王に引き上げられてさ、メナヘムの子供達は　みなエルサレムの御殿で育ったんだよ。あいつも、アグリッパと一緒に大きくなったんだそうな。なかなかあいつ、話が分かっているんだぞ」

表を見ながら、食いさしのパン切れを両手に持って、椅子に腰かけた男が、仲間にそう教えた。

ヤイロに連れられて、マナエンは、軽くパン屋の主人に会釈《えしゃく》してどこかへ歩いて行った。その後から、熱心党の仲間の者が、もう一人パン屋にやって来た。

「パンくれ、パンを！　腹が減って動けねえや、イエスの野郎のいうことを聞いていると、腹が立ってしまうよ」

そういいながら、彼はいきなり、そこにあったパンに食い付いた。椅子に腰かけている男は、新しく来た仲間に尋ねた。

「ヨアキムの大将は、まだ会堂におったたか？」

「いや、誰も、もういなかったぜ。みんなイエスに愛想をつかして帰って行くらしかったよ。一番怒っていたのは、ヨハネの弟子だったなア。バアシャなどはぷんぷん怒って、会堂にすえてあった机を引っ繰り返していったよ。一体、こりゃどうなるんだろうなア？」

その時、体の大きなエヒウは言った。

「こうなると、もう駄目だから、いったん解散してさ、時が来るのを待つより仕方がないじゃないかね」

「解散ときまりゃ、家へ帰るまで弁当が要るわけだなア」

パリサイの男は、みんなの話を興味深く聞いていたが、用事があると見えて、のこのこ会堂の方へ立ち去った。

熱心党の連中は、思い思いに、五枚十枚とパンを風呂敷に包み始めた。そして、店には一枚も、パンが無くなってしまった。パンを風呂敷に包んだ者は、金も払わずに、我勝ちに立ち去った。最後に残ったのはエヒウであったが、彼もまた、金を払わずに立ち去ろうとした。それを見た親爺は、エヒウの袖を握って、代金を払ってくれと懇願した。要領のいいエヒウは、掠奪《りゃくだつ》には馴れていた。

「なに、金？　金を忘れてきたものだからね、仲間のところへ取りに行くところなんだよ」

そう言ったけれども、親爺はきかなかった。

「御冗談いっちゃあ困りますよ。旦那、十シケルの約束じゃありませんか」

親爺があまりしつこいので、エヒウはすぐ、

「よしッ、じゃあ、払ってやろう」

と言って、長い刀剣を、パン屋の親爺の鼻先に差し伸べた。親爺はびっくりして、店の中へ逃げ込んだ。それを見たエヒウは、苦笑しながら、ゆうゆうと刀剣を鞘に納めて、また歩き出した。

一三　志士の娘

一つの旋風《せんぷう》は過ぎたけれども、新しい旋風が、どこにか巻き起こりそうに見えた。流言蜚語《りゅうげんひご》はしきりに飛んだ。ヘロデの大軍が、今にもカペナウムを焼き打ちするんだというような噂ま

でが喧伝《けんでん》された。それで、会堂司のヤイロは心配して、暫時《ざんじ》の間、ギリシャ人の多く住んでいるツロ・フェニキアの地方にでも旅行するようにと、イエスに勧めた。

イエスはその旅行に賛成した。しかしそれに対して、イスカリオテのユダは反対であった。

「アレタ王の大軍が、モアブの方から侵入して来る時に、機を外さず一旗揚げるべきであって、どこの馬の骨か分からぬ娼婦マグダラのマリアの金の根がけを旅銀にして、逃避行をやることは、もってのほかだ」

というのが、彼の意見であった。熱心党のシモンも、ユダの意見に賛成した。彼らには、イエスが持っているような、高い神の国の理想がどうしても理解出来なかった。しかし、マタイとピリポは大喜びであった。外国へ旅行するのは初めてだし、ローマ、アテネの栄華に劣らない繁栄を続けているツロ、シドンを見ることが出来るというので、彼らは小躍りして喜んだ。

ヨハネやヤコブは自分の家に帰って旅行の準備をした。ペテロの女房も、夫に洗濯した着物を着せてやろうと、火熨斗《ひのし》〔アイロンに相当する当時の道具〕をかけた。

しかし、イエスは、さし迫った旅行のことなどを全く忘れて、相変わらず、大勢の病人を、カペナウムの市場で癒《い》やしていた。

その日の暮れ方であった。イエスが市場を引き揚げて、ペテロの家に帰ろうとすると、去年の春、ヤイロの娘が死にかかっていた時、道端で、彼の衣に触って、十二年の血漏をすっかり癒されたフェロニカが、イエスに懇願した。

「先生、可哀相《かわいそう》な病人を一人助けてやって下さいませんか?」

イエスはフェロニカの信仰をよく知っているので、すぐ気軽にそれを引き受けた。

春の日はとっぷり暮れて、もう路地に誰がいるかさえ見分けることが出来なかった。昼ならば、そこを通ることが出来ないほど、イエスに触ろうと病人のついて来るところを、闇のお陰で、イエスは久し振りに静かな訪問をひとりですることが出来た。フェロニカは、灯さえついていない路地にイエスを導いた。

そこは皮肉にも、会堂のすぐ近所で、イエスをいつも罵倒《ばとう》しているパリサイ宗の盲人が住んでいる貧乏人長屋であった。イエスはこれまで、この長屋にたびたび来たことがあった。しかし、フェロニカの家のすぐ隣に、そんな気の毒な病人が住んでいるとは知らなかった。

フェロニカがここだと教えてくれた家は、路地の奥を入った、五軒長屋の真ん中にあった。向かいは、例のパリサイ宗の盲人の家であった。

「ラザロさん、大先生が御自身で来ておくれやしたぜ。ほんとに勿体《もったい》ないこっちゃ。暗うて、足許さえ見えんが、灯は無いんかね?」

フェロニカがそう言った時、真っ暗闇のなかから、銀鈴のような美しい声が聞えた。

「おかみさん、済みません。油をよう買わんもんですから、夜が来たら、すぐ寝てしまうことにしてるんですの、ほほほほ」

その声を聞いてイエスは

「ちょっと表へ行って来ますから」

とフェロニカに言って、すぐ姿を消した。

気の付くイエスは、間もなく荒物屋から素焼きで作った灯皿一つと一升入りの油壷にオリーブ油一杯を買い求めて来た。

フェロニカは、まだ灯のつかないラザロの家の入口に立って、イエスを見て笑った。

「おほほほほ、先生、どこへ行っていらしったんですか？」

イエスは返事もしないで、土間に灯皿《ひ》を置き、オリーブの油をそれに注ぎ込んだ。それを見たフェロニカは、疳《かん》高い声でイエスに言った。

「まあ、先生は、よく気がお付きになる方！　はや、表へ行って油を買ってきてくだすったんですか、ほんとにどうしましょうね」

フェロニカは、ラザロの姉のマリアに言った。

「あなた、先生にお礼を言いなさい、あんたンところに灯火《あかり》が無いというので、先生はちゃんと、表へ行って、油と灯皿をあなたのために買ってきて下すったのよ」

マリアの両眼には、もう玉のような涙が滲み出ていた。

イエスが新しい灯皿に灯をつけて、それを病人の枕許へ持って行こうとすると、マリアは彼の前にひざまずいて、泣きながらイエスの衣の裾に接吻した。

「先生、こんなむさ苦しい家に来て頂くことさえ勿体ないのに、御自身で油を買って来て下さって、ほんとにありがとうございます。もうこれだけで、弟の病気が治ったような気がいたします」

そういって面《おもて》を上げたマリアは、貧しい家に珍しいほど気高い顔をした娘であった。彼女は澄みきった瞳を輝かして、天の使いのように見えた。

イエスは灯皿を病人の枕許に置いて、挨拶をした。患者は呼吸器が悪いと見えて、引き続いて空咳《からせき》をした。マリアは、すぐイエスに病状を説明した。

「先生、この病人は治りますでしょうか？　お心に叶《かな》いますなら、どうか祈ってやって頂きたいんです。もう半年も寝たっきりになっていまして、あんなに咳《せき》ばかりしているんでございますの、それに、折々血を喀《は》きまして、昼過ぎになると、きっと発熱するんでございます。先生が病気を治して下さることは、ずっと前から聞いているんでございますが、何しろ、私が、漁師のとってきた魚を干す仕事に出なければ、病人に食べさすことが出来ませんので、先生に一度来て、お祈りをして頂こうと思っていたんですが、それが延び延びになって、こんなに病気が重くなってしまったんです。エルサレムに嫁いでいる姉の方から、毎月仕送りが少しずつあったんですが、姉の主人も、先だって、亡くなってしまったものですから、仕送りも止まってしまいますし、もうこんなに病気が重くなりますと、下《しも》のことまで、私が一々見てやらなければならないものですから、浜の仕事にも出られないんでございます。それに、親類というのが余りしっかりしていませんし、そうかといって乞食するのも厭ですしね、みんなは、私がアレキサンドリアに身売りするか、ツロかシドンに娼妓《しょうぎ》になって出れば千デナリなり、千五百デナリなりの金がすぐはいるから、そうしろといって勧めてくれるんですけれど、私は、お父さんのことを思うと、いくら何でも、そんなに身を持ち崩すことは厭ですから、毎日祈ってばかりいたんです。もうちょうど、今日で三日ほど私は御飯も何も頂いていないんです」

イエスは、病人の姉の言葉に感心してしまった。

「あなたのお父さんは、何をしていらしったんです?」

「アスロンゲスの革命党の仲間に入っていたんでございます。そして戦死してしまったんです。お母さんも、お父さんが死んでから間もなく、死んだんでございますの」

アスロンゲスといえば、その兄弟達四人が、ローマの束縛を脱してユダヤの国を独立させようと、ペレアで革命運動を興し、最初はローマ帝国に対する単なる非協力運動であったものが、ついにローマ政府の圧迫のもとに暴動化して、一味徒党の全部が殺されてしまった珍しい運動であったことを、イエスは、幼い頃、よく父のヨセフから聞かされていた。

そして、今、そのアスロンゲスのような志士の娘が、こんなに苦労しているかと思うと、気の毒でたまらなかった。

「ああ、そうですか。ふム、じゃあ、もと、あなたのお父さんは、ペレアにいらしったんですか?」

「ええ、ペレアのラモテにいたんです。けれど革命戦争に負けたもんですから、お母さんと一緒に、ガリラヤに逃げて来たんです」

新しい灯皿と、フェロニカの持って来た灯火《あかり》で照らされたマリアの家というのは、たった一間しかない、みすぼらしい家であった。竈《かまど》らしい竈がすわっているでなく、木で作った寝台が二つ、部屋の両側に並んでいるだけで、一切他のものはなかった。

イエスは、両手を伸ばして、青年ラザロの身体に触れ、天を仰いでしばらく祈っていたが、マリアを顧みて言った。

「痩《や》せているね、ずいぶん、栄養をつけんといかんね」

そう言って、イエスは、内懐《うちぶところ》から二十デナリの金を出した。

「こんな病人に断食させるとよくないからね、これで滋養になるものを買ってあげて下さい。足らないところはまた工面してあげますからね、遠慮なくわたしに言って下さい、この人は、足さえしっかりすれば、そろそろ労働出来るでしょう」

そう言って、その金を、病床の上に置いた。フェロニカは、イエスの後に立っていたが、彼に向かって、丁寧に礼を述べた。

「ほんとに、先生、ありがとうございました。祈って頂きましたので、あんなに、病人の咳が止まりましたですよ。その上、お金まで頂きまして……もうマリアさんも断食しなくて、身体も元気になりますわ」

マリアも、弟の咳《せき》が急にとまったので、両手を合せて、胸に持って行き、疳《かん》高い声で言った。

「まあ、嬉しい！　ねえ、ラザロ、咳が止まったじゃないの、ありがたいわね」

するると、青年は、むくむくと病床の上に座り直して、イエスにお辞儀をした。それを見たマリアも、フェロニカも、全く吃驚《びっくり》した。

「まあ！　あなたはそんなに良くなったの。さっきまで、あなたは自分の腕で、身体を持ち上げることさえ出来ないといって悲しんでいたじゃないの」

ラザロは両手を床の上について、二つの頬に微笑を湛えながら、イエスに再三謝意を表した。

向かいの盲人のパリサイの家では、親子喧嘩が始まっていた。息子が博奕《ばくち》に負けて、親爺の金を盗み出して使ったことが見付かったとかで、盲人の親爺がそれを罵《ののし》っていた。息子は平気な顔をして、

「コルバン（神への献物）にしたんじゃないか、神様に供えちゃったよ、きゃんきゃんいうなよ」

と、けんもほろろに親爺をきめつけていた。

イエスは耳をそばだてて、その様子を聞いていたが、フェロニカに問うた。

「向かいの盲人はパリサイじゃないんですか？」

「ええ、先生、息子も、あれで、パリサイなんですよ、あんなパリサイは困りますね、親爺の金を盗んでも、コルバンなんですからね」

「わはははは」

マリアは急に元気付いた調子だった。

「先生、私も、あなたのお弟子にして下さいますでしょうか？　私は、先生のお話を、ずっと前に、一度、浜でお聴きしまして、是非先生のお弟子の一人に加えて頂きたいと思っていたんですの、それにこんなにむさくるしいところに来て下さって、弟の病気を治して頂いた上に、お金まで頂戴して……私、どういって御礼をいっていいか分かりませんわ……先生は、エルサレムの方にいらっしゃる時があるでしょうね、そしたら、ぜひ、姉の家に泊って頂きたいですわ、貧乏はしていますけれど、家だけは広うございますから、過越し祭や宮潔《みやきよ》めの時などに泊って頂くと、ほんとに結構なことですわ。私も、先生、ラザロさえ健康になれば、エルサレムの方へ行って、姉と一緒に住みたいと思っているんですの。姉も一人で淋しいでしょうから、カペナウムを出来るだけ早く引き揚げたいと思ってるんでございます」

一四　旋風を避けて

次の日、朝早く、イエスは、ペテロ、アンデレ、ヤコブ、ヨハネ、マタイ、ピリポ、の六人を連れて、北国の旅に出発した。

その日は、近頃にない曙《あけぼの》の美しい朝であった。板のように削りとられたギレアデの山の絶頂には、黄金の色が漂っており、玄武岩の絶壁には紫の霞《かすみ》がかかっていた。

残された六人の弟子達は、イエスが彼らを伴ってくれないことをすこぶる不平に思っていた。しかし、イエスには旅費に制限があった。それに、ヘロデ党との衝突を避ける目的もあったので、そう大勢で旅行することは出来なかった。そして実際、弟子達にはイエスがどちらに向かって行くか、それさえ分からなかった。しかし、家を出てからしばらく行くと、ペテロは、イエスがツロ、シドンの方に足を向けていることが分かった。

それで、ペテロは、歩き歩き、ヘロデ・アンチパスの甥《おい》にあたる、放蕩息子のアグリッパの話を、イエスにした。

「先生、ヘロデアの兄弟にあたるアグリッパがテベリアに帰って来たことをお聞きになりましたか？　あの一族はずいぶん困ったものですね、幼い時、あなたを殺そうとしたヘロデ王には妾《めかけ》が九人もあって、あれで一門百人もありますかなア、みんな同族結婚をするものだから、唖《おし》の子が出来たり、放蕩息子が出来たり、ずいぶん屑《くず》ばかりが、よく生まれたものですなア」

その声を聞いて、イエスの後から、年の若いヨハネと一緒に歩んでいたピリポが、声をかけた。

「ヘロデ・アンチパスって男も、疑い深い男だね、あいつはまるで狐《きつね》のようだなア、ヨハネ先生を殺したのも、ただ単に自分の非行を責められたからでなくて、ヨハネ先生の評判が余りよくて、革命になるかも知れないと疑ったんだというが、ほんとうでしょうかね？」

ペテロはすぐそれに答えた。

「全くそうだよ、性分が狐だからなア」

ヤコブは、手に持っていた弁当を肩に打ち懸《か》けて、イエスに言った。

「実際、あんな狐にかかっちゃあ叶《かな》いませんね、先生！」

ヘルモン山は白く真正面に見え、ガリラヤの湖水は、足の下に、鏡のように光った。

「いい景色だなア」

そう言いながら、イエスは足を止めて、美しいガリラヤの湖面を凝視した。その傍に立ち止まったマタイは、

「先生、あなたの言われるとおりです。ソロモンの栄華の極の時でも、その装いはここに咲いているアネモネの花の一つに及びませんね」

ヨハネは、草鞋《わらじ》の紐を直すために、イエスの足許にやって来て、足を投げ出した。そして草鞋の紐をいじりながら、マタイを冷かした。

「どうじゃ、マタイ、ここまで来ればお前は安心だろう、誰も、君を非国民呼ばわりする者が無いね」

「うム、熱心党のシモンの野郎、俺の顔を見ると、いつも税金問題をふっかけるのでうるさかったが、こんどはカペナウムに置いて来たから、議論の相手がなくて淋しいよ……しかし、

住《よ》い景色だなア」

それから五日ほど歩いて、一行六人の者は、地中海でその名の知れたツロの町に入った。そこはユダヤ人とよく顔の似たフェニキア人の住んでいる所で、そのにぎやかなことは驚くばかりであった。

弟子達は、皆、ギリシャ風の建築や、ローマ風の商品に吃驚《びっくり》して、きょときょとしていたが、イエスは、別に驚きもしないで、真っ直ぐに、大通りを通り貫けて、弟子に言った。

「あそこにわたしの必要なものは、一つも無かった。みんな泥棒が入れば盗られるものばかりだ、そして長く置いておけばみんな錆《さび》や腐りがつくものばかりだわい。人間が死んでも、次の世界へ持って行かれるものを、もう少し製造せんといかんなア」

イエスがあまり奇抜なことを言うので、それを聞いていた弟子は皆噴き出した。

しかし、ピリポは非常に感じたらしく、その晩宿屋に着くと、すぐイエスのところにやって来た。

「先生、やはりユダヤのような狭いところにだけ閉じこもっているのはだめですなア、どうです、フェニキア人の海外貿易の盛んなことは！　自分が利益を得るために、あんなに熱心にやっているのを見ると、我々は、神の国のために、もう少し働かなければならんと思いましたね」

その次の朝であった。一行が宿屋を立とうとすると、その宿屋の主人であるギリシャの女が、イエスの許《もと》にやって来た。

「先生、私の親類の者が、ぜひあなたにお願いしたいことがあるんですが、お会い下さらないでしょうか？」

そう言って、背のすらりと高い、美しいギリシャ鼻を持った三十近い上品な女を紹介した。

その女は、イエスの前に進み出るなり、地に平伏して頭を下げた。

「何か、用事があるんですか？」

とイエスが訊《き》くと、恐る恐る彼女は顔をあげた。

「先生、私の娘が悪霊につかれて、ずいぶん長いこと、病気で困っているんでございますの、どうかぜひ治してやって下さいませんでしょうか」

そう言った彼女の唇は慄《ふる》えていた。

イエスは、やや当惑した顔をして、その女に答えた。

「今のところ、わたしは郷里《くに》の人だけを治して上げることにしているので、とても、外国まで来て、お世話をする余裕はないね、まあ、パンをやる時には子供を先にしたがいいですよ、子供のパンを犬にやるのは、あまり感心しないね」

そう言われたけれども、フェニキア生まれのギリシャ人は少しも悲観した顔を見せなかった。鬢《びん》の毛を撫で上げながら、再びイエスの顔を見上げて言った。

「だって、先生、食卓の下の犬だって、お余りを頂戴するじゃありませんか」

その頓智のきいた言葉に、イエスは両の頬に微笑を湛《たた》えながら答えた。

「あなたはよく分かっていますね、よろしい、あなたがそんな信仰を持っているなら、もう治っていますよ、帰って行って御覧！」

その言葉に、女は飛び去って、少し離れていた自分の家へ帰って行った。すると、イエスの言葉どおり娘は寝台の上に寝ていたが、病気はすっかり治って、嬉しそうに目をぱちくりさせていた。で、彼女はすぐまた、宿屋に引き返して来て、小躍《こおど》りしながら、イエスに感謝の辞を述べた。

ペテロはそれを見て、イエスに言った。

「先生、たまりませんね、こんなところまで評判が伝わっているんじゃ！」

そこを発って、イエスは人目を避けてデカポリスのギリシャ人の植民地を、町から町へと彷《ほう》徨《こう》し続けた。

二章　エルサレムの弟子

一五　都詣《もう》で

都詣での歌が聞こえる。乾き切った石灰質の砂塵が、草鞋《わらじ》の後から舞い上がった。ガリラヤから上って行く大勢の巡礼は、過ぎし日の騒動も忘れたかのように、大声で叫んだ。

見よ　はらから
相睦《あいむつ》みおるは
いかに善いかな

首に注がれたる貴《とうと》き膏《あぶら》
鬚《ひげ》に流れ
アロンの鬚に流れ
その衣の裾《すそ》にまで滴る
ヘルモンの露《つゆ》したたりて
シオンの山に流るるが如し
エホバかしこに祝福を下し
恨《うら》みなき生命《いのち》さえ与え給う

心配していたラザロが、案外歩けるので、姉のマリアは大喜びであった。マグダラのマリアも、子供のようになって、はしゃいだ。

「こんな嬉しいことはないわよ、イエス様に罪を取って頂いてから、身が軽くなったのよ。今年こそほんとに、心から御礼詣《まい》りが出来そうだわ」

そう、彼女は、傍に歩いていたスザンナに言った。スザンナは、過越し祭を守ることもあったけれども、また皮革の仕入れに、エルサレムの市場を見回る必要があったので、この一行に加わったのであった。

イスカリオテのユダは、ラザロの傍にいつも付き添って、何くれとなく世話をやいた。ラザロの姉のマリアが、イエスのことを、ねほりはほり訊《き》くので、マグダラのマリアも悦んで答えた。

「あなた、イエス様の種蒔《ま》きの話を聞いたでしょう。ほんとに、あのとおりね、私達も神様のお言葉を石地や、茨の中や、道の上に落さないで、良い畑に蒔きたいものね」

ラザロの姉は、すぐ答えた。

「その話は、私も、ゲネサレの浜で聞きましたよ、神の国は芥種《からしだね》のようだ。しばらくすれば生え出して空の鳥が住むようになる。というようなことも、言っていらっしゃいましたね」

スザンナは、その言葉を聞いて、

「まあ！　あなた、あの結構な話を聴かれたんですか？　ほんとにイエス様がおっしゃるとおりね。どうですか、あのゲネサレの浜で言われたことが、今天下に広がっているじゃありませんか……しかし、イエス様が山の上でお話しになった――憎むな、心の中で色欲をもって異性を見るな、というようなことは、なかなかむつかしいわね。私ら、こんな商売をしていても、騙《だま》されると、すぐ憎たらしくなって、相手をくそみそに言いたい気性でしてね、イエス様にうんと潔《きよ》めて頂かないと、この性分が治らないと思っているのよ」

マグダラのマリアはスザンナの言葉を受け継いで言った。

「ラザロの姉さんは、ほんとに信仰が強いんだわね、先生が、ラザロの姉さんの信仰をお聞きになれば、きっとお喜びなさるわ、ねえ、ユダさん」

イスカリオテのユダは、それに同意した。それで、マグダラのマリアは、彼に訊《き》き直した。

「どうです、あなたも、ラザロの姉さんのような気になれますか？」

「いや、なれませんなア、なりたいと思っているんだが、どうも、家のことが気にかかったり、将来の計画のことを気に病んだり、ことに、私のように、先生の会計をまかしてもらっている者は、一刻も安心出来ませんですよ。ぐずぐずしていると、すぐに物騒《ぶっそう》な強盗にやられますからね」

スザンナは、その時、思い出したように、彼に尋ねた。

「ちょっと、ユダさん、あなた、トマスさんやナタナエルさんに、少しお金を置いてきた？」

そう言って、スザンナが立ち止まった。で、マグダラのマリアも、ラザロの姉も歩みを止めた。イスカリオテのユダは立ちすくんで、頭を振った。

「いいや、みんな持ってきましたわい、他の人に会計をまかせますと、後できちんと合いませんからなア」

マグダラのマリアは、目を丸くして舌打ちをした。

「それはひどいわ、十シケルでも二十シケルでも置いてきてあげればいいのに」

「いや、心配要りませんですよ、あの人達は、私達などとはちがって、ガリラヤが故郷ですからね」

ラザロの姉は、その言葉を聞いて、彼に尋ねた。

「あなたは、ガリラヤの方じゃないんですか？　お郷里《くに》はどこなんです？」

イスカリオテのユダは歩き出した。

「私はユダヤの国ヘブロンのケリオテの者です」

「ああ、そう？　あなた、ヘブロン？　どこかに、あなたはユダヤ訛りがあると思った」

そう、マグダラのマリアが言った。

エリコに着いたのは、カペナウムを出てから五日目の晩であった。サマリアは、過越し祭に行く者を誰一人通らせてくれないので、彼らは、ペレアの道を選んだ。

エリコの木の陰で、その晩、彼らは野宿した（宿屋は、どこも満員であった）。翌日、エルサレムに近いベタニアに着いたのは、午後の二時過ぎであった。もう少し早く歩けば、昼前に容易に着けたが、ラザロが坂道に弱いので、少し長くかかった。

マルタは、弟の健全な顔を見て大喜びであった。早速、一行五人を持てなして、過越し祭が済むまで自分の家に泊まってほしいと、家庭を開放した。

ベタニアは、エルサレムから二十丁余り離れているけれども、大祭の時には、狭いエルサレムに宿をとるより、ここまで出て来るほうが、遥かに落ち着くことが出来た。それで、マグダラのマリアも、スザンナも、イスカリオテのユダも、マルタの厚意をそのまま受けることにした。

一六　恋愛以上

足を洗って、少し横になっていると、一年前イエスにらい病を治してもらったシモンが、マルタの家までやって来た。そして、マグダラのマリアが見違えるほどやさしい顔をしているのに驚いた様子だった。

「まあ、あなたは変わったね、そんなに変わろうとは思わなかったよ。あなたは、もうその後結婚しないのかね?」

笑いながらシモンはそう尋ねた。

「いいえ——結婚なんてするものですか!　私は神の国と結婚したのよ、おほほほ」

そう言って、マグダラのマリアは微笑《ほほえ》んだ。

背の高いシモンは、口髭《ひげ》をしごきながら、入口に立ったままマグダラのマリアに言った。

「うちにも少し泊まってくれんかね?　うちは、ここより少し広いんだよ、ねえ、スザンナさん、少し泊まりに来て下さいよ、お二人でね」

ラザロの姉のマリアは、シモンに会うのは初めてであったので、マルタは彼女をシモンに紹介した。

「ああ、この人かね、あなたがよく噂していた妹は。マルタさんには、えらい、しっかりした妹さんがあるんだね」

そこへラザロも来て、シモンに挨拶をした。

マルタは、彼をシモンに紹介して言った。

「この弟なんですの。長いこと、ガリラヤで病気しておりましてね、こんど、イエス様にお世話になって、治して頂いたんでございますよ」

マリアはシモンのために、小さい椅子を運んできた。シモンは腰を下ろすなり、イエス崇拝論を一くさりやって、さらにマグダラのマリアの顔を見て言った。

「マリアさん、どうして、イエス様の周囲には、こんなに女の人が沢山集まるんだね」

マグダラのマリアは、すぐ答えた。

「そら、おえらいからですよ。それに先生は、女の気持ちをよく知っていらっしゃるのね」

シモンは、大声に言った。

「イエス様は、まだ独身だろう？　誰か、先生に、奥さんを見付けてあげたらどうだね」

マグダラのマリアは、すぐ答えた。

「先生は、イスラエルと結婚した、と言っていらっしゃるのに、もう結婚なんかなさらないわよ。今年もう三十二でしょう、先生は」

「ちっとも遅くはないじゃないか」

「それは、ちっとも遅くないわ。しかし、偉い人は、あれでいいんじゃないでしょうか、あの方は、神様のような方だから、女でも子供でも、乞食でも、どんな人とでもすぐ親しくなって下さるんで、先生と一緒にいれば、男とか女とかいうことは忘れてしまうのよ。ねえ、スザンナさん、あなたそんな気がしない？」

スザンナは、こわばった足を両手でもんでいたが、マグダラのマリアの議論に賛成した。

「男とか女とかいうことを忘れて、みんな仲好くすると、人間の友情というものは、嬉しいもんなのね、なぜ私はみんなに、もう少し、こうしたことが分からないかと思うのよ」

シモンは突っ込んで聞いた。

「その後も、イエス様の周囲に、大勢の金持ちのおかみさん達が付き回っているようだが、問題を起こした人はいないかね？」

スザンナは、すぐに答えた。

「世間の目で見ると、汚《けが》わしいことも考えられるでしょうが、イエスさまだけは違うんですものね、あの人は、人間の顔をしているだけのことで、神の子かもよ」

その言葉に、シモンは非常に感動した。

「ふム、えらい人じゃなア、イスラエルを救うメシアは、結局、あの人だろうなア」

マグダラのマリアは、らい病人シモンの招待を受け入れてスザンナと二人でシモンの家の客となった。

シモンの家は、ベタニアのマルタの家より二丁ほどベテパゲの山の方に登ったところにあった。それでまたマグダラのマリアは靴をはいて、スザンナと二人でシモンの家に引っ越した。

坂の途中、シモンはマリアと肩を並べて歩いたが、シモンは彼女の過去をよく知っていたので、彼女に尋ねた。

「あなたはガリラヤに帰って行って、もう何年になるね？」

「早いもんですよ、もう二年になりますよ」

「そうかね、早いもんだねえ……私はあんたがカイサリアの劇場でギリシャの芝居をした時のことをよく覚えているよ」

「いやだねえ、そんな古いことを覚えているの？」

「覚えているとも、ちょうどあの時は革鞣《なめ》しのヨセ家に用事があって、行っていたが、芝居があるっていうので見に行ったがね、なかなか、あなたは上手に踊っていたよ……あれから、あんたはなんでもアレキサンドリアに行っておったというが、エジプトには何年おったんだね？」

「もう恥ずかしいから尋ねないでちょうだい」

マグダラのマリアは、恥ずかしそうにして顔を上衣の端で蔽《おお》った。

「しかし、どうしてあなたはイエス様の弟子になるようになったの？」

「お弟子になったのはガリラヤですがね、私はもう、七匹の悪鬼に憑《つ》かれたと言われるくらい、気が変になってしまって、カペナウムの隣村のマグダラの母の家に帰っていたんですよ。そこへちょうどイエス様がカペナウムに来られたもんですからね、母に連れられてペテロの生れた家まで治してもらいに行ったんですの」

「あれ、ペテロはベテサイダの人でなかったかね？」

「ええ、ええ、あの人はベテサイダからカペナウムに養子に行ったんですのよ──そして私はイエス様にその時、すっかり治して頂きましてね、心にかかっていた曇が晴れたようになったもんですから、ほんとに生まれ更《かわ》ってしまったんです」

「ありがたいことだねえ」

「俳優などをしていると、よくないのね、よく俳優に気が狂う人が出来るというが、ほんとにそうね。芝居していることと、普段のことがごっちゃになってしまって、何が何だかさっぱりからなくなるのよ、私の最初の夫はローマの百卒長でしたが、その男についてアンキサンドリアに行って、その男に捨てられてからというものは、私はもうめちゃめちゃになってしまって、とうとう気が狂ってしまったんですの、狂い出すともう、人間ていうものはまともにならいものね」

一七　離婚問題

シモンは大きな声でまた尋ねた。

「あなたは、今は独身だと言っていたねえ、そうするとこの前の旦那さんはどうしたね?」

スザンナはそれを聞いて笑い出した。

「シモンさん、この前の旦那さんと言ったって、何番目の旦那さんと言って聞かんと分からないわよ、ほほほ、この人には悪鬼が七つ憑《つ》いたと言われてるだけあって、婿さんが七人も代わっているんだから、おほほほ」

シモンは眼尻に皺《しわ》を寄せて苦笑した。

「アレキサンドリアであれば、そんなことは珍しくないわね、第一クレオパトラがそうだったからねえ、いや、今時のエルサレムの娘だって、生地を洗えばそうあんまり変わりはないよ」

スザンナはその時、声をはげまして言った。

「そうするとイエス様の弟子はえらいもんだねえ、イエス様の弟子たちは皆、女の問題には綺麗《きれい》だねえ」

マグダラのマリアはスザンナと顔を見合せて言った。

「どういうわけなんだろうねえ、イエス様のお顔を見ると、何となしに威厳《いげん》があって、体がぞくぞくして、汚い感情なんぞは、皆直ぐに消し飛んでしまうのねえ」

スザンナもそれに和した。

「ほんとにそうですわ……ですから、イエス様と交際していると、まるで天の使いに接近しているような気がしますわ、私は男女がこんなに浄《きよ》い気持ちで交際出来るとは信じませんでしたわ」

坂の上から主人のシモンと二人の女連れが登って来るのを見ていたシモンの下男は、早速家の中へ飛びこんで行った。

シモンの家は広かった。それにシモンの妻は、シモンにらい病が出るとすぐ彼を捨てて里に帰ってしまったものだから、彼は一人淋《さび》しく大きな家に、下男一人を相手にして住んでいた。それで女の客が珍しいと見えて、下にも置かぬほど歓迎してくれた。

夕飯のときであった。マグダラのマリアが七人の夫を代えたということから、離縁の可否が話題になった。

シモンはマグダラのマリアに、イエスがこの問題についてどんな考えを持っているかを尋ねた。するとマグダラのマリアは食事もそっちのけにして、イエスの身振りまで真似《まね》て、あるパリサイ宗とイエスのこの問題についての問答をシモンに一くさりして聞かせた。

「ちょうどヘロデ・アンチパスが、ナバテア国のアレタ王の娘を離縁して、バプテスマのヨハネがまだ監獄におった時でしたよ――私はちょうど病気を治して頂いて間もないことでしたねえ、あるパリサイ宗の男がやって来て――

『先生、どんな場合にかかわらず、離縁するのは悪いものですか?』とお聞きしたところが、先生ははっきりお答えになりましたよ。

『神様はね、初めから、人間を男と女にお造りになったので、聖書にも、人は父母を離れて妻に会い、二人の者一体となるべし、と書いてあるのを、君らはまだ読んでいませんか? だから、夫婦は二人じゃないんです、一体なんです。神がそわしたものを離しちゃあいけませんよ』

そう先生が言われると、パリサイの男は、ペテロを弁護するような口調で、ユダヤの法律をひっぱり出して食ってかかりました。

『じゃあ先生、なぜモーセは、離縁状を書きさえすれば離縁をしてもいいと言っているんですかね?』

と、先生をやりこめたつもりになっていましたよ、すると先生は

『そりゃ、君、君らの心が多情だから、そう言ったまでのことで、初めから、人間はそんな状態じゃなかったんだよ……妻が悪いことをしない場合に、みだりに離縁して、他から新しい妻君を迎えるなんか、そりゃ、姦淫《かんいん》じゃないか』

とお答えになりましたよ。

ところがですよ、弟子達は、その言葉にびっくりしましてね、イスカリオテのユダは梟《ふくろう》のような目をして先生に尋ねましたよ――

『じゃあ、先生、もう初めから結婚しないがいいですなア』

と、突拍子もないことを言い出すじゃありませんか、すると、うちの先生はほんとの常識家ですからねえ、それにはこうお答えになりましたよ。

『もちろん、いろいろ事情もあって、厳格に、私の言うとおりには出来ないかも知れんが、しかし、生まれながら独身でいけるものもあるし、また社会のために独身を余儀なくせられる人もあるし、神の国のためにみずから進んで独身生活を送る者がある位だから、私の精神を汲んでくれる者は汲んでくれたがいいね』そうお答えになるとパリサイ宗の男は、あまり先生の道徳水準が高いので、そのまま反駁《はんばく》もようしないで、帰って行ってしまいましたわ」

その話を静かに聞いていたシモンは、掴《つか》んでいたパンを皿の上に置いて、独り言のように言った。

「ふうム、先生はやはりえらいなア」

シモンはさらにマグタラのマリアに聞き直した。

「先生は断食をされないということですが、あれはどういうわけなんです?」

それを聞いて、スザンナとマリアは顔を見合わせて笑った。二人がくすくす笑い出すものだからシモンは、何がおかしいかと尋ね返した。マグタラのマリアはそれに対して笑いながら答えた。

「ガリラヤではねえ、うちの先生のことを大飯《おおめし》食いの先生という綽名《あだな》をつけているんですの……それは先生がパリサイ宗の断食の日でも平気で大飯を召し上がって、快活に病人でも誰でもお世話なさるもんですからねえ、そんな悪口を言うんですの……先生は自分を花婿だって言われましてねえ、神の国は花嫁だから婚礼の晩に断食する馬鹿な奴があるかと言われましてねえ、ほんとにいつでもにこにこしていらっしゃるんですよ。だから先生は、私たちのように恋愛問題で苦労する代わりに、刻々の生活を恋愛以上に楽しんでいらっしゃるようですわ、ねえスザンナさん、あなたそうお考えにはならない？」

スザンナはそれに賛同した。

「ほんとですのよ、シモンさん、イエス様の傍にいるとほんとに私たちはもう、朝から晩まで神様と結婚したような気持ちになって、嬉しくて嬉しくて堪《たま》らないんですの、だから、つまらない男と女とが、どうしたとか、こうしたとかいうことを、口に出すのさえもう厭《いや》になるんですのよ……神様に酔うっていうのはこんなことを言うのでしょうかねえ」

シモンは感心してその話を聞いていた。

「ふム、なるほどねえ、その勢いで病人を治せば、それは病人も治るはずだね」

表にはペレアあたりからやって来た巡礼の群れと見えて、嬉しそうに過越し祭の賛歌をうたって、団体になってオリーブ山の方へ登って行った。南の窓からはケドロンの谷が屏風《びょうぶ》のように突っ立って見え、その上に満月にはまだ遠い上弦の月が銀の鎌《かま》のように光っていた。

一八　祭りのエルサレム

エルサレムは、祭りの気分で充満していた。北から南から、東から西から、都詣での歌をうたいながら、繰り込んでくる者が、毎日毎日、幾万人であるか、数えきれなかった。

男は大抵、布切れをぐるぐると頭に巻き付け、大柄の上っ張りを着て、長い杖を持っていた。女は、風呂敷様のものを頭に巻き付け、袂《たもと》の底が三角型に尖《とが》った衣裳を着て、腰には、思い思いの色のついた、美しい帯を締めていた。

狭いエルサレムの街路には、全世界から集まってくるユダヤ人に売り付けようと、うんと品物を買い込んだ商売人が、手ぐすね引いて待っていた。

わけても、祭司長は、一頭六シケルとはしない羊を、祭司長の烙印を押して、三十六シケルくらいに参詣人に売り付けていた。

ローマの知事ポンテオ・ピラトは、祭りの前からカイサリア市からエルサレムに乗り込んで、いつも過越し祭といえは、かならず起こる騒動を防止するために、アントニアの塔に接続した知事の官邸に陣取った。

ヘロデ・アンチパスも、知事が出て来る以上、モアブとの国境が少し気にはなったけれども、無理をして出掛けてきた。

それに、ヘロデアは、バプテスマのヨハネが生きていた間は、恐ろしくてよう入らなかったエルサレムに、ぜひ一度行ってみたいと娘のサロメを連れて、馬車でエルサレムに入った。王の一族がヨルダンの川向こうからエルサレムの別邸に入ったので、大家老のクーザも、妻ヨハンナと、イエスに命を助けてもらった独り息子を連れて、エルサレムに入った。

慣例として、大守ヘロデ・アンチパスは、知事閣下に、そして大守夫人ヘロデアは、知事夫人に、官邸まで挨拶に出掛けなければならなかった。そしてその晩は宴会となり、夜遅くまで大げさな馬鹿騒ぎが続くのであった。

ピラト夫人とクーザの妻ヨハンナは、ピラトが約五年前に、ユダヤに赴任して以来の知己であった。それで、ヘロデアは、クーザの妻ヨハンナに神殿裏の知事官邸まで、馬車で連れて行ってもらった。

エルサレムの神殿を見ている者には、知事官邸がいかにも貧相に見えた。しかし、表座敷は全部、見事なモザイクで飾られ、その他にも、手のこんだ室内装飾がしてあった。

その日、ヘロデアは、二十歳に近い娘を持っているとは思えないほど若く作り、ローマ風の衣裳を着けて、髪はギリシャ風に編んでいた。彼女はユダヤ国マカベア王朝の血統をひいた貴人の娘であるだけに、上品に繕うと、さして淫婦のようにも見えなかった。

カーテンを開いて出て来たのは、知事ポンテオ・ピラト夫人クラウデアであった。彼女は、テベリウス皇帝の姪《めい》に当ったので小作りではあったが、どことなしに鷹揚《おうよう》なところがあった。しかし、ローマの地方官の常として、財政は豊かでなかったので、被服や調度にはあまり金をかけていなかった。しかし、ポンテオ・ピラトがユダヤの知事になれたのも、全くこの夫人と結婚したためであった。子供の無いテベリウス皇帝は、兄弟の子供を大事にして、その中から自分の跡継ぎを選び出そうと思っていたので、ポンテオ・ピラトもその幸運に浴したわけであった。

「まあまあ、久し振りでしたね」

ピラト夫人は、ヘロデアに挨拶するより前に、クーザの妻ヨハンナに言葉をかけた。そう言われて面目をほどこしたヨハンナは、早速、知事夫人の右手を取り上げて接吻した。

それが済むと、彼女はヘロデアを知事夫人に紹介した。ヘロデアはいかにも場馴れた調子で、知事夫人の頸《くび》に抱き付いて、彼女の二つの頬ぺたに軽い接吻を与えた。

「まあお座りなさいよ」

知事夫人はそう言って、二人に椅子を勧めた。

「アグリッパさんが帰って来られたんですって？　久し振りにお会いになって、さぞ嬉しいでしょう。何年目ですの？」

ヘロデアは澄ました顔をして、視線を床に落とした。

「ローマで一緒にいたんですけれど……別れていたのはわずかでしたの……」

「ああ、そうでしたね、じゃあ、一年ばかりお会いにならなかったんですか？」

そう言っているところへ、妙齢の奥女中が、ギリシャ風の服装をして盃《さかずき》に並々と葡萄酒を注いで運んで来た。

ヘロデアはローマ人の言葉が自由なので、ピラト夫人も打ち解けて話しかけた。

「この間は、イドマヤのマラタで大変な事があったそうですね、アグリッパさんが自殺しようとしたんですって？」

ヘロデアは苦笑して、金の腕輪をいじりながら、官邸の奥女中の献げたローマ風の大きな盃を手にして、低い声で答えた。

「ほんとに困りますんですよ、お金使いが荒いですからね。母が生きているまではよかったんですけど、母が亡くなりましてから、テベリウス皇帝のお子さまのデュルススさんと遊蕩《ゆうとう》仲間になりまして、ほんとに弱ってしまいました」

その時、ヨハンナは言葉をさし挟《はさ》んだ。

「あの人の奥さんのキプロさんは感心な人ですね、キプロさんがいなければ、あの人はとっくの昔に自殺していたでしょうね」

ヘロデアは、ぐっと一呑《ひとの》み、盃を飲み干した後、ピラト夫人に言った。

「しかし、お陰様で、夫も弟のことを心配してくれましてね。こんど、テベリアの別邸に住まわしもらうことになったんでございますよ」

知事夫人は思い出したように、ヨハンナの方に向いて言った。

「それはそうと、あなたは、カペナウムに住んでいる百卒長を御存じでしょうね、あの人が、この間、私のところに来て話していましたが、ガリラヤには、偉い預言者が現れたといいますが、あなた、御存じですか？」

「えエ、えエ、よく存じております」

「もと大工さんなんですって？」

「そうなんでございますよ……しかし、系図では、ダビデ王の血統を引いているんだそうでございますよ」

ヘロデアは、顔を真っ赤にして、二人の話に耳を澄ませた。ピラト夫人は、面白がって尋ねた。

「その預言者が一言《ひとこと》物をいうと、病人が皆治るんですってね。それに、なかなか立派なことをいうんじゃないですか、ギリシャの哲人も及ばぬくらい善いことをいうんですってね、その百卒長が感心していましたよ」

ヘロデアは、ヨハンナの方に向き直って尋ねた。

「バプテスマのヨハネの生まれ変わりだという人のことですか？　……ほんとに、ヨハネが生まれ変わったんでしょうか？　そんな事はないわね、私は、霊魂の不滅なんてことは信じないから、預言者なんてものは余計な存在だと思うわ」

ヘロデアは、ローマの若い女が、デモクリトスの唯物論を論じているのを聞きかじっていて、知事夫人に新しいところを見せた。ピラト夫人はそれに反対した。

「私も、ローマにいた頃には、霊魂なんていうものがあるように思わなかったのですけれども、エルサレムに来てから、考えが変わってきましたよ。やはり、神様ってものは、宇宙にあるのね、私は、その預言者に一度会って、霊魂のことについて、ほんとに、教えてもらいたい気がしますわ」

「奥さん、およしなさいよ、そんな偽預言者に会ったところで、仕方がないじゃないですか、私は、エピクロスの哲学で結構だと思いますわ、人生を享楽しないで、何があとに残るでしょう」

ヘロデアは、クレオパトラ流の哲学を振り回して、ピラト夫人の霊魂論に反対した。

その時、隣の部屋からガリラヤの領主ヘロデ・アンチパスが顔を出して、ヘロデアを招いた。それは、彼女をポンテオ・ピラトに紹介するためであった。知事夫人は、ヘロデアを見送って、囁《ささや》くように言った。

「こんど、あの人の娘サロメを、イツリアの大守のピリピさんに娶《め》合わすんですって？　シリアに来ると、ローマでは考えられないことが行われるんですね、そしてまたそれを、ピリピさんが喜んで承諾したというじゃないですか。お母さんの代わりに、娘がもらわれて行くわけなんですね。おほほほほ」

ヨハンナは知事夫人の誤解をとくため、ヘロデ大王の妾《めかけ》の子にピリピが二人あって、サロメは若い方のピリピと結婚するのだと説明した。それで、ピラト夫人は、なおも言葉を続けた。

「あそこに来ているアンチパスさんっていうのは、昔の大祭司シモンの娘の子なんですってね」

あまり大きな声で物をいうと隣に聞えるので、ピラト夫人は声を落とした。

「つまり、妾の子なんですね、その妾の身分があまり低かったので、妾の父親を大祭司に引き上げて、その妾の父親を喜ばすために、何億円もかかる石造りのエルサレムの神殿を建築したということを、カペナウムの百卒長が私に聞かせてくれましたが、ほんとですか？」

ヨハンナは笑いながら頷《うなず》いた。

「なんでも、そのガリラヤの預言者は、その事をよく知っていると見えて、――『この宮を毀《こわ》してしまえ。わしは三日目に建ててやる』とエルサレムで演説したそうですね、偉いわ、私は、そういう人にほんとの宗教を教えてもらいたいわ。あなた、その人にお会いになった？」

知事夫人は、ヨハンナのところに椅子を摺《す》り寄せて尋ねた。ヨハンナはカーテンの方を気にしながら小さい声で囁いた。

「私はその人の弟子なんですのよ。うちの独り息子が、その預言者のおかげで、命を拾いましたんですの、それこそ、天から来た人っていうのは、ああいう人をいうんでしょうね。私は、その人のすることより、その人の人格に敬服してるんですの、まあ、ほんとに、珍しい人でしてね、どんな病人でも、どんな乞食でもお助けになる、自分は食べないでも、困った人に施してしまう、ほんとに天の使いのような人ですの。私は、夫さえ許してくれれば、もう宮仕えなどよして、その預言者について、諸国行脚《あんぎゃ》に出かけようかと思ったりしているくらいですの」

「そオ?」

ピラト夫人は感心してしまった。

「じゃあ、パリサイ宗とよほど違うのね、私は、パリサイ宗の人を見ると、唾《つば》でも吐きかけてやりたい気がするのよ、なんだか、あの人達は捉《とら》われているのね、パリサイ宗の人は、うちの人が、エルサレムに水道を敷こうと思って、神殿のお賽銭《さいせん》を寄付させたところが、それがいかぬといって、この間から大騒動なんですよ」

そう言っているところへ、ローマ軍の千卒長が表から入ってきた。そして、ピラト夫人に、慌《あわ》ただしく尋ねた。

「長官閣下は、どこへ行かれましたか? バラバの一味徒党がまた暴れだしましたんですが……」

「隣にいませんかしら?」

千卒長が隣の部屋に消えると、表には鬨《とき》の声があがった。

「宮の金を返せ！」

「天罰が当たるぞ！」

「ピラトの賽銭泥棒！」

そうした声が聞こえると、すぐ表から小石を窓の中に投げ込んだものがあった。その一つが、ピラト夫人の足先に当たった。

「あら！　まあ、石を放り込んだわ」

ピラト夫人はすぐ立って、その石を拾いあげ、次の部屋に行って、それを千卒長に見せた。千卒長は、大きな声で怒鳴った。

「祭りになると、みんなのぼせ上がるんで、一つこらしめてやろうかな」

神殿と、知事官邸の間の狭い街路は、通れないほど人で埋まった。そして、群衆は多数を頼んで喚《わめ》き立てた。

「ピラトの賽銭泥棒、出て来い！」

「賽銭を返せ、賽銭を！」

しかし政治に馴れているピラトは、千卒長が軍隊を繰り出すことを要求したけれども、きかなかった。

「その代表者だけ表へ通すがよい、合法的手段によらないで、街を騒がさないように、よく大衆に言いきかせてやれ！」

ヘロデアは、ピラトの寛容な処置にびっくりした。それで、ピラト夫人に言った。

「お家《たく》は、ずいぶん辛抱強くていらっしゃるのね、私であれば、片っ端から虱潰《しらみ》しにしてやりますよ」

千卒長は、窓から頭を出して、アラム語で演説した。

「委員をたてて、明日出直して来い！　あんまり騒ぐと、法律に触れるから、みな静かにしろ！」

そういうなり抜剣した騎馬《きば》兵が、アントニアの塔の城門を開いて、さっと表に繰り出した。

それを見た数万の大衆は、

「そら！　兵隊じゃ！」

「逃げろ、逃げろ！」

とばかり、木の葉を散らす如く消え去ってしまった。そして、黄昏《たそがれ》近い街路の上には、靴、羽織《はおり》、杖、顔覆《おお》いなどが散乱していた。

一九　宗教的搾取制度

イスカリオテのユダは、炊事場で働いていたマルタの側まで行って小声に尋ねた。

「お前さんは、誰か、エルサレムの祭司のうちで、知っている人はいないかい？」

「あ、知っておりますよ、エホヤダっていう人を知っていますよ、何をなさるんですか？」

「燔祭《はんさい》〔動物を全焼して献げる供え物〕の子羊を買いたいんだがね、少し沢山買うと、まけてくれるだろうか？」

イスカリオテのユダは、面積の広い顔に、太く横にひかれた二つの眉を互い違いに動かして、理財家のようなことを言った。

「さあ？……うちの人も、神殿に献《ささ》げる牛や羊を納めておったんですがね、今の祭司の長《おさ》のカヤパって人の妻君のお父さんが、勢力家でしてね、その人が、ほとんど神殿に献げるお供え物の値段を決定《きめ》る実権を握ってるんですの。それで、私方から納めた羊などでも、お参詣《まい》りする人々は、六倍くらいの値段で売られているんです、あれは儲かるでしょうね、……そうですね、あなた、エホヤダさんにお会いになりますか？　話し様によっては、割引してくれると思いますがね。明日の朝でいいですか？」

話はそれで決まった。

イスカリオテのユダは、宮守頭《みやもりがしら》エホヤダのところへ、マルタの言伝《ことづけ》を持って、ひとりで出掛けて行った。

ベタニアから、ケドロン川に沿って二十丁ばかり行くと、ゲッセマネの園という所があった。そこから間もなく美麗《うつくし》門に入る橋が架かっていた。その門をくぐれば、神殿は真正面に向

いていた。（ユダヤ人は、朝日を背にして、西に向き、天地の神を拝むように神殿を造営した）

エルサレムの事情に明るいイスカリオテのユダは、エホヤダが、羊の掛りをしていると聞いたので、美麗門から、いったん、神殿の境内に入ったが、すぐ右に折れて、燔祭の羊を取り扱う北東の隅にある中門まで出掛けて行った。

そこには、羊飼や牛の番人が二三人いたきりで、祭司らしい者は一人もいなかった。それで、彼は踵《きびす》を返して、また、祭司にあてがわれている宿舎の方へ足を向けた。神殿に近づくと、今まで感じなかったほど、神殿の建築が荘厳に見えた。

ヘロデ大王が、巨万の金を投げ出して、神殿を造るだけに三年を費し、その後王アケラオが追放された時、知事サビナスが祭司の詰所に火を放ったこともあったので、廊下や宿舎や境内を営繕するだけに、四十六年間も要したというから、その荘厳さは言葉以上であった。

神殿の周囲は、四方とも壁の上部を黄金で巻いてあった。宿舎は全部四階建て、至聖所の正面の柱は、接ぎ目のない三、四十フィートもあるエルサレム石で出来ていた。それはコリント式に、装飾せられ、見るからに温かい感じを与えた。

ヘロデ大王は、銭金を惜しまず地中海の各地方からも名石を集めてきたので、出来上がった神殿は、ソロモン大王の建築より美しいとみんなが褒《ほ》めた。そして、それに違いなかった。朝日が美麗門の上から真正面に黄金と、玉のように光る大理石の上に照り付けるので、神殿は虹のように輝いた。

ユダは、長い廊下を伝って、エホヤダの部屋をやっと見付けたが、そこにも彼はいなかった。過越し祭のような大祭の時には、平素なら一週間交替に出勤する二十四組の祭司が、全員揃って出て来ているので、エホヤダは、祭司長カヤパの宅に詰め切りとなって、カヤパの自邸に行っていると聞かされた。

ユダは、それを絶好の機会だと思った。

「——うまいことゆくと、祭司の長《おさ》カヤパに会えるかも知れない、その機会に先生のイエスと祭司の長を握手させて、ひとつ、一大波瀾を巻き起こしてみると、面白い、こいつはよい機会だ！」

彼は、すぐ、境内の西門を潜って、エルサレムの西南の隅にある祭司の長の門を叩いた。運好く、そこに、エホヤダがいた。しかし、彼は、イエスの弟子だということを、絶対に秘して、単に、マルタの紹介で、燔祭に献げる羊を買いにきたのだ、とのみ言った。

「四頭ばかり当歳の羊が欲しいんですが、少しまけて下さらんでしょうかね」

「そうだなア」

と、エホヤダは首を傾けた。彼は相当の年輩で、もうかれこれ五十の坂を越していた。しかし、学問はあまりないと見えて、口のあたりに締りがなかった。エルサレムの商売の裏を知っているユダは、すぐ、彼に一シケルを掴《つか》ませた。すると、エホヤダは、にこにこしながら、大祭司の事務所まで彼を連れて行って、こんなことを言った。

「なかなか御信心ですなア、今時、当歳の羊を、四頭も五頭も、神様に献げる人は少ないから、是非一つ献げて頂きましょう。そうですなア、五頭にしてくれると、一頭二十シケルで買ってもらいましょうか」

実際、それは法外の安値であった。

「献げ主はどなたですか？」

とエホヤダは訊《き》いた。それで彼は初めて、ガリラヤのナザレのイエスの弟子、イスカリオテのユダという者であることを告白した。

「ふム」

エホヤダは感心した。

「あなたは、いつ、ガリラヤから出て来られたんですか？」

ユダは、四、五日前出てきたたと答えた。

「すると、なんですか、ナザレのイエスというあの預言者は、全く、エルサレムを無視しているわけでもないんですな……あの預言者は、二年前でありましたかなア、バプテスマのヨハネが、まだ監獄に入らん時だと思いますよ、神殿の中でずいぶん暴行を働きましてな、その時、私は、えらい目に遭《あ》いましたよ。とにかく、両替屋の台を引っ繰り返したり、鳩や羊を売る者の往来の邪魔をしたりして、気狂いのような真似をしましたのでな、御本家の方では、あの預言者を厭《いや》がっておりますよ。すると、なんですか、あの人が、この神殿を打ち毀《こわ》すというのも嘘ですか?」

イスカリオテのユダは、からからっとうち笑った。

「それは何かの誤解でしょう、あの人は信心深い人ですから、大抵《たいてい》祭りの度毎に、エルサレムに参拝に来ておられるんですよ、とにかく偉い人ですからなア、死人でも甦《よみが》えらせることは、何でもないですよ」

その言葉を聞いて、エホヤダはびっくりした様だった。

「ヘエ、死人をね?」

エホヤダは、目を丸くした。ユダは、独り言のように言った。

「エルサレムの人は誤解しているなア、あの預言者と祭司の長が提携してくれると、モーセとアロンとが揃《そろ》うんだがな、いや、少くもエズラとネヘミヤを一緒にしたくらいの仕事が出来るんだがな」

そう言いながら、ユダは、奥の方に視線を注いで、エホヤダに尋ねた。

「祭司の長はおられますか?」

エホヤダは、すぐ答えた。

「おられますよ、お取り次ぎしましょうか?」

その時、ユダは、すぐ取り次いでくれと言う勇気はなかった。

「いいえ、結構です、またこんどの機会にしましょう。よろしくあなたからお取り次ぎ願います。ただ本日は、燔祭の羊を分けて頂くために来たんですから、いずれまた、次の機会にでも、ゆっくり祭司長閣下の御意見も承りましょう」

そう言って、イスカリオテのユダは事務所を出た。すると、エホヤダは、彼について事務所を出るなり小声に言った。

「あの羊の値段は、どうぞ他の人には言わないで下さいよ、大抵の人には、三十五シケルにも、それ以上にも売っているんですからね」

ユダは、そこで、百シケルを数えて、エホヤダに渡した。エホヤダは、昼から、神殿の屠場《ほふりば》の前で五頭の羊を彼に渡すことを約束した。

彼は、財布の中にわずか五十二シケルしか残っていないことを発見した。彼は、急に淋しくなった。で、彼はベタニアに帰るところを、わざわざヨッパ門の側にあるダビデの塔の下まで来て石崖に腰を下して、いろいろと考えた。

「——馬鹿なことをした。百シケルも費して、燔祭の羊を五頭も買ったが、先生は、燔祭なんか絶対に要らないといつも言っている。それに先生は、パリサイやサドカイが大嫌いだ。それを俺が、先生の嫌いな祭司の長に渡りをつけるなんて、これが発覚すれば、ずいぶん問題になるだろうなア」

心の中で、また、もう一つの声があった。

「イエスを偉大な人物にしようと思えば、どうしても大祭司と妥協させなければならない。

イエスとパリサイとを妥協させ、イエスと大祭司とを妥協させなければ、大きな国民運動は出来ない。イエスを、熱心党の連中と妥協させることは何でもないが、パリサイとサドカイの連中にイエスの真意を理解させなければ、イスラエルの解放は絶対に出来ないじゃないか」

しかし、イスカリオテのユダには、もう一つの声が聞こえた。

「――こうして、お前は、イエスを裏切り、イエスを窮地に陥れているのではないか。お前には、イエスの良心の宗教のことが分からないのか。あれほどまでに、はっきりと神の声を民衆に聞かせているのに、お前はまだ、国民をローマに売っているこの大祭司とイエスを妥協させようとしているのか」

イスカリオテのユダは淋しくなったので、泣き顔を人に見られまいと、俯向《うつむ》いて地べたばかりを見ていた。

二〇　闇の子

イスカリオテのユダが、イエスに初めて会ったのは、ヨルダンの東、ヨハネが洗礼を授けていたバサバラであった。ユダはその頃、ヘブロンで、相当に大きな反物《たんもの》商をしていたが、隣から出た火災のために店の品物を、すっかり焼いてしまった。不幸は重なるもので、彼の愛妻は、ただ一人の六歳になる子供を遺して、間もなく死んでしまった。

そんなことに気を腐らせたユダは、独り息子を兄に頼んで、自分はエルサレムのパリサイ宗の仲間に入った。しかし、ヨハネがヨルダン川で、大きな宗教運動を始めたことを聞いたので、彼はすぐその方に走った。しかし、間もなく、イエスの評判が高くなったのでイエスを崇拝して、その十二人の弟子の一人に加えられるようになった。根が商売人であっただけに、計算には明るかった。それで、会計を持たされていた。

しかし、過去一切を清算して、イエスに従《つ》いて回っていても、ヘブロン市の郊外ケリオテの店が火事をやる前に、取引先といざこざのあったことが、まだ充分片付いていなかった。借りている方と貸している方を差し引きすれば、少し残るような勘定になっていても、いざ計算してみると、彼が商売を続けておれば、支払ってくれる貸金でも、店を畳むともう返してくれなかった。それで、結局、借金の分だけ責任を持たねばならぬことになり、子供を預かってくれている兄からの手紙が来る度毎に、どこそこから利息を幾らか入れろといって来ている、というような手紙に添えて、請求書が入っていた。その度毎に、つい悪いとは知りつつも、彼は、イエスのところに集まった多くの献金の中から十シケル、二十シケルを私《わたくし》して、利息の一部分に支払って来た。

その間の事情を、ヨハネの殺されるちょっと前に、マタイがカペナウムの両替屋から聞くまで、他の弟子達は少しも知らなかった。しかし、その金も別に大きくなかったので、マタイはイエスとペテロに話しただけで、他の弟子達には全然知らさなかった。

イスカリオテのユダが、こんど過越し祭を口実に、エルサレムに出たいという意志を持ったのも、その目的は、エルサレムから足を伸ばしてヘブロンに行き、兄に会って、よく後始末をしてしまいたいということにあった。

それで、彼は、悪いとは知りつつも、イエスのところに集まった献金を利用して、利息が払えるだけでも儲けたいと思った。

考えてみると、今日まで、彼は、別に悪人になろうと思っていないにもかかわらず、過去の失敗を清算していないばかりに、だんだん、誤魔化しの上に誤魔化しを上塗りしてゆくように思えてならなかった。彼は、少しも、悪人らしいところはなかった。彼はいつも、善人でありたいと祈ってもき、また希望してきた。にもかかわらず、昔商売していた時、火事で損したその利息を払いたいばかりに、無理を重ねてついつい、イエスに届いた献金まで使い込むようになってしまった。彼は考えた。

「――これは俺が悪いんではない、利息をとるという制度が悪いんだ、その制度を叩き毀《こわ》して、申命記《しんめいき》に教えているような、利息のない神の国を早く作らねばならぬ、それにはイエス一人では力が弱すぎる。なるほど、彼に神様がついているかも知れぬけれど、神様だけでは、革命に勝てない、どうしても人間の力をかりなければならぬ――」

彼の頭は、混乱した。彼は死んでしまいたいような気がした。エホヤダに渡した百シケルの金が惜しいような気もした。

「……なに、工夫しよう……」

彼は、すぐ立ち上がって、神殿の境内を通り抜け、美麗門から真っ直ぐに、ベタニアに帰った。そして燔祭の子羊の相場のことを少しも知らないスザンナに訊《き》いた。

「スザンナさん、あなた、燔祭を献げるといっていたね、まとめて買ってきましたよ、一頭三十五シケルだったよ、そのつもりで私に払って下さいね」

それは、相場として少しも高くはなかった。彼は同じことを、マグダラのマリアにも言った。彼女達は黙って、合計七十シケルをイスカリオテのユダに渡した。彼はさらに、少しほど離れたらい病人シモンのところへ行って同じことを言った。エルサレムの燔祭の相場を知っているシモンは、黙って三十五シケルを彼に手渡した。シモンの家からマルタの家まで帰って来る途中、イスカリオテのユダは、ほくそ笑んだ。

「——これだからあまり心配するに当らんよ」

彼は帰ってきてマルタに小声に言った。

「マルタ、あなたはラザロのために酬恩祭《しゅうおんさい》〔神に感謝する供え物〕を献げないの？　一頭献げなさいよ。エホヤダさんに一頭三十五シケルにつくものを少しまけてもらって、五頭買ってきたから、みんなからは三十五シケルもらたけれども、あなたには、三十シケルで分けてあげるよ」

マルタは、少し高いと思ったけれども、酬恩祭のためだと思って、シモンの家から金を借りてきて、イスカリオテのユダに渡した。

こうして、彼は、自分のために一頭を残して、また三十五シケル儲けた。彼は、仲間から儲けて悪いと思ったが、知らぬ振りをした。そして、昼から、家にマルタ一人を残して、エルサレムに燔祭を献げに出掛けた。それが済むと、すぐヘブロンに足を延ばして、借金の利息の滞《とどこお》っている分五十シケルだけを払ってきた。

三日目の晩、彼がベタニアのマルタの家に着くと、マグダラのマリアは、くすくす笑いながら、イスカリオテのユダに言った。

「ちよっと、あなたはひどいのね、あの羊は五頭で百シケルだったっていうじゃないの。マルタさんが、昨日、神殿に拝みに行って、宮守頭の方から聞いてきて、あなたの狡《ずる》いのにびっくりしていましたよ」

そう言われたけれども、ユダは別に悪い顔をしなかった。

「じゃあ、あなたが買えば一頭二十シケルで買えますか？」

「いえ、それは、もう少ししましょうね、祭司の長の烙印が押してあれば、一頭三十シケルから三十五シケルするそうですから、そりゃ一頭ずつ買えば、別に、あなたが、私に売ってくれた値段は高くはないけれど、しかし、一頭二十シケルのものを、十五シケルも儲けてお友達に売るのは、少し狡いわ」

その時、ユダは言った。

「私はね、イエス様の弟子になる前に、少しこしらえた借金があるんですよ、その利息を払わなければならないので、儲けさせてもらったんですがね……ゆるして下さいね」

イスカリオテのユダは、男らしく白状した。で、マグダラのマリアはそれ以上詰問はしなかった。

三章　北に旅するイエス

二一　ダマスコの黄昏《たそがれ》

シドン港を出たイエスとその一行は、さらに北に進んだ。彼らは今日のベイルートまで、海岸伝いに歩き、そこでレバノン山に登るために、道を右に取った。

レバノン山は、大工イエスにとっては、面白いことばかりであった。そこでイエスは生まれて初めて香柏《においがしわ》の大森林を見た。

樹木の少ないユダヤと違って、レバノンの裏山には、千古《せんこ》斧鉞《ふえつ》の入らない大木が所狭しと生い茂っているので、イエスの弟子達は全く吃驚《びっくり》していた。針葉樹林を徹《とお》してくる光線が青い影を落とし、レバノン山の基岩《きがん》となっている石灰岩までが、ここでは青色を呈していた。

「やア、鶴がいるよ？」

ヨハネが、うれしそうにそう大声に叫んだ。

「あ、あそこに巣を造っているらしいなア」

ヤコブが、子供のようにはしゃいでいた。

レバノンの前山を東に越えて、ヘルモン山を後に見ながら、レバノン山脈にこれからかかるという所で彼らは野営した。

翌日海抜五千尺〔約一五〇〇m〕の本レバノン山系を越え、イエスの一行はやや広い砂漠に出た。それを一里〔約四㎞〕ばかり横切って、さらに、も一つの山脈を越えると、デカポリスの中でも第一位に数えられたダマスコも程近かった。

ダマスコは、エルサレムと違って、砂漠の端にある、エリコに似た市邑《まち》であった。駱駝《らくだ》が行く。戦車を曳《ひ》く駿馬《しゅんめ》が走る。肥え太った驢馬《ろば》に乗った貴婦人が通る。すべてがエルサレムに較べて裕《ゆたか》な感じがした。

「直町《すぐまち》はどこでしたかね？」

とピリピが、ギリシャ語で町の名を尋ねたが、ダマスコ人には通じなかった。

しかし、道は一本しかなかった。東の門に入ると、西の門までは一直線であった。「なるほど、これが有名な直町だ」ということはすぐわかった。

イエスは直町を通って、西北隅のユダヤ人の植民地に急いだ。世界に有名な直町は狭いことにおいても世界一であった。向こうから、駱駝が一頭やってくれば、除《よ》けなければ通れなかった。乳素を売る店、天幕を織る店、反物店、野菜店、ダマスコ金具をひさぐ商店、指物《さしもの》屋、パン屋、馬具商、陶器店……、店、店、店……約一里に近い一直線に引かれた直町は、シリアの富を一ケ所に集めたかの如く栄えていた。

しかし……イエスは、こうした商品に少しも用事はなかった。彼がダマスコに来たかった唯一つの理由は、バプテスマのヨハネの首を見たかったからであった。

「先生、私達はヨハネ先生の胴だけもらって来たんです……首は、サラテルが千卒長のヨシュアにもらい受けて、ダマスコまで落ち延びましたんです……」

バプテスマのヨハネの弟子アキバがカペナウムで、そうイエスに報告したのは、つい一月ほど前であった。

サラテルなら、イエスはよく知っていた。で、もしまだサラテルがダマスコにいるなら、ぜひその遺骸に敬意を表したいと、イエスは考えた。だが、イエスは、そのことを弟子には一言半句も漏さなかった。ただ、イエスはギリシャ語のうまい、ピリポに、サラテルの家を探してくれと頼んだ。

植民地の会堂に行って、サラテルの隠れ家を訊《き》くとすぐ分かった。

「サラテルと言えば、バプテスマのヨハネの首を持って来た男だろう?……あの男なら東門から半町ほど入って右に曲り、二町ほど北に行った所に、アポロという古くからダマスコにいるギリシャ語の上手な人の家があるが、多分、そこに世話になっていると思うよ」

アポロの家はすぐ分かった。しかしあいにく、アポロはシドンに出掛けたとかで留守であった。そして、アポロの姉が留守していた。

「サラテルさんは、おいでじゃありませんか？」

ピリポが丁寧にきくと、二階で、預言者の文を読んでいたサラテルが飛び降りて来た。彼は山羊《やぎ》の毛で作った質素な縞《しま》の着物をきて、皮帯を締めていた。少し病気をしたと見えて、顔色は青ざめて頬骨は立っていた。

「あなたは、どなたですか？」

サラテルは尋ねた。

「ナザレのイエスの弟子ピリポと申します」

そう挨拶しているところへ、表からイエスが入って来た。

二二　ヨハネの首

「やア、サラテルさん、しばらくでしたなア」

そう言ってイエスは丁寧にお辞儀をした。

「誰かと思うたら、大工のイエスじゃないか？　どうしたんだね、久し振りだね、いつ来たんだね。……とうとうヨハネ先生もあんなことになって残念だったね。……ちょうど、あの事件のあった時に、俺はヨハネ先生に差入れ物を持って、マケルスに行った時だったんでね、一日待って、ヘロデの千卒長のヨシュアから先生の首をもらって……ユダヤじゃ危ないと思ったので、ダマスコまで、こっそり持って来たんですよ。……ほんとに、久し振りだな……この前会ったのはエルサレムでヨハネ先生のところへ一緒に差し入れに行った時だったね」

「そうでしたね……」

「あれから、君はすぐガリラヤに帰られたのだったね……噂《うわさ》に聞けば、えらい、評判が上がっているようだね……一つ、俺も、君の弟子になって、行脚《あんぎゃ》にでも出かけようかなあ……しかし、ダマスコへは何か特別の御用で？」

サラテルは眼を丸くして、イエスの顔を覗き込んだ。

「いや、別にこれという用事があったわけじゃないんですが、あなたがヨハネさんの首をこちらに持って来ていらっしゃると、アキバから聞いたもんですからね……ぜひ、その首を見せて頂こうと思ってシドンから回ってきたんです」

イエスがそう言うと、サラテルは、すぐイエスに二階に上がれと勧めた。で、他の弟子も従《つ》いて上がろうとしたが、サラテルはそれを断った。

「室が狭いのと、二階が少し危険なので、一人か二人にしてくれたまえ」

そう言われて、ペテロと、ヨハネと、ヤコブの三人がイエスに従いて二階に登って行った。サラテルは敬々《うやうや》しく、部屋の隅っこの机の上に安置してあった、彫刻した真鍮の板で巻いた、立派な一尺五寸立方くらいある箱の蓋《ふた》を取った。没薬《もつやく》の匂いが、有機物の腐敗した臭気と混って発散した。

サラテルはまず、没薬を入れた袋を数個取り出し、最後に布で包んだヨハネの首を取り出した。

弟子達は怖ろしいと見えて、顔をしかめていた。しかし、イエスは平然として、机の前に進み、手ずからその白布の包を解くことを手伝った。白布の中には血の滲んだ包帯がさらに巻いてあった。イエスはそれをも自ら取り除き、白布のままヨハネの首を両手で持ち上げて、暫時《ざんじ》ヨハネの眼のところを凝視した。

首だけになったバプテスマのヨハネの顔面は青銅色に光っていた。頬骨《ほほぼね》は立ち、唇の色は漆《うるし》のように黒かった。肩まで延びた頭髪は蓬《よもぎ》のように乱れ、半眼に開いた眼は、あの世からこの世を覗いているようだった。

サラテルも、その首の横顔を見詰めていたが、頓狂《とんきょ》な声で言った。

「誰かがきっとこの恨みを晴らしてくれると思うがな！」

一つしか無い小さい窓から、横なぐりに鈍い黄昏の光線が射し込んでいた。殺されてもう一月半以上になるというのに、ヨハネの首はまるで昨日死んだような皮膚をしていた。眼を半眼に開き、唇は今にも、天譴《てんけん》の来ることを預言しそうにゆるく噛《か》みしめていた。背まで垂れていたブロンズ色の頭髪はカールを作って、額の上に垂れ下り、一直線に引かれた二つの眉《まゆ》は、預言者エリヤもかくの如き姿をしていたのではないかと思わせるのであった。

一分、二分、三分、イエスは飽かず凝視していた。ペテロもヤコブも、ヨハネも少し薄気味が悪くなったと見えて、視線を窓の方に背けていた。

イエスがあまり熱心に首を見詰めているので、ヨハネはそっと、イエスの横顔を見守った。イエスの両眼には涙の水滴が滲み出ていた。

また頓狂な声を出して、サラテルが大声で言った。

「敵《かたき》を討ってくれませんかね、あなたが……」

それに対してイエスは一言も答えなかった。また血の滲んだ白布を巻きつけ、大きな、も一枚の白布で包んでバフテスマのヨハネの首を元の箱に収めた。そしてイエスが二三歩、歩いて窓枠に手をかけて、外を見ようとした時に、サラテルは大声で怒鳴《どな》った。

「イエス、おまえは卑怯《ひきょう》だよ！　俺達が一生懸命にヨハネ先生を救い出そうと、八方手を尽していた時に、おまえだけは危険区域を避けて、ガリラヤに逃げて帰ったではないか？　そして、先生が首だけになった今日、今頃、のこのこダマスコまでやって来て、逃げ回っているんじゃ仕方が無いじゃないか？」

サラテルは両腕の袖《そで》をまくし上げてそう叫んだ。

しかしイエスはこれに対して一言も答えなかった。静かに階段を降りて表に出た。外には春の黄昏《たそがれ》が夕闇を招き寄せて、狭い裏道の軒《のき》と軒を縫い合せていた。

ダマスコを出たイエスは道を南に取った。

ヘルモン山脈の西側には砂漠に消える幾筋かの清流が、山頂の雪を溶かして、銀線のように並んでいた。

遥か南方の地平線には、バシャンの奥地に聳《そび》ゆる、円錐形の火山が数基、砂漠地帯の単調を破って紺色に染って立っていた。

イエスは高原の澄み切った空を見上げながら、爪先《つまさき》上がりにヘルモン山に昇って行った。海抜八千尺ヨルダン渓谷を睥睨《へいげい》している峻峰《しゅんぽう》も、三千尺に近い西側の高原から登るとわずか半日の旅程であった。

山頂まではペテロとヤコブとヨハネの三人しか、イエスに従《つ》いて行かなかった。だが、一夜を山頂で送った三人は、天使の如く輝くイエスの山上の変貌を見て、驚きの眼を見張った。またその時、天からの声も彼らは聞いた。そして大自然の懐に抱かれているイエスが、如何に尊い存在であるかをさらに深く学んだ。

しかしイエスは、その美しい大自然に、いつまでも執着していなかった。

「また下界で、苦しもうよ！」

そう言って、また急ぎ足で山を駆けおりた。

二三　興奮醒めず

イエスの一行は、ダマスコを後にして高原を南し、ギリシャ人の植民地であるデカポリスの町々を経て、ガリラヤの湖水の東側に出た。

その間、約二ケ月ばかり経《た》っていたが、ガリラヤの民衆はまだ興奮していた。過越し祭が過ぎ、五旬節に集まる群衆も、エルサレムから各地に引き揚げて、地方はもう落ち着いていると思ったにかかわらず、ヘロデ・アンチパスに対する民衆の反抗心は、決して衰えてはいなかった。

いや、それとは反対に、アンチパスに離婚されて、ナバテア国に帰った不運な娘に同情したアレタ王が、五万の大軍を率いて、ユダヤに攻め込んで来るという噂が頻々《ひんぴん》として伝わった。そうした流言蜚語が飛ぶと共に、民衆はますます興奮した。

で、イエスがガリラヤ湖の東海岸に着くやいなや、たちまちにして四千人が集まった。イエスは、この度もまた、その民衆を解散させようと散々苦心したが、その効は無かった。イエスが水を飲むために川に下って行けば川について来、祈りのために小山に登れば、また小山について来た。

とうとう、三日も、飲まず食わずに、四千人の者がついて歩いた。その熱心さに感じたイエスは、弟子達に、

「パンを食わしてやりたいなア」

と言った。

「こんな淋しいところじゃあ、先生駄目ですよ、買いに行くのに三日も四日もかかりますからね」

「じゃあ、君らは、パンを何箇持っているんかい？」

「七つだけ持っています、焼魚も少し持っています」

イエスは、この前五千人にパンを与えた同じ方法をとって、また四千人の者にパンと魚を分け与えた。そのために、民衆は一層興奮して、何か大きな事件が爆発するに違いないと、確信するに至った。

しかし、イエスは、よく民衆に言い含めて、彼らを静かに帰らせ、弟子達に、あとに落ちていたパン屑を拾わせた。驚いたことに、パン屑だけで、七つの荷籠が一杯になった。

後始末が済んだのは、午後二時過ぎであったが、弟子達は、先生と一緒になって、ダルマヌタの方に渡ることにした。渡る時にまた、例のパリサイ宗の分からずやの連中が船までやって来て、なぜ手を洗わずに民衆に飯を食わしたかということを問題にした。その時、ピリポは笑

いながら答えた。

「手を洗うったって、一里も二里も手洗いに行って、それから飯を食うんじゃあ、腹が減ってしまうじゃないかい、わははははは」

弟子達は、パリサイ宗の連中があまり煩《うる》さいので、慌《あわ》ただしく船を出した。そのため、うっかりして夕飯に用いるパン屑を船に入れることを忘れた。二三里沖へ漕ぎ出してから初めてそれに気が付いた。艪《ろ》を漕《こ》いでいたペテロが、

「腹が減った！　パン無いか？」

と言い出したので、パン屑《くず》を積んでいないことが分かった。弟子達は、責任のなすり合いをした。トマスはマタイに言った。

「あれだけ君に頼んでおいたのに、なんだ、君、忘れたのか？」

マタイは負けていなかった。

「俺は、ヤコブが藪の中に捨てろといったから、そのとおりしたんさ」

ヤコブは赤い顔をして、マタイに言った。

「俺は何も、まだ食えるものを捨てろと言わなかったぞ。食えないものや、砂と一緒になっている物を捨てろと言ったまでさ」

舳先《へさき》の方で居睡りしていたヨハネが、頭をあげた。

「俺は、一籠だけ、弁当に要ると思って、湖水の岸まで持って来たんじゃがなア、パリサイ

の奴があんまり煩いから、あいつらを追い返しているうちに、忘れちゃったんだよ」

ヨハネの傍に横になっていたイエスは、真っ直ぐに座り直して、誰にいうとなく、弟子達を大きな声で叱った。

「なにを、君ら、なすり合いしてるんだね。君ら、分からんね、これだけ僕と一緒におって、まだ気付かないのか！　まだ分からんのか！　君らどうかしているなア、君らの目は一体、見えるんかい！　耳があっても聞えないのだろう、君らは忘れたんかね、五つのパンで五千人に食わした時に、その残り屑はいくつあったね？」

ヤコブはすぐ答えた。

「十二籠《かご》でした」

イエスはまた折り返して訊いた。

「七つのパンを割いて四千人に食わした時、パン屑を幾籠拾ったのか？」

「七籠です」

と、マタイが答えた。

「まだ分からないか？」

そう言ってイエスは弟子達があまり分からないので、顔をそむけたまま湖水の岸に視線をそらした。

そのとき、艪《ろ》を押していたペテロは言った。

「神様の恩恵を徒《いたず》らに受けるなと、先生はおっしゃるんだな、しかし、わしらは愚か者じゃから、その時にならなければ分からんのでな、わはははは」

ペテロの高笑いに、他の弟子達もついて笑った。その笑声は湖面にこだまして、いかにも、なごやかに聞こえた。

二四　再び北方へ

六月のガリラヤは、毎日、旱魃《ひでり》が続いた。丘の上の麦畑は黄ばみ、牧夫達《ひつじかい》は、羊と山羊に水を飲ませるだけが一仕事であった。少し東風が強いと、からからになったギレアデの山々を越えて、アラビヤの砂塵が日に一寸も二寸も、窓枠の上に積み重なることは珍しくなかった。

イエスが船から上がって、ペテロの故郷のベテサイダに着くと、群衆は待っていましたとばかりに、また大勢の病人を連れてきた。イエスは、親切に、その病人を一々治した。

しかし、ガリラヤの形勢は、ますます険悪であった。ことに、祭りの時、ガリラヤから行った反納税主義者の連中が多数殺されたという報告が村々に伝わっていたので、ローマに対する革命運動と、ヘロデ・アンチパスに対する反抗運動が一緒くたになって、民衆の興奮をそそっていた。また、バラバの一味徒党が軍資金を集めるために、泥棒をして活躍しているということも耳に入った。

ツロ、シドンの旅行に連れて行ってもらえなかったイスカリオテのユダは、渋面をして、こんな報告を他の弟子達の前にした。

「えらい事になったよ、君、例の水道問題が爆発してさ、エルサレムで祭りの真っ最中、水道反対の請願に行った数万人が、片っ端から隠されていた軍隊に殺されるっていう始末さ、こうなると、武装していない群衆っていうのは、弱いものさ」

いつも元気のいいヨハネが、イスカリオテのユダに訊き直した。

「水道問題って、俺は少しもそういうことを聞かなかったが、一体何だい？」

「君、知らんかね、そら、去年あたりから問題になっているじゃないか、知事のピラトが、宮の金を奪ったとか奪わないとかいって、騒いでいたやつさ」

「ああ、あれか！」

イスカリオテのユダは、なかなか政情には委《くわ》しかった。

「もう君、とても大きな煉瓦《れんが》造りの水道が二百ファロング〔一ファロングは約二〇〇m〕も出来上がっているんだよ、あとエルサレムのところだけが出来ておらないのだ、他の金を使えばいいものを、人民の意思に反対してピラトが神殿の献金を流用したもんだから、未だに出来ないでいるんだ。でなければ、とっくの昔に出来とるんだろうがなア、パリサイ宗の連中が意地になって反対しているんだ」

その会話を傍で聞いていたイエスは、こうした時に、宗教運動を続けることが、無用な犠牲に導くことを看取した。しかし、身が危険であるとは知っていても、病人を見捨てておくようなイエスではなかった。あまり人とは広く交際しないようにしていても、病人を連れて来られれば、どんなむつかしいものであっても、必ず面倒を見てやった。

評判はすぐ立った。すると、ヘロデ党の探偵《たんてい》が、うるさいほどイエスに付きまとった。ある場合には仮病まで装うて、イエスのところへやって来た。

彼が謀反するという気配は少しもなかった。イエスは、ゲネサレの浜で大勢の病人を治していた。

西の空は赤く焼けて、北から南に流れる層雲《そううん》は、金色に輝いていた。それを反射した湖水の小波は金蒔絵《まきえ》のように光り、玄武岩で出来た浜の丸石は、漆で塗ったように艶々《つやつや》としていた。

病人の入れ換わる機会を捉えて、エルサレムから来たパリサイとサドカイが、イエスに、また難問題を持ちかけた。

「証拠を見せて欲しいなア、証拠を、人を迷わすばかりが能じゃないだろうから、天から来た証拠をわしらに見せてくれないかな」

半ば威嚇《いかく》的に、半ば懐疑的に、彼らはイエスに、天から来た証拠を見せてくれと迫った。

イエスは、足を引きながらやって来る病人を見ていたが、西の空に顔を振り向けて、金色に光る層雲を見詰めながら、その人達に言った。

「夕方、あんなに空が赤いと、明日は晴れるだろうとあなた達は言うでしょう。そして、朝方、空か赤くて曇っていれば、今日は風雨だと言うじゃないですか。あなた達は空の景色を見分けることが分かっていて、時の徴《しるし》を見分けることが出来ないんですか。時代が悪くて不正直者の多い時には、みんな証拠を欲しがるものです。しかし、証拠といったって、ヨナの証拠のほか無いですよ」

そうイエスは独り言のようなことを言って、跛者《びっこ》の病人の肩に手をつけた。

金色の雲の上は、薄紫の色が漂い、その上は、深い紺色が、大空を彩っていた。太陽が沈むと共に、山の上の、金色が橙色に変わっていった。パリサイやサドカイの連中は、かすかに分かったというような風をして、のっそりのっそり、浜から町の方へ引き揚げた。しかし、問題はそれで済まされそうにもなかった。

それを心配したカペナウムの会堂司《づかさ》ヤイロが、また旅費を持ってやって来た。

「先生、やはりどうも形勢が悪いですよ、この分じゃあ、当分、アンチパスの管内においでにならないがいいですなア、これは少しの献金ですが、ぜひこれで、ピリピの管内に避けていて下さいませんか」

イエスも、それが賢いと思ったので、こんどは、十二人の弟子全部を連れて、人に気付かれないように、夜中に、カペナウムを立つことにした。

春の旅と違って、イエスの足は重かった。旅銀も充分ではなかった。それで、最初の晩は、蚊に食われながら、ガリラヤ湖から余り離れていない、路傍のオリーブの林の中で眠った。

そんなことが三日も続いたので、政治家肌のイスカリオテのユダは、少し参ったようだった。彼は第三の夜営の林に着いた時、ヨハネを掴《つか》まえてこぼした。

「狐《きつね》は穴あり、空の鳥は巣あり、されど人の子は枕する処なしと、先生はいわれるが、こんどの旅は叶《かな》わんなア、君、雨が降らんからいいようなものだが、俺はもう、蚊には参ってしまったよ、一体、先生は、いつ旗揚げをするんだろうなア。何だか、俺はもう頼りなくなっちゃったよ」

イエスは、その時、渓《たに》川の水を浴びて、森の中で、ひとり祈りをしていた。ヨハネも疲れた顔をして、イスカリオテのユダに答えた。

「いや、俺も少々疲れたな、しかし、昔モーセが四十年間、荒野で苦労したことから見れば、我々の苦労は足らんよ、野宿してからまだ三日目じゃないか」

それを傍で聞いていたトマスが、笑いながら冷かした。

「おい、ユダ、まだ三十九年と三百六十二日苦労が足らぬってさ、しっかりしろよ」

イスカリオテのユダは、蚊に食われた足をぼりぼり掻《か》きながら呟《つぶや》いた。

「まあ、俺らは信仰がないっていうんだろうなア、これが、モーセの時代であれば、早速土地が割れて、地獄に吸い込まれる第一の不信仰者は俺ぐらいのところだろう。わははははは」

イスカリオテのユダは、世俗的な人間ではあったが、非常に気さくな、分かりの早い、交際好きの男であった。それで、ガリラヤの弟子達は、ユダを警戒はしていたが、憎むことは出来なかった。

二五　メシアの告白

気転のきくイスカリオテのユダは、疲れたといいながらも、森の中を駆け回って柴を集め、革袋の中の燧石《ひうちいし》を取り出し、乾いた麻に火を燃え移らせて、ガリラヤから持って来た干魚を炙《あぶ》る準備をした。日はもうとっぷり暮れて、森の梢の先に、銀河の流れが引っ懸っていた。

ペテロが、森の中でひとり祈っているイエスのところへ、食事の案内に行くと、イエスは晴やかな顔をして、祈りの場所を立ち、イスカリオテのユダが作った火の傍に腰を下ろした。弟子達があまりつまらない顔をしているので、イエスは弟子に尋ねた。

「毎晩、蚊に食われて、えらいかね?」

イスカリオテのユダは笑いながら、ヨハネと顔を見合せた。そして、誰よりも先に、イエスに質問した。

「先生、いつ、旗揚げされるんですか?」

火はさかんに燃えて、干魚の焼ける匂いが、淋しい弟子達の心を和げた。

その質問にイエスがどう答えるだろうかと、弟子達は固唾《かたず》を呑んで耳をそばだてた。すると、案外にもイエスは、逆に、弟子達に妙な質問をした。

「世間の人は、わたしを、どういって批評しているね？」

春の旅行に一緒に行かなかったアンデレが、すぐ答えた。

「バプテスマのヨハネの生まれ変わりだという人もあれば、またある人はエリヤの再来だとも言っておりますよ」

熱心党のシモンは、アンデレの言葉が終わるとすぐ答えた。

「ある人はモーセの再来だと噂《うわさ》していますなア」

ナタナエルはそれに加えた。

「預言者エレミヤの生まれ変わりだとも、ある所で言っていたのを聞きました」

イエスは、みんなの顔を一通り見回して、厳粛に聞き直した。

「では、あなた達は、わたしを何だと思っているんです？」

みんなは沈黙して、あえて答えようともしなかった。その時ペテロは、確信をもって言った。

「先生、あなたは活ける神の子キリストです」

それを聞いたイエスは、そこに立って厳《おごそ》かに言った。

「バルヨナ・シモン、お前は仕合せ者だ。お前の名が巌《いわ》だとは、よく付けたものだ、その信念の巌の上に新しい社会を築いてくれ、しかし、ペテロ、この事を誰にも言っちゃあいかんよ、みんなも、こんな話があったことを人に言わないがいいね」

柴のことばかり気にしていたユダは、また大きな榾《ほだ》（たきぎ）を焰《ほのお》の中に、一つ放り込んだ。

イエスは、焰を見詰めて沈黙していたが、向かい側に腰を下ろしていたペテロに言った。

「わたしは、幻が見えて仕方がないがね」

ペテロは立ち上がった。

「先生、それはどんな幻ですか？」

ほかの弟子達も、二人の会話に興味を感じたので、イエスの顔とペテロの顔を等分に見較べた。

「それはね、わたしがエルサレムに乗り込むと祭司の長《おさ》や、七十人議会の議員達に掴まえられてえらい目に遭《あ》わされてさ、どこか小高い処に連れて行かれて、磔刑《はりつけ》にかけられる光景が、まざまざと見えるんだよ」

「厭《いや》な幻ですなア、先生、幻はそれで終わっているんですか？」

ペテロはすぐ尋ねた。

「いや、それで終わっていないんだ。その先があるんだ。いったん殺されたわたしがさ、三日目に墓から甦《よみがえ》ることまで、ありありと、手にとるように見えるんだよ」

丸顔のユダは、苦み走った丸い眼を、イエスに向けて言った。

「あとの方が、景気がいいなア」
話はそれで途切れてしまった。誰一人身動きする者さえなかった。沈黙は深くなった。
ナタナエルは、両膝《りょうひざ》の間に頭を突込んで、しくしく泣いている様子であった。ヨハネも泣く
ために森の中へ立ち去った。気の強いトマスは、焔を見つめていたイエスの横顔を、穴のあく
ほど凝視した。こおろぎが、森の下草の中で鳴いているのが聞こえた。遠くの方で梟《ふくろう》も鳴いて
いた。一番年の若いアルパヨの子ヤコブが、同じ年格好のヤコブの子ユダに言った。
「おい、どうするね？　先生が殺されたら、つまらないなア」
地べたの上に座って、両股《りょうもも》を二つの手で抱えたヤコブの子ユダは焚火《たきび》の明りで、大きな樫《かし》の
木の幹が、闇の中に浮き出している光景を凝視して、返事さえしなかった。正直者のナタナエ
ルは、鼻汁を両袖で拭いた。気の弱いマタイも、そこにいたたまらないで、その席を外した。
ヨハネの兄弟ヤコブは、ペテロの袖をひいて、闇の中に連れ込んだ。
「おい！　先生は大変なことを言い出したじゃないか、あんなことがあっちゃあ、たまらん
ぜ。何か先生に、エルサレム行きを思い止まらせる工夫がないか？　なぜ、あんなことを言い
出したんだろうなア、よし、俺は一つ、先生を諫《いさ》めてみよう」
ペテロは、焚火の前に立ちすくんでいたイエスの傍に、寄り添って行った。
「先生、ちょっと、私の言うことを聞いて下さいませんか」
そう言って、ペテロは、森の中へイエスを連れ込んだ。

「先生、今言われたのは、ほんとうですか？　もしも今言われたようなことがあっちゃあ、困りますね、あんなことは、ありゃしませんよ、先生」

すると、イエスは血相を変えて、大声にペテロを叱り付けた。

「悪魔《サタン》だね、お前は、向こうへ行っとれ！　お前は、わしを躓《つまず》かすつもりか！　お前は神のことを思わないで、人のことばかり思っているんだね」

その声は、林の隅々にまで聞こえた。そう言うなり、イエスは、ペテロを放っておいて、また焚火しているところに帰ってきた。それで、ペテロは、怖《おそ》る怖る、十数間《けん》離れて、イエスの後からついて来た。

緊張した弟子達は、泣いているナタナエルと、火の番をしているイスカリオテのユダのほか座っている者はなかった。森に入って泣いているマタイも出て来た。みんなの顔が揃ったので、イエスは厳かに弟子達に宣言した。

「わしに従《つ》いて来ようと思えば、十字架に懸《かか》るつもりで従いて来なくちゃあ、うそだよ。命が惜しいものは、かえって命を失うにきまっている。わしのために命を放り出す者は、かえって、生命《いのち》を完うすることが出来るんだ、人の子だって、いつまでも、ぐずぐずしていやしないよ。天の父の栄光をもって、天の使いと一緒にやって来る時もあるよ。その時、一々、その行為に従って報いを与えることになるだろう。いや、ほんとに、ここに立っている者の中にでも、人の子が、その国を統治する時を見とどけるまで死なない者がいるよ」

その景気のいい声に、ナタナエルは泣き腫《は》らした眼を上げて、イエスを見た。イスカリオテのユダは、からからと笑って立ち上がった。それはイエスが「ここに立つ者のうち」と言ったので、座っていてはその栄光に洩《も》れると思ったからであった。

二六　矢車草

死を覚悟したイエスは、表面いかにも朗《ほが》らかであった。

そのために弟子達は、イエスの言うことが、さっぱり理解出来なかった。ピリポ・カイサリア（バニアス）からの帰り途に、十二人の弟子達は、美しい自然も打ち忘れて、猛烈に議論をした。

それは、イスカリオテのユダが唖《おし》の子供を治し得なかったことを、ペテロが冷かしたことに始まった。すると、ユダもなかなか負けていなかった。

「貴様だって、今年の春、ガリラヤの湖水の上で、ぶるぶる沈みかかったじゃないか、あの事を忘れたか」

そう言って、ペテロを鼻であしらった。

トマスは、ペテロの肩を持った。

「しかしユダ、お前は少し酒をひかえんといかんぞ、我々に小遣銭の一シケルも置かないで、みんなその金をエルサレムへ持って行って、どうしたか分からんじゃあ、困るじゃないか」

そう言われて、イスカリオテのユダは、黙っておれなかった。二つの頬ぺたの筋肉をぴりぴり慄《ふる》わせながら、道を逆戻りしてトマスのところまでやって来た。そして今にも掴みかかるような気勢を示した。

「おい、余計なことを言うな、余計なことを。俺はみんなに代わって子羊の一頭でも、神様に献げようと思って、過越し祭に出たまでのことさ、俺が使い込んだような疑いを持つなら、その証拠をあげてくれ、証拠を何もあげないで、ぐずぐず言うのをよしてくれ」

平常おとなしいマタイまでが、トマスに味方した。

「しかしいくら過越しの祭りに出たからといって、頼みもしない俺達の分まで、燔祭《はんさい》を献げる必要はないじゃないか」

そう突っ込まれて、ユダは苦笑いしながら、右肩にかけていた革袋を左の方に持ち直して弁解した。

「だって、どうせ、マグダラのマリアに一頭と、スザンナが一頭と俺の分に一頭と、そして、先生のために一頭、合計四頭羊を買うのであれば、もうあと三シケルかそこら出せば、もう一頭まけてやるというものだから、君らの分として三頭献げたんさ」

トマスはそれを反駁《はんばく》した。

「神は憐憫《あわれみ》を好みて、燔祭を好み給わずと、預言者がいっているじゃないか。金がある時ならまだしも、我々が、旅費にさえ差しつかえている時に、そんな余計な燔祭を献げる必要がどこにあるんだ。それこそ、パリサイとサドカイのパン種をつつしめ、と、もう一度先生に叱られるだけのこっちゃないか」

ユダは、左肩にかけていた革袋を両手に持ち直して、道の上に立ち止まって、地に唾《つば》した。

「俺は君達のいうことが少しも分からんなア、君らは、エルサレムの神殿をどうするつもりだい？　あれを叩き潰してしまうつもりなんかね、それとも、あのエルサレムの既成勢力を利用して、革命をやるつもりなんかね？」

そう突っ込まれると、弟子達のうちに、明確な返事をする者はなかった。それで、ユダはまた続けて言った。

「ペテロは、この間も、先生がエルサレムに行って、十字架にかかると言われた晩に『先生、そんなことよして下さい』と言って、叱られたろう。わしは、何も、神の国運動をするのに、七十人議会の連中や、パリサイの連中と喧嘩する必要がないと思うな、むしろ、あいつらを我々の味方にして、我々の共同の敵であるローマ人を追い出して、そうしてうちの先生に、エルサレムの王様になってもらったらいいじゃないか」

熱心党のシモンは、それを聞いて、からからっと笑った。

「そんな、おっちょこちょいだから、貴様は駄目なんだよ。七十人議会が何者だ！　あれはローマ政府の傀儡《かいらい》じゃないか、あの議長は祭司の長《おさ》だろう。祭司の長のカヤパは、親ローマ派の巨頭じゃないか、今日のエルサレムが腐敗しているのは、全くあいつが存在しているためじゃないか。うちの先生は、バプテスマをお受けになるなり、すぐエルサレムに入って、まず第一に宮潔《みやきよ》めをしていられるじゃないか」

その言葉を遮《さえぎ》って、イスカリオテのユダは叫んだ。

「僕は先生が、ああいう態度に出るのはまずいと思うな。もちろん、俺だって、アンナスが善良だとは考えてやしないよ、しかし、アンナスがイスラエル人なら、俺達も、イスラエル人じゃないか」

トマスはなかなか承知しなかった。

「まだ、そんな事をいっているから、駄目だよ、てめエは、もうエルサレムへ行って、祭司の長の玄関番にでも使ってもらえ」

弟子達の足は遅れた。それで、イエスは、ひとり物思いに沈んで、美しいヨルダン川の流れに見とれつつ、弟子達とは、もうかれこれ四五丁も離れてしまった。ただ、うねりくねった渓谷の鼻と鼻とに回り合せた時、イエスは、弟子達がさかんに議論している声を聞いた。

渓谷には、樫《かし》などの森が、美しい雑木林をつくって、夏の日の烈《はげ》しい光線を、緑の葉で遮っていた。

イエスは、その木の葉の美しさに見とれながら、足をゆるめないで歩いた。そして、弟子達は彼のほか誰も聞いていないのをいいことにして、猛烈に議論を闘《たたか》わした。

元気のいいヨハネは、イスカリオテのユダに言った。

「この際、ローマの勢力も、ヘロデの根拠地も、エルサレムの訳のわからぬ奴も、全部一掃したらいいじゃないか」

世俗的に賢いユダは、その説に反対した。

「そんなに簡単にやれるものじゃないよ、やってみたまえ、かえってみんな叩き潰されてしまうから、先生はもう、今から負けるつもりでおられるじゃないか、君ら、負けてもいいと思って言っているんか？」

ヨハネの兄ヤコブは、すぐ、イスカリオテのユダの前に歩いていたが、元気よく言った。

「そりゃあ、勝ったほうがいいよ、先生を死なしてどうするか！」

「だから、わしが言うように、エルサレムの現勢力を、あんまり怒らさぬようにして、出来るだけ、祭司の長とこちらの先生を妥協さして、一旗あげる時には、祭司の長の勢力を利用するようにしないと決してうまいことゆかんと思うなア」

と、ユダは、飽くまで妥協論を主張した。それに対して、ペテロは、多少軟化する形勢を示した。

蝉《せみ》がやかましく鳴いた。

「それも、先生を殺さない一つの方法だなア、先生に死なれたら、困るからなア、もうかれこれ、我々も、三年間、先生についているんだから、この際、先生の不思議な力で、天下を治めてもらうようにならんと困るよ」

熱心党のシモンは、ペテロを顧みて言った。

「機会を逸したなア、過越し祭の時、みんなが五千人も集まった時、一旗揚げるべきだったよ、カイサリアには、ローマの兵隊がたった三千人しかおらないんだろう。それに、エルサレムに駐屯しているローマ軍は、たった五百じゃないか。アンチパスは、モアブのアレタ王の軍隊が攻め込んで来るのがこわいから、ちよっと、五千という兵は、こっちによう向けなかったろうなア。それに、うちの先生は、奇跡を行う力を持っているからなア」

ヤコブも、熱心党のシモンには同感であった。

「実際おしいような気がするなア、わしらには、先生が、こんな山の中へ逃げ込む理由がわからん、なにかこれに計画があるだろうが」

イスカリオテのユダは、ここだとばかりに力をこめて言った。

「そうだよ、わしも、先生に犬死にさせちゃあ、いかんと思うな。先生は、あんな聖人だから、あくまで暴力は否定されるだろうが、そこは、我々がかつぐんだな。だから、我々が、まず計画をたててエルサレムを占領する順序なり、カイサリアなりテベリアを、こちらのものにしてしまう計画っていうものが無くっちゃいかんよ。一体、みんな、その旗揚げに賛成なんかね？」

「賛成！」

「賛成！」

「賛成！」

それに反対するものは誰もなかった。

さて、そうなって来ると、イスカリオテのユダは、無くてならない人物であった。彼は即座に他の十一人の弟子に尋ねた。

「じゃあ、計画の大将には、誰がなる？」

彼は、誰かが、君になれといってくれるかと思って、そう言い出した。しかし、誰一人、そう言うものはなかった。ヤコブが、その時、みんなの沈黙を破って、大声に言った。

「おい、こんな大事なことは、またガリラヤに入ってから相談出来んから、ここら辺で、よくまとめようじゃあないか、どうじゃ、みんな、その辺の草の上にでも座って、いっとき相談しようじゃないか」

一同は、路傍の草叢《くさむら》に座った。矢車草の美しい濃紫《こいむらさき》色をした花がそこら一面に咲いていた。

一番年の若いアルパヨの子のヤコブが、

「大将には、ペテロになってもらったらいいじゃないか！」

と主張したが、それに第一反対したのは、イスカリオテのユダであった。

「さあ、どうかな?」

彼は露骨に、ペテロを批評した。

「ペテロは、魚をとるのは上手だが、城を奪るのは出来そうもないな、わはははは」

ペテロを除いた他の十一人の者は、皆笑った。ペテロは苦い顔をして俯向《うつむ》いた。それは、彼自身今の今まで、みんなが大将にしてくれると思っていたからであった。トマスは、熱心党のシモンを推薦した。それにはヤコブが反対であった。

「あぶなっかしいなア、熱心党のシモンは、反納税主義者の間には持てるだろうけれど、民衆がついて来ないよ」

熱心党のシモンは、ヤコブを推薦した。しかし、ユダは真っ向から反対した。

「わしが最初から言うとおり、もう少し、エルサレムの現勢力と連絡のとれる人物でないと駄目だよ」

マタイは、ペテロをもう一度推薦した。これをも、イスカリオテのユダは、猛烈に攻撃した。

「ペテロは、そそっかしいから駄目だよ、要するに、ガリラヤの人間じゃあ、ユダヤの事情が分からぬから、エルサレムの方じゃあ、充分活動が出来んて」

ユダがそういった裏面には、暗に、彼を首領にせよという主張が伏在していた。十二人の弟子のうちで、十一人までガリラヤ生まれの者ばかりで、ユダヤ生まれの男というのは、彼一人しかなかった。そう言ったけれども、誰一人、彼にやれというものは無かった。それで、自己推薦をしてみた。

「こんなこっちゃあ、仕方がないじゃあないか……どうだ、俺にやらしてみないかな？」

トマスは、からからっと笑った。

「唖《おし》の子供一人よう治せぬ人間に、ローマの知事を追い出したり、ヘロデをやっつけたりするような、大きな仕事が出来るかよ」

少し激しい口調で言ったので、ユダは苦笑した。

「あれとこれとは話が違うよ」

いくら座っていても、話はまとまらなかった。夏の太陽は、真上から照りつけ、道の上に落ちた光線は、弟子達の顔を射た。

イエスは、ひとり、さきに進んだけれども、弟子達がついて来ないので、木陰に休んで、彼らを待った。しかし、あまり遅いので引き返して、弟子達の相談しているところまでやって来た。そしてイエスはにこにこしながら言った。

「えらい、ゆっくりしているね、みんな」

ペテロは、すぐ立ち上がった。それで、他の弟子達もそれに倣《なら》った。

鴉《からす》が一羽、森の中で、大きな声で啼《な》いた。ペテロはその声を聞いて、小声に言った。

「なんだか、あの声は不吉の徴《しるし》のように聞えるなア」

鴉はなおも、啼きつづけた。

二七　嬰児と天国

ちりり……

ちりり……

三角型の帆を巻き上げるのどかな音が、湖面に聞こえた。どこかの船が、漁に行くらしい。網が、幾統《いくすじ》も幾統も、岸辺に干してあった。その前には、岸に曳き上げられた小舟が、五六艘《そう》並んでいた。湖面には、水蒸気が立って、対岸のゲラサネも、今日は、はっきり見えなかった。日はまだ上らない、風はない。イエスは夜明け前に起きて、はや、どこかで、祈りをして来たらしかった。

ペテロの家で泊った弟子達、台所に集まって、輪になってパンを囓《かじ》っていた。ペテロの赤ん坊が、よちよち奥から出て来た。袖《そで》のついていない襦袢《じゅばん》を一枚しか着ていないけれど、可愛らしい無邪気な顔をしていた。やっと歩き出したばかりなので、イスカリオテのユダの差し出した手にすがって、ぽつりぽつり円陣の中に入って来た。その時、イエスも、裏口から、薄暗い台所に入った。ペテロが、先生に、パンを勧めたので、彼も仲間に入った。

食事が済んでから、みんなが立とうとした時、イエスは彼らを呼び止めて、ペテロの方に向いて訊いた。

「昨日は、一体、何をやかましく、議論しておったんだね？」

みんなは、申し合せたように沈黙して、誰一人返事する者もなかった。しかし、イエスはほぼ想像がついていた。で、ペテロの赤ん坊を両手で抱き上げて、一座の者を見回して言った。

「みんな、この子のように無邪気にならなければ駄目だよ。神の国では小刀細工《こざいく》は要らないんだ。もし君らのうちで、頭《かしら》になりたいと思う者があれば、下僕《しもべ》になって一生懸命働かなければいかんよ。自ら高くする者は低くせられるんだから、神の社会において、位や官等は何の役にも立たないよ」

叱られていると気が付いた弟子達は、互いに顔を見合わせて、目で合図をした。痛いところにお灸《きゅう》をすえられたヨハネは、話題をそらせて旅行中に見聞した話を持ち出した。

「先生、こんどの旅行でびっくりしたのは、あなたに少しも関係のない男が、あなたの名を使って、さかんに悪鬼を追い出していることでした。あれは、どうも感心しませんね」

その時、イエスは、ペテロの赤ん坊の頭を撫《な》でていたが、視線をヨハネの方に向けて言った。

「なにもそんなに、窮屈に考えなくていいじゃないか。わしの名前を使っている者が、わしを貶《けな》すこともないだろう。わしに反対しない者は味方と考えていればいいじゃないか」

その大きな度胸に弟子達は思い合わせたように、高声に笑った。で、イエスは、なおも続けて、ヨハネに向かって言った。

「世を救う者に属《つ》いているからといって、君らに一杯の水を飲ませてくれる者があれば、その人には、それだけの報酬《ほうしゅう》があるんだよ。どんなつまらぬ人間でも、世界を救おうとする者に賛成する人を軽んじてはいけない」

そう言って、イエスは、膝《ひざ》の間に挟《はさ》んでいたペテロの赤ん坊を、もう一度抱き上げて、十二人の弟子に言った。

「わしに関係ある以上は、こんな小っぽけな赤ん坊でも大事にしてくれると、わしを大事にしてくれるのと同じことだよ」

イスカリオテのユダは分かったような風をして、先の尖った顎《あご》を上下に振っていた。家事に忠実なペテロの女房は、また台所の隅で、パン粉を手臼で挽《ひ》き出した。その臼の音を聞いたイエスは、すぐつけ加えた。

「……また、わしを信じてくれるこのような赤ん坊一人でも、つまずかす者があれば、そいつの首に、大きな碾《ひ》き臼を縊《くび》りつけて、湖水の中へ投げ込んだほうがましだね、わははは」

そう言って、イエスが朗かに笑ったので、弟子達もそれについて笑った。ナタナエルとマタイが、顔を見合わせて、互いに囁《ささや》いた。

「先生の言うとおりだな」

「そうに違いない」

イエスは、抱いていた赤ん坊を床の上に下ろして、右腕の袖をまくりあげながら、視線を、右腕に向けた。

「躓《つまず》かすといえば、君らの右の手が身体の躓きとなる場合でも同じことだよ、その時には、その手をぶち斬ってしまって構わない」

そう言って、イエスは、左手で右手を打ち斬る真似をした。

浜には、塩魚を干しながら、陽気に唄っている声が聞えた。ペテロの妻は、ごろごろいわせながら、臼を挽きつづけた。イスカリオテのユダは、イエスの言葉が、自分をさしているように思われたので、臼を挽いているペテロの妻の方に視線をそらして、平気な顔をした。

イエスの言葉はすこぶる劇《はげ》しくなった。

「両手がそなわっていて地獄に行くより、片手で、生命の道に入るほうが、ずっといいんだ。両眼あって地獄に行くより、片眼で神の国に入る方がずっとましだよ。塩はいいものに違いない、しかし、その効力が無くなったなら、何で塩するんだい？　君らも心のうちに、塩を保存しておいて、みんな仲好くしなくちゃいかんね」

そう言い捨てて、イエスは、つと立ち上がって、台所の隅っこに行き、臼を挽いているペテロの女房の手伝いを始めた。気のつくイスカリオテのユダは、すぐ、その後から、臼のところにやって行き、イエスを追い除《の》けてパン粉を挽《ひ》く手伝いをした。

浜では塩物を干しながら唄っている娘の声が、なおも続いた。

二八　カペナウムの籠居《ろうきょ》

民衆に知られることを好まないイエスは、カペナウムに帰っても、毎日毎日、家にばかり閉じ籠《こも》っていた。そして、弟子達にも、あまり出歩くことを許さなかった。

それで、毎日、弟子達相互間の問題が、感情的になった。個人個人の欠点と長所の問題が醗《はっ》酵《こう》した。

その中でも、一番話題に上ったのは、イスカリオテのユダの一身上のことであった。誰いうとなく、彼が献金の中から、十シケル二十シケルを刎《は》ねて、故郷カリオテに残した借金の穴埋めにしているということが分かってきた。話は輪に輪がかかって、イスカリオテのユダが、エルサレムの神殿の羊商と結託して、儲けているという噂まで伝わった。

ヤコブは、この際思いきって、彼を制裁したほうがいいと主張した。それで、ペテロは、この問題をイエスのところに持って行った。

「先生、兄弟仲間のうちに罪を作った者があった場合には、どうしたらいいいでしょうね？すぐ、やっつけてしまった方がいいんでしょうか？」

イエスは、鳩のように柔和な眼を、ペテロに向けて言った。

「ペテロ、ペテロ、そんな時にはね、君ひとり行って、まず忠告してさ、まだ、きかなければ、こんどは二三人行って忠告したがいいだろう。もしそれでもきかなければ、団体で諌《いさ》めるんだね。まだ、それでもきかなければ、やむを得ないから、その時に初めて隔離するより仕方がないね」

ペテロは、続いて訊《き》いた。

「先生、それはそれで分かりましたが、もし、私に悪い事をした場合には、どうしたらいいんでしょう？　何度まで赦したらいいんでしょうか？　七遍《へん》ぐらいまででいいでしょうか？」

イエスは、微笑を二つの頬に湛えながら、力を入れて言った。

「それア、七を七十倍したがいいね、君ら、心から人の罪を赦さなければ、天の父も赦しては下さらないよ」

毎日毎日の籠城《ろうじょう》に、しびれを切らした弟子達は、ペテロがイエスの部屋に入っているのを幸いに押しかけて行って、イエスに訊いた。

「先生は、なぜ表へ出られないんですか？　こんなところでぐずぐずしていれば、大きな仕事が出来ないじゃないですか、僕らは、もうしびれを切らしましたなア」

その時、イエスは、視線を床の上に落として静かに言った。

「君らは、すぐ、人の目に見えるようなことをしたがっているが、魂のことは計算に入れておかないのかね？　事業をするのと、人の魂を入れ換えるのと、どちらがむずかしいと、君らは思うかね?」

ヨハネはすぐ答えた。

「それア、先生、魂の方がむずかしいですね」

「わたしは、そのむずかしいほうを受け持つんですよ。わたしは、きっと近いうちに、エルサレムで、十字架につけられ、いったん死んだ後、また復活するでしょう」

至極真面目に、イエスがそう言ったので、弟子達は悲しくなった。それ以上、聞こうともしないで、ヨハネはすぐ部屋を出た。それに続いて、他の十一の弟子達も表に出た。

二九　無風帯

海面より六百八十尺〔約二〇四m〕も低いガリラヤ湖畔の夏は、たまらないほど蒸し暑かった。

それに、風でも吹けば、またということもあるが、夕刻になっても風は動かず、麹室《こうじむろ》の中に入ったような無風状態を呈することは、いつものことであった。その上、毎日、日照り続きで、路上の砂までが、熱気を含んでいた。風を入れるために窓を開くと、かえって熱気が部屋に舞い込んだ。

その暑い真ん中を、外出禁止の籠城生活ときたものだから、弟子達のこぼしかたといえば、話にならなかった。

イスカリオテのユダは、殊勝にも、口を出すことを慎んでいたが、口喧《やかま》しいトマスは、汗を拭き拭き、みんなの前でこぼした。

「こんなんであれば、ピリポ・カイサリアで、もう一二ケ月送ったほうがましだったなア……息を吸い込むと、体温より熱い風が入ってくるから、全くたまらないよ」

そう言って、彼は、大きな溜め息を一つついた。

それは、七月末の風の無い、昼飯過ぎであった。口数の少いマタイとナタナエルの連中は、毎日おとなしく、昼寝ばかりしていた。釣りの好きなアンデレやピリポは、日課のように、沖へ船を漕ぎ出して、みんなに食わすだけの魚を釣ってきた。

イエスに金の無いことを知っているゼベダイの子達は、自宅に帰って隠れていた。

七月も、もう最後の安息日の午後であった。ゼベダイの兄弟は、その日も、朝の礼拝に会堂には出ないで、部屋に籠《こも》って、無聊《ぶりょう》に苦しんでいた。

会堂から帰ってきた兄弟の母のサロメは、あまり華《はれや》かな顔をしないで、壁にもたれてぼんやりしている二人の方に近づいた。

「出ればよかったのにねエ、今日は良い話を聴いてきたよ……イスラエルをお救いになる神の御約束は、間違いないってね。今日は、預言者エレミヤの説き明かしを聞いて、私は涙がこぼれたよ。せっかく、お前達二人を、イエス様のお弟子に出したのだから、しっかりしてくれなくちゃ困るね。なぜ、イエス様は、お前達に、外に出るなとおっしゃるんだろうね、先生はどんなお気持ちでおられるんだろうか」

面長の、背の高い気性のしっかりしたヨハネは、母の顔も見ないで、すぐ答えた。

「熱心党の連中が騒いでいる間は、誤解されると考えていられるんだろう。なア、ヤコブ、そうじゃなア」

襦袢《チュニス》一枚になっている兄のヤコブも、けだるそうな口調で、それに賛成した。

「そうだ、そうだ、うちの先生は、空騒ぎが嫌いだから、あんな泥棒の連中と一緒に仕事をしたくないんだよ」

その時、サロメは、外した顔覆いを机の上に置いて、黒っぽい、頭にかむっていた布切れをはずしながら、二人に言った。

「泥棒といえば、バラバが掴《つか》まったんだってね？　今朝、会堂に入る時に、エルサレムから来たパリサイ宗の人が会堂の前でそんな事を噂しているのを、私は聞いたよ」

「そうですか、お母さん！」

床の上に、膝を抱いてうずくまっていた弟のヨハネが飛び上がった。

「ほんとですか？　お母さん、それじゃあ、ガリラヤの熱心党の連中も、勢いが衰えるな、きっと……そいつはいい！」

兄のヤコブも、板間の上に立ち上がって、母に尋ねた。

「お母さん、どこで掴まったんでしょうね？」

「なんでも、ラキシかどこかで、水を飲みに来たところを、ローマの兵隊に掴まったらしいね」

「ああ、そうか、さすがに勇敢なバラバでも、水が無いと困るからね。するとローマ軍は、熱心党の一団を兵糧《ひょうろう》攻めにしたんだなア」

そうヨハネは、独り言のように言った。ヤコブは弟に訊《き》いた。

「じゃあ、ヨアキムも掴まったかな！」

「多分掴まったろうなア、何でも我々の留守中に、ユダヤの方が仕事がしやすいといって、出掛けて行ったそうだからね、きっと掴まっているなア、バラバが掴まって、ヨアキムが掴まらぬということはないよ、ナダブはどうなったろうなア？」

ヨハネは心配そうに、ヤコブの顔を見ながら、そう言った。そして三月ほど前のガリラヤの混乱を思い浮べていた。

「あのナダブはどうなったろうなア、あいつらが、馬賊の仲間に入っても、あまり人が好《よ》すぎて、別に大きな仕事は出来ないだろうなア」

と、感慨無量であった。

「じゃあ、早速、この事を先生に知らせる必要があるぞ」

兄弟はすぐ、別々になって、ペテロの家まで走った。ヨハネは、安息日に人が余り浜に出ていないのを知っていたので、岸伝いに走って、ペテロの家の裏口から台所に飛び込んだ。早速、彼はイエスの部屋の扉を叩いて、大声に言った。

「先生！　熱心党のバラバが、ラキシでローマの兵隊に掴まったそうですよ、その話をお聞きになりましたか？　先生、もう大丈夫ですよ、そろそろ表に出ましょうや」

イエスは静かに、床の上に膝を組み合わせて瞑想《めいそう》していたが、戸口に立っているヨハネに目を注いで、低い声で尋ねた。

「その話を誰から聞いたか？　君は」

「今朝母が、会堂で、エルサレムから来たパリサイ宗の男から聞いたと言っていました」

ヨハネの大きな声に、弟子達は皆集まって来た。そこへヤコブが、会堂の長《おさ》ヤイロと連れだって、表から入ってきた。ペテロは早速、ヤイロに挨拶して、バラバが掴まった真偽《しんぎ》を彼に尋ねた。

「どうも、ほんとらしいですなア、私も今朝、エルサレムから来たパリサイ宗の、メレクという男に聞きましたよ」

イエスは、部屋の中に正座したまま、立ち上がろうとはしなかったので、弟子達も、そこに円陣を作って座り込んだ。

ペテロは大悦《おおよろこ》びであった。彼はヤコブを顧《かえりみ》て言った。

「これで、我々も、自由に翼を伸ばすことが出来るわけだなア。バラバやヨアキムが暴れている間は、我々の純真な運動までが、泥棒の運動と間違えられるからなア、もうこれで大丈夫だよ」

イスカリオテのユダも、手を打って喜んだ。そして、イエスに言った。

「先生、もう大丈夫ですよ、早速大運動をやろうじゃありませんか！」

壁に背をもたせかけて、頭に大きな布切れを巻いていたヤイロは言った。

「こちらの先生が、彼らの軽挙妄動《けいきょもうどう》に加担なさらなかったのは、全くよかったですなア、あれで、もしも、バラバやヨアキムの連中と行動を共にしていたら、今頃、先生もどこかで掴まっていますなア」

その時、イエスは、至極落ち着いて、ヤイロに向かって言った。

「掴まえられることは、わしも同じだがなあ！」

ヤイロは苦笑いしながら、イエスに答えた。

「御冗談おっしゃっちゃあいけませんよ、先生、わはははは」

それに対して、イエスも微笑を浮べながら、確信をもって言った。

「いや、ほんとだよ、僕が笑って言うから、君ら信じないかも知れぬが、わしは近い中には必ずローマ人や祭司の長《おさ》に掴まって、酷《ひど》い目に遭わされて、殺されるにきまっているんだよ。しかし、殺されても必ず、三日目に生き返ってくるから、そう失望しないがいいね」

ナタナエルは、澄み切った小さい声で言った。

「先生は、近頃は、すぐ死ぬ死ぬって言われますが、そんな事を言われると、私達は淋しくなりますよ。お願いですから、あまり、縁起《えんぎ》の悪い話を持ち出さないで下さいな」

座は白け渡った。ちょっと、顔を出していたマグダラのマリアもすぐ引っ込んで台所へ行ってしまった。

三〇　善きサマリア人

一座のうちでは、一番年寄株《としよりかぶ》のヤイロが、話題を転じた。

「まあ、しかし、バラバが掴まったのは幸いでしたなア。こちらの先生が、彼と行動を共にしなかったので、ガリラヤの在所の方では、相当に、こちらに対して反感がありましたからな、その反感が鎮まるまで、ちょっと宣伝に出掛けても、効果は無いと思っていましたが、しかし、こんなに早くこの事件が片付こうとは思っていませんでしたよ。もう、先生がいくらお出ましになっても大丈夫ですよ。暴れた連中は、大抵ユダヤの方に行きましたからなア、首領株の者は、大抵掴まったと思いますよ」

イエスは、みんなの会話を静かに聴きながら、太陽の光線が開け放たれた入口の扉に反射するのを凝視していた。みんなは、やや沈黙していたが、その時、ヤイロは、イエスを喜ばそうと、面白い話を始めた。

「先生、あなたは、いつか、サマリアに行かれたことがあったんですか?……これは、先週会堂で聞いた話ですが、あるサマリアの男でこちらのお弟子だそうですが、とても感心な人があるそうですなア。これは、エリコの旅籠《はたご》屋の親爺《おやじ》から聞いたといって、私の家にきた反物商がいっていましたがね、なんでも、エリコの坂道で、その反物《たんもの》商の番頭が、強盗にやられたんだそうです。これはついこの間の話でございますよ……なんでも、金は余り持っていなかったそうですが、それでも、ガリラヤに来る途中だったとかで、七十シケルとか持っていたそうですがな、その金をすっくり奪《と》られた上に、着物まで剥《は》がされましてね。少し反抗したものですから、頭を割られて、道端の崖の下に突き落されていたんだそうです。ところが、そこへ、最初通りかかったのが祭司だったそうです。それで、怪我している男が、助けてくれって叫んだそうですよ、しかし、祭司は、面倒臭いという目付きをして、行ってしまったそうです。その後から、学者風の男が通りかかったそうですが、出ない声を絞って、その番頭が、助けてくれって怒鳴《どな》ったそうです。すると、学者は逃げたそうですわい」

ヤイロの話しかたが面白いので、弟子達は噴き出してしまった。アンデレも笑いながら言った。

「学者も腰抜けだなア」

ヤイロは、話を続けた。

「――そこへ来たのが……なんでも、こちらの先生の話を聞いたことがあるとかいう、こちらの先生の教えに感心しているサマリア人だそうですがね、その人は、なんでも驢馬《ろば》に乗っていたそうです。その人に番頭が助けを求めると、どうでしょう、親切な人じゃありませんか。わざわざ驢馬から下りましてね、崖の下からその人を担ぎ上げて、自分の持っていた葡萄酒を飲ましてくれましてね、オリーブ油を傷口に塗って、自分のシャツの端を破って包帯しましてな、その上、乗ってきた驢馬に乗せて、坂の途中の宿屋まで連れてきてくれたそうですわい。それに、どうでしょう、感心な人じゃありませんか、立つ時に、宿の主人にデナリ銀貨二つを渡して、わしはマケルスまで行って来るから、この人の面倒を見てくれ、宿賃が足りなかったら、私が払うからといったそうです。それが、平素ユダヤ人を敵視しているサマリア人なんだそうですから、感心じゃありませんか。

しかし、なんでしょうね、こちらの先生の話を聞いていたからこそ、そんな事が出来たんでしょうね。その番頭も、その人がナザレのイエスの話を聞いてから、心を入れ変えたんだと、宿屋で話しているのを聞いたそうですわい」

イエスは隠れたところに、そうした彼の弟子のあることを聞かされて非常に喜んだ。イエスは、透き徹るような声で言った。

「だから、やはり、教えというものは宣伝《つた》えなければならぬものだね、そういう隠れた篤志《とくし》家が現れて来るからね」

午後になって、熱気は一層加わった。鍋底の焦げつくような暑気は、イエスの顔といわず、身体といわず、汗線のあらゆる口から汗を絞り取った。イエスは、それを拭き拭き、ヤイロの顔から始めて、弟子達の顔を一渡り見回して言った。

「では、こんどは、大規模で宣伝をやろうかね、どうだろう、村々に回ってみちゃあ」

その一声で悄気《しょげ》こんでいた弟子達に勢いが出てきた。トマスは大声に叫んだ。

「賛成ですなア、先生」

裏庭には、山羊が、赤ん坊のような声をたてて鳴いていた。太陽は、その歩みを止めたかの如くに、上から照らしつけた。

ペテロの子供は、暑いのが気になるのか、汗疣《あせも》をかきながら、昼寝から醒めて大きな声で泣き出した。

四章　エルサレムのイエス

三一　ベタニアの宿

葡萄《ぶどう》は刈り取られ、酒槽《さかぶね》を踏む杜氏《とうじ》の歌声が、村々に聞えた。オリーブも実り、油を締める厚い板のきしる響きが、遠くまで聞えた。農夫はみな、今年の収穫を祝い、娘達は、都詣での晴れ着を作るために忙しかった。

仮庵祭《かりいおさい》は近づいた。農夫は、葡萄とオリーブの実を売った金で、聖都巡礼に旅立ち得る楽しさを指折り数えて待った。

それだのに、これはどうしたことか、ガリラヤの聖者と仰がれるイエスは、未だペテロの家に引き籠って、毎日毎日、瞑想に耽《ふけ》っていた。

不思議に思ったのは、イエスの血を分けた兄弟達であった。ある蒸し暑い日に、イエスのすぐ下の弟が、ペテロの家にやってきて、彼を冷かすようなことを言った。

「兄さんもどうかしているね、こんなカペナウムのような田舎で、ぐずぐずしておっちゃあ駄目だよ。天下に打って出ようと思えば、エルナレムに乗り込まなければ駄目ですよ。みんな、もう、仮庵祭に行きましたよ。それにあなたは、まだ、こんなところでぐずぐずしているんですか、どうしたんです？」

イエスが家出してから、彼の母も、その兄弟も、彼に好意を持たなかった。初めから彼を狂人扱いにして、彼を掴まえて鎖に繋ごうとまでいったことがあった。しかし、民衆が、彼を、ユダヤの——メシアの候補者として嘱目《しょくもく》するようになってからは、彼を狂人扱いすることはなくなった。しかしまだ、数人ある彼の兄弟達の中で、誰一人彼を信ずる者はなかった。

で、イエスは言った。

「時機が来ていないんだよ——君らには、時機っていうものが無いだろうが、わしにはあるんだよ。わしが悪い事は悪いと、はっきり言うもんだからな、ユダヤでは憎まれているんだよ。しかし、君は憎まれることもないだろうから、先に行きたまえ。時機が来れば別だけれど、今のところはこんどの祭りに行かないつもりだよ」

そう言ったイエスは、兄弟達がエルサレムに上った後で、こっそり、ヤコブ、ヨハネ、アンデレの三人を連れて、仮庵祭に上京した。（ペテロは留守番を仰せつかった）

ガリラヤを立って五日目に、イエスの一行は、ベタニアに着いた。あまり突然だったので、ベタニアのマリアは、イエスを瞳の中に摺《す》り込みたいほど歓迎した。

「まあ、よく来て下さいましたね」

頬ぺたを石榴《ざくろ》のように赤くしたベタニアのマリアは、孔雀《くじゃく》の尻尾のような睫《まゆ》毛《げ》をしばたたいて、ひざまずいて、イエスの裳裾《もすそ》に接吻した。

「秋は、このお祭りには、過越し祭や五旬節のように、もうお出ましにならないのかと諦めておりましたのよ、しかし、まあ、よく出て来られましたのね、しばらく、うちに逗留して下さるでしょう？　ぜひ、ぜひそうして頂きますわ」

両手を組み合わせたマリアは、小鹿のような身振りをしてそう言った。

秋の雨は間もなく降る。石垣の向こうの葡萄畑には、茅《かや》、薄《すすき》や柳の小枝で作った仮庵《かりいお》が組まれてあった。それは、イスラエルがエジプトの奴隷より解放された、神の恩寵《おんちょう》を思い出す記念の仮庵であった。

「ラザロはどうだね、近頃は？」

イエスは透き徹《とお》るような声で、そう尋ねた。

「お陰様で、ほんとにあの子は生命《いのち》を拾いましたわ。今日は、朝からエルサレムに参りましてね、神殿に献げる羊や山羊を納めに行っておりますんです。もうそのうちに帰って来ると思いますが、先生がお見えになることを知っていませんから、帰って来てびっくりするでしょうよ……まあ、しかし、ほんとに嬉しいわ」

そう言って、彼女は、またひざまずいて、イエスの足に接吻した。

そこへ、マルタが入って来た。マルタには、イエスを見るのは今度が初めてであった。で、彼女は、簡単に挨拶をして、イエスに言った。

「先生、今年の春は妹や弟が、ほんとにお世話になりましてありがとうございました。お陰様でね、ラザロも達者になりまして、ほんとに喜んでおります。毎日毎日、エルサレムに出掛けまして、食うことに困らないだけ稼いできてくれますから、こんな仕合わせなことはございません。まあ、先生、ゆっくり、ここで、お休み下さいまし。何もありませんけれども、山羊の乳はいくらでもありますから飢え死はさせませんですよ、おほほほほ」

いったん嫁いだ夫に死に別れたせいでもあろうか、マルタは年より老けて妹とはわずか八、九歳しか違わないというのに、頬には小さい小皺が寄り、生え際には、茶褐色《ちゃかっしょく》の斑点が現れていた。それに、マリアと違って、激しい野良仕事をするためか、手足が日に焼けて、着ている紺の着物までが日焼けしていた。

マリアは、すぐ、イエスに癒《なお》されたらい病人シモンの家まで飛んで行った。その間に、マルタは、頭の上に大きな瓶《かめ》を二つも載せて、五丁ばかり離れたエリコ道の泉まで、水を汲みに出掛けた。

日没までにまだ時間があったので、ヨハネと、ヤコブ、アンデレの三人は、二年近くも見なかったエルサレムを見るために出掛けた。

シモンは、エルサレムに出掛けて留守であった。また飛んで帰ってきたマリアは、イエスが落ち着いていた、内庭に面した南側の座敷にとび込んできた。

「先生、シモンさんは留守でしたわ、そのうちに帰って来るでしょう。そしたら、また私は呼びに行ってきますわ……、あれだけ家の人に言っておきましたから、ひとりで来てくれると思いますがね」

三二　石榴《ざくろ》の花

イエスは、石灰岩を敷いたヴェランダに出て、マリアの持って来た椅子に腰をかけた。

軒先には、石榴《ざくろ》の葉がもう散りかかっていた。その根っこのところには、虫に食われた雁来紅《はげいとう》が枯れたまま立っていた。爪切草《つめきり》だけはまだ青々と繁って、石塀の根っこを飾っていた。

マリアは髪の毛を撫で上げて、イエスの足許に座り込んだ。

「先生、こんどはゆっくりして下さいましね、私は、先生に、沢山お聞きしたいことがあるんですから……先生、早速、お尋ねしてもいいですか？」

そう言って、彼女は、水晶に、碧玉《へきぎょく》を嵌《は》めたような美しい眸《ひとみ》を、イエスの方に向けて答えを待った。イエスは、カペナウムの会堂裏で見た時より、マリアが肉付きもよくなり、元気がはち切れそうに見えたので、ほんとに嬉しかった。

「まあ仕合わせだったね！　あなたも今年の春と較べて、見違えるほど元気づいたね」

「だって、先生、あの時は、何も食べる物が無くて、三日も四日も断食していたんですもの。近頃は、エルサレムに来て、うちの羊の毛がとれますから、それを糸にして、着物に織れば、食うことも着ることにも困らないんですの……しかし、先生、断食していると、何だか、精神が爽《さわや》かになってきますのね、先生は、どうお考えになります？　私達はもう少し断食しなくちゃならないでしょうか？」

イエスは、雁来紅の茎を眺めていたが、頭をめぐらして、マリアのブロンド色の柔らかい髪を見詰めながら答えた。

「すべて精神が大事なんでね、精神さえ、天の父の御旨《みむね》に叶《かな》えばいいのですよ。断食をするとか、しないとか、祭りをするとか、しないとか、そんなことが神を拝む根本にはなりませんよ」

「じゃあ、先生、神様を拝むには、どうすればいいですか？」

イエスは、また、庭の爪切草の方に顔を向けて、静かに答えた。

「神を愛し、人を愛しさえすれば、それですべてが尽きているのです」

マリアは、なおも、イエスの横顔を見つめて、質問を連発した。

「では、先生、神様を愛するっていうのは、どうすればいいですか?」

イエスは、続けて、爪切草の葉を見ていた。

「それは難しいことはない、野の百合の花のようになればいいんだよ」

マリアは、疳《かん》高い声を張り上げて言った。

「先生、それがむつかしいんですわ、野の百合の花のようになるっていうのは、どうすればいいでしょうね?」

「それは、天真爛漫《てんしんらんまん》になってさ、神の心を人間の心として、その日その日を送ってゆけばいいのさ」

マリアは、両手を組み合せて、右膝の上に置いた。

「先生、神の子にされるっていうのは、そういう気持ちをいうんですか?」

イエスは、にっこり笑った。そしてマリアの二つの眼の視線と、イエスの二つの眼の視線が、瞬間的に結ばれた。マリアもにっこり笑った。

「そうだ、そうだ、君はよく分かっているね、こうして腰掛けている瞬間でも、天地の神様の胸のうちに抱き締められている有り難さを、刻々忘れないで、すべてをそこから出発して仕事をするんだね」

マリアはイエスの顔をみつめながら言った。

「先生、そうだと思いましたわ、私はね、この頃、なんだか嬉しくて嬉しくてたまらないんですの。それはね、先生、羊の毛を紡《つむ》いでいる時でも、またお台所に下がって炊事をしている時でも、朝起きる時から寝る時まで、何だか、神様の掌《てのひら》の上に乗っている気がするんですの……そんな言葉を使うのは悪いかも知れませんけれども、とにかくそんな気がして仕方がないんですの、そんな気持ちになるのは高慢なんでしょうかね……私は、そんな気持ちがするって、姉さんに言いますとね、お前は生意気だ、お前には悪鬼が取り憑《つ》いているんだといわれるんですが、――先生、そんな気持ちになるのは、悪鬼が取り憑いているんでしょうか？」

イエスは重ねていた膝を真っ直ぐに正して、言った。

「マリア、それは決して、悪鬼の仕業じゃありません。自分のことばかり思うことは、悪鬼の仕業ですが、神様の気持ちになって、世界を見直すことは、それは聖霊のお働きです」

そこへ、表から、マルタが水を汲んで帰ってきた。そして、マリアが暢気《のんき》そうにイエスの足許に座り込んで、竈《かまど》の下に、パンを焼く火をさえ焚《た》き付けていないのを見て、こぼした。

「ああ、えらかったわ、水瓶《みずがめ》二つに、一杯水を入れて、坂道を上って来るとずいぶんこたえるわ。マリア、お前は、まだ竈の下の火さえ焚き付けてないんだね、なにしてるんだね、お前は。そんなところに座り込まないで、先生に御馳走する準備でもなさいよ」

そう叱られて、マリアは着物についた埃《ほこり》を振り落としながら立ち上がった。マルタの追撃はまだやまなかった。

「なにを、ぐずぐずしているんだね、山羊の乳でも搾《しぼ》っておいでよ。今夜は、先生に温かいパンでも焼いて差し上げなさいよ」

イエスは、マルタがあまり拗《しつこ》いので、にこにこ笑いながら、銀鈴のように透き徹る声で、マルタに言った。

「いや別に、御馳走は要らんですよ、山羊の乳だけ飲ましてくれさえすれば、そのほか何も要りませんですよ、あんまり気遣いなさらないで下さい」

客の手前もあったので、マルタは、階下《した》に下りて行った。(階下といっても、そこは坂になっているので、階下が炊事場になっていた)

マリアは、姉が階下に下りて行ったので、戸口に立って、イエスに訊いた。

「じゃあ、先生、今のような気持ちでやって行ってもいいですか?」

イエスは椅子から立ち上がって、至極落ち着いた口調で答えた。

「ああ、いいとも、いいとも、それで結構だ。私は、あなたが、そんなに神様のことがよく分かっているとは思わなかった」

そういっているところへ、また、マルタが階段を飛び上がってきた。そして、少し荒い調子で、イエスに言った。

「先生、少し妹に言ってきかせて下さいまし、お客様が来てお出でだのに、私一人を働かせて、まだ、お足を洗う水さえ汲まないいんですからね、どうぞ、もう少し姉を助けるようにいって下さいまし」

イエスは、にっこり笑って、マルタに言った。

「マルタ、マルタ、あなたはそんなに気苦労しなくてよろしいよ。そう、人間に必要なものっていうのは沢山無いんだから——一つあれば沢山です。マリアは、その一つを選んでいるんだから、あの娘から、それを奪うことは出来ませんよ、わははははは」

イエスがそう言ったけれども、マルタにはそれが何を意味しているか分からなかった。マルタには、世間に沢山ある男女の関係だけが目についた。そして、マリアの求めていた、聖き《とうと》世界のことが目には入らなかった。

しかし、性来《うまれつき》親切なマリアは、イエス一人を部屋に残しておくことは悪いと思ったが、姉をも助けたかったので、急いで階段を飛び下り、竈の下に火をつけた。

西側の葡萄園に繋いだ山羊が、赤ん坊のような声をたてて鳴いていた。鶏が餌を漁《あさ》って、内庭に入ってきた。

イエスは、その鶏の赤い鶏冠《とさか》に瞳をすえた。

三三　賽銭箱の傍《かたわら》

エルサレムの近くには来たけれども、イエスは、城内の形勢が分からないので、街には、すぐ入らなかった。そして、ヤコブも、アンデレも、二、三日形勢を見ているがいいと、彼に勧めた。

ところが、三日目の晩、突然、七十人議会の長老のニコデモが宮守頭《みやもりがしら》のエホヤダに連れられて、ベタニアのイエスの宿を訪ねてきた。

イエスがニコデモに会うのは、これが初めてではなかった。一年ほど前、やはり仮庵祭の時、ゼベダイの親戚の家で、一度会ったことがあった。その時も、彼は夕闇にまぎれてやって来たが、こんどもまた、こっそりやって来た。

「久し振りでしたなア、お達者で」

元老株のうちでは、それでもまだ若いといわれているニコデモは白髪《しらが》交りの顎鬚《あごひげ》を撫でながら、イエスに言った。

「こんどはお出でにならぬと思っていましたら、よく来られましたなア、いや、どうも分からぬ奴ばかりで困りますよ、みんな、あなたが安息日を守らないといって、大騒ぎをするんですからなア、全く話にならないですよ。ガリラヤへ遣《や》った視察員が帰ってから、元老院の内間《うちま》では、あなたをキリストだという者があれば、除名すると決議しましたよ、わははは。分からぬ奴ですなア、しかし、なんですわい、そんな分からぬ奴ばかりでもないですよ。アリマタヤのヨセフなど、これも同僚ですがな、なかなか分かっていてあなたはどうしても普通の人でないといって、陰ながら尊敬しておりますよ。しかし、我々には、どうしても、あなたのいわれる精神的方面が分かりませんからなア、駄目ですわい、ことに、新たに生まれ変わらなければ、神の国に入れぬという、あなたの御説《お》が、どうも合点がいきませんでなア」

そんな話をしている間、エホヤダは、羊の取り引きの関係上、ラザロと、姉のマルタに歓待されて、搾りたての葡萄酒を一杯御馳走になっていた。

ニコデモの尻は落ち着かなかった。彼は、わざわざベタニアまで出掛けてきたにかかわらず、それだけ言って、早や帰ろうとした。で、イエスも、あえて彼を引き止めようとはしなかった。

ニコデモは、一杯ひっかけていい気になったエホダヤに連れられて、またとぼとぼエルサレムに引き揚げた。

しかし、このニコデモとエホヤダの訪問は、イエスにとって、一つの大きな暗示であった。彼は確信を持つようになった。それは、エルサレムの城内にも、まだ牝鶏《めんどり》の翼の下に集めなければならぬ多くの雛《ひな》がおるということであった。で、彼は、二人を見送った後、一人オリーブ山に上ってエルサレムの灯を下に見ながら、静かに、街のために祈った。

その翌日であった。イエスは、突然、エルサレムの神殿に姿を現して、参詣人を驚愕《きょうがく》させた。イエスは神殿の賽銭《さいせん》箱の傍に立っていた。すると、ガリラヤから出て来た大勢の参詣人は、一々ていねいに、彼にお辞儀をした。

それで、すぐ、イエスがエルサレムに現れたことが皆に分かった。物見高いエルサレムの人々は、わざわざイエスの顔を見ようと、いったん門まで出ていて、また引き返して来る者さえあった。

しかし、パリサイ宗の連中は、ここぞとばかり押し寄せてきた。早速持ち出したのは、安息日問題であった。

「君は預言者だというのに、安息日を守らないのは、どういうわけだ?」

それは、イエスが、一年前の仮庵祭の時、エルサレムのベテスダの池で、三十八年間動けなかった病人を、安息日に治したことから、エルサレムの官憲は、民族の風習を乱すものとして、イエスをやっつける意見に一致していたからであった。

イエスは、パリサイ宗の連中に突っ込まれても、存外平気であった。

「じゃあ、君、割礼《かつれい》式を安息日にすることは、どういうわけかね……割礼のようなことが安息日にやれるなら、長年病気に困っている者を、安息日に治したことが、なぜ悪いのかね?」

(割礼式というのはイスラエルに男子が生まれると八日目に、陽《まえ》の皮を切り落とす儀式であった)

それに参ってしまったパリサイ宗は、急所を突かれて、くすくす笑い出した者もあった。

「あいつ、よく聖書を知っているなア」

「どこで習ったんだろう?」

そんな事を、仲間同士で言っていた。それを聞いたイエスは、

「わたしの言っていることは、みんなわたしをお遣わしになった神様の御意《みこころ》を伝えているんですよ。決して自分の名誉のために、やっているんじゃありませんよ。モーセは、あなた達に、法律をくれたでしょう？　しかし、あなた達が、それを実行しないのはどういうわけですか？……あなた達は、わたしが安息日を守らないといって、この前、わたしを殺そうとしたじゃありませんか。モーセは、汝殺すなかれと書いてあるんだけれどね」

その賢い応答に、さすがのパリサイ宗の学者も参ってしまった。

それを立ち聞きしていたエルサレムの人々は、顔を見合わせて言った。

「なんだ！　この人はみんなが、やっつけるといっていた人じゃないか！　それに、こんなところで公然みんなと話しているが、もう何でもないんかな？」

人々は不思議がって、賽銭箱の側を通って行った。

至聖所の前に、灯明《とうみょう》がゆらいでいた。それは、七本の巴旦杏《アメンドー》の枝に象どって、作られたものであった。

パリサイ宗の人々が数歩退いたので、ヤコブと、ヨハネと、アンデレの三人が、イエスを表に連れ出そうと、人混みの中を分けて、賽銭箱の傍に接近した。弟子を見たイエスは、灯明の方に向いて、言った。

「――わたしについて来る者は、暗闇を歩く必要はない。それはわたし自身が世の光だから

ね――あんなに、わざと灯す光とは違うよ」

アンデレは、先生があまり大胆に何でもところ嫌わず言うので、冷や冷やしていた。果たして、その言葉を聞いたパリサイ宗の青年がやって来て、イエスに突っ込んだ。

「あなたは、自分のことだけ間違っていないというが、一人よがりだと言われても仕方がないじゃないか」

イエスは平気な顔をして、それに答えた。

「何も一人よがりを言ってやしないよ。わたしにはちゃんと証人があるよ」

パリサイ宗の男は、アンデレの顔を見ながら、続けて訊いた。

「どこにおる？　そんな人！」

イエスは微笑を湛《たた》えながら、即座に答えた。

「そりゃ分からんだろうね、わたしは一人じゃないんだよ。わたしを派遣してくれた方と一緒にいるんだよ」

「ええ？　派遣してくれた？　どこにそんな人がいる？」

イエスは、心の中では笑っていたが、真面目くさったパリサイ宗には、むっつりしないと悪いと思ったので、わざわざ笑いを殺して言った。

「あなたには、それは見えないでしょうがね、それはわたしの父です」

「父？」

パリサイ宗の男には、まだ分からなかった。

「そうですよ、わたしは、天の父といつも一緒にいるんです」

そう言ったけれども、パリサイ宗には、イエスの気持ちが、少しも理解せられなかった。

「へえッ！」

パリサイの青年は、イエスに顔をそむけ軽く鼻を鳴らして、仲間の方へ引き揚げた。他の連中も、イエスに掴《つか》まえどころがないので、宮を出た。しかし、別に、彼を掴まえようとして追い駆けて来る者も無かった。

三四　地に描くもの

「お前は！　これでも懲《こ》りないのか？」

女の両腕を、折れよとばかり捻《ね》じ上げた若者二人は、面白半分に、彼女をひょろつかせた。右手を掴まえている者が右腕を上にあげると、彼女は右に曲り、左手を掴んでいる者が左腕を捻じ上げると、左に曲った。

女は、大柄の縦縞《たてじま》の袷《あわせ》に、派手な幅の広い帯を締め、緑の髪は結ったまま横っちょに歪《まが》ってた。

「殺すならひと思いに、スポリと殺して下さいよ……どうせ、私が悪かったのだから……あやまるって……言っているんじゃないの、そんなに、生殺しにするようにしないで下さいよ——」

女の眼瞼《まぶた》は腫《は》れ上がり、涙で濡れた上を土《どろ》まみれになった袖で拭いたと見え、頬ぺたの上には鼠《ねずみ》色の斑《まだら》模様がついていた。

「貴様のような、あばずれ女が、改心するなぞ言ったところで、信用が出来るもんか！」

若者の一人は、面白がって、そう言った。

弥次の連中が、ぞろぞろついて来た。子供までが、その中に混じっていた。

も一人の若者は、右腕をぐいと捻じ上げた。女はひょろひょろと前方にのめって、土《ど》べたに顔をすりむくばかりに土下座してしまった。

弥次の一人が、側の男に言ってきかしていた。

「なんでも姦通《かんつう》している現場から、捕えられて来たんだそうな」

傍の男が答えた。

「そんな悪いことした奴か！　そんな奴なら石こ詰めにして打ち殺してしまったら善いじゃないか！」

弥次の中に入っている老婆が、女に同情して言った。

「美しい人じゃやのに、ほんに、可哀相にな！」

上下座した女は、人に顔を見られるのがいやだと見えて、首が膝にすれすれになるまでかがんで、すすり泣きをしていた。

着物の裾に青い房をつけたパリサイの男が、そこへやって来た。

「おい！　そんなところで、土下座させちゃ駄目だよ！　面白い事があらあ、あそこにナザレの預言者が説教しているから、あそこへ連れて行って、何と言うか、聞いてみな、あいつが、石で殺せと言えば、あいつは情なしじゃって！　しかし、もし姦通した女を釈放してやれと言えば、律法を守らないと言って、攻撃出来るからなア、……一つ、あいつを、試験してやろや！」

「そいつは面白い！」

「こら立て！　売女《ばいた》！」

そう言って、若者の一人は、左腕を上に吊《つ》り上げた。

するとと女は、

「あいた、た、た……」

と叫びながら立ち上がった。

イエスはソロモンの廊下に近く、朝から仮庵祭に集まった参詣人を集めて、問答をしていた。

「ちょっと、おまえ、あの預言者を呼んで来い！」

背の高い方の若者が、も一人の者にそう言った。

女はまた、土べたの上に捻じ伏せられた。女は、そこに泣き崩れた。そして、座ったま前方にのめって、頭で身体を支えていた。それでも、若者は、片腕を放そうとはしなかった。女は続けて、すすり泣きの間から叫び声をあげた。

「あたしが悪いんだから、早く、殺すんなら殺して下さい……私はどうせ……こんな世界に生きていたって仕方がない……女なんですから……」

イエスはやって来た。ソロモンの廊下にいた参拝人までが、その後からついて来た。

衣の裾《すそ》に房のついた男が大声を張り上げて、イエスに言った。

「先生は、これをどうお審《さば》きになりますか？　この女は姦通している現場から、掴まえてきたんですが——こんな女は早速石で打ち殺したが善いでしょうか？」

イエスは立ったままその男の顔を見ていたが、またその周囲に立っている弥次の顔を一通り、見回して、俯向《うつむ》いてしまった。

弥次仲間で、女の素性について色々噂をしていた。

「——この女は親父の借金の穴埋めに、金貸しの爺《じい》さんに人質に取られた娘じゃないかい！可哀相にな！」

「ア！　この女か！　亭主と年が三十も違うんだからな、外に男をこしらえるのも無理はないわね！」

そう言っているものが、あるかと思うと、また一方では、

「一つ、俺に最初の石を放《ほう》らしてくれんかなア！　おい、どこを擲《う》てば、一発で参るだろうなア」

「こめかみかな？」

イエスの返事が遅いので、パリサイの男は気が気じゃなかった。イエスは俯向いたまま、右腕を胸の上に回し、左手を下顎《あご》に持っていって、涙ぐんでいる様子であった。

——彼は考え込んでいた——

彼は、彼の母マリアが彼を孕《はら》んだ時、聖霊によって孕んだとはいえ、常人には考えられない子の産み方をしたので、煩悶《はんもん》した話を聞かされていた。夫ヨセフが赦してくれたればこそ、家庭を持つことが出来たけれども、もしヨセフが意地悪の男であれば、マリアは苦境に立っていたことを思わずにはおれなかった。

そして、義理の父ヨセフは、血の通っていないイエスをどんなに愛したか！　それを思うと、天の父の愛をすぐ連想するくらい弘《ひろ》く大きなものであった。

普通でいうならば、私生児として疎んぜられる彼イエスが、ダビデの系図を名乗って一人前の男になれたのも、義父ヨセフの全く寛容の精神と信仰の力によったと、彼はしみじみと考えざるを得なかった。

しかし、普通人がそれを信ずるわけには行かない。それが、彼の幼い時からの煩悶の種で

あった。彼は地上に父を持っていない！　人間として生まれて、人間と呼ぶべき父がない彼——そこに彼の淋《さび》しさがあった。しかし——それをしも義父ヨセフがすべてを赦《ゆる》して、彼を嫡子《ちゃくし》として認めてくれたところに、人間以上の天父の愛が働いていたのだ。そんなに考えたイエスは、パリサイの男に返事もしないで、そこに座り込んでしまった。

「ね……殺して下さい！　ね、殺して下さい！　どうせ、私は生きていても仕方がない女なんだから、穢《けが》れ果てた私のようなものは、生きていたって仕方がないんだから、早くひと思いに殺して下さい！」

そう言って、女は俯伏《うつぶ》せになったまま、泣き続けた。

イエスは、眼の前に泣き倒れている女の身の上のことを思い、また、母の彼を産んでくれた時のことを考え、さっき、弥次の一人が言っていた——

——親父の借金の穴埋めに、金貸しの爺《じじ》に人質に取られて、無理な結婚に破綻を感じて思わぬ失敗を見たという噂《うわさ》をきいて、多感な彼は、群衆に顔もよう上げないで、心の中で泣きつつ、砂地に字を書いていていた。

イエスの右側の方で女の数人が小さい声で噂をしていた。

「——堪忍してやったら善いのにね——ほんとに、この女の人は可哀相よ、姦通したという対手の人は、この人がね、あまり可哀相じゃから同情して、つい同情が過ぎて、深入りしたんですのよ……年輩もまだ二十二、三の若い人でね、近所の染物屋の番頭さんですのよ……ほんとに、私はこの人に同情しますわ……」

そう言って、そっと袂で涙を拭いていた。

イエスは、その時、霹靂《へきれき》のように、バプテスマのヨハネの声を聞いた。

「──民の罪を負う小羊よ、この女の罪も負え！　──」

三五　人の罪を己の罪として

イエスは考えた。

「──そうだ、この女の罪は、わたしの罪だ。この女の負うべき罪はわたしが負わねばならぬ。わたしは、弱き女のすべての罪悪を一身に引き受けなければならぬ。マグダラのマリアの罪、この女の罪、……そして、世界の幾千、幾万のこのような女の失敗を、わたしがそのすべてを引き受けなければならぬ。これを贖うのがわたしの責任だ。……では、負いましょう、すべてが連帯責任だ。彼女一人が悪いのでは無い、人類全体にも責任がある。彼女の赦罪《しゃくざい》すべきところは、わたしも赦罪せねばならないのだ──」

そう考えたイエスは、指先で地上に書いていた魚の図を掌《てのひら》でふき消して、つと立ち上がった。

しかし、民衆は反対のことを考えているらしかった。パリサイ宗の人の数も増えた。

「おい、預言者、一体、この女をどう処分すれば善いんだね！」

「律法は、石で、打ち殺しても善いと書いてるじゃないか！」

「ヤレ！　ヤレ！」

「姦通するような奴は殺してしまえ！」

群衆がいきり立って来たので、もう放しても大丈夫と思ったか、若者は捻じ伏せていた女の腕を放した。それで、女は乱れた髪を両手で掻《か》き上げて、初めて、イエスの顔を見た。

イエスの眼には涙が滲《にじ》んでいた。

群衆の中には、石を拾って女を呼ぶものさえあった。

「おい！　これを見ろ！　これを！」

イエスが、初めから、あまり長く沈黙を守っていたので、最初のパリサイ宗の男が、催促した。

「おい、君！　これは、どう処分するんだい！　君の言うとおりするよ……」

その時、イエスは、みんなに徹底するような大声で言った。

「自分には罪が無いと思うものが、一番先に石を放《ほう》るが善いよ！」

そう言ってイエスはまた屈んで、地上に魚の絵を書き始めた。

その声を聞いて、娘に同情していた女達はまず立ち去った。それに連れられて年寄りから初めて、近所の若者が五六人向こうに行った。

それから、一人去り、二人去り、女の腕を抑えていた若者さえ、どこへか、行ってしまった。

その光景を見ていた、パリサイ宗の男も恥ずかしくなって、ヨッパ門に通じる廊下の方へ早足で行ってしまった。そして、あとには女一人が残った。

その時イエスは、微笑を湛えながら、女に言った。

「もう、あなたを詮議《せんぎ》する人は別にいないんですか?」

女は、泣きはらした眼を拭いて、初めて周囲を見回した。そして、そこに誰もいないのを見て、吃驚《びっくり》している様子だった。

「え、え、別に……」

その答えをきいて、イエスは厳かに彼女に言った。

「じゃ、わたしも、この上あなたを詮議立てしませんからねえ、このままお帰りなさい……もう二度と罪を作らんようにね!」

女は、埃《ほこり》まみれになった着物の土を振り落として、しょぼしょぼ人に気付かれないように廊下伝いに、羊《ひつじ》門の方に消え去った。

三六　エルサレムの搾取者

「おい、カヤパ、店の売れ行きはどうじゃ?」

元大祭司のアンナスは、わざとらしい装飾をしてあるローマ風の椅子から立ち上がって、戸口の方へ歩いた。アンナスは、手に請求書を持って慄《ふる》えていた。ローマ風の幅の広い袈裟《トガ》を左手に持った祭司長のカヤパは、低い声で言った。

「どうも、駄目ですなア、ナザレのイエスがエルサレムにいる間は商売になりませんですよ。あの男が賽銭箱の傍に立っていると、両替屋の前に立つ客でも、こわがって逃げるそうですからなア」

カヤパは、赤茶けた口髭《ひげ》を撫で回しながら、心配そうに言った。

「そうか! だから、昨日も一昨日《おととい》も、掴《つか》まえて来いと、下の者に言い付けてあったんだが……みな、何をしてるんだい、一体?」

アンナスは、カヤパに手で、椅子に座れと合図をしながら、自ら先に椅子に腰を下ろした。それで、カヤパも腰を下ろした。

カヤパは、まだ三十歳を越して間のない、立派な体格の持ち主であった。色艶《いろつや》もよく、顔もふとって、いかにも元気らしく見えた。

そこへ、カヤパの妻ミリアムがやって来た。彼女はアンナスの娘であった。

「お父さん、良いお天気ですね、私は、これから、ピラトの奥さんのクラウデアさんが遊びに来いとわれますから、行って来ますわ。で、何か頼むような事があれば、奥様から知事さんに頼んでもらいましょう」

アンナスは、首を一方に傾けながら、すぐ返事をしなかった。が、しばらく経って、彼は言った。

「あんまり遊びに行きよると、また、お賽銭を巻き上げられるぞ、……何か持って行かんと、また機嫌が悪いだろう」

背のすらりと高い、器量よしのミリアムは、父アンナスの吝嗇《りんしょく》家であることをよく知っていたので、笑いながら言った。

「かしこまりました？　お父さん、じゃあ、ちょっと出掛けて行ってきます」

そう言って彼女は、すぐ姿を消した。

アンナスは、鼻の先の尖《とが》った、奥眼の、痩せぎすであった。年齢も六十に近いと見えた。

「縛ってしまえばいいじゃないか！　そんな、我々が商売出来んような、乱暴なことをする奴は、うんと制裁してやるがいいよ……神殿が再建されてから、誰一人、神殿の神聖を犯したものが無いのに、あいつは少し生意気だな、あの男は、もうやっつけてしまったらいいじゃないか！」

カヤパは返事をしないで、沈黙していた。

で、アンナスは、すぐに言葉を続けた。

「誰が掴まえに行ったんじゃ？」

「マルカスとビルダテを頭《かしら》にして、十四、五人遣《や》ったんです」

「ビルダテを呼んでくれ！」

「まだ帰って来ないんです」

「昨日どうしたんだ？」

「イエスとパリサイの問答が面白いといって、みな呆気《あっけ》にとられて話を聴いてしまったんだそうです」

カヤパは笑いながら、そう答えた。で、アンナスも笑った。

「じゃあ、イエスという男も少しはえらいところがあるんか？　偽物じゃないんかね、しかし惜しいもんじゃな、あれで、商売を妨害せず、安息日を守ってくれると、我々に都合がいいんだがな」

カヤパは、その時、笑って答えた。

「お父さん、あれで、えらいものですよ、イエスに治されたという病人が、今年はずいぶん沢山、酬恩《しゅうおん》祭に羊を買いましたですよ、その中には、治されたらい病人も混じっていたようですよ」

　アンナスはびっくりして聞き直した。

「ふム、そうするとやはり、医《いや》すには医すんだな」

「どうも、そうらしいですな」

「パリサイも、あいつには、反対しているだろう？」

　そうアンナスは、娘の婿に尋ねた。

「どうも仲が悪いですなア」

「じゃあ、あいつは、哲学を知ってるんかい？　どういうことをいうんだろうなア？」

「そいつは、私は充分知りませんがね、人に聞くと、聖書をよく知っとるそうですなア、それが不思議なので、みんなが聞きに行くそうです……そりゃそうと、お父さん、ピラトに取り上げられたお金はもう返してくれないでしょうかね？」

「まあ、あのままにしておけ！　ローマのおかげで、わしらも商売して儲けているんだから。少しはお賽銭を持って行かんといかんわい、わははははは」

　ひと息ついて、アンナスは、椅子の肘掛に左手を立て、その指先で、下顎をいじりながら尋ねた。

「お前は、今年で、何年仮庵祭の祭りをするね？」

「もう十三回です」

「ずいぶん長いこと続いたなア、わしが廃《や》めてから、もう十六年目になるから、そうなるかなア」

カヤパは思い出したように言った。

「あなたのすぐあとをやっていたファビの子イシマエルは、この間死んだそうですなア」

「そうだっていうね……しかし、お前はよく続いたなア、うちの長男のエリアザルがたった一年だろう、その後を継いだカミサスの子シモンがあれも二年足らずだったなア」

三七　アンナスとカヤパ

そういっているところへ、アンナスの末っ子のヨナタンが入ってきた。彼は六尺《フィート》に余る大きな身体をして、頑丈な肉付きを備えていた。ローマ風に髪を短く刈り込んで、身体付きは力闘士《グラディエーター》そっくりであった。彼は入ってきても、ろくろくお辞儀もしなかった。彼は、カヤパの傍に突っ立って、父アンナスに言った。

「お父さん、私は、今、宮で、ナザレのイエスの話を聞いてきましたが、なかなかいいことを言いますなア」

アンナスは、手に持っていた羊皮紙《ようひし》を、尻の下に敷いて、視線をヨナタンの方に向けた。

「お前も、悪鬼にとっ憑かれたのと違うか？　あはははは」

「いえ、ねエ、お父さん、私がちょうど、神殿に入った時、姦通をしたという女を皆が掴まえてきていたんですがね、イエスに裁判をさせて、その女を殺してもいいか悪いかを、聞きに行ったらしいですなア。私が見た時、イエスは、地に物を書いていましたがね、みんながあんまり、わあわあ言うので、イエスは、上手に、たった一言いってその女を救ってやったですよ。お父さん、たった一言ですよ、何といったか、言いあてて御覧なさい」

アンナスは笑いながら、髯《ひげ》をしごいた。

「こりゃ、どうかしているわい、ヨナタン、お前もイエスの弟子入りをしたのか？」

ヨナタンは真面目になった。

「ほんとにお父さん、私は、イエスを偉いと思いますね、お父さんが反対しなければ、私は、すぐにでも、あの男の弟子になって、ついて行きたいような気がしているんです」

アンナスは、その時、大声で怒鳴りつけた。

「馬鹿野郎！　あんな、律法もなにも知らない男に、神様が祝福を与えるか！　馬鹿！」

「だって、お父さん、私は、あの男のいうことが、ギリシャの哲学よりずっと正しいと思うんです。イエスの話を聞いていると、プラトンの哲学などつまらなくなりましたよ」

そう言って、ヨナタンは、カヤパの椅子の後に回って、視線をアンナスの顔の上に注いだ。

カヤパは、後に振り向いて、ヨナタンに言った。

「君は、なにを興奮しているんだ。あんな哲学も何も知らぬ男に感心しちゃあ、困るじゃないか！」

ヨナタンは、

「いえ、義兄《にい》さん、僕は、イエスの精神が分かったような気がするんです。私は、あの男が殺されることを覚悟して、一人でエルサレムに乗り込んできて、この偽善者の多いエルサレムの市民に、真の宗教を説いてくれることに、心から共鳴するんです」

その告白を聞いて、アンナスは立ち上がった。彼は、両手を後ろに回して、部屋の中をあちらこちらと歩き出した。

「ヨナタン、お前は、よほど、あの偽《にせ》預言者に共鳴しているようだが、一体、あの男の根本思想は何だね、それが分かっているか、お前は？」

ヨナタンは、両手を、カヤパの掛けていた椅子のよりかかりの上に置いて、疳《かん》高い声で言った。

「ええ、分かっていると思います」

「じゃあ、言ってみい、何だ？」

「それは愛です」

カヤパは、すぐ叫んだ。

「愛？　それが哲学になるか！」

ヨナタンはすぐ答えた。

「哲学にならなくとも、生命《いのち》になります」

その返事を聞いたアンナスは、すぐ、ヨナタンのところに走り寄って、彼の頬ぺたを、はげしく殴り付けた。

「馬鹿野郎！　あの男が、うちの商売をどれだけ妨害しているか、知っているだろう、馬鹿野郎！」

殴られたヨナタンは、大声で笑った。

「お父さんは、聞かないで怒ったって、仕方がないじゃないですか。そんな頑固なことをいっていると、エルサレムは滅亡しますよ。いくら、ヘロデが建てた神殿が美しいからといっても、神の目から見れば、石ころにも等しいじゃないですか！」

それを聞いたカヤパは、もう承知していなかった。彼も立ち上がってヨナタンに言った。

「どうかしているなア、お前は、恥ずかしくないかい、サドカイの本山から、そんなことをいう人間が出てくるとは、面目ないじゃないか」

ヨナタンは、そう言われても、平気な顔をしていた。あまり平気な顔をしているので、カヤパは癪《しゃく》にさわったと見えて、ヨナタンが肩にかけていた袈裟《トガ》を、ひったくって床の上に投げ付けた。

「こらッ、ヨナタン、物をいうにも程があるぞ、神聖な神の宮に対して、何をいうんだ！」

そこへ、祭司の長《おさ》の僕《しもべ》マルカスが入ってきた。そして、袈裟《トガ》が床の上に投げ捨てられてあるのを見て、すぐ拾い上げて、ヨナタンに渡そうとした。しかし、ヨナタンはそれを受け取ろうとはしなかった。ただ沈黙して天井を見つめていた。

祭司の長《おさ》のカヤパは、マルカスに言った。

「どうした？　ナザレのイエスを、掴まえてこなかったんか？」

ユダヤ風の大きな上衣の襟《えり》を正しながら、マルカスは言った。

「旦那《だんな》さん、あれを掴まえようたって、駄目ですよ、下手なことをすると、暴動が起こりますですよ、すると、こちらが責任を負わなければなりませんですからね、またこの次にしないと。ガリラヤからの参詣人の多い時に、手も足も出しようがありませんですなア」

カヤパは、下僕のマルカスに、イエスの問題で家庭に、争議が起こっていることを気付かれるのが厭《いや》だった。で、マルカスに他の用事を命令して、彼を室外に出してしまった。そして、またヨナタンに言った。

「君は、そんな乱暴なことをいうからいかんな、アンナスの家は、名門の家柄なんだから、サマリア人か、ギリシャ人か分からぬような大工の小倅《こせがれ》に、わけもなく感心しちゃあ、困るなア」

「義兄《にい》さん、感心しているのは、私一人じゃありませんよ。ヘロデ王の乳兄弟のマナエンさんも、イエスに共鳴していますよ、ニコデモさんも、アリマタヤのヨセフさんも弟子になったと言っていますよ、私は、イエスの教えてくれる天の父ということが、分かったような気がしているんです」

老人のアンナスは、手を慄《ふる》わせながら、大声で叫んだ。

「ヨナタン、いい加減にせい！　お前は、すぐ、カイサリアに行って、おばさんのところで脳を休めて来い！　お前には悪鬼が五六匹憑《つ》いているようだ！」

そう言うなり、彼は裏庭に出て行った。

三八　贖罪日《しょくざいび》

自然はイエスの唯一の友であった。彼はいつ如何《いか》なる時、またいつ如何なる場所においても、彼の周囲にある最も美しいものを、自然の中から発見した。そして、イエスにとって、オリーブ山上ほど彼を楽しましめるものは無かった。そこから見たヨルダン川は、イスラエルの過去の歴史をすべて彼に思い出させた。

死海は、水平線に区切られて、目の届かないところまで光って見えた。思い出の深いネボ山は、ヨルダンの谷を越えて、エルサレムを覗くように見えた。その山で、建国者モーセが、約束の地を望みながら死んだのだ。預言者エリヤを憶《おも》わせるギレアデのケリテ川は曇って見えなかった。

孤独の預言者エレミヤの故郷アナトテは、足の下に見えた。北はミズパの尖《とが》った山が紫紺《しこん》色に染って、預言者サムエルの昔を思わせた。南はヨセパテの谷を越えて、彼の生まれ故郷ベツレヘムから、遥か隔たったヘブロンの方を眺めることが出来た。

実際、オリーブ山ほど思い出の深いところはなかった。しかし、その大きな自然美も、昇る朝日を背にしてエルサレムを一望の下に見下ろす美観に比べては、決して優れてはいなかった。

彼がいくら貶《けな》しても、ヘロデ大王の建てた神殿は確かに美しかった。

いや、それは、神殿というより劇場に近かった。回廊は、三方の谷をめぐり、百六十二本の柱が四列に並んでいた。その柱は、三人の男が腕を繋いでも、まだ届かなかった。柱の高さは約二十七尺〔約八m〕あって、塀《へい》に並んだものは、壁の中に半分塗り込まれていた。

西側に門が四つ付いていた。一番北の門は橋を渡って、王の宮殿に続き、次の二つは市街地に向いていた。一番南側の門は、いったん谷に下りて（今日それはロビンソンの谷と呼ばれている）、すぐ西側の市街地に上る階段に続いていた。

回廊の中にまた回廊があった。中の回廊は、至聖所を取り巻いていた。それに南北各々三つの門が付いていた。神殿は白い石灰岩の巨岩で築き上げられていた。その一つ一つは、長さ二十五キュービット、高さ八キュービット、幅十二キュービット〔一キュービットは約五〇㎝〕

という、とても凄《すご》いものであった。東に向いた正面の大石は、全部磨いてあったのと、その上部は金の延板《のべいた》を張りつけてあったので、太陽が昇ると、それは虹の如く輝いた。

神殿も美しかったが、エルサレム全体の円屋根と四角形の建築物が、何ともいえぬほど美しかった。

それで、イエスは、夜明け前に、山頂に立ってイスラエルのために祈り、日の出と共に、またエルサレムの耀《かがや》きを見詰めながら山を下って、神殿に入るのが毎日の日課であった。

その日も、イエスは、オリーブ山から下りて、宮に行こうと急いでいた。

その時、性来《うまれつき》の盲人に出会った。弟子のヤコブが尋ねた。

「先生、性来の盲目《めくら》っていうのは、誰が悪いんですか？　本人の罪なんですか？　親の罪なんですか？」

その時、イエスは、無雑作に、

「それは、親の罪でも、子の罪でもない、神の栄光の顕《あらわ》れるためだ」

と、言って、すぐ、その盲人を呼び、道端の土を唾《つば》で練って、彼の両眼につけ、

「シロアムの池に行って洗っておいで、そうすれば治る」

と、言った。

イエスは、その性来の盲人が治ったとは知らずにいたが、それが安息日だったので、またエルサレムのパリサイ宗の間で、一大問題になったということを、あとで聞いた。

彼は、仮庵祭に先立つ五日前の贖罪日《しょくざいび》に、勇気を出して、もう一度エルサレムの悔い改めを促そうと、単身突撃した。

三九　真理と自由

イエスが東に向いている美麗門《うつくしもん》を入って、ソロモンの廊下に出ると、パリサイ宗の青年達は、すぐ彼を見付けた。そしてまた、うるさく安息日問題を持ち出した。それには、祭司の長《おさ》のカヤパとの連絡があって、パリサイ宗の連中がぐずぐずいっている間に、私服刑事が彼を掴まえるという段取りであったのだ。

ところが、問答が始まると、イエスを信ずる仲間が、ざあっと集まってしまった。それで、パリサイ宗の連中は少し当てが外れたようだった。イエスは、口を開いて彼らに言った。

「今に、君らも分かるからね、その時、後悔したもうなよ、わたしは行くところに往かねばならぬが、その時、君らは、わたしを尋ねても、もうおらないよ」

イエスは、ピリポ・カイサリアで、弟子達に打ち明けたことを、それとなくパリサイ宗の連中に暗示した。

パリサイの連中には、イエスの抱いている贖罪愛の意識が分かろうはずもなかった。

「なに、君、自殺でもするんかい？　それともギリシャにでも行ってしまうんかい？」

イエスは、彼らがあまり分からないので、悲しくなった。

「君らは分からないね、わたしらが天のことを考えているのに、君らはこの世のことばかり考えているからね、だから、結局、そのために自分の罪の責任を、自分が果たすことになるんだ。その結果が死だ。わたしを信じさえすれば、死ななくて済むものをね」

イエスは独り言のようにそう言った。

で、パリサイ宗の学者の一人が、小声に訊《き》いた。

「君はわたし、わたし、というが、一体、君は何者じゃい？」

「わたしかね？　わたしは今のさき、君らに言ったようなものさ、わたしは、派遣されてきたものだよ。わたしを派遣した者は、本真《ほんま》ものじゃ……君ら、その中に、人の子を磔刑《はりつけ》にかけるだろうが、その時になったら分かるだろう。わたしは決して一人じゃないんだ、わたしを派遣してくれた方と、いつも一緒におるんだよ」

そうイエスが明確に言った時、そこに立っていた大勢の者のうちから、

「そうだ、そうだ！」

「私は、あなたを信じていますよ！」

と、声をかける者もあった。

神殿の中では、賛歌が始まって、その間々に、昔、イスラエル民族が、エジプトの奴隷状態

から解放された聖書の文句が朗読されていた。間もなくアザゼルの雄山羊《おやぎ》が、イスラエルの罪を背中に背負わされて、神殿から砂漠の方に追いやられるのであった。しかし、ソロモンの廊下に集まった数百人の者は、イエスの周囲から離れようとはしなかった。

で、イエスは、声を張り上げて彼らに言った。

「わたしのいうことを守ってくれさえすれば、真理に目覚めることが出来るんだ。そして真理は君らに自由を与え、自由は君らを奴隷より解放してくれるんだ」

それを聞いたパリサイ宗の分からず屋は、こんなことを言い出した。

「俺達は、まだ奴隷になったことは無いよ」

その時、イエスは、ソロモンの廊下の大きな柱に手をつけていたが、その手を放して、両腕を胸の下で組み合せ、縛られているような恰好をして言った。

「だって、罪を犯す者は、罪の奴隷じゃないか！　奴隷は家を継ぐことは出来ないが、子供は継ぐことが出来るよ。だから、その家の息子が奴隷を解放してやりさえすれば、自由になるわけだ。嘘は言わない。わたしの言うとおりすれば、永遠に死を味わないで済むんだ」

そういうと、パリサイ宗の男が、地に唾《つばき》して言った。

「やはり、君は悪鬼に憑《つ》かれているよ、君はアブラハムより偉いと思うのか？　我々の大先祖のアブラハムも死に、また預言者もみな死んだじゃないか！　それに、わたしの言うとおりすれば、永遠に死なないとは、よくも言えたものだなア」

そう言っているところへ雨が来た。境内にいた者は、みんな回廊に逃げ込んだ。両替屋は、屋台と一緒に、回廊の下に避難した。見る見るうちに樋《とい》は溢《あふ》れた。広い境内の水は川をつくって、東側のケドロンの谷に流れ落ちた。それは、預言者エゼキエルの幻に出て来る生ける川にも等しかった。その時、イエスは、雨に負けない大きな声を張り上げて言った。

「わたしを信じてくれる者には、聖書に書いてあるとおり、その腹から、活ける水が流れ出るんだ」

彼を信じている者には、その言葉が、深い印象を刻みつけた。しかし、パリサイ宗や学者達には、それが癪《しゃく》の種であった。

イエスは続けて叫んだ。

「わたしはわたしを遣《つか》わした方のために努力しているんだが、アブラハムも、わたしのようなものが活動する日を待っていたんだ」

その言葉を聞いて、人に顔を見られないように、頭巾《ずきん》を被《かぶ》っていたパリサイ派でも、保守派で有名なシャンマイ派の塾長シャルムがイエスの右腕を掴まえて、激高した口調で言った。

「おまえは、年いくつじゃ？　まだ五十にもならないくせに、アブラハムを見たことがあるのか！」

イエスは即座に答えた。

「わたしは、アブラハムが生まれない前から、存在しておったのじゃ」

その言葉を聞いて、パリサイの青年達は、もう承知せんと言い出した。彼らは、石を拾いに、廊下から走り出た。しかし、イエスを信じている多くの者が、彼を護衛して、イエスの身体に、指一本触らせなかった。

で、イエスは、皆に護られて、またケドロンの谷を渡った。

ちょうどその時、神殿から追い出された贖罪《しょくざい》の雄山羊が、イエスを追っかけるように美麗門から飛び出して来た。イエスは立ち止ってその雄山羊をしばらくの間、見つめながら彼自らが一種の贖罪の羊であるかのように考えて涙ぐんでいたが、また静かにオリーブ山の方に姿を消した。

五章　ギレアデの山々

四〇　無一文、無執着、無抵抗

エルサレムにおける贖罪日の経験は、イエスによき教訓を与えた。

それは「時」が満つるまで神の小羊は屠《ほふ》られないということの発見であった。で、イエスはエルサレムから帰ってくるなり、弟子七十人を二人ずつ三十五組に分け、ユダヤ全国に神の国到来の一大宣伝を開始した。

弟子達は手ぶらで立った。

無一文、無執着、無抵抗の用意で立った。

二人ずつ三十五組、合計七十人のものが、思い思いにペレアとガリラヤの、まだ行っていない村々へ手分けして訪問することになった。

彼らは謝礼をもらうことを許されなかった。彼らがすべて、病人や不具者にしむけることは、神の賜《たまもの》として、無報酬でやらねばならなかった。

しかし、それは、また簡便であった。

金も、財布も、杖《つえ》も、靴も持つことを許されない簡易生活には、世間離れした自由さがあった。

弟子達は、放たれた雀の如く飛び散って行った。そして思い思いに、病人を治し、道を説き、神の国の迫ったことを宣布した。

どの村に行っても、迎えてくれるところに入り、寝させてくれるところに寝て、人間更生の途《みち》を教えて回るほど愉快なことはなかった。

治された病人はニコニコして喜んだ。腰の立った跛者《びっこ》は躍り出した。盲人は光と色彩が見えるといって飛び立った。

そして、誰よりも喜んでくれたのは、気狂いの子供を治された両親であった。彼らは弟子達を天の使いのように伏し拝んだ。ペテロも、ヨハネも、ヤコブも有頂天になって喜んだ。彼らは、この勢いでは、今日にも天国が地上に来るように考えた。

狭いカペナウムのペテロの家に籠城するのと違って、仲間喧嘩する必要もなければ、食糧の尽きる心配もなかった。働いた先で食い、務めた先で眠る。それほど安気なことはなかった。

しみじみと、イスカリオテのユダは考えた――

「なるほど、これを天国というのだな、一切わがままを考えないで、一切他人の困っているところを尻ぬぐいする！　そして一切小言を言わず、緊張して、精一杯働く、これ！　これ！　これ以上に天国は無いわい！　『天国が近づいたよ！』――そう言って布《ふ》れ回るのは。この気持ちを布れて回れば善いのだな！　むずかしいことではないよ、これだ！　これだ！」

イスカリオテのユダは反物《たんもの》問屋をしていた金銭に縛られた昔と較べて、無一文、無執着、無抵抗の境地をほんとに楽しんだ。

会う人ごとに羨《うらや》まれた。彼らは風のように動き、水のように恬淡《てんたん》であった。どんな貧しい者にも惜しみなく仕え、どんな富める者にも貪《むさぼ》ることをしなかった。それは神の国が地上に接近した善き証拠であった。

四一　一杯の水

ギレアデの山々は旱魃《ひでり》続きで、草という草はみな枯れていた。オリーブの木の枝は、辛うじて、灰色した葉をばらばらにつけて、溜め息をついていた。

盗賊が横行するから気をつけろ、と村々で聞かされたが、ほとんど単衣《ひとえ》一枚で歩くイエスには、強盗が剥《は》ぎ取るにも盗られるものが無かった。金は持っていないし、革袋《かわぶくろ》さえ提《さ》げていなかった。

否、それとは反対に、この次の村は、強盗の村だから気をつけろと言われていても、かえって、イエスと、唯一人の同伴者ゼベダイの子ヨハネを、下にも置かないほど歓迎した。

イエスは、こんどの旅にわざとそんな村を選《え》って歩いた。ヘロデ大王の長男アケラオがローマ政府に位を追われて後、管内に反逆者が相次いで起こり、ローマ政府の権威が行われないために、盗賊の横行は、筆にも尽せないほどであった。ことに、ペレアから起こったシモンの一揆が、よき結果を生まなかったために、ギレアデの山々の窮乏は想像も及ばなかった。

イエスが、今日まで、ギレアデの山地の伝道を後回しにしたのは、そうした事情にもよった。

しかし、いったん決心して来て見ると、ペレアのシモンやアスロンゲスの暴動以後、やけくそになって強盗を働いていた者で、改心を言い表した人も少なくはなかった。で、イエスはこれらの強盗の群れを教化するために、最愛の弟子ヨハネとペレアの旅を続けて、マハナイムまで来た。そこで彼は、今年の春、ガリラヤで騒擾《そうじょう》を惹き起こしたヨアキムが、負傷して砂漠の中に逃げ込んでいることを、バラバの残党の一人から聞いた。で、彼はヨアキムを尋ねて行くことにした。

道は遠かった。ヤハズまで数十里の里程を彼らは歩いた。そこまでの旅は、暑さと飢渇《うえかわき》に間断なく苦しめられた。アラビヤの砂漠に近いこの地方には、谷間にさえ、木というものを多く見なかった。太陽は山地の水分をすべて蒸発させ、十里歩いても一滴の水さえ発見することは出来なかった。

イエスがギレアデのミズペの宿を出た時、イエスに中風を治してもらった宿の主人は、親切にも、小羊の皮で作った水袋をイエスにくれた。

二日目の朝、その水袋に水を一杯満たして、あまり人通りのない、ヤハズへの道を急いでいると、麦の袋を背負った老人に出くわした。彼は、手に小さい水瓶《みずがめ》を持っていたが、水はとっくの昔、飲み干していた。

イエスとヨハネの二人は、しばらくの間、この老人と同一方向に歩いていたが、あまり重そうなので、イエスは、袋の一つを、しばらくの間担ってやった。しかし老人は、また気の毒がって、それをイエスから取り返した。

再び老人の顔から、汗が滝のように流れた。それを見たイエスは彼の水袋に残っていた最後の水を、老人に与えた。

間もなく、二人は老人に別れたが、それから二日間の旅は、並大抵ではなかった。馬にでも乗らなければ、来るべきところではなかった。それを徒歩で来たものだから、第一に困ったのは水であった。砂漠を通ってきた風が熱を含んでいた。呼吸する度に、眩暈《めくらみ》がきた。

ヨハネは、何度、帰ろうと言い出したか知れなかった。

「先生、もう引き返しましょうよ、ヤハズへ尋ねに行ったところで、ヨアキムがいるかいないか、分からないじゃないですか」

と言って、イエスの意志を翻《ひるがえ》そうとした。その時イエスは言った。

「ここまで来た以上帰る道のほうが遠いよ……そして、いなくとも、近所の人にでも、私達が訪ねてきたことを伝えてもらえば、先方はどんなに喜ぶか知れないよ。きっと改心して正しい道に帰ってくるに違いない」

その熱心な教化心に、ヨハネはまた、一奮発《ひとふんぱつ》して歩いた。

幸い、その晩は、水の豊富な、ある谷間の村に辿り付くことが出来たが、ヤハズ村はそこから、まだ一日の行程だと聞いて、弟子のヨハネはがっかりした。

しかし、イエスは、まだ一日歩かなくてはならぬと聞かされても、平気であった。彼は、井戸端に行って、まず身体を拭き、汗に滲《にじ》んだ上衣の洗濯を始めた。

しかし、弟子のヨハネは、日射病にかかったようになって、着物を洗うどころか、身体を拭く勇気さえなかった。それをよく知っているイエスは、わざわざ、冷っこい水を、泉の奥深いところまで下りて行って（そこは洞穴の底に泉が湧いていた）、彼のために汲んで来た。それから、腰に提《さ》げていたパンを裂いて、ヨハネに与えた。

その晩は、泉に近い椰子の木の下で、石を枕にして寝た。ヨハネはイエスに言った。

「先生、いつまでも、こうして寝ていたいですなア、日が隠れると砂漠も存外善いところですね」

イエスはからからっと笑って、

「じゃあ、いつまでも、ここに寝ているがいいよ、君一人ここに置いておくから」

と、冗談を言った。

「そいつは困ります、一人じゃあ、今の道を歩いて帰る勇気はありませんよ」

と、ヨハネが答えると、イエスは、澄み切った夜の空を、仰向《あおむ》けになって見上げながら、言った。

「しかし、君、旅行は昼のうちにせんといかんよ、ことに砂漠などは、夜歩くと、同じところをぐるぐる回ることがあるからね、苦しくてもやはり、朝早く出発しようよ」

彼らは、また、次の朝早く出発した。そして、不思議にも、先方から来る隊商の一群に出会った。その隊商に聞くと、その中の一人が、イエスの尋ねているヨアキムをよく知っていた。で、親切に、駱駝《らくだ》の一つに、イエスとヨハネを乗せて、自分は、驢馬《ろば》を少し大きくしたくらいのアラビヤ馬に乗って、なお、数里の道を引き返してくれた。

馬に乗っている人の話によると、イエスの尋ねているヨアキムは一月ほど前まで、バラバと一緒に、ユダヤを荒し回っていたそうであるが、ヘブロンの近くで負傷して、ヤハズの隠れ家に引き籠って静養しているとのことであった。その日の正午に、彼らはヤハズという小さい村に入った。

ヨアキムは、駱駝で運んでくれた商人の家に隠れていた。彼はイエスの顔を見て、飛び立つほど喜んだ。

「よもや、こんな遠いところまで、先生が尋ねて来て下さるとは思いませんでした。いや、これから改心して真人間《まにんげん》になります。今までのことを思うと夢のようです……私はガリラヤ湖水の脇で、あなたの種蒔《たねま》きの話を聞かされたんですが、その時、神の国が芥子《からし》種のように中から膨《ふく》れるものだという話を聴いて、馬鹿にしていたんです。それで、私は、国権を回復するためには、手段を選ぶ必要はない、それにはたとい、強盗になっても、資金を調達する必要かある、と考えまして、バラバの一味に加わったんです」

ヨアキムは、強盗に入って逃げ出す時、屋根から跳んで、足をくじいて歩けなかったそうであるが、イエスが行った時は、もう歩行に不自由はしていなかった。

ヤハズは、村全体で三十戸とはない、砂漠の中の泉を中心とした小さい村であった。

ヨアキムは、石灰岩を積み重ねた、天井の低い家の中で、敷物の上にあぐらをかきながら、イエスに言った。

「先生、しかし、強盗になっていたのは、わずか半月ばかりですが、最初の晩に泥棒に入った時、考えましたね、ああ、ああ、とうとう俺もこんな者になってしまったかなア、いくら目的が神聖でも、強盗は強盗じゃないかという声が、心の底から聞こえてきますんでなア、少からず苦しみましたよ。それも、あなたの話を、ガリラヤ湖畔で聴いていなければ、その声も小さかったでしょうがね、あなたのお顔を一度見ていただけに、私は苦しみ抜きましたですよ、そしてとうとうヘブロンで負傷した時に、もうこん度こそは改心しようと思って、この砂漠の中に知っていた者があったものですから、駱駝に乗せてもらって逃げ込んできたんです。先生、私のような罪の深いものでも、神様は赦《ゆる》して下さるでしょうか？」

そう言ったヨアキムの目には、涙の雫《しずく》が光っていた。イエスは、その時、やさしい瞳を彼に向けて答えた。

「ああ、神様は、必ず赦して下さるよ。健かな者に医者の助けは要らないんだ。病人こそ医者が要るので、天の父は必ず、罪を懺悔《ざんげ》する者に、救いを拒《こば》まれるようなことは絶対にないよ」

「ありがたいですなア」

ややしばらく経って、ヨアキムは、また話を続けた。

「私は、バラバの部下で、あなたを知っているという人に二、三人会いましたが、そのうちのエヒウという男は、私が負傷するまで、三カ月ほど行動を共にしましたよ。乱暴な男ですけれども、心の中ではあなたを尊敬していました。御存じありませんか？　何でも、今年の春、カペナウムで、あなたをずいぶん苛《いじ》めたそうですが――」

「どんな男かな？」

「背の高い、赭《あか》ら顔の、眉毛《まゆげ》の太い男ですよ」

そう言われて、イエスは思い出した。

「顔に黒子《ほくろ》のある男かね?」

「ああそうそう、そうです……あの男もあれで、存外、気はやさしいんですがね、短気なものですから、とうとうあそこまで深入りしているんですが、救ってやる方法は無いもんですかね、あいつも最近聞くと、エルサレムで掴まったということでした。みんな動機は純なんですがなア、目的が善ければ、手段は構わないと思って無理するうちに、手段が目的となり、とうとう悪魔に負けてしまうんですなア。先生、また機会があれば、あのエヒウを救ってやって下さい。きっと、あいつは、あなたの精神を理解する時が来ると思うんです」

四二　バラバの一味徒党

世界の文化から取り残された砂漠の小さい村は、まるで、大海の一孤島の感がした。東の方には見渡す限りの砂丘が続いていた。石灰岩を四角形に積み重ねた小さい家には、入口の外に窓らしいものはなかった。

その戸口のところに山羊の毛で作った敷物をしいてヨアキムは、負傷した片足をイエスの方に投げ出して話を続けた。

「あぶないところでしたよ、私も、少しのところで、ローマの兵隊に殺されるところでしたよ」

ヨアキムは、椰子《やし》の葉で造った団扇《うちわ》を使いながら独り言のように言った。

イエスは、キラキラ光る高い石灰岩の塀に視線をうつして、静かにヨアキムの言葉に聞き入った。

「なにしろガリラヤの湖畔に集まった五千人の集団は、あなたが一旗揚げないというので、大部がっかりしたようですがなア、私たち二十四人の者はお互いに連絡をとり、皆別々になって過越し祭にはエルサレムに集まるようにと言いきかせて、いったんみんなを解散させたのでしたがね、私が、エヒウや、アキバや、ナダブと一緒にエルサレムに入って見ると、ピリピ領のベテサイダに集まっていた連中は大抵来ていましたよ、それでエルサレムは煮えくり返るほど沸騰していましたよ。私はバラバって男を最初知らなかったんですがねえ、アキバがよく知っていましてね、エホヤダっていう祭司をしている宮守頭の家で会って見ましたがねえ、なかなか事の分かった男で、バラバはエホヤダの親類に当たるとかって言っていましたよ、やはりあれでレビ族なんでしょうね。……

なにしろアントニアの塔のある街路はあんなに狭いでしょう、後で聞いたことですがねえ、バラバとアキバなどは西の方へ逃げたらしいですなア、私とエヒウは東へ逃げたんです。そして神殿の中へ逃げ込めば大丈夫だと思って羊門《ひつじもん》の方に回ったんです。しかし、何万人というものが皆一緒に逃げ出したもんですから、身体と身体が摺《す》れ合っていくら焦《あせ》っても逃げられないんですよ、あんな時には人間の体重というものをつくづく感じさせられますねえ、エヒウなどは気が早いですから、人間の頭の上を踏んで真っ裸で逃げていましたがねえ、私にはそんな元気はありませんでしたよ。羊門のところで大部大勢の者が踏み殺されたようでしたがねえ、私が美麗《うつくし》門の横から横へ回って、ヨセパテ門の方へ逃げてやろうと神殿の東門に差しかかった時、ローマ兵は手回しよくヨセパテ門を閉めたと見えましてねえ、逆に南側から逃げてるやつがあるではありませんか、……

『だめ、だめ、駄目だよ、ヨセパテ門はローマ兵が閉めてしまったよ。そして下手すると美麗門も閉められるかも知れないから、早く逃げよう』と、無理矢理に私を追うようにして美麗門の方へ逃がしてくれたんです。果たしてローマ兵はすぐ羊門も、美麗門も閉め切ってしまったんです。それで私たちオリーブ山に駆け登って形勢を見ていましたがねえ、後で聞くとバラバと一緒にいた連中はその時は無事に遁《のが》れたそうですがねえ、バアシャやナダブの連中は、神殿の中に逃げ込めばよもや殺されることはあるまいと思って、犠牲の壇の下まで逃げて行ったんだそうです。

ところがローマの兵隊はそんなことは平気でしょう、神殿であろうとどこであろうと、とうとうバアシャとナダブは、犠牲の壇の下で捕まりそうになったんだそうです。バアシャも、ナダブも、あんな剛毅《ごうき》な男ですからねえ、すぐ犠牲の壇の上まで逃げ上がったんだそうです。するとローマの兵隊も、祭司が犠牲を献《ささ》げている真っ最中に、バアシャとナダブを追っかけて、とうとう壇の上で二人を斬り殺して、燔祭の血の中へバアシャとナダブの血を混ぜたんだそうです。そんなことはユダヤの国が始まってから無いことだそうですがねえ、無茶苦茶なローマの兵隊にかかっちゃあ敵《かな》いませんよ」

ヨハネは台所から素焼きの水差しに水を汲んで持って来た。イエスはそれをヨアキムに勧めていった。

「あ、それで分かった、このあいだも、ラモテギレアデで、しきりにそのことを問題にして、ピラトを攻撃しているものがありましたよ、その事なんですな」

「ええ、そうです、全くそうです、みんな水道事件に関係しているんです。……それはそうと、あなたはエヒウの娘が身売りしていることを御存じでしょうか、可哀相《かわいそう》にエヒウが家を出てから妻君が病気したもんですからねえ、生活に困ってとうとうラモテギレアデのお茶屋に身売りしたってことを聞きましたがなア、エヒウは数年前にもあなたのナザレのお宅で一晩世話になったと言っておりましたよ、なんでもその時には娘のドルシラを連れて、夜遅く雨の晩にお訪ねして御面倒かけた、と言っていましたよ」

「あ、そうですか、その娘なら覚えていますよ、もうお茶屋に出るくらい大きくなりましたかねえ」

太陽は東より上って南に回った。風も吹かなければ動物もいない。死んだような砂漠には何一つ地平線を乱すものはなかった。

イエスは視線をその地平線にうつして、自然界の不思議な沈黙に耳をそばだてていた。ヨアキムはまた、言葉を続けて言った。

「エヒウは荒くれ男に似ず、人の前に出ることが嫌いな男でしてね、せっかくカペナウムまで行って、あなたにお目にかかっていながら、お礼の一つもよう言わないような奴なんです。私が……

『エヒウよ、先生に昔のお礼言ったか』

とあの時、聞きましたがね……

『やあ、おれは羞《はずか》しくて、よう先生の前に出ねえや』と言ましてね、先生にお辞儀の一つさえ、ようしに行かないんでございます。あいつの家はなんでも曾祖父の代から山賊《さんぞく》をしていたんだそうです。そして親父も盗賊をしていてヘロデ大王に殺されたんだそうです……いや、ペレアの山地にはそんなものが一ぱいおりますよ。いやみんな泥棒が面白くてやるんではなくって、生活が困るんで仕方なしにやるんですからなア、全く可哀相ですよ、いやしかし、人間というものも、少し道を踏み迷うと、どこまで落ちるか分からんもんですなア。私なども先祖の系図を正せば、マカベア王朝のヒルカノスの母方に当たる家でしてなア、世が世ならエルサレムの御殿に出入して、泥棒の仲間に入らなくとも済むんでしたがなア、なにしろ今ではイドマヤの馬賊〔ヘロデ王のこと〕が天下を取る時ですからなア、イスラエルの子供らは皆嘆いていますよ。

先生しかし、こんどは私も真人間《ま》になって、生まれ更《かわ》った神の子として、あなたのお弟子入りをさせてもらいます。いや、ほんとうに光栄です、私のようなつまらない者のために、千里の道を遠しとせず訪ねて来て下さいまして、神の国の教えを聴かして頂くなどということは全く身にあまる光栄でございます。実際、私は砂漠に逃げ込んで来てから、あなたの言われる神の国ということがよく分かりました。地上のものに恋々《れんれん》としている間はかえって神の御声が聞えないですなア。そして地上一切のものを捨て去った時にかえって、神の御声が聞こえるように思いますよ、そう考えていいんでございましょうか」

沈黙したままに静かにヨアキムの告白を聴いていたイエスは、彼の横顔を見て答えた。

「そうですよ、それに間違いありませんよ、地上一切のものを捨てて神の声を聴く時に、そこに神の国はもう来ているんです」

「ほんとにありがとうございました。これで私もどうやらもう一度人間になれそうでございます。実際、地上に神の国を来たそうと思えば、あなたの言われるとおり、愛の外に手段も方法もありませんですなア、こんどという今度はほんとによく分かりました。私たちは馬鹿ですから事実にぶつからなければ分からないんでしてねえ、あなたがあれだけ、ガリラヤの湖水の傍《そば》でお教え下さいましても、聞くだけでは全く耳に入らないんでございますよ」

四三　復讐

こんな話をしている時に、アラビヤ馬に乗った背の高い男が、一人砂漠を横切る姿が見えた。それを見るなりヨアキムは表の戸を閉めて、イエスだけは一人家に残して、裏木戸からびっこを引きながら逃げ出した。

イエスはそれを見るなり、ヨアキムに同情して裏木戸を開けたまま戸口に佇《たたず》んでいた。

表口で馬から下りた、日除けの白布を眼深く被った男は、表木戸が閉ざされているのを見て裏木戸に回ってきた。

その時、ヨアキムは既に隣の家に隠れていたが、男はそこにイエスが立っているのを見て吃驚《びっくり》している様子だった。

「よう、珍しいですな！　イエス先生ではないですか？」

「ええ、そうです。わたしはイエスです」

「妙な所でお目に掛りますな、私はバプテスマのヨハネの弟子のソパテルでございます。今年の春、過越しの祝いの時、エルサレムの祭壇の上で殺されましたバアシャの弟でございます。もうお忘れになったでしょうが、ヨルダン川のほとりで一、二度あなたにお目に掛ったことがありました。……時に、ヨアキム親分は確かにここに来ていると思いましたが、おられませんかなア」

「あ、今の先、どこかへ行かれましたが探して来ましょう」

イエスは隣へ直ぐに探しに行った。そしてヨアキムを伴《つ》れてきた。ソパテルはヨアキムを見るなり、彼に抱き付いて頬《ほお》に接吻した。

「親分！　実は少し急いでいるのでここで立ち話させてくれ、実はなバプテスマのヨハネ先生が、死なれてもう半年になるかなア、俺達は今度の今度こそはヘロデ・アンチパスに復讐したいと思っているんだ。それで済まないが一つ、親分の力を借りたいと思ってきたんだがどんなもんじゃろうな」

ヨアキムはソパテルの顔を見るなり、敷石に視線を落として小声に言った。

「まあ、こんなところで話は出来ん、室内へ入りたまえ……実はな、俺は近頃思想的に考えが変わってきたんだよ。今年の春までは暴力に依るほか、社会を善くする道はないと思っていたが、さて、あんな騒動を起こしてさ、こちらの先生に反対されてさ、我々はバラバの運動と合流していろいろやって見たがな、俺が思うにこれはやはり人間の心を改造してかからんと駄目だと思うんだ。そして俺はこの際、イエス先生のお弟子にしてもらって、神の国の宣伝にかかろうと思っているんだ。お前もそんな事考えないで改心しちゃどうだ」

泉に水を汲みにいっていたイエスの弟子のヨハネが帰ってきた。そして彼は気を利かして素焼きの水差しに水を入れて、またイエスの前に置いた。イエスはその水を今し方、砂漠を横切ってきたソパテルに勧めた。しかしソパテルは両股の間に首を落として考え込んでいた。ソパテルはイエスが傍に置いた水を、一呑《ひとの》みしてヨアキムに言った。

「しかし、親分、相手が飽くまで悪意をもって、我々の手も足も出ないようにしようというんだから、こちらも飽くまで戦うより方法はないと思うがな」

ヨアキムはその時に大声にカラカラと笑った。

「そこなんだ、君がまだイエス先生を理解していないのは——悪意をもって悪意に報いていけば、歴史は悪意の連続になるんじゃないか、バプテスマのヨハネ先生は神の審判だけを説いて、神が愛の意志をもっていることを少しも教えてくれなかったので、我々はあんなに迷ったんだが、イエス先生は神が愛でいられるから、悪意に対しては神の意志を代表して善意をもってやってゆくがよい、結局それが神の子供達の道徳だと言われるんだよ」

ソパテルは口髭《ひげ》を掻《か》きむしるようにして言った。

「それじゃ、世の中は悪人ばかりがはびこって、善人は永遠の奴隷じゃな」

イエスは沈黙して二人の会話を面白く聴いていた。ヨアキムは、ソパテルを嗜《たしな》めるように言った。

「おい、ソパテル一つ教えてくれ！　赤ん坊がお母さんの髪をむしった時に、お母さんはどういう態度をとるね、お母さんというものは子供の尻を拭いてやって、おむつの洗濯ばかりしているが、お母さんは子供の奴隷だろうか？（ヨアキムはイエスの方に首を傾けて、彼を首で指さしながら）この先生の言われるのは全くそこなんだよ、神の救いの力を信じて、救いそのものを直ぐ道徳に実現しようと考えていられるんだよ、だから人間の相場だけでは標準が採れんのだよ。実際、人を救うためには奴隷にまでもなれっておっしゃるんだよ」

「俺は奴隷になるのは厭だなア……なんでもヘロデが近い内にヘロデアの連子サロメをピリピと結婚さすために、都に出てくると思うんでな、それを途中で待ち伏せしておって一刀の下に斬り伏せてやろうかと思っているんだよ。そうしないとバプテスマのヨハネの遺恨《いこん》が未だ残っているように思うんだよ」

ヨアキムは大声を張り上げて戒めた。

「それは止《よ》したがよいよ。（そしてヨアキムはイエスに尋ねた）ね、先生、そんなことは止したがよいですな」

その時、イエスはソパテルに向いて尋ねた。

「あなたの従兄弟《いとこ》だね、ダマスコにヨハネ先生の首を持って行ったのは？」

「え、そうです」

「ヨハネ先生は偉い人でしたが、もう一つ神の国ということが分かってくれませんでしたな」

ソパテルは反り身になって反問した。

「神の国ってなんですか？」

イエスは厳かに答えた。

「神の国ですか、神の国というのはね、贖《あがな》われた神の子らの集りですよ」

ソパテルは毒付くような調子で尋ねた。

「私は無学ですからね、そんなむつかしいことを言われても分からんですよ」

その時、イエスは二つの頬に微笑を湛《たた》えながら言った。

「あなたは知っているんでしょう……毎年、第七の月〔西暦の九月頃〕十日の贖罪日にイスラエル民族の罪の赦《ゆる》しを祈るために、アザゼルの山羊《やぎ》を野原に追い遣ることを――みんな神様を儀式や教条として考えて、生活のうちに考えてくれないから困るね」

ソパテルは溜め息を洩らして言った。

「――俺にはますます分からない、俺は悪人を罰しないような神様なら神様じゃないと思うよ」

その時、ヨアキムは左の手を前方にさし伸べて言った。

「そこだって！　悪人を罰すべきところを罰しないで、迷った羊を探《たず》ねるように、神さまが皆を救ってやろうとこの先生を天からお遣わし下すったというのじゃないか」

その言葉を聞いてソパテルはカラカラと高声に笑った。

「この人が？　天からきた？　？　？……ますます分からんな、俺には。とにかく俺は親分の助力は頼まない。その代わり俺がな、返り討《うち》になって屍《しかばね》を路上に曝《さら》すようなことがあれば――

―なあ親分、お葬式だけはしてやってくれよ」

そう言って、ソパテルはまた立ち上がった。彼はまた日除けを眼深《まぶか》に被り、馬に鞭打って砂漠を西へと急いだ。

四四　熱心党のシモンとマタイ

「それあ、お母さんが知ろう道理はないよ、お母さんは家にばかりいるし、あの方は大工が商売で、若い時からあまり、家には、三月と続けていたことが無かろうからなア」

熱心党のシモンは、腰掛を机の方に引きよせながら、反対側に座っていた。元徴税人のマタイの顔を凝視して言った。

「しかし、私は比較的あの方をよく知ってるほうだと思うんです。実際、イエスさんに付いている者のうちで、一番世話になっているのは私でしょうからねえ……、何しろ私は、セフォリスの再建が始まった時から、あの方にお世話になっているんですからねえ、……や、実際、あの人には世話になりましたよ、私は年齢からいうと、あの人より八つも年上なんですがねえ……私は、今だから白状しますがねえ、実はシリアの知事クレネオが第二回目に国勢調査を始めてユダヤの知事コポニウスが、税金を取り立て始めると直ぐ、ガリラヤのユダの反乱に参加して、税務署の焼き打ちをやったもんですよ、しかし武器が足らなかったもんですからなア、まずヘロデ王の兵器庫を襲撃しましてなア、兵器を掠奪《りゃくだつ》したんです。しかし、ローマの大軍がやって来たために、散々な目に遇いましてなア、あなたも稚《おさな》い時に覚えてるでしょうが、捕まって磔刑《はりつけ》にかかった者だけでも随分沢山ありましたよ、二千人もあったでしょうなあ、今もその光景が忘れられませんなア、幸い私はその時、いったん遁《のが》れて、イツリアの山の中に隠れて、命だけは助かったんですがねえ、それはえらいことでしたよ。

しかし、私は生まれがセフォリスの者だもんですからね、ヘロデ・アンチパス王が、セフォリスの再建にかかったと聞いて、もう大丈夫だと思ったもんですから、土方に雇われて帰って来たんです。ところがその時ちょうど、イエスさんが、やはり、石屋の仕事に雇われて来ていましてねえ、偶然一緒になったんですよ。最初は、そう親しくはしなかったんですがね、誰が内通したか、私を泥棒だと言って、ヘロデの役所に密告した者があったんですよ、それで私は、暗い所に二月以上も入れられていたんです。その時私を助け出してくれたのが、今のイエスさんなんですよ。

まだあの時は、あの方も二十二、三だったと思いますがねえ、わざわざ私の入っている監獄まで来てくれましてねえ、納め金まで出してくれましてさ、泥棒じゃないっていうことを証明してくれたんです。や、それはね、泥棒したのは革命するための武器を、王様の倉から盗んだだけのことで、それも十年も前の話でしょう、それを、仕事の上の感情の行き違いから喧嘩《けんか》になりましてねえ、私の相手が、私のことを泥棒だと言って、密告したらしいんですよ。しかし、実際、イエスさんは、あの時から普通の人とは違っていましたねえ」

熱心党のシモンは、そう言って戸口から差し込んで来る真夏の光線を見つめた。石灰岩の白い敷石がキラキラ光り、表には山羊が日陰を慕うて、のそのそ歩いていた。ここはセフォリスから二十マイルほど北に寄った、ガリラヤの奥地の一軒家で、熱心党のシモンとは昔馴染《なじみ》のヘエゼキアの子コラの家であった。

イエスが、最後の努力として、七十人の弟子を、二人ずつ分けて地方に派遣することとなり、熱心党のシモンと元徴税人であったマタイが、偶然にも一緒に地方に出ることとなった。水の少ないガリラヤの山地では、日中に旅することは困難であった。それで二人は熱心党のシモンの旧知ヘエゼキアの子コラの家に入った。ガリラヤで大騒動を起こしたユダはこのヘエゼキアの一族のものであった。そしてヘエゼキアの子コラも、セフォリス市の再建に土方としてシモンと一緒に働いていたので、その当時の事情をよく知っていた。

コラは二人の旅人を喜ばそうと、わざわざ谷間まで降りて、水瓶《みずがめ》に清水を一杯汲んで、今しがた、裏の戸口から入って来た。裏木戸の土間に、大瓶から、素焼きの水差しに水を移している音がする。

シモンはその水の音を聞きながら、眠そうにしているマタイの方に向いて言った。

「実際、イエスさんは、あの時から違っていたなア、あの人はエッセネが好きでなア、雨が降り出して、工事が出来なくなると、あの人は、わざわざユダヤの荒野にまで、エッセネの人々を尋ねていって、非常に深い交際を、あの人達と結んでいたようだったよ」

四五　エッセネの感化

マタイは急に大きな眼を開いて、吃驚《びっくり》したような調子で、シモンに尋ねた。

「ええっ？　シモン君、先生は、エッセネに感化を受けているってか？　それは初耳だ」

「それを知らんていうのは、君の方がどうかしているよ君、先生は今年もう三十三だろう、なぜ先生が、結婚しないか知っているか、その理由を」

シモンは、どす太い声でそう尋ねた。

「俺は知らない……ナジル人《びと》だからと違うか」

「いいや、違うねえ、あれは先生が、エッセネ人《びと》のな、行き方をしていらっしゃるんだよ。エッセネでは、神に仕えるものは一切家庭の事情に惑わされてはならないというのでな、誰も結婚しないいんだよ」

「ふうムそうか、それで分かった。先生にはえらい大勢女が付きまとうけれども、少しも恋愛問題を起こさないのは、そのためなんだな、どこか違うと思っていた。……しかし、エッセネであれば、町の中には住まないはずだのに、なぜ先生は俗人と平気で交わるんだい？」

シモンは、コラが水差しを持ち込んで来たので、それを受け取ろうと、立ち上がりながら答えた。

「そこが先生の偉いところだよ、俗人の間に交っていても、仙人の気持ちを捨てないというところだな――もちろんな、エッセネにも、ポリシテっていうのがあってな、俗人の間に住んでいてもいいように、なっているんだよ」

シモンは、コラの手から素焼きの水差しを受け取って、大声で感謝した。その声を聞いて、マタイもまた横っちょに振り向いて、コラにお礼を言った。

「暑いのに、えらかったでしょう、……一つこんな時でなければ聞けんから、あなたの知っているイエスさんの、若い時のことを聞かして下さいよ、若い時からよほど、変わっていたそうですなア」

コラは、手拭《てぬぐ》いで額の汗を拭きながら、裏木戸の方に向いて腰をおろした。そして、マタイには返辞しないで、シモンと問答を始めた。

「シモン、お前の方が、そりゃあ私よりよく知ってるだろう？　お前はあの人に随分、面倒をかけたそうだが……とにかく、あの人は若い時からちょっと変わっているところがあったなア、お金を儲けても、困った人を見れば皆やってしまったじゃないか。お前も知ってるだろう、シモン、私の友達のイシマエルが、随分イエスさんに世話になっていたなア、あの男もお前と一緒に、牢に入れられていたじゃないか。あいつは、税金を払わんというので、捕まったんだったなア」

コラはそう言って、マタイに向かって言った。

「この間も私は、ガリラヤの湖水の傍で、あの人の話を聞いたが、あの人は言ってることと、していることとが、私の知っている範囲内では皆一致していますよ、セフォリスの城壁を再建していた時でも、何千人という人夫が来ていたでしょう。それで怪我する者だけでも毎日大勢ありましたがねえ、あの人がいた組の者だけは、あの人が面倒を見てくれるので、誰も困らないと言っていましたよ」

裏口の木戸のあいた方から涼しい風が入って来た。裏木戸の向こうに、真紅《まっか》な石榴《ざくろ》の果が実っているのが見えた。

「そうだそうだ、あの組だけは、あの人がおったばかりに、少し怪我して十日ぐらい寝る男があっても、あの人が稼いで来て、毎日食わせてくれるのと、あの人が持っていない場合には、ちゃんとパン代だけ、どこからか借りて来てあの人が都合してくれたんでなア、誰一人困るものは無かったよ。しかし、そのためにお母さんはたいぶ不平であったらしいなア、お母さんはあの人が働くので、少し貯蓄が出来て、生活が楽になると思ったらしいなア、給料日になると、ナザレからのこのこ歩いてあの人の給料を取りに来おったが、あの人が先借りして病人にやってしまったと聞くと、いつでも『――家《うち》の子は仕方がない』と言って帰って行きおったことを今も覚えているよ。あの時からもうお母さんは、イエスさんには諦めをつけていたんだなア、――それで私が、笑いながらイエスさんに『あなたは賃金を家に入れなくても、いいんですか』って言ったら『うム、家はもう弟が、しっかりしているから、大丈夫だよ』『だってお母さんは、あなたが少し変だって、言ってるじゃありませんか』と尋ねると『――なアに気狂いが世界に一人ぐらいあってもいいよ、家のことばかり考えてる人には、困ってる人のために働く人間は皆、気狂いのように見えるんだろう』そう言って大声に笑っていられたがな、あの人は生まれつき、親切なんだなア」

ヘエゼキアの子コラは暑いと見えて、肌着まで脱いでしまった。そして腰巻一つになった。

「シモン、お前覚えているだろう、あのイシマエルが足場の上から滑《すべ》り落ちてさ、長い間あの人の飯場で一緒にいたことがあったろう？　その時に、あの人は、イシマエルの飯代を払うのに、金がないので、イエスさんは、自分の持っていた上着まで質入れして、三月以上も、同じ飯場で世話していたじゃないか、あの時は皆感心していたなア、あの時でもお母さんがやって来て、イエスさんに小言を言っていたじゃないか、『家の変人は、他所《よそ》の病人まで世話して、自分の母は放って置いてもいいと考えているらしいよ、母の食い扶持《ぶち》は一文もくれないで置いて、持っていた着物まで売り飛ばしている。少し悪鬼にでも憑《つ》かれたらしいわい』言ってさ、すると飯場の若い衆が大勢笑って『お母さん、マアそんなに怒らないでおきなさいよ、あなたの息子のような気狂いが大勢世界に増えたら、メシアの国がじきに来ますからな、その時あなたにたんと褒美《ほうび》を上げまさア、わはははは！』と言って笑って帰したことがあったじゃないか」

四六　愛の行者

マタイは、コラの言うことを静かに聞いていて、イエスの、山上の垂訓が、皆彼自らの実践から出ているということを悟り得た。マタイは、彼が今日まで歩いて来た道と、イエスの行き方が、あまりにも大きく違っているので、恥ずかしく感じて、コラの方に向いて訊き直した。

「そう沢山日給取っていなかったろうに、よくそんなに大勢の者を世話出来たねえ」

「いや、あの人はな、時々断食してまで人に食わしていたそうですよ――」

そう言って、コラはシモンの方に振り向いて自分の説を確かめた。

「そうだったなア、シモン、私は隣の飯場におったから十分、事実を見なかったが、イシマエルが私に言っていたことによると、冬が来て、雨が毎日降り出した時、あの人も失業したもんだから、世話している病人に食わせるものが無くなったので、あの人は雨の中を遠くの葡萄園に仕事を見つけて、一日一シケルくらい儲けて来ては、それをイシマエルの飯代に置いてさ、自分は水ばかりのんでいたということを、私は聞いているが、あれはほんとだろうなア、シモン」

「うム、それは本当じゃ、私もあの人とその時一緒におったから知っている。なんでも、あまり無理したので、五日目ぐらいからもう働けなくなって、葡萄園に出かけて行く途中でへたばっているのを、そこを山羊を曳いて通りかかったおかみさんが、可哀相だと思ってあの人に乳を、その場で搾って飲ませてくれたとか言っていたよ。その時の経験から、イエスさんがよく『一杯の水、一杯の水』と言われるんだということを私は聞いているがな、しかし、実際、イシマエルが世話になったより、私がイエスさんに面倒かけたほうが長くもあったし、また金額も大きかったからなア、とにかく、セフォリスの代官がさ、二百シケルの保証金を積まんと私を出さんというんだからな、その大金をさ、あのイエスさんが、どこでどうして工面して来たか、多分建築事務所の親方に証書でも書いて、借りて来たと見えるが、ポンと二百シケルを積んでくれたんでな、それで私は牢から出してもらったんだ。なんでもその二百シケルの金を払うに、四年半も苦労してくれたということじゃがな、中々そんな苦労を普通の人じゃあ、してくれないわい、赤の他人にな。で、私は生まれつき根性の曲った人間であつたが、あの人の顔を見ると、気持ちが引き立ってなア、なんだか、己の根性がすっくり、鋳《い》直しが出来るように思えてならないよ」

　そう言い終わって、シモンは素焼きの水差しの呑み口に唇をつけて、気持ちよさそうに、一気にその大部分を飲み干した。

「そうじゃなア、シモン、お前覚えているだろう、あの人が、ヨアシ組と、家《うち》の爺父《おやじ》の組の喧嘩の仲裁に入ったことを」

コラは面白そうに、シモンの方に向き直って尋ねた。

「うム、覚えてるよ、そうじゃなア、ああいう話は、今イエスさんについている弟子達の中でも知ってる者は少なかろう、私だけぐらいのものじゃろうなア」

マタイは面白がって、その話を教えてくれと頼んだ。

「そいつは初耳じゃ。どうしたんだい、それを聞かせてくれ」

コラは笑いながら語り出した。

「あれは人夫の取り合いから始まったんだな、そうだったなシモン、あれは工事の初まった翌る年の春だったなア……うム、そうだそうだ、家の爺父が、ペレアから出て来た人夫三人を、飯場に入れたと言って、ペレアから出て来ていたヨアシが怒り出したんだったなア、ヨアシはあいつ、随分賃銀の頭を刎《は》ねていたんでなア、ペレアから出て来た男も、反納税同盟の同志であったもんだから、家の阿父《おとう》が頼まれて入れたんじゃが、ペレアのヨアシはごろつきのような男だったから、乾児《こぶん》を連れて、家の組へ暴れ込んで来たんじゃったなア、ちょうどその時、イエスさんが、仕事の都合で家の爺父のところへ打ち合わせに来ていたので、イエスさんが大見得切ったというじゃないか、あの時は」

四七　和平を求むるもの

シモンは微笑を二つの頬に湛《たた》えながら言った。

「俺はちょうどその時、お前の親父《おやじ》のところに使われていたろう、それでさ、お前の親父《おやじ》を守らなければならんというので、現場から三、四十人の土方人足と一緒に、合宿所まで飛んで帰ったんだよ、するとイエスさんが、刀を抜いて斬りかかって行こうとする、ペレアのヨアシの前に立ち塞《ふさ》がって大声に怒鳴《どな》っていたよ。

『ヘエゼキアを殺すなら、俺を先に殺してくれ、せっかく、隣同士で仲よく一つの工事に携わってきたのに、今になって、現場で血を流すってことは、工事の進行上からいっても思わしくないし、それに君がもしも、血を流すことがあったら、君も早速暗いところへ、行かなくちゃならねえじゃねえか。すると、乾児たちもまた、斬り合いをするだろうし、そうなると百人近くの者が皆、暗いところに入れられるようになるから……そうまでして、この現場を立ちゆかないようにするつもりなら私をまず血祭りにして殺してくんなせえ』

そう言って、腰巻一つの素っ裸になってペレアのヨアシの前に立ち塞がったもんだから、さすがのヨアシも弱ったと見えて、『よし分かった。俺は万事お前に任せる、他の顔を潰《つぶ》さんように話をつけてくれ』そう言って乾児をつれて、さっさと帰って行ったよ……あの時のイエスさんは随分元気だったなア、あの元気を今も持っていられるわけじゃなア、イエスさんは」

マタイはシモンが机の上に置いた素焼きの水差しを取り上げて、呑み口から美しい清水を唇の中に注ぎ込んで、また水差しを元のところに置き直した。

「するとコラさん、イエスさんは昔から、義侠《ぎきょう》的な人だったんですなア」

コラは机の上に置かれた椰子《やし》の葉で作った団扇《うちわ》を取り上げながら答えた。

「その事件から家《うち》の父は、イエスさんを随分尊敬しましてなア――『ダビデの子は違ったもんじゃ、世が世ならあの人こそ、エッサイの蘖《ひこばえ》〔切り株から生える若芽〕として、イドマヤの馬賊（ヘロデ一族）に代わって国を治めてくれるはずじゃが、天下が乱れて来ると、あんな偉い人を大工の小頭《こがしら》ぐらいにして、放っておかなくちゃならんというのは、なさけないことだ』と言って泣いていましたよ、……イエスさんは若いときから『イスラエルの責任は、自分の責任だ』というようなことを、言っていましたなア、……そうだったなア、シモン、イエスさんの考えはどことなしに、大きいところがあったなア」

咽喉《のど》が渇いていると見えて、シモンはまた、水差しを取り上げた。そして、ぐっと一杯飲み干して、また、マタイに言った。

「私はその後、ヨルダン川のほとりで、イエスさんが、バプテスマのヨハネから、洗礼を受けるために、谷を下って行った時の光景を、アンデレから聞いたがね、バプテスマのヨハネ

が、

『この人は民の罪を負う神の小羊の資格がある』

と言ったそうじゃが、実際、若い時からのことを知っている私らの眼から見ても、たしかに、イエスさんは、イスラエルの罪を一身に引き受ける、アザゼルの雄山羊の資格を十分持っているねえ、実にえらいもんだ。私らは、ペテロのように、奇跡を見て信仰に入ったのと違ってね、全くあの人の若い時からの、すること、なすことに感心して共鳴するようになったもんだからねえ、あの人の言動にはもう心から共鳴しているんですよ――実際、もし、僕が今ごろ、あの人に付いていなかったら、どうなっていたろうと思うな、きっともう俺は今頃は、バラバの一味に入って、人殺しの二、三回もやっているだろうと思うなア。いや、全く、あの人と偶然、同宿したばかりに、私はもう魂の底から、思想的にも、人間的にも生まれ変わらせてもらったよ、それは本当だ。しかし、私は、元来牢屋からイエスさんに救われたもんじゃから、な、あまり人の前にも出ないで、黙って皆のあとからついて行きおるんじゃが、僕にも君のような学問があれば、イエスさんが私にしてくれたことを一々書きつけておくんだけれど、若い時から革命運動ばかりやって来て、学問なんか、馬鹿にして来たんでな、今になって後悔しているよ……。

いやしかし、革命運動ばかりつづけていると、実際、自分の気持ちも殺伐《さつばつ》になるが、人を殺すのを、何とも思わなくなるからなア、あれだけはいやだなア、私はイエスさんのような精神になって初めて、地上に天国が来るという自信がついたねえ、それまでっていうものは、人が憎たらしくって仕方がなかったので、こんな憎たらしい気持ちを持ちつづけて、どうして地上に天国が来るかと思っていたら、あの人に世話になるようになってからというものは、全く、気持ちが変わってしまったねえ」

四八　熟した巴旦杏

美しく熟した巴旦杏《はたんきょう》〔アメンドーの木〕の実を山羊の毛で作った袋一杯に詰めて、三つぐらいの男の子の手を引きながら、コラの妻が裏木戸から帰って来た。

「お客さん、田舎にはなにも御馳走はありませんけども、巴旦杏でも召し上がって下さいましよ」

そう言いながら彼女は、袋から紅《くれない》の玉のように光った巴旦杏を取り出して、机の上に並べた。

母のあとから、年頃八、九歳と見える女の児が、山羊の毛で作った暑苦しい着物を着て、裸足《はだし》のまま表から入って来た。

シモンはその女の子の頭を撫でながら、にこにこして言った。

「どこまで、巴旦杏を取りに行ってたの？」

「あっちの谷まで」

マタイはその美しい、巴旦杏を見詰めながら言った。

「もう、早や巴旦杏が熟する時になったかなア、イエス先生が今にも、神の国が地上に来るように言われたのは、去年の巴旦杏の実る時であったが、もうあれから一年経っちゃったなア、いつになったら神の国が地上に来るのかなア」

マタイは独り言のようにそう大きい声で言った。するとシモンはそれに答えて言った。

「俺はもう神の国は地上に来ていると思うよ、もう俺の心に始まっているよ。皆ほかの弟子達は、神の国っていうものを、何か政治団体のように考えているようだが、私はそうは取っておらんよ、私は少しも慌《あわ》てておらんのじゃ」

マタイは、天井裏のない屋根を見上げながら、嘯《うそぶ》くように言った。

「しかし、イエス先生は『お前達がイスラエルの村々を回り尽くさんうちに、人の子は来る』って言われたじゃないか？」

シモンは表の石灰岩の踏み石に、西日が反射している一点を見詰めながら答えた。

「うム、それあイエスさんとしては、新しい社会が、直ぐ出来上がろうっていうことも、考えていられるらしいがね。しかし、皆が悔い改めなくて、どうして新しい社会が出来るかね、今のこのままの泥棒や、娼妓《しょうぎ》の一杯になっている時代に、人の子が一人来たところで、新しい社会が出来やしないじゃないか、僕は新しい社会を作ろうと思って今まで、反抗と殺人ばかりを主張して来たんだがな、それでは新しい社会が来ないっていうことが分かったので、あの人に共鳴したんだよ。つまりあの人が悔い改めをすすめるのは、俺達のような気持ちになれと皆に勧めることなんだよ。この前の宣伝の時にヨハネの惨殺事件が起こってさ、とうとう駄目になっちゃったが、イスラエルの今の傾向ではそんなに易々《やすやす》皆が改心しそうもないね、しかし改心せんからといって悔い改めの福音を説かんわけにはいかないしなア、……とにかく、イエスさんが狙っておられるところは、実に、根本に触れているよ、悔い改めってことが一番むずかしいようだなア」

そう言っているところへ、薬の行商人が門口へやって来た。彼は分の厚い、ダマスコ織りの縞頭巾《しまずきん》の縁を首筋に垂れて、小さい驢馬《ろば》に薬を沢山積んでいた。

「オい、薬はいらんのかい、薬は。没薬《もつやく》、乳香、オリーブ油、サフラン、なんでもあるぜ」

そう言って戸口の前に立ちすくんだ。

コラは別に返辞もしなかった。すると、薬の行商人は人事《ひと》のように、こんなことを言った。

「ナバテア国のアレタ王がいよいよ大軍を繰り出して、セフォリス城まで攻めて来るっていうじゃあないか、今の先、ヨルダンの川東から帰って来た男に聞くと、マケルスあたりじゃあ、大へんな騒ぎだそうだ、薬を買っておくのは今のうちだぜ。先になったら、いくら買いたいと思っても買えんぜ」

コラの妻は戸口まで出て来た。

「それはまた、どうしたんです」

「いやさ、アンチパスが、ヘロデアと姦通してさ、アレタ王の娘を離縁しちゃったもんだから、お父さんが怒って、セフォリス城まで攻めて来ようとしているんだそうですぜ」

女房は身震いして顔をしかめた。

「ああ、いやなこと、また戦争ですか、戦争ばっかりねえ。私の小さい時から、幾つ戦争があったかしらん。私は内乱だけでも、この村におって五つも知っているわ」

四九　内乱に疲れた人々

薬屋は愛想よく、女房の相手になって、内乱の度数を数えた。

「そうですなア、私も、大きなやつに五、六回遭いましたよ。アケラオ王がユダヤから追い出された時に、私はエルサレムにおりましたが、あの騒動も大へんでしたよ、ちょうど五旬節の祭りでしたがなア、ローマの知事のサビナスが神殿の祭主の詰所に火をつけて、大へんな火事になって大勢殺されましたなア、あの時の騒動のことは、今だに忘れられませんよ。それに、アキバの騒動、セフォリスを襲撃したエゼキアの子ユダの革命、シモンの一揆、アスロンゲス兄弟の革命、そうですなア、私も、最近の熱心党の騒動の外に、大きなやつを五つ知っていますなア、私は今も覚えてますが、あのシリアのアンテオケから知事ファルスがやって来て、二千人を磔《はりつけ》にかけた時は、物凄かったですなア……」

シモンとマタイは、薬屋とコラの妻の問答を黙って聞いていた。薬屋は、大きな男が三人も机の前に腰をおろしているのを見て、何と思ったか、大声で尋ねた。

「旦那たちは薬、要りませんか」

コラは、その声を聞いて、くすくす笑い出した。

「……」

ヘエゼキアの子コラが、何も言わないで、にたにた笑うもんだから少し、薬売は変に思ったらしい。

「大将、何がおかしいんですか」

「こちらのお二人さんはね、薬は要らない方ばかりなんだよ」

「へえ、それはまたどうしてですかい」

「ナザレのイエスのお弟子さんたちだからね、どんな病気でも、薬なしでお治しなさるんだよ」

「ああ、そうですか、それはどうも失礼いたしました」

そういうなり、薬屋はすぐ、驢馬を引っ張って丘を降って行った。その後ろ姿を見てシモンは言った。

「おい、マタイさん、ぼちぼち出かけようか、薬売りぐらいの、熱心さを一つ出そうや、どうも自分の儲けの事だと思うと、熱心さが出るが、人の事だと思うと、どうも努力心が鈍るねえ、家《うち》の先生は偉いなア、人のことでも、いつも、自分のことのように、一々責任もって心配していらっしゃるからなア……神の国を宣伝するのに、俺は熱心党の運動者であった時に、持っていたような熱を、もう一度持ちたいなア、さあ、マタイさん行こうよ、神の国はもう門先まで来ているよ」

静かなマタイは、ヘエゼキアの子コラに、しばらくの間、休憩をさせてくれたお礼を述べて表に出た。

外には太陽がキラキラ石灰岩の小径《こみち》を照らしつけ、水気のないために、小山の上の草は皆、茶褐色に枯れていた。

六章　テベリアとカイサリアの宮廷人

五〇　テベリア湖畔

テベリアから見たガリラヤ湖の景色はまた特別であった。朝日に照らされると湖の色は赤銅色《しゃくどういろ》に錆《さ》び、七、八マイル離れた向こう岸のゲラサの沿岸は、城壁を築き上げたように、千数百尺に余る玄武岩が紺色に染まって、突っ立っていた。その上には、石灰岩が覆い被《かぶ》さって、鉋《かんな》で削り取ったように山々は一直線に見えた。ただカペナウムの方に臨んだ左手は、小山が幾つもつづいて、乙女の乳房のように、盛り上がっていた。右手に当たるエンマス方面、――ガリラヤの山地につづく斜面は、雨に削られて険しかった。

「随分好い景色ねえ、私はイスラエルの地のうちで、この辺りの景色が一番いいと思うね」

宮殿の廊下に置かれた、ローマ風の椅子に腰をおろして、静かにこちらの方に、湖面を滑って来る小さい帆船を見つめていたヘロデ・アグリッパの横顔を見ながら、彼の妻キプロはそう言った。

「うん、なかなか好いねえ、だが、傷口が治ると、こんなところでじっとしておれないね、……アンチパスの伯父さんは、えらい金をかけて、立派な御殿を作ったもんだねえ、この廊下を見たまへ、張りこんで、モザイクまでやってあるじゃないか、この辺りは元、墓場だったんだって？　それで、皆ここに住むのを嫌がったんだってねえ、それを、伯父さんが、無理やりに各地から住民を集めて来たっていうじゃないか、あのエンマスの温泉場へ行く両側の家などは皆、アンチパスさんが無料で、貧民に建ててやったんだってねえ、伯父さんも奮発したもんだねえ」

それを聞いて、キプロは、眼尻に皺《しわ》を寄せて笑い出した。

「それについて面白い話があるんですよ、あなた、マナエンさんからお聞きになりました？エルサレムのパリサイ宗の連中はえらく、その貧民の移住について反対したんですってねえ、今、貧民長屋が建っているところはね、墓場だったもんですから、パリサイ宗に言わすと、穢《けが》れてるんですって、それで、あの家に入るものは交際をしないといって、村八分に一時されたことがあったんですって、パリサイ宗ってのは、おかしな宗派ですねえ」

そうキプロが言ったけれども、アグリッパは笑わなかった。

「うーム、そんなことがあったのかねえ、しかし、パリサイ宗もなかなか徹底しているなア」

キプロはなおも言葉をつづけた。

「ですから、なんですって、アンチパスさんが御祝儀に御馳走しても、土地の人は少しも宴会には来なかったそうですねえ。それでアンチパスさんは威勢を示すために、乞食でも盲人でも跛足《びっこ》でも町へ行って片っ端から引張って来て、どしどし皆に、ただで御馳走を食わしたそうですよ、アンチパスさんにも、なかなか面白いところがあるわねえ、おほほほほ」

「そうかなア、アンチパスの伯父さんもなかなか隅に置けんなア、ユリウス・カエサルがローマでやった真似をしたんだな、こんな田舎へ帰って来てまでも……しかし、エンマスの温泉はよく利くなア、マラタの傷も治ったよ」

そう言って、アグリッパは人生に悲観して、自殺しようとして傷つけた首筋の、刀傷のあとを右手で触った。数ケ月前彼はヘロデ家の出身地であるイドマヤのマラタの塔の中で、自殺しようとした。彼はローマの悪友ドルゥススと交わり十余年間放蕩《ほうとう》しつづけて、嵩《かさ》んだ借金が払えないことを苦にして自殺を図ったのであった。

「実際よかったわねえ、私はあの時、どうしようかと思ったわ」

そう言っているところへ、ヘロデ大王の宮殿でアグリッパ殿下と一緒に育った、乳兄弟のマナエンが、ローマ風の颯爽《さっそう》たる袈裟《トガ》をつけて入って来た。そして彼は、恭《うやうや》しくアグリッパに敬礼して尋ねた。

「お気持ちはだんだんおよろしいですか」

「ええ、ありがとう、もうそろそろ、自分の身体になりそうですよ。エンマスの温泉はよく利くようですなア、特にこのテベリアの景色は全く、ギリシャやローマでも見られないような絶景だねえ」

　そう言っているところへ、内大臣クーザの妻ヨハンナが入って来た。そして、キプロに言った。

「マナエンさんは、これからエルサレムにお帰りになりますって、ちょっとお別れの御挨拶に来て下さいましたの」

　ローマ風の服装をした奴隷が、室内から、マナエンとヨハンナのためにローマ風の椅子を運んで来た。

五一　乳兄弟マナエン

　二人がそれにかけると、アグリッパは、けだるそうな口調で、湖水の方へ顔を向けたまま、腕に嵌《は》めた金の腕輪をぐるぐる回しながら、マナエンに言った。

「もう少し、居《お》ってくれるといいんだがなア、この間うちから、君がいろいろと教えてくれたので、少し人生が明るくなったよ。どうも僕は少し、自棄気味《やけぎみ》になっていたから、人生の暗い方しか分からなかったが、君がいろいろ言ってくれるものだから、まだ人生には、幾らか光明が残っているということが分かったよ。どうも、ローマあたりの若い者の間には、エピクロス的享楽主義が旺《さか》んだもんだからねえ、それに誘惑されてしまって、俺は敗残者として、故郷に帰って来たんだが、帰って見ると、姉のヘロデアはあんな事件を起こしているし、伯父は相手にしてくれないし、借金取りはやかましく催促するし、俺は生きている希望を全く失ってしまってねえ、価値のない人生なら早く自決してしまった方がいいと思って、頸《けい》動脈を切ってしまおうと思ったんだがねえ、キプロが止めるものだから、生き恥さらして、ここまで落ちのびて来たんだが……君のいうところによると、人生っていうものは、神の命令に従うために作られているもので、自分勝手に出来るものではないっていうんでしたねえ」

そう言って、アグリッパは骨組の大きな顔をマナエンの方に振り向けた。マナエンは、アグリッパの首筋の右側に出来た傷口をちょっと見て、すぐその視線をアグリッパの顔の方に移して、

「私は父メナヘムが、エッセネ出身だもんですから、どうもその感化が残っておりましてね、人生の地位とか名言とか、財産とかいうものが、空しいもんであるように思いましてねえ、そういうものに執着心を持っていないんです……ただ神の栄えのために、勤労と奉仕の生活を励みさえすれば、それが人生の最大幸福であるように思うんです」

「それあ、むつかしいなア君、俺には出来んなア、マナエン君。エッセネの人々のように一生野原で、羊飼いをするつもりならそれア出来るがねえ、僕のように、ホメロスも読みたいし、ヴェルギウスも暗誦したいんじゃア、ちょっとそんなことは出来んですよ、マナエン君、君にききたいがねえ、一体享楽っていうものは求めちゃいかんもんだろうか？」

マナエンは即座に答えた。

「それあ求めてもいいもんですよ、しかし享楽の程度によりけりですよ、どうせ人生には苦痛があるんですから、苦痛までを享楽に変え得るまでにならなければ、真の享楽は求められませんなア」

「なるほどねえ、それは君のいうとおりだ、君はえらいことをいうねえ、エピクロスもそう言っているよ。で、君は実際、そんなに人生を徹底的に享楽している人間があると思いますか」

「確かに一人あると思いますねえ」

「一体それは誰です？」

アグリッパは追っかけて訊《き》いた。

「それは、身分の低い男ですがね、私は、ナザレの大工イエスは、確かにそういう人物だと思ってるんです。つい今年の春も、その男の話を聴きに行きましたがねえ、実に徹底していますねえ」

アグリッパは首を傾けて苦笑した。

「すると、マナエン君はあの、近頃湖水の北部で、暴動の計画をやっていた人物が、そんなに偉い男だと思うんですか」

「あの男は暴動の計画など、やりぁしませんですよ」

「ここの奴隷はそう言っていたが」

「それあ、何かの間違いですよ」

「しかし、皆の者は、あの男が来《きた》るべきメシアだと信じているそうじゃありませんか」

キプロもその時言葉をはさんだ。

「ほんとに、ガリラヤに来て驚いたわ、皆あの大工がメシアだと言って騒いでいるじゃあないの、……そうすると、アンチパスさんは、あの人がいよいよ天下を取るようになれば、位を失うわけだわねえ、そしたらローマの兵隊がまたやって来て、あの人を殺してしまうわねえ」

政権の問題になって来ると、権門《けんもん》に生まれた人達は、その執着からなかなか解脱することが出来ないと見えた。アグリッパもキプロも、イエスが、メシアであるかないかの問題に引っかかって猛烈にイエスに反対した。アグリッパは言葉を改めて言った。

「マナエン君、君も知っている、うちの祖父《じい》さんのヘロデ大王は、『メシアの来《きた》る』っていう言葉を一番恐れていたねえ、何でも僕が五つか六つ位の時であったろうなア、メシアがベツレヘムで生まれたといって、流言蜚語《ひご》が飛んだものだから、やはり、メシアがその時に生まれていなかったと見えて、いまだにそのメシアは出て来ないじゃないかね」

内大臣クーザの妻ヨハンナは、アグリッパの言葉を遮《さえぎ》った。

「殿下、マナエンさんが、さっき言っていらしった大工イエスというのが、その時大王の刃を逃れて、エジプトまで逃げて行っていたダビデの子だそうでございますよ……それあ本当でございますって」

五二　暴君とメシア

アグリッパの顔色は、さっと変わった。

「ふーン？　本当かなア、しかし、メシアが生まれて来て、何するんだろうなア一体、うちの祖父さんの弟のファサエルさんも、祖父さんの妹のサロメさんも、随分メシア運動には、一時凝り固まっておってねえ、偽《にせ》預言者のバゴアスっていう男がさ、御殿の中へよくやって来て、メシアが女の腹から生まれると汚れるから、きっと自分の股から生まれるに違いないと言って、サロメの祖母《ばあ》さんの信頼を得たこともあったがねえ、今じゃまつたく、笑い話になってしまったよ」

マナエンは、さっきから静かに、アグリッパのいうことを聞いていたが、別に反対するような口調ではなく、物静かに述懐するように言った。

「そんな意味でのメシアでしたらそれあ、信ずる価値なんか少しもありませんですよ、しかし、人間の霊魂を神に結びつけてくれるために、人類の罪悪を一身に引き受けてくれるような、そんなメシアは、来る必要ないんでございましょうかねえ……なんだか私は、だんだん時代が迫って来るように思いましてね、この際、神様が、特別な御維新を御計画になっていられるように思われてならないんです。そして、ナザレの大工のイエスが、その人であるように思われるんですよ、私には」

その言葉に、内大臣クーザの妻ヨハンナも和した。

「それあ、あの人は妙な魅力を持っていましてねえ、あの人はローマの軍人も、反納税主義者の一味徒党も、税務官吏も、淫売婦も、パリサイ宗も、エッセネも、誰彼なしに皆、宗派や党派を超越しましてね、魂の底から生まれ変わるために、押しかけて行くんでございますよ……あの人は確かに、天から来た人に違いありませんですわ、一遍、殿下も、ここにおいでになる間に、あの人にお会いになったらどうでございますか」

キプロはその言葉を聞いて立ち上がった。

「しかし、ヘロデア姉さんはあの人大嫌いね。預言者ヨハネの甦《よみがえ》ったのがナザレのイエスだと、誰かが言って聞かせたと見えて、ヘロデア姉さんは、あの人の名前を聞いただけで、身震いしていたわ」

そう言っている時に、離宮の表門の前の狭い道路を、大勢の者が踏み合うほどに通る足音がした。キプロは何事が起こったかと、奴隷を呼んで調べさせた。

奴隷はすぐ帰って来た。

「ただ今、預言者イエスの弟子が、ベテサイダから迎えられてこの町に病人を治しにやって来たらしいんでございます。それを大勢の者がイエス様と間違えて出迎えに出たらしいんでございます」

奴隷の言葉どおりキプロは、アグリッパに取り次いだ。

アグリッパは、宮廷の前横の、突堤に今着いたばかりの漁船の中で、魚を籠に移している漁夫の労作に視線を集中しながら、かるく人ごとのように言った。

「えらい魅力を持っているんだねえ、大工のイエスは、そうすると俺は、ますます分からなくなったよ、一体何が人生において最も価値があるのかなア」

マナエンは即座に答えた。

「それア、霊魂の領域を広げて、限りなき生命に徹底する者が一番の勝利者ですよ……イエスはそればっかり、言っていますからねえ、真のメシアの資格を持っていると言えるんでしょうね、あの人が下手に、ヘエゼキアの子のユダや、アスロンゲスの兄弟達や、ペレアのシモンのように、王位を夢みるようなメシアだったら、エッセネ派の父を持っていた私なんか、共鳴しやあしませんですよ。御覧なさいましよ、イエスはきっと、ソクラテスや、プラトンや、アリストテレスより永く人の魂に残る人物になりますから……あの人は、人の欠点を攻撃しないで、人の弱点を自分の責任として、背負って行こう、としている態度が見えますがねえ、あの態度は、全く『来《きた》るべき者』の態度のように私には見えますなア。まだ民衆は空騒ぎしていますが、あの男は霊魂の王国に君臨する人物でしょうなア……誤解せられちゃ困りますよ、あの男は一ユダヤの王になろうとか、一ローマ帝国の主権者になろうとかいうような人物とは違いますですよ、──この間も私は、カイサリアで、知事のピラト夫人にお目にかかった時にも、その話をしたんですがね、イエスの開拓している世界は、ちょっと我々には考え及ばない神秘な世界だと思っているんです。七十人議会の議員ニコデモも、イエスに会ったそうですが、私と同じ感想を、この間漏らしていましたねえ」

また、もう一艘の漁船が沖から入って来た。アグリッパ夫人キプロは、また椅子から立ち上がって、埠頭の方を見渡しながら、マナエンに言った。

「マナエンさん、いくらあなたが感心していても、今更私たちは、エッセネになれないし、王様の家に生まれて来たのが因果で、人に命令することだけしか、小さい時から稽古《けいこ》して来ていませんからねえ、奉仕するとか、人の弱点を、自分の責任として負担するということは、私たちには出来ませんわ」

そう言い切って、キプロは歯切れよく、奴隷に命令した。

「お前八絃琴《はちげんきん》を持っておいで、マナエンさんのお別れに『トロイの没落』でも弾いてお聞かせしましょうよ」

キプロは、早速奴隷の持って来た八紘琴を膝の上に置いて、良人《おっと》アグリッパを慰める意味をも含めていたろう、ローマで覚えたギリシャ歌を琴に合せてうたった。その哀調は、鏡のように穏かなガリラヤの湖面にこだまして、晴れていた空がたちまち暗くなり、今にも旋風が巻き起こるのではないかと思われた。

その時、表に馬車の軋《きし》る音がした。そして奴隷に導かれて、預言者ヨハネを殺す糸口となった、舞踊の上手な、ヘロデアの娘サロメが、ダマスコ織りの綾衣《あやころも》に、ギリシャ風の髪を結って入って来た。内大臣クーザの妻ヨハンナは彼女を見て吃驚《びっくり》した。

「おや！　まあどうしていらっしゃいましたの」

キプロは琴を椅子の上に置いて直ぐ立ち上がった。そしてサロメに向かって抱き付いた。

アグリッパも吃驚した。

「一人で来たの？」

「ええ、叔父《おじ》さん御夫婦で寂しいだろうから慰めて来るようにと、お母さんが言われるものですから、私もまだ、ここへは一度も来たことはありませんでしたしね、とてもよい景色と聞いたものですから急に思い立って来ましたの、まあほんとうによい景色だこと……（サロメは真下に見える湖水を、眺めながら）……あの湖水の水はみな真水なんですか」

一同その突飛な質問に吹き出した。

「もちろん、そうよ！」

アグリッパがそう答えると、ヘロデアの娘サロメは大声で笑った。その笑い声は、湖面にこだまして時ならぬ和やかな空気をつくった。

五三　カイサリアの競技場

陰気なユダヤ山地に較べると、地中海に沿った平原は、ユダヤには珍しく、陽気であった。ことにヘロデ大王が、エルサレムに対抗して、サマリアにセバステ市を築造し、ローマとの貿易のためにカイサリアを、ツロ、シドンに負けないつもりで、築港してからというものは、ユダヤの海岸地帯は非常に陽気になった。

それに、ローマの歴代の知事がエルサレムに居住することを嫌って、皆カイサリアに落ちついたものだから、カイサリアは少しの間に立派な都市になった。それに、ローマの兵隊三千人が、そこに駐屯していたので、ユダヤのうちで、ここだけは、特別に国際的な色彩が強かった。

それにきょうは、五年目に一度開かれる「力闘士《グラディエーター》」と猛獣との試合があるというので、見物人は、ローマの知事の直轄《ちょっかつ》になっている、サマリアはもちろんのこと、ユダヤ、ガリラヤ、さてはヨルダンの川東、デカポリス、イドマヤからも、大勢押し寄せた。

そこは、ヘロデ大王の全盛時代、ローマのコロシアムに模倣して、建造せられた円形の競技場であった。座席には優に八千人が座れるだろうとのことであった。

この珍しい競技に、最近、ガリラヤのセフォリスの宮殿に帰って来ていたヘロデ・アンチパスと、その新しい妻ヘロデアも、知事ポンテオ・ピラトに招かれてくることになっていた。

それで、街路は、国守の行列を見ようと見物人で詰っていた。行列がピラトの官邸に着くと、国守アンチパスの腹違いの兄弟、ピリピは、もう先にエルサレムから来ていた。国守について来た内大臣クーザの妻、ヨハンナは直ぐピラトの家令からそう教えられた。そして、また、ピラト夫人は、ガリラヤのテベリアに来ている、アグリッパ夫妻をも招いたということが直ぐ分かった。

それは、テベリウス皇帝の姪《めい》に当たるピラト夫人は、アグリッパがテベリウス皇帝の家庭と特別に深い交際があることを、ローマ帰りの者に聞いたからであった。そして、アグリッパ夫妻について、洗礼者ヨハネの首をくれと、国守アンチパスにねだった、ヘロデアの連子、サロメもやって来た。それで、ヘロデの官邸は、急に賑《にぎ》やかになった。

国守の到着が遅かったので、競技はその日の午後二時頃から開かれた。

正面の貴賓席には、ローマ軍隊の馬印である金の鷲が金色の翼を延ばして、城内を睥睨《へいげい》していた。ピラト知事閣下をはじめ国守ヘロデ夫妻、アグリッパ殿下夫妻、それに、ピリピ、サロメの両殿下が着席すると、城内は急にざわめき渡った。競技が始まるまでまだ時間があった。

アグリッパが頭を挙げて、金の鷲を見ていると、傍に腰をかけていたピラト夫人が、アグリッパの耳に囁いた。

「この鷲ですよ、あなた聞いた？　私たちが五年前に赴任して来たとき、ピラトが、エサレムに持ち込んで大騒動を起こしたのは」

そう言って彼女は苦笑いをした。

アグリッパの妻キプロも、クーザの妻ヨハンナから、同じ話を聞かされて笑った。

「祖父さんの代にも、鷲の問題で、エルサレムに騒動のあったことを私聞いていたわ。つまらないことを、民衆は気にするものと見えるのねえ」

キプロは、ヘロデアの娘サロメが国守の弟ピリピと仲よく椅子を並べて座っているのに気がついた。それを見た彼女は、くすくすと笑いながら、良人のアグリッパに、瞬きして合図をした。すると、アグリッパも、彼の後方に席を取っていたクーザの妻ヨハンナに、直ぐそれを知らせた。

観覧席は人で埋まっていた。日が照って来たので、貴賓席の上だけは、茶褐色と白色の縞になった山羊の毛で作った、ケダルの天幕を日除けにかけた。合図のラッパが鳴った。檻《おり》に入った大きな牡獅子《おじし》が、競技場の中央まで運ばれた。

会衆は鬨《とき》の声をあげて、総立ちになった。貴賓席の反対側の小さい出入口から、ローマ風の兜《かぶと》を冠り、槍と楯とを持った力闘士《グラディエーター》が、付き添いの者に伴われて、勇ましく現れた。

「しっかりやれよ！」

「負けるなよ！」

口々に観覧席からわめいた。力闘士はそこに用意されていた、二頭曳の戦車に乗って、まず、知事閣下とヘロデ・アンチパス王殿下の前に挨拶に来た。そして、挨拶がすむとまた、戦車から降りて、一人競技場の中央に歩いて行った。クーザの妻ヨハンナは、心の中で独り考えていた。

「――余計な競技だわ、こんなにしてまで遊ばなければ、楽しめないというのは、人間もどうかしている。もしあの力闘士が獅子に食われた場合に、どうするだろうか」

キプロは、面白そうに、瞳をすえて力闘士の方を見ていた。そして、サロメは、国守の弟ピリピと、続けて何か面白そうに話をしていた。

五四　獅子と力闘士

檻の扉は開かれた、獅子はそこから飛び出して来た。獅子と力闘士の闘争が始まった。しかし、獅子に比べて力闘士が余りに、貧弱に見えた。力闘士は、獅子の襲撃に、背部こそ見せないが、切り込んで行く勇気を持たなかった。クーザの妻ヨハンナはそれを見て、手に汗を握った。

「これは、負ける」

と彼女は予感した。果たして、そう感じた瞬間に、獅子は後肢《うしろあし》二本で直立し、背の低い対手に躍り掛った。その瞬間に、槍を振えばよいものを、機会を逸した力闘士は、ぱったり、獅子に押し倒されて後方に、昏倒《こんとう》してしまった。クーザの妻ヨハンナは、すぐ袂《たもと》で顔を覆った。そして彼女は、心の底で独り言を言った。

「――もう宮仕えはよしてしまおう、こんな残酷な人殺しを喜ぶような遊びに、私はいつまでも関係していたくないわ。それよりか私は、ナザレのイエスの後に付いて、イスラエルの失われた羊を、尋ねて行きましょう、その方がどんなに幸福か知れない」

力闘士が獅子にやられたと見た瞬間、会衆は、

「――ウエヘーイ」

と嘲笑するような声をあげた。

「勝負にならないわねえ、獅子が余り大き過ぎるじゃないの」

と、キプロは髪を繕《つくろ》いながら、良人のアグリッパに言った。獅子はまた檻の中に、ほうり込まれた。そして力闘士の死体は、戦車に積まれて場外に運び出された。

「ヨハンナ、あれはどこの奴隷だね、今獅子に殺された者は」

と、キプロは、顔を場内から背《そむ》けて青空を見上げていたクーザの妻ヨハンナに尋ねた。

「私ちっとも存じませんのですが、ただ今聞いてまいります」

そう言って彼女は階段の下に立っていた奴隷に尋ねた。

「あれはカイサリアの千卒長の奴隷でございます」

それだけの簡単な答えを得たので、ヨハンナはまたそのとおりキプロに報告した。

「弱いわね、もう少し強い奴隷を出さぬと勝負にならないわ」

キプロは、そう言って、金の首飾りを真っ直ぐに直した。しかし、ヨハンナは、この上、残酷な競技を見ている気はしなかった。それで、だまって席をはずして、彼女の奴隷に言った。

「私は少し頭痛がするからね、知事さんの官邸まで、お先に帰らしてもらいますから、上様にそうお伝えしておいて下さいね」

そう言って彼女は、乗って来た馬車で官邸に引き返した。

その晩、知事ピラトは盛んな宴会を国守夫妻と、アグリッパ夫妻のために開いた。国守アンチパスの弟ピリピとサロメは、食卓に着いてからすぐ盃のやり取りを始めた。そして掌《てのひら》に、接吻をしてそれを互いに送り合いをした。直ぐ二人の間に意気が投合していることが分かった。

(このピリピは、イツリアの国守と同名ではあるが、母が違っていた。この男は、ヘロデ大王の五番目の妾《めかけ》、クレオパトラから生まれ、国守ピリピは、祭司長シメオンの娘、マリアンメの腹から生まれた)。そしてピリピが要求するとサロメは直ぐに立って、義理の姉のキプロに伴奏してもらって得意の舞いを舞った。そして舞いがすむと、サロメは、ピリピを連れてすぐどこかに消えてしまった。ヨハンナも、その席に連なっていたが、サロメが母に劣らない、発展家であることを知って、皆と一緒にサロメの出て行く後姿を見送って笑った。

宴会はローマ風に宵の口から始まって、真夜中まで続いた。そして、葡萄酒に酔っ払うと皆庭先の大理石の台の上まで吐きに行った。だがヨハンナは、おつきあいに飲む風をしてみんな酒を鉢の中に捨ててしまった。

五五　有閑階級と賭博

その翌日、国守アンチパスの一行は帰途についた。彼らはガリラヤのセフォリスの宮殿へ帰った。しかし、アンチパスもヘロデアも非常に不機嫌であった。それは、競技に出た千卒長の奴隷が、獅子に食い殺されたので、その奴隷が勝てると思って、相当の全額を賭《か》けていたにかかわらず、そっくりその金を、ピラトに取られてしまったためであった。

クーザの妻ヨハンナは、そのことを良人《おっと》から聞かされて苦笑したが、クーザには、苦笑いする余裕だに残っていなかった。

「昨日の勝負では、アグリッパさんの方は、少し儲けたらしいから当分の間、小遣いには困らんだろうけれども、ヘロデアさんは、一度も勝たず終《じま》いだったから、馬鹿に悄気《しょげ》ちまって、きょうはあたってばかりいるから、わしは出来るだけ二人の近くに行かんことにしているんだよ……」

と、クーザは頭を掻《か》いた。

その翌日であった。クーザ夫妻は突然国守に呼ばれた。そこにはヘロデアも同座していたが、アンチパスは、アグリッパの生活様式があまり贅沢《ぜいたく》だから、あれでは続けて補助が出来ないと言い出した。クーザ夫妻は、それだけで用事が済んだかと思って、その席を外そうとすると、アンチパスは直ぐ彼らを呼び止めた。

「おい、クーザ、お前は洗礼者ヨハネが甦ったんだといって、皆が評判しているあの、ナザレのイエスという男をよく知っているかね。カイサリアでは皆が評判していたが、今、あの男は、ペレアの方に行っているようだねえ、また、ヨハネのように、民衆を煽動するような結果になるのと違うかね。今のうちによく取り締って、処罰すべきものは処罰しておかんと、先になればまた、大変なことになるだろう」

そう言って国守は、ヘロデアの顔を見た。すると、ヘロデアはまた、彼女一流の理屈をならべた。

「弟のアグリッパが言っていましたがねえ、あなたの奥さんは近頃余ほどその、預言者とかいう男に凝《こ》ってるそうじゃないの、あんまり凝り過ぎて、家を空っぽにしてまた、出て行くのと違うんですか、その預言者の方が、旦那さんよりよくなるんだろうね、おほほほほ」

クーザの妻ヨハンナは起立したまま、ヘロデアの言葉を畏《かしこま》って聞いていた。しかし、良人の注意もあったので、一言半句反抗がましいことを言わなかった。そして胸のうちではかつて、ゲネサレの湖畔で、イエスから聞いた言葉を、胸の底で繰り返していた。

「……悪しき者に手向かうな、お前の敵が一里行くことを強いた場合に、二里行き、下着をくれと言った場合には、上着をも与えるがよい、それは、お前たちが皆、天の父の子になるためだ」

と、いったような言葉が、彼女の耳の底に残っていた。

するとヘロデアは、意地きたなく、鬢《びん》のほつれ毛を撫《な》で上げながら、ヨハンナの攻撃を始めた。

「キプロさんが言っていましたがねえ、あなたは今年の春、ヨハネの事件があったとき、ガリラヤまで出て来て、一揆を起こそうとした連中に、私たちの命乞いをしてくれたって?……余計なお世話だね、……なにもあなたのような人に命乞いをしてもらわなくても、こちらには、軍隊もあれば、戦車もあるんだから、必要ならば、その連中と一戦交えてもいいじゃないの、とにかく、ヨハンナは、そんなに一揆が恐ろしければ、宮仕えをよしてしまって、その預言者と一緒に歩いたらいいじゃないの」

ヨハンナは、こうなることを、春まえから覚悟していた。そして、いよいよそれが今来たので、彼女は恭《うやうや》しく敬礼をしてヘロデアに言った。

「よく考えさせて頂きまして、何分の御返辞を申し上げます」

そう言って、クーザ夫妻はアンチパスの宮殿を出た。

宮殿を出たクーザ夫妻は、あまり興奮もしていなかった。ヨハンナは、庭園の泉水の縁を歩みながら、小さい声で良人クーザに言った。

「いい機会だから、私はこの際修業に出していただきましょう。……いいでしょう？　私は神の国の到来も、迫っているように思いますから、財産も衣裳も皆売払ってしまって、この際、イエスさまに献げてしまったほうが、さっぱりしていいと思うんですの」

クーザは沈黙していた。で、ヨハンナは続けて言った。

「この際、私の連れていた奴隷も、自由にしてやりましょうよ、私はもう、人を使うことが恐ろしくなりましたわ、使うよりか、使われるほうがずっと、気楽でいいのねえ。やはり、イエスさまが言われるとおりですわ」

ヨハンナは一人息子キシの部屋に忍びこんだ。月のあかりが、真っ白く寝床の蒲団の上に落ちていた。

彼はよく睡っていた。ヨハンナは彼の寝台の傍にひざまずいた。そして、月の光にすかせて、わが児の寝顔を祈り心地で凝視した。

この児が約一年半前、死にかかっていたわが児だとは想像も出来ないほどまるまる肥《ふと》っていた。そして、年齢以上に賢く、ききわけもよく、家庭教師と勉強もよくするそのことを思うと、母としての本能がむらむらと涌《わ》いて来て、殺されても、わが児の傍を離れたくないように思われてならなかった。

彼女は、結婚して長く子が無かった。そして、九年間は子なくして過ぎてしまった。彼女は、子を賜るようにと神に誓願を立てた。そして、与えられたのが、この男の子キシであった。それで、彼は彼女の瞳よりもなお可愛かった。それを、今、彼女の身辺に危険が迫っているからといって、置き去りにして出て行くことは忍びなかった。

「しかし……」

と彼女は考えた。

「キシが、他日、人生の恐ろしい迷妄に捕らわれないで、真理の途《みち》に歩み得るためには、今の中に、私が、一歩、彼よりも早く、イエスの道に近づいておく必要がある――」

月の明かりが一層青白く冴《さ》えて来た。

「――なぜ、人生は、こんなに悲しいのだろう」と思われてならない。

ヨハンナは、子供に気づかれないように、そっと、彼女の片手をキシの額の上に置いて祈った。

「――天の神様、どうぞ、キシをお守り下さい。母がいなくても、悪い方に向かないように」

彼女はまたペテロの家庭と、自分の家庭を較べてみた。全く地位や権力が無価値であることを考えた。

「ほんとに、さうだ、一切を捨てて、イエスさまに、お従いする以上に幸福なことは無い。人間を食い物にして高貴な地位に座っているより、愛と忍従の天国の道のほうが遥かに幸福だわ……」

そう思ったヨハンナは、静かに立ち上がって、涙を拭き、抜き足さし足で、息子の部屋を脱れ出た。

次の日、夜明け前、クーザ一人を後に残して、ヨハンナは田舎の寡婦《かふ》のような姿をして、人に気づかれないように城門を出た。そして、セフォリスの郊外で待たしておいた一人の家僕《かぼく》に連れられて、ギレアデへの途《みち》を急いだ。

七章　ペレアのイエス

五六　ヨハンナの家出

クーザの妻ヨハンナの家出は、イエスの周囲の小さい群れに大きな衝撃を与えた。その頃、イエスはヨルダンの川東、サコテの徴税人エリフの家に仮寓していたが、変わった姿のヨハンナを見るなり、至極落ちついた口調で言った。

「わたしについて来ようと思えば、どうしても、家、兄弟、良人《おっと》、妻、子供はもちろんのこと、すべての財産を捨ててかからなければ、むずかしいからねえ、……いや、どうも御苦労さま……しかしわたしのために失うだけは、神の国に入って、倍にして返して頂けるに決まっているから、皆、あまり、少しばかりの犠牲を払ったからといって、淋しい気持ちにならないがいいね」

その言葉を聞いて、そこにいた女達は皆、大声に笑った。

しかし、ヨハンナは笑わなかった。彼女は帯の間から財布を取り出して、イエスの前に進み出た。

「先生、良人の許可を得て、これだけ献げさせて頂きますから、困っている人にでも、上げてくださいまし」

しかし、イエスはその献げられた金を、直ぐ受け取らなかった。

「ああ、ヨハンナさん、あなたはいいところへ来てくだすった、じゃ、そのお金でねえ、困っている一人の女の人を助けて上げましょうねえ……」

そう言って、イエスは、熱心党のシモンを呼んだ。

「おい、シモン、一昨日の晩、この家の台所に来て、泣いていたおかみさんがあったねえ、あの娘さんは、どこに売られているの」

「ええ先生、あの、エヒウの娘のことでございますか……エヒウの娘でしたら、ラモテギレアデのお茶屋に売られているんです……あれを先生、助けてやってくださると、ほんとにいいですがねえ。エヒウは、あんな乱暴な男だけれども、性根はいいんですからねえ」

イエスは、開かれている裏の戸口を通して見えた、緑の丘に草を食っている、羊の群れを眺めていたが、頭をめぐらせてまた、シモンの顔に視線を注いだ。そして、物静かに尋ねた。

「シモン、エヒウの娘は、名は何ていうんだね」

「ドルシラというと思います」

シモンがそう答えると、イエスはまた折り返して尋ねた。

「そのドルシラは、幾らで売られているんかね?」

「エヒウの妻の言うところでは、確か六十シケルとか言っていましたが、もう少し確かなことは、一日お待ち下されば、調べて参ります」

「じゃあねシモン、そのドルシラを助けることにしようや、幸いヨハンナさんが、身の代金を献金してくださるそうだから、あなたとマグダラのマリアと二人で、お茶屋まで行って、ドルシラを受け出して来てやんなさい。あなたと、マグダラのマリアは、ドルシラを救い出せるまで、他のことは放っといてもいいから、専心それにかかってくださいねえ」

イエスはそう厳かに言って、またヨハンナの方に振り向いた。

「ヨハンナさん、じゃあなたの献金で、ドルシラという娘を救いましょうね、なんなら、あなたも一緒に、ラモテギレアデに行って、ドルシラを連れて、帰って来てください」

イエスにとって、善事は本能であった。彼は献げられた、総ての金と力を用いて、彼が最善と考える神の国に通ずる道路の舗装《ほそう》に努力した。

五七　夕焼けする頃

風が南に変わった。西の方には入道雲が見え出した。秋の雨期も近づいた。それまでにイエスは、ヨルダンの東、ペレアの隅々まで回る予定にしていた。

イエスは去年の春から、今年の春へかけてのガリラヤ時代のように、あまり大衆的に行くことを欲しなかった。彼は、むしろ、努めて個人個人の傷める霊を、神の国に引き返すことに努力した。それが永い間、暴動と一揆と戦争に疲れ果てていた、ペレアの人々をどれだけ慰めたか知れなかった。

表面には出て来なかったが、傷の癒えたヨアキムも、砂漠の奥から出て来て、地下に潜っている革命党シモンの末流や、バラバの残党をイエスに紹介して、より根本的な、神の国に転向するようにと勧めて回った。

イエスの温容に接した彼らは、イエスをその家庭に迎え、愛の福音に接して、再生の希望に燃えた。

で、イエスの行くところ、村でも町でも、評判の悪い危険人物やその地方では平素爪弾《つまはじ》きされているものばかりが集まる傾向があった。しかし、イエスに病を治してもらったパリサイの者などは、進んでイエスを家庭に招いたが、そういう者は、比較的稀《まれ》であった。

熱心党のシモンとマグダラのマリアが、ラモテギレアデに来てから、四日目であった。イエスもまたラモテギレアデの町に来るということを、マグダラのマリアは町の収税人から聞いて来た。ドルシラを受け出すことに成功した二人は、昼過ぎにサコテの方にまさに出発するところであった。だが、イエスが来ることが分かったので、彼らは宿屋で待っていた。

その日イエスは、ヨアキムに頼まれて、病気で長く寝ている、ドルシラの母を治すために、ラモテギレアデに近い、彼女の村まで来ることになっていた。日は西に傾いた。待ちくたびれた、ドルシラと熱心党のシモンは、その日イエスが泊ることになっていたパリサイ宗の金持ちの家まで行って待っていた。

すると、夕焼けで西が赤くなった日没頃、門先にイエスの声がした。

「ああ、先生が帰って来られた」

と、熱心党のシモンは独り言のように言って門口まで、イエスを迎えに出た。

間もなくイエスは、表から入って来た。そして、応接室のローマ風の椅子に腰を下した。ドルシラは羞《はずか》しそうに、土間に敷かれた上敷《うわじき》の上に座っていたが、熱心党のシモンが、イエスの前まで行って、鄭重《ていちょう》にドルシラを紹介した。すると、ドルシラは顔もよう上げないで、イエスの足許にひざまずいて、沈黙したまま土べたに頭をすりつけてお辞儀をした。彼女は感激して言葉さえよう発しなかった。

主人公のホルの子シモンは、裏庭で山羊の乳を搾《しぼ》っていて、イエスの来たことを知らなかった。

熱心党のシモンは、事情を簡単に説明した。

「お茶屋の亭主というのは、随分わからない男でしてね。六十シケルじゃ足らねえ、利息をどうしてくれるんだ、と言って、やかましく言いましてね、それで、交渉が最初の日は捗《はかど》りませんで、とうとう手打ちするまで、三日かかりましたんです。マグダラのマリアさんが幸い、もう十シケルだけ出して下さったもんですからね、それでこの娘も、お陰様で、自由にして頂きました。ほんとにありがとうございます。エヒウが聞いたらさぞ喜ぶでございましょう」

五八　ドルシラの涙

俯向《うつむ》いていた娘のドルシラは烈《はげ》しく泣き出した。そして感激した彼女は、イエスの足を抱いて接吻した。

イエスは、いじらしいその娘が不憫《ふびん》に思えたので、簡単に彼女の母の病気の見舞いに、彼自ら行って来たことを知らせた。

「もう、大丈夫、あなたのお母さんはね」

そう言うと、彼女はなおも泣き出して、イエスの足に涙の雫《しずく》を滝のように落とした。それを済まないと思ったか、彼女は、解けかかっていた彼女の緑の髪を片手に掴んで、その髪の毛で、イエスの足の上に落した涙の雫を拭《ぬぐ》った。

そこへ主人公のシモンが入って来た。

「やあ先生、失敬しましたなア、大分お待たせしましたか、——山羊の乳を搾《しぼ》っていたもんですから、少しも気がつきませんで、失礼いたしました」

そう言って、ホルの子シモンはまた何か用事があったと見えて、台所に入って行ってしまった。

客が大勢入って来た。それで、熱心党のシモンと、ドルシラはいったん宿屋まで引き返した。しかし、何と考えたか、ドルシラは、香油の入った石膏の壷をもって、一人で、金持ちの家まで帰って来た。そして、町の有志家と一緒に食事していた、イエスの足許にひざまずき、その壷を傾けて、香油をイエスの足に注ぎ、それを彼女の髪の毛で拭きつづけた。

主人公のシモンは、彼女の態度に対して少し、苦々しく思っていた。しかし客が特殊な人なので、別に何とも言わなかった。だが、そこにいた人々のうちには、ドルシラを知っている者が、数人あったので、主人にそっと耳打ちをした。

「あれは、お茶屋にいる、曰《い》わく付きの女じゃないですか、預言者先生も妙な女と交際があるんですな」

そんな呟《つぶや》きが、食卓の前で聞えた。それで、イエスは主人公のシモンに尋ねた。

「妙なことをあなたに聞きますがねえ、いいですか」

シモンは、イエスが何をいうかと、固唾《かたず》を呑んで彼の眉間《みけん》を凝視した。

「どうぞ先生」

その答を聞いて、イエスは主人の顔を見詰めて訊《き》いた。

「五百デナリ借金してる者と、五十デナリ借金している者が、二人とも勘忍してもらった場合、一体どっちか喜ぶだろうねえ」

「それあ先生、沢山勘忍してもらったほうが喜びますよ」

それでイエスはドルシラの方に向いて、厳《おごそ》かにシモンに言った。

「この女を見たまえ、君は僕が、君の家に入って来ても、足を洗う水を汲んでくれなかったが、この娘は涙で僕の足を洗ってくれて、おまけに、頭髪で拭いてくれてるだろう。君は僕に接吻してくれなかったが、この娘は、僕がこの家に入って来るとすぐ、足に接吻してくれて、いまだに接吻し続けてくれてるじゃないか。君は、僕の頭に香水を塗ってくれなかったが、この娘は僕の足に香水をかけてくれるじゃないか……だからさ、僕は君に言いたいね、こんなにされちゃあ赦《ゆる》さないわけにいかんじゃないか、少ししか勘忍してもらわない者は、可愛がってくれる度合も少ないわけだねえ……」

そう言うなりイエスは、ドルシラに向いて鋭い声で言った。

「あなたねえ、もうあなたのね、今までの悪い事は皆勘忍して上げるからね、安心しなさい」

それを聞いた人々は不審がって、

「えらいことを言ってるなア。過去一切の罪悪を赦すっていうが、一体この人は、どんな権限を持っているんだろうなア」

そう言って、イエスを批評している人物もあった。

で、イエスはまたドルシラに言った。

「あなたの信仰心で、あなたは救われた。さ、もう立って、あっちへ行きなさい」

そう言われてドルシラは、香《かぐ》わしい香水の匂いをあとに残して静かに立ち去った。

五九　罪人の友

食事の途中に、客のうちで最も物の分かったような顔をしている、町の有力者が、イエスに尋ねた。

「先生は好んで非愛国的な、国賊に類する徴税人や娼妓《しょうぎ》と交際なさいますが、あれはどういう御趣旨なんですか」

その質問を受けたイエスは、食事の最中であったが、面白い譬《たと》え話をした。

「君、百匹いる羊の中で一匹が、どこかに迷って行ったとしてみたまえ。九十九匹を野原に放っておいても、迷ったその一匹の羊のためにその羊飼いは探しに出掛けないだろうか？　そして見つかると、直ぐ小羊を肩に掛けて、自分の家に帰って、近所隣に布《ふ》れて回るだろうねえ――『おい喜んでくれよ、迷っていたうちの小羊が見つかったよ』これと同じことですよ、悔い改めの必要ある一人の者が善くなれば、悔い改める必要のない九十九人の真っ直ぐな人間にも勝《まさ》って、天の父は喜んで下さるんですよ。

また、考えてみたまえ、嫁入り前の娘がさ、銀のメダルを十枚、首飾りにしようと思って持っていたものを、一枚失くした場合、どうするかね？　家中捜し回って、隅々まで尋ねるだろう。そして見つかった場合には、近所隣に布れて回るだろうね――『喜んで下さいよ、失っていたメダルが見つかりましたから』と言ってさ……そのとおり、一人の罪人が悔い改めると、天の使い達も喜んでくれますよ」

パリサイの連中は、イエスの話があまり面白いので、熱心にイエスの話に聞き入った。それでイエスもなお話を続けた。

「また、二人の息子を持っていた親父があったんだねえ、ところが弟の方は、お父さんに身代の半分を分けてもらって、外国へ勉強に出掛けたんだ。ところが、すぐそこで放蕩《ほうとう》を覚えてね、勉強もろくろくしないで、すぐ落ちぶれてしまったんだ。あいにく、その時大きな飢饉があってさ、食うことに困って豚番になったんだねえ。本人は、豚の飼料のいなご豆でも食いたいくらいに窮迫したが、誰も、食わしてくれる者がなかったので、とうとうその時目が醒めたんだ。

『俺は帰ろう、そして親父にあやまろう』

そう言って、彼は故郷の方に足を向けたんだ。ところが、ありがたいのは父親じゃないか！　息子が、今日帰るか明日帰るかと、親父は毎日、門先を見ていたんだよ。するると、遠くから、乞食のような風をして帰って来る者があるじゃないか、すぐ、それが弟息子だと分かったので、親父は家から飛び出して、そのボロを着た子に抱きついて、

『ようまあ、帰って来てくれたなア』

と言って、涙を流して喜んだそうな、ところが息子は、

『お父さん、ほんとに悪うございました。私は、天とあなたの前に悪い事を致しました。あなたの息子と呼ばれる資格がありませんから、雇人《やといにん》の一人にでも使って下さいまし』

そう言ったんだね、ところが、お父さんは早速、上等の着物を息子に着せ、牛を殺して宴会を開くという騒ぎなんさ。

ところがそこへ、外出していた兄貴が帰って来たんだよ。家に入ってみると、その騒ぎだろう、兄貴はぷんぷん怒り出したんだね、

『なんだ、うちの親父は、俺が正直にやっていても、御馳走の一遍もしてくれないくせに、馬鹿息子が帰ってきたといって大騒ぎするなんて、耄碌《もうろく》するにも程があるじゃないか』

そう言って拗《す》ねたんだね。それを聞いた親父が、すぐ出て行って兄貴をすかして言うたんだ。

『まあそういうなよ、この子が、もし、自殺していたとしたら、どうするんだ？　死んでいた者が生き返ってきたようなもんじゃないか――お前はいつも、わしと一緒にいるんだし、財産は皆おまえの物だから、そう不平を言うもんじゃないよ。まあ、弟が後悔して帰ってきたんだから、よく帰ってきたなアくらい言ってやれよ……』

と、親父が息子に言ったそうな……話はそれだけだが、君らに、この親父の気持ちが分かるかね？　わしには、この親父の気持ちが分かるね」

イエスの譬え話はよく分かった。しかし、急所を指されたパリサイの連中は、イエスの迷える者への深い愛情を学ぼうとはしないで、話をすぐ外らせてしまった。

一番ことの分かった例の男はまた、主人公に言った。

「それあそうとシモンさん、また、アグリッパが伯父と喧嘩して、テベリアの御殿を出るとか出ぬとか言って、大騒ぎをしているそうですねえ……先生の放蕩息子の話は、あのアグリッパによく当て嵌《はま》りますなア、わははははは」

秋の月は高くのぼった。それでイエスは、晩餐の席を立って、また祈るために、うしろの小山にのぼって行った。

六〇　岩燕《いわつばめ》の巣

ドルシラの変わったことが眼についた。

彼女は両耳にぶら下げていた、安っぽい耳輪を外し、腕輪も脚輪も取り去って、また田舎娘の着るような、紺の無地の袷《あわせ》を着て病身の母をいたわって、朝からせっせと働いていた。

身受けされて出て来たドルシラを、熱心党のシモン一人が最初、山奥の村まで送って行った。しかし、ドラシラの母を治した評判がその付近で高くなったもんだから一週間目にイエスにまた来てくれと迎えが来た。

で、イエスはまた迷える一匹の羊を尋ねる気持ちで、熱心党のシモンを伴れて山奥の高い崖を登って行った。

イエスに癒《い》やされたドルシラの母は、リュウマチが治って、腰は立つようになっていたけれども、まだ思ったとおり自由にはならなかったので、谷底まで水を汲みに行ったり、山羊の乳を搾ったり、パンを焼いたりする仕事は、すべてドルシラがしていた。

ドルシラの家は、嶮《けわ》しい谷の中腹にあった。そこはわずか十二三戸の村で岩燕《いわつばめ》でなければ、住まないような恐ろしい岩壁の側面に、穿《うが》たれた穴の中に家が出来ていた。ギレアデの村々の事情などを比較的よく知っているイエスは、別にこうしたことには驚かなかったが、こんなにまでして、人間が敵の来襲を恐れて住まなければならないかと思うと、まったく悲しくなった。

エヒウの家には、ドルシラの外に、今年十二になる男の子と、八つになる女の子があったが、二人とも羊の群れを飼うために、どこかへ行っておらなかった。

夜が来た。しかし、家には灯りというものはなかった。そして、湯を沸す薪《たきぎ》がないと見えて、ドルシラの母は、竈《かまど》の下に火を起そうともしなかった。

日がとっぷり暮れて、ほとんど人の顔が見えなくなった時、十二になる子供と、八つになる女の子が山羊の乳を素焼きの徳利に一杯入れて、小さい入口から入って来た。

ドルシラは裾《すそ》を引っからげて小鹿のように、裏山へ飛び上がって行った。

そして売られて行く前から、よく薪《まき》を集めた砂漠に近い、セイジュブラシュの灌木《かんぼく》の枝を、片っ端からもぎ取って、星を頼りにまた崖路を飛び下りて来た。熱心党のシモンはすぐ、ドルシラを助けて、竈の下に火を作った。湯は沸いた。しかし、こんどはパンがなかった。

ドルシラはまた飛び出して、近所の人々に、ナザレの預言者イエスが彼女の家まで、到着されたことを布れて回った。そしてそのついでに、彼が食事をしていないことを知らせた。すると、皆思い思いにパンを運ぶ者もあれば、山羊肉を特って来る者もあり、麦粉の菓子を運んで来る者もあれば、オリーブ油の油壷までドルシラの家に送って来た。それで、ドルシラの母はたちまち喜びの色を、満面に湛えて言った。

「預言者エリシヤが、尽きざる油壷を、貧乏なやもめにくれたといいますが、こんなことをいうんでございましょうなア」

崖が嶮《けわ》しいので、寝ている病人を運んで来るのは困難であった。それで、夜中であるにかかわらず、イエスは、病人のある家を一軒一軒訪れて、治して回った。喜びは小さい部落にあふれた。それで、イエスが、再びドルシラの岩窟まで帰って来ると、小さい部屋には灯がいくつも点《とも》され、大きな宴会が催されていた。

集って来たものは、二十人を超えていた。そして、皆の話していることを聞いて見ると、男子で、四十以上の者であれば、ヘエゼキアの子ユダの暴動か、ユダヤ王と自称したシモンの革命に参加していない者は、一人もなかった。

で、イエスの弟子の熱心党のシモンと、彼らの気持ちはピッタリ合った。それで、熱心党のシモンは、神の国がもう来ていることを説き、悔い改めて福音を信じなければならない話を持ち出した。

誰が持って来たか、少量ではあったが、この村には似合わない新しい皮袋に、新しい葡萄酒まで運んで来た者もあった。水に乏しい絶壁の石室《いしむろ》の人々は、手さえも洗わずにパンや肉を手掴《づか》みに取ってむしゃくしゃ食い始めた。

葡萄酒を一杯引っかけた、ココア色に日に焦《こ》げた、丈夫そうな男が熱心党のシモンに尋ねた。

「こんな岩燕の住むようなところにでも、天国は来ますかなア、わははは……」

その答えをイエスがされた。

「みんなが、自分のことを思わないで、可愛がり合いさえすれば、天のお父様は、雨を善人にも、悪人にも平等に降らして下さる方だから、ここにだってもちろん来ますよ、もう既に来ているよ……」

六一　天国の居住者

イエスの言葉が終わるか、終らぬうちに、ドルシラの母は笑いながら、疳《かん》高い声で叫んだ。

「家《うち》へは天国が来たよ、勤めに出ていた娘は自由にして下さるしさ、私の病気は治るしさ、こんなにありがたいことはないわよ……それに、ダビテの子に来ていただいて、こんな、むさ苦しいところで、お盃《さかずき》がいただけるというのは、これが天国でのうて、何じゃろ」

「そうじゃ、そうじゃ、これが天国というもんじゃ、な、皆が仲よくしてさ、誰一人、わがままを言わなければ、先生が言われたとおり、天国が来るに決っている」

そうまた、頭の禿《は》げた老人が、太い声で言った。

お茶屋でお酌《しゃく》することを覚えたドルシラは、気を利かせて、二つの瞳を輝かせながら、葡萄酒を皆に勧めた。

ココア色に日に焦げた男がまた言った。

「預言者がおっしゃるとおりだ、ヘエゼキアの子ユダなどは、私らに泥棒しろって言って教えてくれたんだからなア……あんなものが成功する道理がないわい」

それに対して、頭の禿げかかっていた男は応酬した。

「しかし、ヘロデを見ろよ、ヘロデの一家族は皆、馬賊じゃないか、元は！」

イエスは静かに、岩窟の土べたの上に、山羊の毛で作った敷物を敷いて、その上に胡座《あぐら》をかいて、窓から見える南の星を見ながら、静かに皆の話に耳を傾けた。彼は心の中で、泣いていた。

「——このイスラエルの温順な羊が、よくも、こうまで落ちぶれたもんだ……」

イエスはこの辺の人の多くが、山賊の一味であったように思われてならなかった。しかし、彼が、こうして、接近すると皆、柔和な温順《おとな》しい人ばかりであるのに吃驚《びっくり》した。

そして、実際、ココア色に日に焦けた男は、はっきり告白した。彼は、二つの瞼《まぶた》の下を心持ち赤くしていたが、イエスの前につかつかと出て来た。そして両手を突いて泣きながら、大声に言った。

「先生、何を隠しましょう、私達は山賊の常習者でございまして、世間からは爪弾《つまはじ》きされております悪人どもの面々でございます。私もこれまで度々、牢屋にも行って来たことのある悪漢でございます、しかし、これからは断然悔い改めまして、あなたのお弟子入りをさせて頂きます。……先生、私達は、あなた様が、こんなむさくるしい、岩燕の巣のようなところに来て、我々のような卑しい者と一緒に、盃を取り交わして下さるとは、ついぞ今日まで想像いたしませんでした。あなたはダビデの子……世が世なら、イスラエル十二族の王として、天下に号令をお掛けになる身分でありながら、この卑しい者ばかりが集っております部落へ御自身お出で下さいまして、みずからむさくるしい家を、一軒一軒お尋ねくださいまして、大勢の病人を治してくださったのみならず、父親が牢屋に入って、母親が難病に苦しんでいるのを見かねて、奴隷となって、お茶屋に身売しておりましたドルシラまでお救いくださいまして、何と言って御礼を申し上げていいか、全く分かりませんでございます。部落の他の者は、何と考えているか知れませんが、この私、アサの子ヨセは、必ず先生の、お目がねに適《かな》うような善人に生まれ変わって、天国の世嗣《よつぎ》とならせて頂きます」

その時だけは一座の者も皆、盃を下に置いて、眼頭を熱くした。

それだけで、アサの子ヨセの口上が終わるかと思っていると、彼はなお続けた。

「預言者様にお願い申し上げます。是非あなたにお縋《すが》りして、救い出して頂きたいのは、バラバの騒動に関係して、ただ今、エルサレムのアントニアの牢獄に監禁されております、エヒウを救い出して頂きたいことでございます。エヒウは我々の仲間では、一番しっかりした者でございますので、もし先生にお縋りしてあの男が救い出せるのでございましたら、私達は、いかなる犠牲でも払いますでございます……

実は私も、エヒウと一緒に、今年の春、カペナウムの岸辺まで、一旗揚げようと思って、出て行った者でございます、先だってヨアキムと先生とが、わざわざお出で下すったそうですが、その時私は他に用向きがございまして、留守に致しましてまことに失礼致しましたが、この際折り入ってお願い致しますことは、あのエヒウを是非お助け願いたいことでございます……。

その代わり、もしも先生に、指でも染めるような者がございますれば、それがローマ政府でございましょうと、ヘロデの一味でございましょうと、パリサイ宗の奴でございましょうと、さてはエルサレムの神殿に巣くっているアンナスの一味徒党でございましょうとも、私達は断然同志を糾合《きゅうごう》して、先生の傘下に馳せ参じ、命を賭しても、先生をお護りしたいと思っておるんでございます」

アサの子ヨセが、そう言い終わると室内には無気味な重い空気が漂った。南の窓から風が入って来た。そして、台の上に置かれてあった、オリーブ油の灯《あかり》が吹き消されそうになった。

六二　霊肉の区別

沈黙を破って、イエスは厳《おごそ》かに言われた。

「よく聞いときなさい、アサの子ヨセ。この肉体そのままで、天国に入れるんじゃありませんよ。肉から生まれるものは肉ですよ、魂から生まれるものは魂ですよ。あなた達は、まだ、肉のことだけしか分からないで、魂の世界のことが十分、分かっておらんようだねえ。ローマ帝国が何です、ヘロデの権勢が何です、天地を創造せられた、父なる神様から見れば、塵泥《ちりひじ》の値打ちもないじゃありませんか。あなたは、天国がまだ、刀や兵力で護れるように思っているようだが、それは大きな見当違いですよ。一番大切なのは魂ですよ、魂、ね、魂！　それが生まれ変わらんと、天国には入れないんですよ。その魂が、己れ中心の気持ちを捨てて、人の重荷まで一緒に荷おうという気持ちになれば、そこに不思議に、神の力が現れて来るものなのです。だから、あなた達もこの際、心の底から改心して、天国がここから始まる準備をせんといかんねえ」

そう言ってイエスは、アサの子ヨセの頭の上に、注いでいた視線を、村の壮漢《そうかん》達に移した。するど、アサの子ヨセは、ちょっと顔を上げて、イエスの顔を偸《ぬす》み見て、また恭《うやうや》しく両手を突いてお辞儀をした。

「先生、よく分かりました」

そう言って彼は、そこに居並ぶ壮漢を見回して言った。

「皆もよく分かったろう？　なア、この際、皆改心しようじゃないか、そして、イエス様のお弟子にしてもらおうじゃないか」

「それあ結構じゃなア」

「そう願えるなら、それに越したことはないなア」

口々に皆そう言った。禿頭《はげあたま》の老人がまたそれに加えた。

「時に、少しでも差入れ物をエヒウに持ってってやったらいいなア、そして、イエス先生が、娘を自由な身にして下さったと知らせてやったら、本当に喜ぶだろう」

そうは言い出したが、暗い影を持っている人々は、誰一人、進んでエルサレムに差入れ物を持って行こうと言うものはなかった。で、熱心党のシモンは、皆に注意した。

「お母さんがよければ、ドルシラに持って行かせたら一番いいじゃないかね」

母もそれに賛成した。南の窓から入った風が、一つしかない灯《あか》しを吹き消した。それをきっかけに、ぼつぼつ帰る者が出来た。で、その晩はそれで解散することにして、イエスはそのままエヒウの家の土間の上に、近所から持って来た、羊飼いの着て寝る羊の毛皮の中に入って寝た。

星だけは千古限りなき輝きを、イエスの寝顔の上に落とした。

六三　砂塵

年の暮れが近づいた。毎日のように、アラビアの砂漠から吹いてくる砂塵がペレアの空を覆って、日の光を見ることは稀となった。

人々は、すべての戸を閉ざして、部屋に舞い込んで来る砂塵を防いだ。通行する者は、みな鼻を手で蔽《おお》って歩いた。少し風が激しく吹くと、砂塵が鼻の中に入るので、呼吸することさえ困難であった。

ヘロデ・アンチパス王は、ガリラヤ国セフォリス城の冬を避け、父ヘロデ大王が造ったエリコに近いベスアランプサの宮殿に避寒する計画を樹《た》てていた。ちょうど宮潔め祭も近かったので、エルサレム参りのついでに、ベスアランプサに春まで滞留するように諸道具を先に送った。

その噂《うわさ》の立ってからというものは、沿道の村々は王の行列を見ようと指折り数えて待っていた。その時、イエスも、ヨルダン川を挟んでガリラヤのベテシャン市に近いペレアのペラの町の周囲の村々に神の国の宣伝をしていた。で、イエスは王の行列の通過する町々を避けて、わざとヤルムク川の流域の方へ入っていった。この付近にはベタニアのラザロの親族の家が各地に散らばっていて、イエスはすこぶる各地で歓迎された。ことに、この付近にはアスロンゲスの兄弟達が旗揚げした時、アスロンゲスの兄弟達に共鳴して、ローマ政府に反旗を翻《ひるがえ》した者の子孫達が多かったので、ダビデの子に対する尊敬はまた特別なものであった。

しかし、ペレアはイスラエル王朝の昔から、ヨルダン以西の権力階級をしばしば顛覆《てんぷく》した歴史をもっているので、鼻柱は強かったが、この上なく貧乏していた。で、村で相当な暮らしをしている者といえばたいてい、エルサレムに親類をもっている者とか、あるいはエリコとか、テベリアとか、セフォリスのような町々に牛や羊を送り出す博労《ばくろう》の関係者に決まっていた。もちろんこれには例外はあった。村の高利貸しはたいてい金持ちであった。彼らは博労に資本を貸してやって、二割三割の利息を短期間に巻き上げることは珍しくなかった。

シメイというパリサイ宗の高利貸しは、エルサレムの自由派の学者ガマリエルの弟子ベンエズラの親類の家であったが、ペラでは高利貸しとして有名なパリサイ宗の男であった。長く腹膜炎で困っていたが、どうしても治らないので、ヤルムク川の奥へ入っているイエスの所まで使いを送ってきた。

その頃、ペレアでは妙な噂が立って、誰いうとなくイエスはバプテスマのヨハネの亡霊が生き返ってきたので、近いうちにヘロデ・アンチパスに復讐するであろうと流言蜚語が飛んでいた。イエスはバプテスマのヨハネと混同せられるのを非常に嫌っていたが、シメイの使いが余りせがむので、あるいはヘロデ・アンチパスのペラ到着と衝突しはしないかと心配したが、その時はその時のこととして、シメイを助けてやろうとイエスはペラに足を向けた。

「先生、ありがとうございました。よくお出でくださいました」

そう言ってシメイの妻は、イエスを歓迎した。イエスは親切にも病室に入り、シメイのために祈ったが、樽《たる》のように膨《ふく》れていた腹の水が、便所から帰ってくると一度にとれてしまって、その日の夕方には常人と違わぬほど健康になって、イエスのために近所の人を招いて全快祝いをした。

そこへちょうど、エルサレムからシメイの病重しと伝え聞いて、見舞いに来た学者のベンエズラも顔を見せた。

イエスは、パリサイを戒めるのはこの時だと思ったので遠慮会釈《えしゃく》もなく、正直に一々ベンエズラにパリサイ派の弱点を難詰《なんきつ》した。

実際、町々村々において小作人や借家人を搾取している者は、多くはパリサイ宗の人々であった。それで、どうしてもイエスは、パリサイの連中に、攻撃の矢を向けざるを得なかった。

六四　パリサイ

ことにペラのパリサイ宗の人々は口には信仰をやかましく言うけれど、非常に商売ずれがしていて、算盤《そろばん》の話のほか、耳にはさもうとはしなかった。それが宗教についても同様であった。宗教を信じて儲かれば信ずるし、損をするようであれば、信ぜずにおこう、というような態度をとっている者が多かった。

で、イエスは、こんな話をして、彼らに聴かせた。

「ある金持ちに支配人級の番頭があったんだよ、ところが、あまり金が自由になるので、少し使い込んだんだね、主人がそれを知って、

『君、報告書を出してくれ、君に辞職してもらわんと困る』

と言ったんだよ。さあ、番頭は心配しだしてね、

『俺は失業したらどうしよう？　土を掘るには力が無いし、乞食になるには恥ずかしいし

……よし、一案がある！』

番頭は、早速、主人に金を借りている者を呼び出したんだ。

『おい、お前は、油百樽借りてるなア、よし、五十樽と書き直せ！』

次の者に、

『お前は、麦百石借りているんか、よし、証書を書き直して、八十石と書け！』

そして、失業した時に、評判をとろうと思ったんだね、それで、その主人公は、その不正な番頭のすることが余り上手なので、番頭に感心したっていうんだよ」

そう言って、イエスは感慨無量だという面持ちで、さらに言葉を続けた。

「実際、世間の人間は、光の子供よりずっと賢いからなア、そういう連中にかかったら叶わんよ。しかし、番頭がしたように、不正直な金をもってしても、友達は作りたいものだろうね。だが、小さいことに忠実でない者は、結局、大きな事にも忠実でないわけだね、あまり感心しない財産問題について忠実でないものは、真の財産について忠実であり得ないね」

その話を聞いていたベンエズラは、イエスがあまりに汚い着物を着ているのを嘲笑した。その時、イエスは、また、たとえ話を、みんなに聞かせた。

「ある金持ちがね、毎日、紫色や細布《ほそぬの》の着物を着て、贅沢《ぜいたく》をしていたんだ、ところが、その家の前に、ラザロという乞食がおってな、腫《は》れ物で苦しんで、金持ちの家から出て来るお余りで、その日その日の露命をつないでいたんだよ。犬が来て、その腫れ物をなめたというから余程悪くなっていたんだね、ところがさ、その金持ちも、乞食のラザロも、両方死んでしまったんだ。そして、ラザロは天国に行き、金持ちの方は地獄にやられちゃったんだよ。どうだ、金持ちが、目を上げて、上を見ると、アブラハムの脇に乞食のラザロがいるじゃないか。

『おい、ラザロ、俺は苦しんでいるんだ、一雫《しずく》の水でいいから、持って来て、俺の舌を濡らしてくれよ』

そう頼んだところが、アブラハムが、その人に答えて言ったんだね。

『おい、おい、お前は、生きている間余り贅沢をしたから、お前はここへ来た場合には、その反対に困るようになっているんだ。そして、ラザロは、あの世で苦労したから、ここでは少し楽をしているんだ。残念ながら、そことここの間には、大きな淵があって、渡れないんだ』

それを聞いた金持ちは、地獄の底から声を張り上げて、アブラハムに頼んだそうな。

『じゃあ、私の兄弟がまだ生きていますから、ラザロをもう一度、墓から復活させて、親類の者に高利貸しをせぬように忠告させてやって下さい』

その返事がふるっているじゃないか。

『あの世には、モーセの法律もあるし、預言者の教えがあるから、それを聞いて分からぬような奴は、たとい死人が生き返っても、改心はしやしないよ』

というのであったそうな」

その話を聞いて、聖貧に甘んじているイエスの弟子達は、どっと大声に笑った。しかし、学者振っているベンエズラは、呟《つぶや》くように言った。

「なんだ、つまらない！　金をよう作らん者が、そんな話をしたって仕方がないじゃないか！」

彼はすぐ踵《きびす》をめぐらして、家から出て行ってしまった。

あとに残っていたパリサイ宗の男が、イエスに聞いた。

「先生、そんなことはどうでもいいですが、一体、神の国はいつ来るんですか？」

イエスは、頬髯《ほほひげ》を五本の指でしごきながら言った。

「神の国は目に見えるものじゃないよ、ここに在るとか、あすこに在るとかいうようなものじゃないよ、神の国は、君らのうちにあるんだよ」

六五　狐

イエスはまた弟子に言った。

「君らは、人の子の天下を、一日でもよい、見たいと思うかも知れぬが、それは見えるものじゃないよ。人々が『やあキリストが来た』といっても、行く必要はないよ。決して、そんなところへ行っちゃあいかんよ。稲妻が天のあちらからこちらに煌《かがや》くように、人の子も、その日には、光栄を荷《にな》うだろう、しかし、人の子は、それより先に多くの苦しみを受けて、世界の人から捨てられる運命に遇うだろう、ノアやロトの経験と同じように、人の子の日にも、それと同じようなことがあるに違いないよ。その時には、屋根の上にいる者は、道具を取りに家の中に下りて行かんがいいね、畑にいる者も、家に帰っちゃあいかんね、ロトの妻のことを考えるがいい——自分の生命《いのち》を完《まっと》うせんとする者は、かえってそれを失い、生命を捨ててかかる者はかえってそれを保つことが出来るんだ。ほんとにそうだよ、その晩二人の男が、一つの寝台に寝ておっても、一人は取り去られ、一人は遺るだろう。二人の女が一緒に碾《ひ》き臼《うす》をひいていても、一人は取り去られ、一人は遺るだろう」

その怖ろしい話を聞いた弟子達は、目を瞠《みは》って、イエスに訊《き》き直した。

「先生、それはどういうことですか?」

その時、イエスは、天を見上げて言った。

「屍《しかばね》のあるところには鷲《わし》が集まるのも、またやむを得ないね」

そんな話をしているところへ、先刻出て行ったベンエズラが他のパリサイの男を連れて入ってきた。

そしてシメイに言った。

「ヘロデ王殿下は、今し方ペラの旅館にお着きになったそうな——今日は何でもヨルダン川の渡し場で、バプテスマのヨハネの弟子のソパテルとかいう男と、もう一人何とかいった二人の者が、草むらの中から躍り出してバプテスマのヨハネの復讐をしようとしたんだそうな」

その話を聞いた席上の人々の顔色はサッと変わった。それは今宵《こよい》の主賓であるイエスは、バプテスマのヨハネの生まれ変わりだという流言蜚語の飛んでいることを、よく知っていたからであった。

ベンエズラがそんな話をしているところへ、シメイの親類のこれもパリサイ宗の男が、直ぐ表へ出て行って、事情に精《くわ》しいヘロデの御用商人を伴れてきた。御用商人は緊張した口調で言った。

「ソパテルは、ヘロデ王が渡し舟からまさに下りようとしているところを河岸の上手の藪の中から躍り出して王様に斬りかかったそうだがね、護衛していた百卒長に斬り伏せられて、その場に倒れてしまったそうな。もう一人の男も勇敢に、今度は川下の方の薮の中から飛び出して、ヘロデ王に向かって斬りかかっていったそうな、しかしこいつもまた、直ぐ千卒長のヨシュアの手で斬り殺されたそうだ」

　御用商人はイエスの方に振り向いて言った。

「あなたも、ここにぐずぐずしていちゃ危ないよ。ヘロデ王はバプテスマのヨハネに関係あるものを、皆捕まえるといっているから……あなたも捕まって殺されるよ、逃げるなら今の内ですよ」

　ベンエズラもその言葉を裏書きした。

「そりゃ早く逃げたがいいね、あなたがここにいることを知ったら、きっと手が回りますよ」

　その言葉を聞いてイエスは、顔の筋肉一つ動かさないで、御用商人に向かって言った。

「なに？　わたしに逃げろって！　ああ、あの狐に言ってくれ――わたしは、まだここに用事があるので、二三日動けないって。用事が済めば、またどこかへ行くから、あまりわしのことを気にしないように言ってくれ」

　そう言い残して――彼は晩餐の席を立った。そしてヤルムク川の上流にまた足を向けた。

八章　真夜中の訪問者

六六　宮潔《みやきよ》め祭

人の世の罪を我身一人に引き受けて、戦い抜こうと覚悟しているイエスにとって、ペレアは想像以上の、よき戦場であった。

谷も深く、砂漠も広かった。しかし、気にかかるのは、やはりエルサレムであった。「どうしても、エルサレムをもう一度悔い改めに導きたい」——そういう祈りが彼の胸の底に湧いていた。

で、イエスはまた決心して立ち上がった。

旧暦、十二月二十五日、イエスは、霜を踏んでまたヨルダン川を西に渡った。

それは宮潔《みやきよ》め祭を利用して全国民に呼びかけるためであった。宮潔め祭は紀元前一六五年ギリシャ人の手よりユダヤの国権を回復した、ユダ・マカベアが偶像教に使用されていた神殿を大掃除をした記念日であった。

イエスは、例によってオリーブ山を下りてまた、神殿のソロモンの廊に現れた。群衆はまた集まった。

イエスが現れたことを聞いたパリサイ宗の闘士ベンエズラは、すぐにやって来た。そして、イエスを困らせるつもりで、群衆の前で突っ込んだ質問を始めた。

「君は、いつまで人を惑わすんだね、キリストならキリストで、はっきりそう言えばいいじゃないか、思わせぶりばかり言ったって駄目じゃないか、君」

イエスは、高さ二十七尺〔約八m〕もある、大きな石の柱の基礎石の上に足をかけて、せまらざる口調で答えた。

「思わせぶりはしていませんよ。わたしが何者であるかは、いつもここで言明しているじゃありませんか、それが信じられなければ、わたしの行動を見てくれたら分かるでしょう。だが、要するに、君らが、わたしの羊でないから、分からないのじゃないですか。わたしの羊であれば、わたしが呼べば、すぐにやって来るはずなんだ。わたしは、永遠の生命を、わたしの羊には約束しているんだ。だから、わたしの羊であれば、永遠に亡びることはないはずだ。すべてのものより偉大なわたしらの父は、その羊を堅く抱きしめていて下さって、他に奪われるようなことはなさらない……そして、わたしと天の父は全く一つなんだ」

そう言った時、ベンエズラは、むきになって怒り出した。

「そんな神を瀆《けが》すようなことを言うな」

そこにいたパリサイ宗の青年達は、廊下から飛び出して、石をイエスに投げ付けようとした。その時、イエスはそれを押し止めて、石を握っている青年の一人に言った。

「何か、わたしが悪いことをしたんか？　わたしが大勢の人を助けたからといって、石で撃つつもりなのか、君は！」

その時、イエスとペレアで顔馴染《なじみ》になった、ベンエズラの書生が大声で言った。

「お前をやっつけようというのは、善い事をしたからと違うんだ。天地の神とお前とが一つだなどと生意気なことを言うからだ、お前は人間のくせに、自分を神だとしているじゃないか！」

そう言って、書生は、石を投げ付ける機会を狙った。で、イエスは言った。

「聖書の中の律法の書に、はっきり書いてあるじゃないか『我いう、汝らは神なり』神の言葉を賜うた者を神ということが出来るなら、神が潔《きよ》め別《わか》って地上に遣《つか》わした者が、神の子だと言ったからといって、なにが悪いんだ？　それが、瀆《けが》し言をいったことになるかね。もし、わたしが、天の父の業を行っていないならば、わたしを信じてくれる必要はないがね、もし行っているなら、たとい、わたしを信じなくとも、していることだけは信じなくちゃならんだろう。そうすると、天の父が、わたしにおり、わたしが天の父におるといった理由が分かるだろう」

そう、イエスが言い切ると、書生は、石をそこに投げ捨てて、イエスを掴まえようとした。すわこそ大変と、見ておったエルサレムのイエスの崇拝者は、ばらばらと、数人、書生とイエスの真ん中に飛び込んだ。その中に、性来《うまれつき》の盲目を開けてもらった青年も入っていた。

「おい、乱暴すると承知せんぞ！」

彼は、イエスに開けてもらった大きな目をぎょろつかせて、書生に食ってかかった。彼の父もその傍に立っていた——この男は、エルサレムでも有名な乞食の親分であることを、書生は知っていた——で、イエスを追い駆けようとはしなかった。

その親父は、大きな声で怒鳴った。

「喧嘩《けんか》をしたいんなら、俺にかかってこい！　貴様のような書生っぽは、何十人でも引き受けてやるから、俺の息子の両眼を開けて下さった先生は、たしかに普通の人と違うんだ。その勿体《もったい》ない方に、石を放《ほう》るって何じゃや！　不心得者が！」

その乞食の親分の言葉に、パリサイ宗の青年達は辟易《へきえき》してしまった。その間に、十二人の弟子達は、イエスを前後左右から守って、静かに神殿の東門からオリーブ山に上った。

嶮しい坂道を絶頂に辿り着いた時、イエスは振り返って、エルサレムを指さして独り言のように言った。

「ああ、エルサレム！　エルサレム！　預言者達を殺し、遣わされたる人々を石で撃つ者よ……雌鶏《めんどり》の雛《ひな》を翼の下に集めるように、わたしがお前の子供を集めようとしたことは、これで幾度だ？　それを、お前は好まなかったなア、見ていよ、お前達の家は捨てられ、主のない家になるだろう（イエスは、エルサレムが、一人の人間であるかのように呼びかけた）。わたしは、お前に言っておくよ、ほむべきかな、主の名によりて来《きた》るものは幸いだ、と、お前達がいう時まで、お前はわたしを見ないだろう……」

そう言って、イエスは、エレミヤの哀歌を思い出して涙ぐんでいた。

エルサレムにはもう灯が入っていた。地中海の方面には、鉛色した黄昏《たそがれ》の積雲がうち連なり、南エジプトの方面では、シラッコ風が吹いていると見えて、濛々《もうもう》たる砂塵が天を掩《おお》っていた。

六七　アントニアの塔

「もーーし」

「もーーし」

悲しげな声をあげて、若い娘が獄門の扉を叩いていた。そこは、ピラトの官邸からは直ぐ狭い街路を隔てて、東南にあたるアントニアの塔の西門であった。

「もーーし、お願いいたします。お父さんに面会いたしたいんですが、お慈悲をもってお取り次ぎくださいませんでしょうか」

紺染めの頭巾《ずきん》に同じ色の面覆いを着け、大きな木戸をむしり破るような勢いを示して、若い娘は哀願しつづけた。

しかし、大木戸は決して開かなかった。内側に人声が聞えても、何時間たっても内側から門を開く者はなかった。十分間ぐらい根気よく哀訴嘆願していても何の答えもないので、若い娘はまた門の前にちぢこまってしまった。しかし、また半時もすると若い娘は、哀れな声を出して守衛を呼んだ。

「もーーし、お願いいたします。四人の娘でございますが、面会させて頂けないでしょうか、百里近くも歩いて山の中から面会に出て来たものでございます……どうぞお慈悲をもってお取り計らいを願います」

繰り返し繰り返し同じことを若い娘は、半泣きになって訴えた。しかし、門の扉も開かなければ、そこを出入りする者もなかった。やがて太陽は日脚を伸ばして、アントニアの塔の黒っぽい影がだんだん短くなった。面会客も一人増え二人増え、午前七時頃には十四、五人になった。

イエスはヨアキムとの約束を思い出して、ガリラヤに帰る前、一度エヒウを訪ねようと、宮潔め祭のすんだ翌日朝早くベタニアを出た。オリーブ山を越えて道々エヒウが救われるように祈りながら、わざと人目を忍んで、ダマスコ門に回り、そこからアントニアの塔まで少し逆戻りして、獄門の前に佇《たたず》んだ。

イエスが、そこに着いたのは朝の七時過ぎであったが、若い娘は相変わらず悲しげな声を張り上げて守衛を呼んでいた。イエスは最初その声の主が、何人《なんびと》であるかに気が付かなかったが、よく考えて見るとエヒウの娘ドルシラだということが分かったので、彼女の傍に寄りそって行った。

「おやまあ、誰かと思ったら、先生じゃありませんか」

ドルシラは吃驚《びっくり》したような調子で、牢獄の入口に立っていたイエスを発見してそう言った。

イエスは無言のままドルシラの耳元に口を寄せて、日除けの頭巾をわざと眼深にかぶったまま、ドルシラに言葉かけようとした。しかし、ドルシラはイエスに発言の機会を与えなかった。

「先生、あなたもどなたかに会いにいらしたのですか、まア」

ドルシラは紺染めの頭巾を取り外しながら疳《かん》高い声でそう尋ねた。

面会に来ている人々も十四、五人あったので、イエスは、わざとドルシラの耳許で囁《ささや》いた。

「余り大きい声をしないでちょうだいね、私の来ていることが皆に知れると、少しうるさいからね」

「そうでしたね、先生、御免なさいね、先生は今日誰に逢《あ》いにいらしたのです？」

ドルシラはまた折り返して、そう尋ねた。彼女は、ペレアの山奥にいた時に較べて、見違えるほど痩《や》せていた。それでも、背は普通の女より高く、皮膚の色も　どこか普通の女と違って一皮剥《む》けていた。しかし彼女は非常に貧乏していると見えて、靴もはかず裸足で歩いていた。そして冬が来ているのに着物もところどころ鍵裂けした単衣《ひとえ》を着ていた。

「あなたはお父さんに会いに来たの？」

イエスはもの静かにドルシラに尋ねた。

「ええ、一月ほど前やはりバラバの組の人で出獄して来たヤイルという人が、私にまで言伝《ことずけ》けしてくれましてね、二百シケルもローマの知事さんに持って行けば、きっと赦してもらえるから是非その金を、エルサレムまで持ってこいと、獄中の父から言伝けがありましてねえ、それで相談に来たんですの。しかし、面会させてもらうにも、獄舎守りに十デナリか二十デナリ握らせないと、面会させてくれないんですって――先生などであれば、そんなに握らさないでも自由に面会がお出来になるでしょうね」

ドルシラはそう言いながら、よほど疲労していると見えて、獄門の横っちょの壁の前にしゃがんでしまった。

「夜明け前から私はここにこうして、やって来たんですけれども、まだ、面会させてくれないんですの、もう二三時間も待たせられましたが……先生は誰に面会にいらっしゃったんです？」

イエスもドルシラの傍に腰をおろした。そして囚人の親類でもあるかのように、わざと牧夫《ひつじかい》の服装をしているので、惜しげもなく土べたの上に座りこんで、人に顔を見られないように、壁の方へ顔を向けた。

「あなたのお父さんに面会しようと思って来たんだがね、一日に何人にも面会させてくれないだろうから、私が頼んであげるから、あなたが会ったら、私からよろしくと言って下さいよ。私はカペナウムのローマ人の百卒長から、ここの獄舎守りに紹介状をもらって来ているので、直ぐあなたのお父さんに会えるんだがね……あなたであれば、面会するのにお金が要るんですか?………」

六八　獄　門

そんな話をしているところへ、一人のローマ兵が、鬚《ひげ》をぼうぼうと生やした人相の悪い男を、表から捕まえて牢門の所へやって来た。

ドルシラはそれを見るなり獄門の方へ飛んで行った。

「もしもし、お願いですが、私のお父さんに会わせて下さらないでしょうか、私は夜明け前からこうしてお父さんに会いたいと思って、待っているんでございますが、いくらお願いしても門を開けて下さらないんです」

　そう言ってドルシラは両手を合わせて二人の兵士を拝むようにした。しかし、二人のローマ兵はそんな言葉には馴《な》れていると見えて、一言半句返事さえしなかった。大きな牢門の小さい潜《くぐ》り戸が中から開いた。それでイエスは、二人の兵士と囚人の入った後から、ドルシラの手を取るようにして潜り戸の中に入った。そして門番にカペナウムの百卒長ガリオの紹介状を見せた。

　門番はその紹介状を見るなり大声に言った。

「あいにく、きょうはセバスチャンさんは留守ですがねえ、あなたは囚人に面会したいんですか？」

　イエスは始めて頭巾を取って軽く頷《うなず》いた。

「はい、私はガリラヤのナザレのイエスという者ですが、もしもここの牢獄にエヒウという者がおりましたら、その人を娘のドルシラに会わせてやって頂きたいんです」

「じゃあ、あなたは面会しなくっていいんですね」

「ええ、私は面会しなくてもいいんです。娘のドルシラが是非面会したいと言っていますから、その娘を父のエヒウに面会させてやって下さいませんか」

　門番をしていたローマ兵は、イエスの顔を穴のあくほど見つめていたが、イエスに言った。

「あなたでしたなア、カペナウムの百卒長の従卒の病気を治してくれたのは……」

イエスは軽く頷《うなず》いた。すると門番はにこにこしながら、イエスの方に数歩近づき微笑を湛え
ながら言った。

「ああ、あなたでしたか、それはいいところでお目にかかりました。実はね、私の仲間が骨を砕いて困っているんですがなア、一つ治してやって下さらないでしょうか、お願いしますワ。その男を今すぐ連れて来ますからな、治してやって下さいよ」

ローマの兵士はドルシラの面会のことなどは、そっちのけにして仲間の病気のことをイエスに頼んだ。イエスは早速それを承諾して、またローマ兵に折り返し依頼した。

「じゃあどうか、この娘のお願いも一つ、お聴き願えれば結構です」

ローマ兵はすぐイエスの要求を、交換的に聞いてくれた。

「よろしうございますとも」

守衛の兵士はすぐ詰所から、もう一人の兵士を呼んで来て、百卒長の紹介状を彼に見せた。

「よろしく頼むよ、この女の人は、この方のよく知っている方なんでね、カペナウムの百卒長から紹介があった方だから特別にね」

詰所から出て来た兵士は直ぐドルシラを連れて、獄舎に当てられた地下室に入って行った。

門番は詰所から、もう一人の兵士を呼び出して彼に交替させて、詰所の二階にイエスを連れて行った。そこはごく粗末な寝室になっていたが、四人の兵士は賽《さい》ころを振って、しきりに博《ばく》奕《ち》を打っていた。その傍に痩せおとろえた一人の兵士が、粗末な寝台の上に寝ていた。

「カリカナス！　おい、大先生をお連れして来たが、お前この先生にお願いして、悪鬼を払ってもらえよ」

寝台に寝ている病人の名は、カリカナスというらしかった。

イエスの入って来たのを見ても、四人の兵士は博奕を打つことを止めなかった。門番に出ていた兵士は、博奕を打っていた者に言った。

「おい、済まんけどなア、ちょっとその先生をお通ししてくれんか」

四人の兵士は素直に賽ころ振る手を休めてイエスを通した。しかし、彼らはイエスがそこを通るとまた賽ころを振りつづけた。

イエスは親切に、病気で寝ている兵士に尋ねた。

「いつからお悪いんですか？」

病人の代わりに門番が答えた。

「この男は今年の春、バラバがエルサレムで暴れたときに、神殿の祭壇の上から祭司に突きおとされましてね、それからずっと右の腕が上がらないんです。ほんとに可哀相ですよ、ローマには妻子が待っているんですがねえ、……(そう言って門番はカリカナスに向かって言った)……君はカペナウムの百卒長のガリオの従卒が、このお方に中風を治してもらったことを聞いただろう、この方は今まで死んだ人間でも何人生き返らせなすったか分からないんだよ、ちょうどね、牢屋に入っている囚人に面会したいという娘を案内して来られたんでねえ、私ははじめ知らなかったんだが、ナザレのイエス先生とお名前を聞いて吃驚したんだよ、どこかに神々しいところがおありになるので、もしかするとそうじゃないかと思ったんだが、そうだったので、無理にお願いして、ここまで上がって頂いたんだよ」

六九　ローマ兵

病人は床の中で座り直した。そして両手を組んで恭しくイエスに向かって敬礼をした。

イエスはそれを見るなり、両手をカリカナスの双つの肩の上に置いて、病人に尋ねた。

「あなたは天地を創った父なる神様が、あなたを癒《い》やせることを信じますか？」

カリカナスはイエスを見上げて答えた。

「ええ、先生信じますとも」

その答をきいてイエスは直ぐ大声に言った。

「あなたの信仰によって、あなたの病気は治りますよ、手を上に揚げてごらんなさい」

兵士はすぐ、今まで動かなかった右腕を容易に上に揚げた。それを見ていた門番は大声で笑い出した。

「わア、治ったじゃないか君、今の先まで手が上にあがらんと言ってこぼしておったのに、先生が上げてみよとおっしゃって上げたら、すぐ上がるじゃないか、わはははは」

博奕を打っている、四人の兵士も賽《さい》ころを投げ出して立ち上がった。

「まるで魔術でも使うように直ぐ治るんじゃなア」

背の低い兵士はそう言った。その言葉を聞いて、賽ころをまだ手に持っている背の高い男が頬髯を生やしている兵士に言った。

「お前も、どこか悪ければ今のうちに治してもらえよ」

顔に刀の傷がある兵士が守衛の男に言った。

「わしの顔の傷は治らんがな、わははは……」

背の小さい男がそれに加えた。

「先生この男の手を治してやって下さい。少し手が長すぎまして掠奪《りやくだつ》ばっかりしますので、少し手を短くしてやる工夫はございませんでしょうか、わははは」

イエスは兵士らの快活な諧謔《かいぎやく》に一緒になって笑った。しかし、イエスの心はむしろ塔の下の牢獄にあった。それで病人が治ったのを見て軽く兵士らに挨拶をし、急いで階下におりた。

手を治された病人は寝巻のまま門まで送って来た。

「先生、お陰様でもうこのとおりになりましたよ、ほんとにありがとうございました」

そう言いながら彼は傍に立っていた兵士たちに右手を回して見せた。そうしているところへ、ドルシラが泣く泣く地下室から出て来た。イエスはドルシラを不憫《ふびん》に思ったので、彼女を慰めてやろうと兵士たちへの挨拶もそこそこにして獄門を出た。

ドルシラは無言のままイエスの後から歩いた。イエスはドルシラが獄門を出るなり、

「ベタニアの私の泊っているところまで一緒に歩いて行こうよ」

そう言って今度は、羊門からケドロンの谷の方へドルシラを連れて歩き出した。

往来は相当に頻繁《ひんぱん》であったが、イエスが日除けの頭巾を目深にかぶっているために、誰も彼と悟るものはなかった。

ケドロンの谷を渡ってゲッセマネの園からオリーブ山にさしかかった時、イエスは初めて立ち止まって、ドルシラに尋ねた。

「ドルシラ、お父さんはどう言ったね?」

「お父さんはもう死ぬ覚悟をしておりましてね、もうこれがお前と会う最後かも知れないと泣かれてしまったんです。それで私はもう一度勤めに出てもよいから、二百シケル作ってお父さんの身の代金にしたいと言ったらば、お父さんはもうそんなにしても駄目だろうから、無理をせんようにしてくれって言いましたが、先生どうしたらいいでしょうね」

山の方から驢馬《ろば》に乗った紳士が通りかかったので、イエスはそっと両眼の涙を日除けの頭巾の端で拭いて、またぼちぼち坂を登り始めた。

坂の途中でイエスはまたドルシラに言った。

「ねえドルシラ、あなたがそんなにお父さんのことを心配しているのなら、わたしも少し心

配しよう、わたしは今お金を持っていないから、直ぐに二百シケルも出来ないけれども、もしかすると出来るかも知れないから、よく神様にお祈りをして、あなたのお父さんが救い出せるようにしようね」

そう言ってイエスは、帯に巻いていた財布の中から十シケルを取り出してドルシラに渡した。

「ドルシラ、あなたはこの寒いのに裸足じゃ冷たいでしょう、これで靴でも買いなさい」

ドルシラはその金を受け取ろうとはしなかった。

「先生、私はお父さんが救い出せるまで靴をはかないと、神様に願掛《がんか》けをしているんです。それで私のためでしたらお金は頂かなくてもよろしゅうございます。私はどうかして二百シケルの金をつくって父を自由の身にしてやりたいのです」

そう言ってドルシラは、坂道の途中からオリーブ山の方へ道もないのに入りこんで行って、オリーブの木にもたれて、声をあげて泣き倒れた。

イエスもドルシラの傍に腰をおろし、人生の悲劇に泣いた。

七〇　人生の真夜中

木枯らしは烈しくオリーブの枝をゆすぶっていた。羊の群れはみな南面した谷地に集まって、日向ぼっこしていた。

イエスは、ドルシラを連れて、ベタニアに行こうと、彼女の先に立って歩いた。そして道々彼女と彼女の父エヒウを助けてあげた十年前のことを思い出した。


冷たい雨がめずらしく、宵の口から降り出した。山の上にあるナザレの町の人々は、樋《とい》の口を掃除して、天水を溜め込む工夫をした。雨のせいで、日暮れ方いつも騒ぐ子供らの叫び声までが、静かであった。

雨垂れが、軒にぽたりぽたり落ちた。オリーブ油のランプの下で、日の短いことを恨《うら》むように、椅子の組み立てに、彼は熱中していた。つい去年まで墓場であったガリラヤ湖畔のテベリアが大きな町になってから、大工の仕事がうんと増えて、彼はなかなか忙しかった。鑿《のみ》と槌《つち》と鋸《のこぎり》がひっきりなしに動いた。几張面なことにおいては、職人仲間でも評判の彼は、孔《あな》の切り込みをきちんと合せて、少しも揺がないように組み立てた。

仕事場は狭かった。部屋は暗かった。母は昼前、二番目息子のヤコブを連れて、嫁取りの下相談にカナの町へ出掛けて留守であった。ヨセ、ユダ、シモンの弟達も、そして小さいその妹も、雨に怖れをなしてか、早く寝床に入っていた。

父が死んでから約四年間、十九を頭に四人の鼻垂れ小僧と、一人の妹を、か弱い細腕で養ってきた彼は、人生の酸いも甘いもよく知り抜いていた。大抵、町の若い者は皆結婚してしまったが、唯一人、彼だけはやもめにも等しい独身生活に甘んじてきた。親代わりになって、可愛い弟や妹にパンを食わせてやりたいばかりに、彼は結婚することをも避けてきた。

彼は、大工の仕事が少し暇であると、よく木の切れ端で玩具《おもちゃ》を作って、二つの時、父ヨセフに死に別れた一番末の弟のシモンにやったものだ。

オリーブ油のランプがじーっと鳴った。淋しい晩だ、雨垂ればかり、鍛冶屋のような音をさせた。椅子四つが組み上がった。彼は、ていねいに、鋸と、鑿と、槌を、道具箱の中に納めて、狭い仕事場をきれいに片付けた。鉋《かんな》をかける台が、窓際に斜めに、長く据《す》えられてあった。木型や定木が、窓と反対の壁に懸っていた。そして棚の上には集会所から借りてきたイザヤの預言書が、本の箱に納められて、恭《うやうや》しく置かれてあった。

九時過ぎであった。仕事場を掃き潔めた彼は、棚から預言書の入った木箱を下ろして、薄暗いランプの下で、それを熱心に読み出した。

彼はイザヤの預言の一つ一つが、胸の底に沁《し》みこんで来るように思った。

そして、イザヤの預言のとおり、歴史が発展して来たことを考えると、国を救い、民族を救う者は、人のために悩むものでなければならぬことを、切実に感じた。

十一時が過ぎた。ランプの油が足りなくなった。彼はまた、床の下からオリーブ油の徳利を持って来て、ランプ用の土器の中に注ぎ入れた。

雨がしょぼしょぼ降る、樋が壊れていると見えて、折々入口の戸を叩くように、雨垂れが降りかかる。母はもう今夜は帰って来ないらしい。で、彼は、父親代わりに、いつも抱いて寝ている、今年六つになる末っ子のシモンの寝床の中に入って寝る仕度をした。

仕事場に続く炊事場を通って、第一の部屋に、シモンが寝ていた。ランプを持って、その部屋に入ったイエスは、まずその寝床の傍にひざまずいて、天の父に祈った。そして明日の労働の計画を立てながら、ランプの灯を吹き消して、シモンの傍に入った。

蒲団《ふとん》は薄いけれども、シモンの温か味で、寝床の中は実に気持ちが良かった。それに山羊の乳で、丸々肥《ふと》った幼いシモンの、羽二重の皮膚が、軟らかく彼の皮膚に触れて、天の使いを抱いて寝ているような気持ちがした。

七一　放浪者エヒウとその娘

冷たい雨がまだ降っている。十一時過ぎまで読みつづけたイザヤ書の、重苦しい預言が、敏感な神経の持ち主であるイエスの脳裏に触れて、万軍のエホバが彼を闇の中から呼んでいるように思えてならなかった。

表に足音が聞えた。

「――今ごろ母が帰って来るはずもないし、誰の足音だろうか――」

そうイエスは、心の中で独り問答したが、その後、戸を叩く様子もなく、ただ軒を伝う雨だれだけが、風の吠《ほ》える音に混って、聞えるのみであった。それで、イエスは、また続けて眠ろうとした。こんどは入口の戸を叩く音がした。

「――へんだなア、今ごろ、もう十二時を過ぎたろうに……もしかすると、樋の壊れたところから落ちている雨垂れが、戸口の木戸にあたって、戸を叩くように聞こえるのかも知れない」

そうは思ったが、イエスは半分寝床の中で起き直って、耳をすまして、戸口の方に注意した。

やはり小さい手で、戸を叩いているに間違いなかった。で、彼はランプに灯もつけないで、炊事場を通り抜けて、仕事場の木戸を開いて見た。すると、そこに山羊《やぎ》の毛で作った天幕の破片を頭からかぶった、三十格好の土方風の男が、やはり山羊の毛で作った袋をかぶっている七つぐらいの一人の娘を連れて、雨の中にしょんぼり立っていた。

「何か御用ですか？」

と、イエスが優しい声でその男に訊くと、男はどす太い声で聞き直した。

「こちらは、大工ヨセフさんのお宅でしょうか」

「はい、そうです。何か御用ですか……まアお入んなさい、そこに立っていると、雨にお濡れになりますから」

「そうすると、あなたは大工のイエスさんですね」

と、顔はよく見えないが、子供伴れの土方風の男は、どす太い声で尋ねた。

「ええ、そうです」

その答えを聞いて、親子二人は仕事場に入って来た。

で、イエスはまた、寝室に取って返して、ランプに灯をつけて持って来た。

頭からかぶっていた、山羊の毛の天幕の破片を取り去ると、土方風の男は旅に疲れたような様子で、言いたいことさえ、十分よう言わなかった。しかし、娘の方は相当に元気で、旅に疲れている様子もなく、茶褐色の瞳《ひとみ》を広い額の下に輝かして、雨に濡れた着物を、一人で搾《しぼ》っていた。

土方風の男は視線を壁の方にそらせて、口ごもるように言った。

「こんなに遅く、夜中に、お邪魔しまして済みませんですな」

そう言ってまた彼は、イエスの顔を盗み見るようにして、視線を炊事場の奥の方に向けて、小声に言った。

「あなたは、セフォリスのシモンていう男を御存じでしょうなア?」

イエスは、あまりはっきりしないその男が、口もどかしく、ぽっつりぽっつり物を言うので、少し焦《じ》れったかったけれども、疲れているのだと思ったので、こちらの方から、わざと要領よく聞いてあげた。

「あなたは、そのシモンさんとお馴染《なじ》みですか」

「ええ」

「そこに立っておったらお疲れでしょうからまア、こちらへおかけ下さい」

そう言って、歳の若い元気なイエスは、隅っこの方に寄せかけてあった、大きな椅子をその男にすすめ、彼の弟のシモンのために作った、小さい椅子を女の子の方に差し出した。

七二　パンを借りに行くもの

そしてイエスも小さい腰掛けの上に、尻をおろして、土方風の男に尋ねた。

「疲れたでしょう、あなた、今日どこからいらっしゃいましたの?」

「へえ、きょうは、テベリアの方からセフォリスの方に回って、こちらさんまでやって参りました。実は、ギレアデからテベリアの方に仕事があると聞いて、出て来たんですが、テベリアの方は一回り仕事が済んだというので、セフォリスの方へ、回って見たんですが、あすこではもう、人足はいらないと、断られましてなア。子供を伴《つ》れて宿るところはなし、うろうろしておりましたら親切に、熱心党のシモンさんという人が、お宅を教えて下さいましたんです。

『ナザレの村へ行けばな、大工ヨセフの子にイエスさんというのがいるからな、その人に相談してごらんよ、とても、道理の分かった、親切な人で、頼って行く者を決して、空手では帰さん人じゃからな、きっと道をつけてくれるからな、セフォリスのシモンに教わったと言って、ナザレまで行っておいでなさいよ』と教えられましたんでな、雨の中を山越えでぽつりぽつり、子供の手を引いてやって参りました」

そう言った男の眼はうるんでいた。無邪気な女の子は、放浪には馴れていると見えて、イエスが弟達のために作った木製の玩具《おもちゃ》を見付けて、はや、遊びはじめた。彼女は父親の泣いているのを見るのが厭《いや》であったらしい。

「この女の子は、あなたのお子さんですか?」

イエスが、椅子から離れて玩具を弄《もてあそ》んでいる女の子の方に視線を向けると、男は曖昧《あいまい》な返事をした。

「へえ」

「とにかく、今夜はもう遅くなりましたから、ここでお泊りください」

そう言ってイエスは灯も持たずに、寝室に入って行った。幸いその晩は、母がいつも妹を抱いて寝ている寝床の中に、女の子が一人しか寝ていなかったので、シモンをその中に寝かせ、自分の寝床を、ギレアデから来た土方風の男とその娘のために、開放することにした。そして、仕事場に帰って来るなり、力強い声で言った。

「おじさん、あなたは名前を何とか言われましたなア」

「へい、私はゲルションの子エヒウと申します」

「娘さんの名は?」

「ドルシラと申します」

「ああ、そうですか……じゃあエヒウさん今夜は、私の寝床の中に入って寝てください、お話はまた明日にしましょう」

そう、イエスが言ったけれども、土方風の男はすぐ立ち上がろうともしなかった。何だか物足りなそうに、沈黙したまに椅子に腰をかけていた。すると子供は玩具を棄てて泣く泣く父親のところに寄り添って行った。

イエスは、子供がなぜ泣き出したか分からなかった。それでその男に尋ねた。

「どうしたんです?」

「いいや、朝からまだ一度もパンを食っておりませんので、腹が減ったんでございましょうよ」

イエスはその言葉をきいてびっくりした。

「ええ?　九里も十里も歩いて、まだその子供さんは、朝から一度もパンを食っておらないんですか?」

「へえ」

イエスはすぐ台所に入って行った。彼は、パンのもう無くなっていることを知っていた。しかし、ほかに何かまだ食物があるかどうかを調べて見た。しかし、朝から母が出て行ってしまったあとだったし、少しも台所の様子が分からなかった。で、彼はもう一度仕事場に引き返して、エヒウに言った。

「少し待っていて下さいよ、あいにく、母が旅に出て留守だもんですからね、きょうはパンを焼きませんでしたから、ちょっと、起きてくれるかどうか分かりませんですが、近所へ借りに行って見ます」

そう言うなり、イエスは、山羊の毛で作った布切れを頭からかぶって表に飛び出した。そして、一丁半ばかり離れた、平素から親しくしている鍛冶屋のニカノルの表木戸を叩いた。

「おーい、ニカノル、起きてくれんか、おーい……」

と、イエスは戸を叩くきながら、外側から大声で怒鳴った。

ここも樋が壊れていると見えて、頭の上から雨だれがどしゃ降りに降りかかって来た。なかなか返事をしてくれない、おかしいと思って、イエスはなおも戸を烈しく叩いたが、内側から男の声がした。

「なんじゃ？　イエス」

「おーい、パンを三つ貸してくれよ、お客さんが、遠いところから来たんじゃが、お母さんが留守で、パンが無いんじゃ」

そう外側から大声で怒鳴ったが、返辞はまた途切れた。雨は霙《みぞれ》に変わった。手足が凍える。こんな寒い真夜中に、寝床を離れられないのは、もっともだと思う。

——もうニカノルを煩《わずら》わさないで、自分勝手にこれからパンを焼いてやろうか——とも思った。しかし、パンを焼くには、少なくも一時間か一時間半かかる。それだけの辛抱が幼い女の子のドルシラに出来るとは思わなかった。で、気の毒だとは思ったが、イエスはまた、戸の節穴の間から大声で叫んだ。

「おーい、ニカノル、パンを貸してくれ、パンを、遠いところからお客さんが来たんじゃ、お母さんがカナに行って留守なんで、お客さんに食わすパンが無いんじゃ」

そうすると、ニカノルは寝床の中から大声で返辞をした。

「もう明日にしておけよ、もう少ししたら夜が明けるじゃないか、女房は、ゆうべから少し風邪気味でなア、乳飲み子を抱いて宵《よい》から寝とるんじゃ、お客さんに明日の朝まで、我慢してもらえよ」

仕事の関係で、平素からあまり親しくしている仲だものだから、ニカノルもなかなかわがままを言う。だが、イエスは屈しなかった。

「頼むからよう、パンを三つ貸してくれよ、一日食わずに、テベリアから歩いて来た可哀相な子供連れの職人が来ているんだよ」

七三　最微者への奉仕

最後の要求が通ったらしい。寝床のきしる音がした。椅子につまずいた物音が響いた足音がする、錠《じょう》を外している。戸があいた。

ニカノルは三つのパンを、寝巻のまま持って来て、イエスに渡した。イエスは早速その三つのパンを脇の下にかかえて、坂路を登って我家に帰った。泣いていた女の子は直ぐ泣き止んだ。エヒウの双つの頬は光った。裏の鶏小屋には、もう、一番鶏《どり》が鳴いていた。

翌日カナから朝早く帰って来た母と弟のヤコブは、エヒウとその連れっ子が、イエスの寝室の中にまだ寝ているのを見て吃驚《びっくり》した。その時、イエスはもう、仕事場に入って、昨日から続けていた椅子の組み立てに熱中していた。

ヤコブが大声でイエスを罵《ののし》っている声が台所の方で聞えた。

「また兄さんの気狂いが起こって、どこの馬の骨か分からんような男を連れ込んでいる」

すると、パンを焼いていた母は、

「あの人には経済っていうものは任《まか》されんわねえ、とにかく、持っているものは皆、よその人にくれてしまいたいんだから、いくらお金があったところで、足りやしないわ。家がいつまでたっても、こんなに貧乏していているのは、兄さんがもう少し、しっかりしてくれないからですよ……そう言ったところで、あの人の性分だから、言ったたって聞いてくれやしないしねえ」

冬の太陽がナザレの東の山の上に出たにかかわらず、旅の疲れで、なかなか起き上がれないと見えて、エヒウとその娘のドルシラはまだ、寝床に寝ていた。しかし、また例によって、母と弟の不平が爆発しそうなので、イエスは気を利かして、二人を起こしに行った。

「エヒウさん、起きられますか」

そう言うと、エヒウはすぐ起き上がって来た。そして一緒に寝ていた幼い娘ドルシラをも起こした。イエスの心配は、どうしてエヒウに朝の食事を与えるかということであった。母に頼めばよいのだが、母は、イエスが、あまり人の世話ばかりして、家のことを顧みないといって、神経を尖《とが》らしているので、この上彼女に面倒をかけてまた、兄弟達に怒鳴られるのが悲しかった。で、彼は一策を考え出した。

「この親子を連れて、いったん、ヤハの町に行こう、そして、そこでエヒウに仕事を見付けてやって、二、三日したら帰って来よう」

イエスは朝から兄弟達に怒鳴られるのが悲しかった。それで、鍛冶屋のニカノルの家にまたやって行って、昨夜の親切を謝し、さらに驢馬《ろば》を貸してくれと頼んだ。それで彼は、組み上がった四つの椅子を驢馬につけて、ヤハの市場に持って行くことにした。そして彼は、椅子が売れたらパンを食わすからという約束で、エヒウとその娘のドルシラを連れ出して、ナザレの山道を、ヤハ街道へと急ごうとした。

イエスが炊事場へ入って行って、行く先を明かさないで母に、

「ちょっと行って来ますから」

と挨拶をすると、母は無言のまま炊事場の前に立って、泣いていた。で、イエスも木綿の仕事着の袂《たもと》で、そっと眼頭《めがしら》を拭いた。そして可哀相な失業している土方のエヒウとその娘を伴れて、驢馬の手綱を取った。門口まで出て来たヤコブは、聞えよがしに言った。

「気狂いは驢馬のように縛っておくわけに行かんしねえ……」


ドルシラをベタニアに送りとどけたイエスは、マルタに頼んで彼女に適した職業を探してもらうことにした。マルタが喜んでドルシラを世話してくれることになったので、イエスはまた弟子を連れてヨルダン川を東に越えた。

九章　民の罪を負う神の小羊

七四　隠れた同志

毎日雨が続いた。その冷たい一月の雨を侵して、遠くまで羊や牛の買い込みに、ベタニアのマリアの弟ラザロは忙しかった。ある時はサマリアまで、また時にはヨルダン川を越えてマケルスまで、彼は家畜の商売に忙しく駆けずり回った。そして、少しでも余裕が出来た時には、献金として、イエスの許へ十シケル二十シケルと、みずからも運び、人にも持たせてやった。

ことに、イエスがペレアの彷徨《さまよい》に、不自由をしているということを聞いたので、ラザロの姉二人は、一生懸命に働いて、イエスに風邪をひかすまいと袷《あわせ》の着物を作って、イエスが滞在していたヤベシギレアデまで人に持たせてやった。

宮潔めの祭りが済んでから、四週間ほど経った。その日、珍しくエルサレムに大雨が降った。その前の日、ラザロは、ヘブロンの市場で、羊の一群を買い入れて、エルサレムに回送するところであった。

それで、少し無理をして、ラザロは羊を抱いて雨の中を野原で明かしてしまった。明け方びっしょり濡れたラザロは、

「あッ、寒い！」

と思った瞬間に、また去年の春の病気がぶり返した。そして、多量の喀血《かっけつ》をした。二人の姉は、非常にそれを心配して、いろいろ手当てを尽くしたが、ラザロの喀血は止まらなかった。

それで、マルタは、らい病を医《いや》されたシモンの家に飛んで行った。そこでシモンの下男にイエスのところまで使いに行ってもらうことにした。――ついでがあれば、ベタニアに立ち寄って下さい。ラザロの病気が重いから――と、その時、ヨルダン川に沿ったサコテに来ていたイエスに知らせた。

その頃、イエスは、サコテの徴税人エリフの家に泊って、毎日多くの人に道を説き、また病を治したりしていた。シモンの下男がエリフの家に着くと、イエスは少しも吃驚《びっくり》しなかった。

「これも、みんな神の御栄《み》えが顕れるためだよ」

と、イエスは至極落ち着いて言った。

弟子達は、イエスの言われるとおりにいつもなるものだから、その言葉を別に不思議とは思

わなかった。シモンの下男は、ただそれだけ聞いて、安心して帰った。

それから二日経った。

その朝、イエスは、マリアが織り、マルタが縫った袷《あわせ》の着物を着こんで、弟子のヨハネに言った。

「わしはこれからユダヤに行かなくちゃならぬ」

ヨハネはそれを聞いて、びっくりした。

「先生、この間、ユダヤの連中が、あなたを石で殺そうとしたばかりじゃないですか、まだ行かれるのは早いと思いますなア」

それに対するイエスの返事は、簡単であった。

「だって、君、一日には二十四時間あるじゃないか、昼間歩けば大丈夫だよ。夜歩くとつまずくこともあるがな」

と言って、イエスは少し考えていたが、部屋に入ってきたペテロに言った。

「君、ラザロが眠った」

それは、弟子達には全く珍しい言葉遣いであった。で、何を意味しているか、彼らには理解が出来なかった。イエスは続けて言った。

「これから、わしは、あの男の目を醒ましに行って来よう」

イエスのユーモアが弟子には分からなかった。ペテロは答えた。

「先生、眠っているんでしたら、いいじゃないですか、すぐ起きますよ」

で、イエスは、はっきり言った。

「ラザロは死んでしまったよ、惜しいことをした。あの男はよく、わたしを助けてくれた。だが、もう死んでしまったよ……しかし、君らにいい事を見せてやろう。わしが、あちらにおらなくてよかった」

弟子達の中には、ユダヤに行くと聞いて、躊躇《ちゅうちょ》する者が多かった。気の弱いイスカリオテのユダは、イエスを諫《いさ》めた。

「先生、まだ行くのは早いことはないでしょうか？」

しかし、トマスは、そんな弱い事は言わなかった。

「往《い》こう、往こう！　先生と一緒に死んだらいいじゃないか！」

しかし、あんまり大勢で歩くと、敵の計画に乗るので、イエスは五人の弟子だけを連れて、ユダヤに入ることにした。サコテからベタニアまで、歩くのに二日かかった。

イエスは、エリコからの上り四里の道を、急ぎ足で歩いた。喪服を着たマルタの悄気《しょげ》た顔を見て、弟子達はペレアのサコテでイエスが言ったことが間違っていなかったことをすぐ感づいた。そして、もうラザロを墓に納めてから四日も経っていると聞いた。

マルタの妹マリアは、泣き腫《は》らした顔を、イエスに見せるのが恥ずかしいといって、家から出て来なかった。

マルタは、泣き続けた両眼を、喪服の袂《たもと》で拭きながら言った。

「先生、ラザロは先生がここに居《い》てくださっておれば、こんなにならずに済んだんですのにね」

七五　ラザロよ、起きよ

マルタは、また続けて泣いた。

その時、イエスは、慰める言葉が無いので、マルタに言った。

「しかし、まだ遅くはないよ、マルタ、神様は、お祈りさえすれば、何事でも聞いて下さるのだから、ねエ……なに、泣かなくっていいよ、あなたの兄弟は、生き返って来るよ」

マルタは、頭からかぶった黒頭巾の端で、両眼の涙を拭きながら、イエスを見上げた。

「先生、そうでしょうね、終わりの日には、みんなの人と一緒にラザロも復活するんでしょうね、きっとそうですわ、あの子はいい子でしたから」

そう言って、マルタは、太陽があまり眩《まばゆ》いのでまた顔を伏せて、周囲の事物に注意しようとはしなかった。

その時、イエスは、言葉を励まして言った。

「そんな遠い話じゃないよ、マルタ、わたし自身が生き返る力であり、わたし自身が生命であることを信じて欲しいね、わたしを信ずる者は、死ぬ必要はない、生きているうちにわたしを信ずるんなら、永遠に死を味わう必要はないんだ、あなたはその信仰を持っているかね？」

そう訊《き》かれたマルタは、すぐ顔をあげて、イエスを見ながら言った。

「はい、先生、私は、あなたが、世を救うために来られた、神の子キリストだと信じています」

そう言って、すぐ急に元気づいて立ち上がった。そして妹のマリアを呼びに行った。

イエスは、弟子達が無理に引き止めるので、ベタニアの村に入らなかった。弟子達は、ベタニアの村民の一人が祭司の長に報告でもすれば、イエスがすぐ掴《つか》まることを恐れていた。で、無理にもイエスを引き留めて、村外れの、淋しいところに、イエスを立たせて、前後左右から守っていた。

マルタは、妹のマリアを、村外れの岩陰にまで案内してきた。マリアは、イエスの姿を見るなり、小走りに走って行って、石地の上に身体を投げ出して、彼の足許に平伏した。

「先生、弟は、天に帰れば、イエス様のために、一生懸命にお祈りすると言っていました」

イエスは、その言葉を聞いて、そっと涙を、上着の袖で拭いた。

「マリア、死骸は、どこに置いてあるの？」

イエスが、そう聞くと、マリアは、すぐ、イエスを、墓の方にみずから先に立って案内した。エルサレムから来ていた男は、嘲笑するように言った。

「盲人の目を開ける力を持っていて、ラザロを死なさずに、生かしておくことは出来なかったのかなア」

墓は、石灰岩に穿《うが》たれた石室であった。それは、エジプトのピラミッドの内部と同じ構造になっていた。入ったすぐのところは、人間が立っておれる程度の高さで、二坪大の部屋が穿たれてあった。第二の部屋は、約一坪くらいの広さで両側が棚になっていて、棚の上に、幾人かの死体を置くことが出来た。その第一室と第二室との間に、穿たれた小さい丸穴には、大きな石が蓋《ふた》されていた。

イエスは、マリアの後から第一室に入った、そして大声に言った。

「あの石の蓋を除《の》けなさいよ」

あとからついて来たマルタが、イエスに答えた。

「先生、もう死体が臭いですから、石を除けるのは止しましょう。四日にもなるんですもの」

イエスは、石の蓋を見つめながら言った。

「信仰を持ちなさいよ、さっき、神様の御栄光が拝せるから、と言ったじゃないですか。（イエスは、傍に立っていたヨハネに命令した）あの石を除けてくれないか」

それで、みんなで、その石の蓋を除けた。すると、イエスは、目を天に向けて、祈りをした。祈りが済むとすぐ、イエスは、一番声を励まして、大声にラザロに呼びかけた。

「ラザロ、起きて来い！」

すると、次の部屋に「うーん」と唸《うな》る声が聞こえた。マルタは怖ろしいと見えて、第一室の戸口まで逃げ出した。マリアはびっくりして、一尺ほど後退《あとずさ》りした。

やがて、次の部屋に、人間の足音が聞こえた。そして、澄み切った声で、死んでいたラザロが物を言い出した。

「おい、誰か、わしの手と足とを縛ってある布切れをとってくれよ」

その声に、マルタがびっくりして、墓の外に逃げ出した。マリアは弟の声を聞いて安心したと見えて、穴の中へ頭を差し入れて言った。

「ラザロさん！　ここに穴があるのよ、ここまで出ていらっしゃい」

ラザロは、ばったのように跳びながら、穴の口までやって来て、頭を外へ突き出してきた。それを、イエスとヨハネが、穴から引き出した。

マルタは、怖々《こわごわ》、また墓の中へ入ってきた。マリアは、姉に言った。

「こわくないのよ、姉さん、ラザロは生き返ったんですよ」

トマスとヨハネが、まず顔の布切れを取り除いた。青ざめてこそおれ、ラザロは少しも普通の人間とは違わなかった。

「まあ！　ラザロ！　先生ですよ、イエス様ですよ！　よかったねえ」

マリアは、涙の滲《にじ》んだ二つの頬に微笑を浮かべながら、大声にそう言った。マルタは、足の布切れを巻き取りながら、独り言を言った。

「まるで、嘘のようねえ」

博労《ばくろう》の一人は、着物を取りに家に走った。

イエスは、マリア、マルタが作ってくれた上着を脱いで、ラザロにまず着せた。マリアは、大声に笑った。それが、石灰岩の石室にこだまして、物凄《ものすご》い響きをたてた。

イエスの弟子は、この報告がエルサレムに知れるのを恐れて、すぐイエスを護って、エリコ道を坂下に急いだ。

七六　七十人議会

「諸君、本日の議題は簡単でありますから、速かに御着席を願います」

でっぷり肥った、赭《あか》ら顔のカヤパの声が、「荒石の広間」の隅から隅に響き渡った。七十人議会がいつも開会される広間にはそんな名がついていた。それは石灰岩を山から掘り出したそのままを壁に使用していたために、こんな名が起こったと考えられる。

机は凹《おう》字形に並べられてあった。議長を入れて七十一人の議員のうち、十名近くの者は欠席していた。アリマタヤのヨセフの顔も見えなかった。パリサイの学者として、論敵サドカイの者も畏敬していたガマリエルも、出席していなかった。

サドカイは、議長席に向かって右側に腰を下した。そしてパリサイの議員は、左側の席に着いた。パリサイの議員のなかには、ベンエズラも、細長い、痩《や》せこけた顔をして、ニコデモの隣に座っていた。また、ずっと前に祭司をしていたエリアザルも、額に縦皺《たてじわ》を寄せて心配そうに座っていた。

しかし、パリサイの方の数は、とても、サドカイの数には及ばなかった。

議長カヤパは、いかめしい大祭司のつける冠を頭に戴《いただ》いて、会場を一巡り見回した。カヤパの書記マルカスが、何事か彼の耳に囁いた。カヤパは大声で、立ち上がって言った。

「諸君、本日は、御苦労でした。かねて御承知のとおり、ガリラヤ方面において、騒擾《そうじょう》を惹《ひ》き起こしているナザレのイエスの事については、皆さん既にお聞きのことと思います。彼は、先日ローマの知事の手で掴まりましたバラバの一党と気脈を相通じて、各地に騒擾を起こしておりますが、この状態を放置しておきますと、どのようなことになるとも分からないので、早速断固たる処置に出たいと思うのであります。それについて、是非諸君の御決定を願います」

議長がそう言って席に着くと、議席では、隣同志で私語するのが聞こえた。数分間、誰も発言する者が無かった。そこで、ベンエズラは早速、立ち上がった。

「議長、私は、議長の説に大賛成であります。彼は、各種の奇妙《きみょう》奇天烈《きてれつ》なる魔術を行って、民心を収攬《しゅうらん》し、モーセの律法を破壊し、安息日を守らず、盗賊の連中と相通じ、神出鬼没の行動をもって、今日ガリラヤにおるかと思うと、次の日はペレアに現れて、民心を惑わすというようなやり方でありますから、この際、彼を捕縛しておかないと、どんな大騒動が起こるか知れないと思うのであります」

サドカイの方では、議長の義理の弟に当たるエリアザルが立ち上がった。――彼は、議長カヤパの妻の弟に当たり、カヤパが祭司の職に就く二代前に約一年間、祭司の職に就いていたことがあった。彼は、アンナスの意見を代表して言った。

「私は、ベンエズラ氏の説に賛成であります。私はガリラヤ方面のことはあまり知りませんが、三年前に、彼がエルサレムで乱暴したことを、私は、今も忘れることが出来ないのであります。彼は、預言者を気取っていますから、縄《なわ》で鞭《むち》を作り、両替する者の台や、鳩を売る者の器具を顛覆《てんぷく》させ、羊や牛を神殿の中より追い出し、あらゆる乱暴を働いた者であります。聞くところによると、最近も彼は、仮庵祭の時と、宮潔め祭の時にエルサレムに出て来て、この神殿を破壊してもよいと高言したそうであります。このような安寧《あんねい》秩序を乱す者は一刻も早く逮捕して頂きたいのであります」

そう言って、エリアザルは、隣に座っている鼻の尖《とが》った男と、何か私語しながら席に着いた。

議長のカヤパは、皆のいうことがまだるっこいという調子で、議長席から大声で怒鳴った。

「どうか、皆さんのうちで、問題の男が、ベタニアの牧夫《ひつじかい》ラザロを甦《よみがえ》らせたということについて、お聞きになったことはありませんか？」

議会は、また騒がしくなった。議長の正面に座っている、眼の細い、鼻の小さい男は、面白そうに、ラザロの復活した模様を、隣の者に聞かせた。

「それはえらいもんだそうな、『ラザロ、起きて来い！』というと、死んで四日もたって、墓の中で臭くなった者が、のこのこ這《は》い出して来たそうな」

「ふへエー」

「ほんとかね？」

そんな話が、五組も六組も話されるので、議長は机を叩《たた》いて合図をした。

「どうか、お互い同士話しなさらないで、一般の人にお話し願いたいと思います」

顔が五角型に見える、よく肥った宮守頭《みやもりがしら》のエホヤダが立ち上がった。彼は笑いながら、隣の人に話しているような口調で言った。

「私は、話を聞いて、そのラザロに会いに行きましたが、確かに、そのラザロは四日間死んでいて生き返ったものに違いありません」

そう言って、彼は立ったまま、彼を見上げている隣の男に、個人的に話しかけた。

「なア、君、みんな珍しがって、毎日毎日何百人といって見物に行くから、ベタニアは大騒ぎだよ、みんなメシアの仕業だといって大騒ぎしているよ」

議長のカヤパも、エホヤダの話が面白いので、個人的会話に耳を傾けた。

議長席に近く座っていたベンエズラが、五角形の顔をしたエホヤダに尋ねた。

七七　捕縛令

「実際、四日間も死んでいた者を、生き返らせたんですか？」

「それに違いないようですなア」

ベンエズラはびっくりして言った。

「ふうム……そうすると、やはり聞いた話がほんとなんだなア、その勢いを悪用されると、我々のような男は、たちまち生殺しになるわけだなア、わはははは」

エリアザルの隣に座っていた鼻の尖った男が、エリアザルに、しわがれ声で言った。

「そうすると、何ですか、エルサレムの市民もみな、ナザレのイエスをメシアと信ずるようになったんですか？」

エリアザルは、肘掛椅子《ひじかけいす》の上に両腕をもたせて答えた。

「あの勢いでは伝染すると思いますなア、そして本人も自分をメシア（救い主）だといっているんですからなア」

鼻の尖った男は、机の方に向き直って言った。

「それは大変だ！　早く処分せんといかんわい」

ベンエズラはまた立ち上がった。

「実際、彼は高慢でしてね、自分は、天から遣《つか》わされた者であり、神と等しいものであるといっているんです」

パリサイ議員の席からそれに付加して私語する者があった。

「彼は、神を自身の父だと叫んでいるが、生意気だなア」

カヤパは、さらに、五角形の顔をしたエホヤダに尋ねた。

「今の様子じゃあ、過越し祭までに、騒擾《そうじょう》が起こる恐れがあるでしょうか、どうでしょうか？」

エホヤダは答えた。

「それア、ないとも限らんですなア、しかし、あの気勢を見ると、遠からず、騒擾の一つくらいは起こりましょうなア」

カヤパは、独り言のように言った。

「そうなると、大変だなア」

その時、ニコデモが立ち上がった。

「私は、騒擾の恐れは無いと思います」

ニコデモの反対に、私語していた議員達の声が止まった。ニコデモは、さらに続けた。

「皆さんは、イエスの評判だけを聞かれて、彼の言っていることをよくお聞きにならないから、多少誤解されていると思うんです」

ベンエズラは、大きな声で、半畳《はんじょう》を入れた。

「そんな事はないよ」

「イエスの考えでは暴力や武力で、地上に神の国を打ち建てようというのは乱暴な話で、みんなが悔い改めて、わがままを捨てさえすれば、神の国の出現が、おのずから芽生えてくるといっているように思うんです。この点、間違っているかも知れませんがな、私はそうとっているんです」

ニコデモがそう言って席につくと、その隣に座っていた男は小声で言った。

「私も、イエスという人物は、実に温厚ないい人のように思いますがなア」

そうは言ったけれども、それ以上、積極的に発言はしなかった。あまり積極的に出ると、七十人議会議員の職を奪われると思ったらしかった。

ベンエズラは、すぐニコデモの説に反対した。彼は、座席のままニコデモに質問した。

「じゃあ、彼が神を瀆《けが》すようなことをいうのは、あれはどういうわけです？」

「別に瀆すようなことをいっておらんと思うんですがなア、あの人の言葉がきついからそうとられるんでしょう、あの人はよく『人の子、人の子』というので、それをみんなが誤解しているんですよ……私は危険な人物じゃないと思いますがなア」

ベンエズラは笑いながら言った。

「どうも、ニコデモさんは怪しいぞ。アリマタヤのヨセフさんも、ニコデモさんと同じ意見を持っているようだが、あの人は今日、来ていませんなア」

ニコデモの隣に座っていたアンドロニコという男は、良心に咎《とが》められるので、便所に立つ振りをして出て行ってしまった。

エリアザルの隣では、性来《うまれつき》の盲人が、エルサレムで治された話、ベテスダの池で三十八年間動くことの出来なかった病人が、イエスによって治された話を、みんなで私語した。

で、カヤパは大声で言った。

「もう裁決にうつってよろしうございますか？」

ベンエズラは、大声に
「賛成！」

と叫んだ。

ニコデモは、それに反対であった。

「もう少し事情をよく調べたがいいと思うんですが、どうですか」

すると、エリアザルが立ち上がった。

「愚図々々していると、騒擾が拡大して、ローマ人が我々の権力を全部奪い取り、この国も蹂躪《じゅうりん》されると、私は思いますなア」

その時、カヤパは、議長席から大声に言った。

「私もそれを恐れているんです。それで、一人の人間を犠牲にして国民を助けたほうが、どんなに仕合せか知れないと、私は思うんです」

その一言に、反対する者は無いようだった。

「じゃあ、そういうことに取り計らいます」

そう言って、カヤパは議長席に座った。

ニコデモは、それに応ずることが出来なかった。

「私は、この裁決に加わりません。そのことをお含みおき願います」

そう言って、彼は、静かに席を離れて、荒石の広間から表に出た。


七十人議会の決定事項は、すぐに指令となって飛んだ。村々には、

『イエスの所在を知る者は、至急祭司長まで報告すべし、その賞金として銀三十枚を賦与《ふよ》す』

という貼り札が掲げられた。

その貼り札を見る前に、ニコデモと、アリマタヤのヨセフが相談をして、ペレアに隠れているイエスに、事態の窮迫を報告した。

で、イエスは、知事直轄のサマリアに隠れるのが一番安全だと思ったので、十二人の弟子達を、まず分散させてガリラヤに帰し、自分は、サマリアのエフライムにひとまず隠れた。そこ

には、彼の治した病人が、数人居住していたので何かの便利があった。

七八　エフライムの隠れ家

逮捕令は下った。ガリラヤとペレアにはヘロデの手が回った。

で、イエスはローマの知事の管轄区内に身を隠すほか、身の置きどころは無かった。イエスは道としてエフライムの山地を選んだ。サマリア国のエフライムは、エルサレムから余り遠いところではなかった。女の足でも、一日でよく往復することが出来た。

それで、イエスの潜伏している家と外界との連絡は、勇敢にもベタニアのマリアが引き受けた。彼女は、ペレア騒動の志士の娘に生まれただけに、気丈夫なところがあった。彼女はエルサレムからサマリアまで、山羊を仕入れに行く風をして、イエスが潜んでいる羊飼いの家に、エルサレムの消息を伝えた。

布告が出てから二、三日は、エルサレムも騒いだが、その後はみな忘れてしまった様子だった。そして、姉のマルタがペレア方面をさぐっても、みんな貼り出しが出たことさえ知らなかったので、マリアはその報告を、イエスに持って行った。

彼女は、わざと、飼い馴れている山羊一匹を連れて、エルサレムに入らずに、ダマスコ街道を北へ北へと急いだ。そして、彼女は、勇敢にも、町々で、イエス捕縛令の布告板を、そっとひきちぎって回った。

もう春は、パレスチナに回って来た。駒鳥の声も梢《こずえ》に聞えた。白鷺も谷間に下りて、淡紅色の長い脚を、青い野の草の上に突き立てて、居睡りしていた。金字塔にも似たミズパの尖った小山が、いかにもいじらしく見えて、そこから預言者サムエルが、彼女に呼び懸けているような気がしてならなかった。

イエスが潜んでいるエフライムの牧夫《ひつじかい》の家というのは、数ケ月前、イエスにらい病を治してもらった羊飼いの家であった。病気が治って後、ベタニアのらい病人シモンの家にもしばしば来たので、イエスは、そこに身を匿《かく》すことになったのであった。

山羊を連れたマリアは、顔覆いをしていたので、エフライムのらい病人ヤグルの小さい家に入っても、ヤグルにはそれが何人であるか分からなかった。

イエスは羊飼いの仕事着をヤグルから借りて、遠くの谷まで、ひとりで羊の群れを連れて下っていた。

ヤグルは、ひとりで鎌を研いでいたが、ベタニアのマリアが顔覆いを取ったので、初めて彼女が、ベタニアのマリアだということが分かった。

「先生は？」

「向こうの谷へ、うちの羊を連れて降りて行かれましたよ。何でも、羊に水をくれてやるとかいって、もう二時間も前に出て行かれましたよ」

マリアは、びっくりしてしまった。

「へエー　先生は羊を飼うことを知っていらっしゃるんでしょうか……どちらへ行ったか分かりません？　今から尋ねて行くと、私は迷うでしょうか？」

「いや、迷うことなんかありゃしませんよ、だって、谷は一つしか無いんだし、ここからそう遠くないんですから、迷ったところで、すぐ帰って来られますよ」

そう教えられたので、マリヤは、山羊をヤグルの家の軒先に括《くく》り付けておいて、麦畑を横切って、谷の方に下りて行った。

野原には、つばな、すげ、たんぽぽ、さては、アネモネの若芽が土から吹き出して、野狐までが面白そうに飛び回っていた。

マリアが谷間に下りて行くと、イエスは、色褪《ざ》めた縞の筒っぽを着て、頭からかぶった布切れを、頸《くび》のところで締めつけ、谷と谷との合流点のところで、五、六十匹の羊に、一頭ずつ水を飲ませていた。

七九　羊飼いイエス

春の雨に水量は増し、湧きたった瑠璃《るり》色の水が、泡を含んで青味を帯びた石灰岩の上を飛び散っていた。

マリアは、オリーブの木の林から、そのイエスの神々しい姿を見た時、遠くから声をかけた。

「せんせーい！」

イエスは、手を振って合図をした。

マリアがイエスの立っている岩に近づいた時、彼女はひざまずいて、最敬礼をした。すると、イエスは微笑《ほほえ》んで言った。

「御苦労ですね、別に変わったことは無いかね？」

「もうエルサレムの人は、あの貼り出しを忘れてしまったようですわ。だって、大抵の貼り出しは、もう剥《は》がれているんですもの、ダマスコ街道に残っていたものも、私は道々剥ぎ取って来たんです。姉さんもペレアに行って様子をさぐって来たんですが、大丈夫なんですって……ですから、先生は、いったんペレアの方にお引き揚げになったらどうでしょうか？」

「うム、そりゃありがとう。それもいい考えだね、そして、あすこであれば、ガリラヤとの連絡もつきやすいからね」

マリアは、イエスが飲ましていた谷の傍で、彼女もまた、羊に水をやった。

イエスは、しばらくの間沈黙していたが、マリアを顧みて、厳かに言った。

「マリア、もうこうして、羊に水をやるようなことも、当分ないね。あんなにしつこく、祭司の長《おさ》がわしをつけねらっている以上は、わしも十字架にかかる運命が迫っているように思うね」

その時、マリアは、花弁のような美しい眼瞼《まぶた》を大きく瞠《みは》って、イエスに言った。

「先生、大丈夫ですよ……だって、イスラエルは、みんなあなたについているんですもの」

その時、イエスは、水を飲み終えた小羊を抱え上げて言った。

「マリア、あなたでさえ、まだ私の心持ちが分からないのかね。私が十字架につくのは、イスラエルの罪の贖罪《しょくざい》であることに、気がつかないんですか」

マリアは、イエスのその一言に吃驚《びっくり》して、イエスの両足を抱きしめた。

「そうなんですか、先生？　イスラエルはあなたがお死にになさなければ、どうしても救うことが出来ないんですか？　ほんとに、おいとおしい！　私は、先生をどうしても死なせたくないんです」

イエスは、天を見上げながら、小声に言った。

「いいや、カインの子らの罪は、あまりに深い。わたしがその血祭りになって、この生命を捧げなければどうしても神に謝罪することが出来ないんだ、マリアよ！　聖書にそう書いてあるじゃあないか……マリアよ、わたしはあなたが知っているとおり今日まで黙って、人の尻拭《しりぬぐ》いをして来た。セフォリスでは大工仲間の尻拭いばかりをして来たし、ナザレに帰っても人の負うべき責任まで一身に引きかぶって苦労して来た。それでわたしには人の責任を自分のものとして引きかぶるということがよく分かる。……わたしの一生は人の失敗を尻拭きして回る役目であった。そして、ここ一年間は熱心党の尻拭きをして来たのだ。しかし、まだまだ、これくらいでは足りない。わたしはイスラエルの犯して来た罪のすべてを尻拭いしなければならない」

そう言って、イエスは首を前に垂れた。そして独り言のようにまた言葉を続けた。

「そのためには生命《いのち》を放《ほう》り出さんといかんからな、マリアよ、わたしは死ぬ覚悟をしているんだよ」

「先生、死ぬことだけはよして下さい！」

と、マリアは甘えるように言った。

「そんな、わがままなことを言っても駄目だよ、マリア！　生命《いのち》を放り出さなければ、どれほど、わたしが人類の事を思い詰めているか分からないじゃないかね。過越し祭の羊のように、わたしはこの生命をお捧げして、その生命懸けの愛を、天のお父様に見ていただいて、それで、人類の罪咎《つみとが》の埋め合せにしていただくんだね」

マリアは顔を斜にしたまま、イエスを見上げた。

「ほんとにどうしても、お死になるおつもりなのですか？」

「そうだ！　血を流さなければ、どれほどわたしが人々を愛しているか父様がお分かりにならない。だから、血の外に罪を贖う道は無いのだ」

そう言ったイエスは、泣いていた。

「先生、よく分かりました。あなたが、私達の罪のために死んで下さることを、私は信じます」

イエスは、沈黙したまま、なおも小羊に水を飲ませ続けた。

マリアは、羊に水をやることをやめて、泣きながらイエスに言った。

「先生……今になって、あなたの御心がほんとによく分かりました――ほんとにそうです、世の中は、間違って、間違って、間違い続けていますから、あなたのような罪のない、清い方に、小羊となって死んでいただかなければ、過去の罪を償っていただくことは出来ないんですね」

羊に水を飼《や》ることが終わったので、イエスはまた、群れを連れて、いったんヤグルの家まで引き返した。そこで、マリアに別れて、牧羊者《ひつじかい》の姿をしたまま、ヨルダンの谷に真っ直ぐに下りて行った。

八〇　バサバラ

ヨルダン川は増水していた。岸辺の葦《あし》は穂先まで水に浸り、いつもは牧場になっている低地の傾斜面までが、水浸しになっていた。

――そうだった、バプテスマのヨハネからバプテスマを受けた時も増水期の終わりであった。

こんなことを考えながらエフライムから出て来たイエスは、渡し守に頼んで、ヨルダン川を東へ渡った。渡し場を過ぎるとイエスはすぐ北に折れて、ひとり猫楊《ねこやなぎ》の生えている岸辺を、北へ北へと歩いた。

――民の罪を負う神の小羊を見よ――そう先輩ヨハネが岸辺に立っていた彼の弟子達に紹介してくれた、三年前のこの付近の光景が夢のように浮んで来た。

自然は同じ姿をして、同じ石と、同じ草と、同じ太陽を大空に運転させているということが、特別にイエスの心に強い印象を与えた。

この地方はイエスが育ったナザレに較べて、必ずしも美しい景色のある地方でもなかった。

――イスラエル民族にとって、ヨルダン川はとても忘れることの出来ない歴史的聖地であった。

ここから――エリヤが、エリシャを後に残して昇天した。

ここで――神はモーセの祈りに答えて、ヨシュアの軍隊にヨルダンを渡河《とか》せしめ給《たも》うた……

その時、河水は堰《せ》き止められ、イスラエルの軍隊は河底の小石を拾って、エリコに前進した。

こうした神の加護がイエスに今必要であった。

イエスは寂しかった。イエスは半泣きであった。それは彼一身の安全のために半泣きになっていたのではない。イスラエルの前途を思い、人類の運命を思っての悲しみであった。

――「民の罪を負う神の小羊!」――

その声が今も三年前と同じように、バプテスマのヨハネの口から洩《も》らされているように思われた。

――遂にその日が刻々に迫りつつある――すなわち、民の罪を負って、神に贖罪の祈りを立てる日が――

そんなに考えたイエスは、バサバラの川岸まで歩いて来た。

「ここで――そうだ、私はバプテスマを受けたのだ――」

岸に立って、イエスは三年前の光景を回想してみた。

しかし、もうその時の主《ぬし》はこの世にはいなかった。彼は去年の春、首と胴とが離れ放れになって、死んでしまった。

そして今度は彼自身の番であった。

もちろん、彼は勇敢にその大任を背負い終《おお》せるように、ここへ首を洗いに来たのであった。

イエスは岸辺のオオバコの葉の上に腰を下ろした。追憶は追憶を産み、幻想は幻想を誘った。

凪は無かった。春の太陽は西に消えた。ヨルダンの川面は鏡のように光った。

「どこへ行ったの？　おまえは。またヨルダン川の野犬のところへ行ったんだろうね……その風態は何じゃね！」

母のマリアは、断食から帰って来た、イエスを見て憫《あわれ》むように言った。

「おまえの弟達は、一生懸命に、仕事場に行って、仕事をしているのに、おまえさんだけがそんなに呑《の》ん気な風をして、毎日、毎日、乞食の真似をしておれば、いつかは、みんなが干物になってしまうから、結構なこっちゃ」

母は、そんな、皮肉さえも言った。

父ヨセフが死んで後のイエスは、発狂したかと思われるほど真面目になり、言葉数は減り、断食の度数は繁くなり、野山で寝ることの日は多くなった。

そして、暇さえあれば、集会所へ聖書を読みに行くのが、彼の日課になってしまった。

しかし、母も弟のヤコブも、ユダも、イエスが集会所へ聖書を読みに行くことを馬鹿にしていた。それは学問の無い彼が、余計な時間を無駄な事に費やすと思ったからであった。

しかし、イエスの熱心は変わらなかった。彼がエッセネの仲間と交渉を深くするに連れて、その真剣さは、家のものにとっては、発狂したかと思われる程度にまで進んだ。

と言っても、別に仕事を全部やめてしまうというのでもなく、コツコツ仕事をして金を儲けているかと思うと、その金で、着物を買うでもなく、酒や、女に遣《つか》うのでもなく、町に可哀相な老人がいるとか、病人が寝ているのを見ると黙って与えて来るのであった。折々汚い乞食が、のこのこ大工部屋の前までやって来て、お礼を言って行くことがあった。

セフォリスの工事が終わった年の冬の間、イエスは三ケ月ほど、ユダヤの荒野のエッセネの仲間に入って共同生活を送っていたこともあった。それほどイエスのエッセネに対する態度は真剣であった。

で、母がいくら結婚を勧めても、笑って相手にしなかった。

「じゃ、おまえは、いつになったら、結婚するつもりだね？」

と母がきくと、鋸《のこぎり》を持つ手を休めて、

「一生、女房はいらんですよ、お母さん、私には、天のお父様に約束したことがあるんです、わはははは」

と、後を濁した。

ことに、洗礼者ヨハネがエッセネに参加したという知らせを、ヨハネの母エリザベツがナザレに運んで来てからというものは、イエスの日常生活がガラリと変わってしまった。朝は夜明け前に起き出て、裏山に祈りに行く、夜は遅くから、また前山に祈るといった調子であった。

で、弟のヤコブや、ヨセフは、

「兄貴の信心気狂い！」

と言って、仕事の外は、相手にさえしなかった。つまり、彼は家の内にいて、除け者にされていたわけであった。

しかし、幸いにも、ヘロデ・アンチパス王はベスアランプサ市を再建した後、テベリア市を造築し、それがすむとすぐ、セフォリスの修築にかかってくれたので、建築職（大工も石工もどちらでも行ける）を義理の父ヨセフから教わったイエスは、当分失業する心配は無かった。

「そんなに、おまえはエッセネの真似がしたければ、おまえも、エリザベツの息子ヨハネの仲間に入れてもらったらどうじゃね」

母のマリアは、イエスに、そう言ったこともあった。

「え、いつかは、そうさせてもらおうと思っていますがね、末の弟のシモンが十五歳になるまで、家を見させてもらいましょう。シモンが十五になれば、私も自由にさせて頂きます」

と静かに答えた。イエスは計画どおり、三十歳の春をナザレで迎えた。

「われらが宣ぶるところを信ぜしものは誰ぞや、エホバの手は誰にあらわれしや、かれは主のまえに芽《めばえ》のごとく、燥《かわ》きたる土よりいづる樹株《きかぶ》の如くそだちたり、われらが見るべきうるわしき容《すがた》なく、うつくしき貌《かたち》はなく、我らがしたうべき艶色《みばえ》なし、かれは侮《あなど》られて人にすてられ悲哀《かなしみ》の人にして病患《なやみ》をしれり、また面《かお》をおおいて避ることをせらるる者のごとく侮られたり、われらも彼をとうとまざりき。まことに彼はわれらの病患《なやみ》をおい、我らのかなしみを担えり、然《しか》るにわれら思えらく、彼はせめられ神にうたれ苦しめらるるなりと。彼はわれらの愆《とが》のために傷つけられ、われらの不義のために砕かれ、みずから懲罰《こらしめ》をうけてわれらに平安《やすき》をあたう、そのうたれし痍《きず》によりてわれらは癒《いや》されたり。われらはみな羊のごとく迷いて、おのおの己が道にむかい行けり。然るにエホバは、われら凡《すべ》ての者の不義をかれのうえに置き給えり。彼は苦しめらるれども、みずから謙《へりく》だりて口をひらかず、屠場《ほふりば》にひかるる小羊のごとく、毛をきる者のまえにもだす羊のごとくしてその口をひらかざりき。彼は虐待《しいたげ》と審判《さばき》とによりて取り去られたり」（旧約聖書イザヤ書第五十三章一節～八節）

確かに、それが彼の預言であるかのように感ぜられた。その瞬間、電撃のように、イザヤの預言が全身を身慄《みぶる》いさせた。

八一　神の小羊

「何故に彼は世の人の罪を、独りで負わねばならないか？」

彼は、胸の中で、自問自答した。

それに対する答えは簡単であった。

欠損は償《つぐな》わなければならない。尻拭いは誰かがしなければならぬ……そして、その欠損を支払うものは「人の子」の外に無い――ということであった。

いくら神が慈悲であっても、完全人を取り帰すのでなければ、創造のお喜びをお持ちにはなれない。

そして、人の子が、その完全な姿を回復してその全生命を神に捧ぐる、その日に、神のお喜びの声が聞こえ、赦しの宣告が出るのだ。

――そうした声が、イエスの胸底に聞こえた。

「完全な姿とは何だ?」

そんな質問が、また心の底から放たれた。

「万人の軛《くびき》を負い、一切の中に自分の責任を……そして自分の中に、一切を意識したるその霊魂――それが『人の子』としての完全な姿であり、完全な神の小羊なのだ」

イエスは、その声を、心の底に、神の声として聞いた。

若き日より、万人の軛を自覚し、一切の中に自分を、そして、自分の中に一切の責任を、神に向かって負わんと自覚して来た人の子は、今、神への燔祭として捧げられる。

「……エホバの言《ことば》、われに臨みていう、人の子よ、汝イスラエルの牧者《ひつじかい》の事を預言せよ……

汝らその弱き者を強くせず、その病める者を医《いや》さず、その傷つける者をつつまず、散されたる者をひきかえらず、失いたる者を尋ねず……」

その辛辣《しんらつ》なる言葉に、彼は戦慄《せんりつ》を感じた。

——今、国は亡び、民は四散し、聖《きよ》き都は異邦人の手に委ねられているにかかわらず、国を救わんとする牧者はいないのだろうか？

そんなに思い惑うと、部屋のどこかの隅っこで、

「それはお前だよ、お前だ、お前だ、お前のほかにイスラエルを救う牧者はいない——」

という声が聞えた。

彼は、巻物を恭《うやうや》しく、小さい机の上に置いて、ひざまずいて祈った。

「天の父様、あなたは、いつ、イスラエルをお救いになるつもりですか、いつまでこの辱《はずか》しめをお続けになるつもりですか、モーセとエリヤの神、どうか、イスラエルを一日も早くお救い下さい……もし、私の生命が必要でしたらいつでもあなたに差し上げます」

その時、天から声が聞こえた。

「——では、お前の生命をもらおう。お前は、わたしの愛子《いとしご》だ。それで、お前は、万民のために悩む必要がある——」

その強い声に、彼は、人の子としての自覚に入った。

彼は、その時、考えた。

（国を救う力は、剣でも、権力でもない。贖罪《しょくざい》の血だ。過去一切の罪が潔《きよ》められ、一切が新しくなって、万民が神の愛から出直す時に、神の国は初めて実現するのだ。おお、そのために立とう――）

その歓喜に、徹夜して、彼は神に祈った。

次の日、母が外から帰った時、彼も結婚をしたいと、母に言ってみた。

母のマリアは笑った。

「お前の相手は誰だい？」

「お母さん、イスラエルが私の花嫁なんです。私はイスラエルと結婚することに決めたんです。弟達も大きくなりましたから、今日限り、私が死んだと思って、自由にさして下さいね」

母は、彼の血相の変わっているのを見て、

「お前は、何かに憑《つ》かれてやしないのかい？　少し変だね」

と、たしなめるように言った。

しかし、その時、仕事場は、もうきれいに片付けられていた。それを見た母はびっくりして、泣き声に変わった。

「いつまでも、お前は家を見てくれると思っていたのに、お母さんを放っといて出て行くんかい？」

「いいえ、お母さん、あなたを放っといて行くんじゃないんです。イスラエルの全能者が、私をお呼びになるのです」

「どうかしているね、お前は……幼い時は随分、善い児であったんだがね……」

「いいえ、お母さん、私はどうもしていません。どうかしているのはイスラエルです。私は、イスラエルの罪に対して、責任を感じるんです。どうかしばらくの間、おゆるし下さい……ではさようなら、お母さん、三十年の間、ほんとにお世話になりました」

「まあ、この人はどうかしているよ」

彼が、仕事着のまま家を飛び出した時、母はそう言った。

実際、彼が仕事場と離れることは悲しかった。彼が、長年使ってきた、鋸《のこぎり》、鉋《かんな》、物差し、墨《すみ》付け、……彼が研《と》ぎすました鑿《のみ》、そして、父と離れてから十二年間、朝晩覗《のぞ》いた懐かしい小さい窓、……それらと別れることは悲しかった。

しかし、今は、イスラエルの至聖者《しせいじゃ》の呼ぶ声に、地上一切の享楽を捨てて、真一文字に、十字架の道に突進しなければならないのであった。

ただ、神が呼ぶ。ただ、神が呼ぶ！

その至高の声に、地上の愛は何ものでもなかった。ただイスラエルの救いが問題であった。

こうして捨てたナザレから、彼は真っ直ぐに春の雨に増水していたヨルダン川に下った。そしてバプテスマを受けた。

「お前はわたしの最愛の子だ」

という神の声が聞こえた。

川から上がって来た時、ヨハネの眼は曇っていた。ヨハネは、その弟子に彼を指さして、

「民の罪を負う神の小羊を見よ」

と、大声に言った。

その声は、岸辺の柳の林にこだまして、深く、彼の魂をえぐった。

「――そうだ、民の罪を負う小羊になる道だけが、自分に残っているのだ。その道を進もう」

そう覚悟した時に、彼の一瞬一瞬の生活が、神の生活と変わってしまった。彼はわがままを言えない人間となった。すべてが、贖罪者の近道を歩くようになった。

あれから三年経った。そしてとうとう来るところまで来てしまった！

夜は更けた。森の梟《ふくろう》さえ啼《な》かなかった。それだのに、人の子ひとりだけが、民の罪を負って、泣かなければならぬかと思うと、あまりの重荷にその足はたじろいだ。

夜は更けた。星の光さえも小さくなった。暗闇の中に、力付けてくれるのは、目に見えない天の使いだけであった。

天の使い達は、やさしい声で、

「しっかりなさいよ、贖罪の愛のほかに、人類を救う道は無いんですよ。元気よく十字架に

お懸りなさい。己を殺して、神に生きることほど、よき贖罪の道はないのです。潔《きよ》く瑕《きず》なき生活を送って来たあなたの他に、小羊として、死んでよい人はほかにありません。勇ましく、元気をつけて、贖罪の道にお進みなさい」

そういう天使の声が、イエスには、はっきり聞えた。

またしても、彼はこうして暁を迎えた。梢に懸った銀河は消え失せ、東に白む晨《あした》の目醒めに森の小鳥は歓呼した。それで、イエスも、瞑想の静かな拝脆《はいき》から立ち上がって、東雲《しののめ》に向かって挨拶をした。

一〇章　最後の晩餐

八二　雷の子

時は来た！　贖罪の道は開かれた。

イエスはもう逃げ隠れすることは止《よ》してしまった。十字架にかかる前、母と故山に別れを告げるためにいったん、ガリラヤに帰ったイエスはすぐエルサレムに引き返すことにした。

十字架の前にはシャロンの百合も、ガリラヤの山河もその美を持たなかった。

そうだ——贖罪の愛を受けてこそ自然も、初めてその美を発揮し得るのであった。

イエスは十字架に瞳《ひとみ》を据《す》えた。その贖罪の道にのみ回生起死の秘密を求めた。やり直し！すべてのやり直し！　倦《う》み且つ疲れた人生に何の悦びがあろう。死の鎖に繋《つな》がれたものに何の希望があろうぞ！　イエスは、贖罪愛による人類の再創造のみが、人類唯一の希望だと会得《えとく》した。一粒の麦落ちて、万粒を産む。そこにのみイエスは人類の運命の鍵を発見した。

冷い春の雨はようやく晴れ渡り、青草は芽をふき始めた。澄み切った空はユダヤの山々を祝福し、山鳩《やまばと》は合歓《ねむ》の樹の森に啼《な》いていた。

夏には一雫《しずく》もない、エズレル平原のキション川には膝《ひざ》を没するほどの水が流れていた。

――ヨルダン川の増水を見越したイエスの一行は、真直にサマリアを突き抜けて、エルサレムに入ろうとした。総勢十三人、イスカリオテのユダとマタイを除いた他は、すべてが労働者上がりであった。で、国境を監視していたサマリア人は、彼らを怪しんで、その通行を禁止した。彼らを匪賊《ひぞく》の一団と睨《にら》んだかも知れない。

たといそうでなくとも他に理由があった。イスラエル民族が、全部捕虜になって、アッシリアに引張られて行った時、そのあとに移民として落ち着いたのが、このサマリア人の祖先であった。それで、サマリア人は、エルサレムに対して、いい感じを持っていなかった。彼らは、イスラエル人が厭《いや》がる人間の死体を、エルサレムの神殿にそっと放り込んで厭がらせをしたり、サマリアの近くのゲリジム山上に、エルサレムの神殿を模造して、そこで礼拝を始めたり、ほとんど意地になって、イスラエルの民族運動に反対した。

で、最近も、エルサレムとゲリジム山の間に喧嘩があった。そんなことから、イエスの一行を阻止したのであった。

ヨハネとヤコブは、興奮して、イエスに言った。

「先生、天から火を呼び降して、彼奴《きゃつ》らをやっつけてしまいましょうよ」

イエスは、笑いながら、

「なにを興奮しているんだ！　まだ分からないのか！　君らは、私の使命が、滅ぼすことにあるんではなく、救うことにあることが、気が付かないのか」

そう言って、イエスは、踵《きびす》をめぐらせて、ペレアの道を選んだ。

興奮は続いていた。弟子達は、夜も寝られないほど、イエスの身の上のことを案じた。しかし、イエスは存外平気で、決して調子を外すようなことはなかった。

サマリアとガリラヤの境界線に沿って、ヨルダンの谷に下って行く時であった。草叢《くさむら》の中から、突然、十人のらい病人が現れた。

その中の一人が、イエスを知っていたので、遠くの方から声をあげてイエスを呼び止めた。

「先生、我々に同情して下さい！」

イエスは直ぐその人達が、らい病人であることを発見したので、彼らを即座に癒《い》やした。

イエスは、サマリア人に排斥せられても、サマリア人の困っている者を見て、捨てておくような態度には出なかった。

それを見たヨハネは、鼻の上に皺《しわ》を寄せてペテロに言った。

「うちの先生は余ほど変わってるなア、あれだけサマリア人に剣突《けんつく》を食っても、サマリア人が困っていると苦い顔もせずに、ちゃんと病気を癒やしてやるからなア、うちの先生は賢いのか馬鹿なのか、ちょっと見当がつかんなア、うふふ」

それを傍で聞いていたトマスは直ぐイエスに報告した。するとイエスは立ち止まって大声にヨハネを呼んだ。

「おい、雷の子！」

あまり突飛なイエスの諧謔《ユーモア》に皆噴き出した。トマスはイエスに聞き直した。

「先生、雷の子っていうことはどういうことなんですか」

「だって君、ヨハネは天から雷でも呼び降して、サマリアの町々を焼き払ってしまおうっていうんだからねえ、随分気の短いやつだよ、それで、ヨハネとヤコブはこの後『雷の子』という綽名《あだな》をつけてやろうや」

雷の子のヨハネがやって来た。するとトマスもピリポも一緒になって大声にヨハネの方に向かって言った。

「おい、君はいい名を先生から頂いたなア、先生はこの後、君に雷の子という名をおつけになったぞ、しっかりせいよ、雷の子！」

ヨハネは頭をかきかき、イエスに言った。

「先生いやな名ですなア」

イエスは笑いながらヨハネに言った。

「いい名前じゃないか、ごろごろさんの子なんていうのは、――君たちは少し癪《しゃく》にさわると天から雷でも呼び下して、誰彼問わず復讐しようなんて考えるが、そんな考えはあまりよくないねえ、出来るだけ辛棒して、君たちを呪《のろ》うものを祝福するような態度に出なくては嘘だよ」

ヨハネはそう言われてもまだ降参はしなかった。

「しかし先生、あんまり癪にさわるじゃありませんか、サマリア人はほんとに分からんですからなア」

八三　嬰児《えいじ》の心

弟子達の興奮は続いた。それで、怒らなくてもよいことに、がみがみ口論が始まった。ことに、トマスとイスカリオテのユダは興奮しきっていた。増水したヨルダンを東に越えてヤベシギレアデに差しかかった時であった。信心深い母親達が、

「そら、イエス様に子供の頭を撫《な》でてもらえ」

とばかり、進むことも出来ないほど、押しよせて来た。

預言者に頭を撫でてもらえば出世する、という母親達に一種の信仰があった。

弟子達は、それが煩《うるさ》かった。

「うるさい、うるさい！」

「こんなに大勢連れて来ると、先生が動けんじゃないか！」

そう言って、お母さん達を追い払おうとした。弟子達の考えでは、戦闘的になったイエスに、子供の頭に手を按《お》くような余裕は無いと思った。しかし、母親達を追い払っているトマスと、イスカリオテのユダを見た時、イエスは彼らに言った。

「おい、おい、そんなに追い払うなよ。お母さん達に、子供をこちらに連れて来るように、言ってくれたまえ」

そう言って、イエスは、街の大通りの中ほどにあった広場に杖《つえ》を止めて、赤ん坊の頭の上にも、よちよち歩いて来る幼児の頭の上にも、一々手を按いて祝福した。母親達は満足気にそれを見て、感謝して立ち去った。次から次に、祝福を受けに来る者が、四、五十人を下らなかった。

イスカリオテのユダは苦《にが》みばしった頬ぺたに、笑いを含ませながら、イエスに言った。

「先生もずいぶん、陽気ですなア」

そう冷かされても、イエスは、それを悪くはとらなかった。

「神の国にいるものは、みんなこんな者だぜ、ほんとにそうだぞ、君、赤ん坊のような気持ちになって、神の国を受け得る者でなければ、神の国には入れないぜ」

子供らを祝福していられるのを見て、ヤコブとヨハネの母サロメは、何と考えたか、イエスを道の傍に連れて行って、妙な願いを始めた。

「先生、今度エルサレムに行かれたら、いよいよ天下をお取りになるでしょうなア、その節は先生、まことに恐れ入りますが、左大臣と右大臣をこの二人の子供にやらせて下さらんでしょうか」

イエスはその言葉を聞いて、あいた口が塞《ふさ》がらなかった。あんまり分からないのに咎《とが》めだても出来ず、イエスは頬に微笑を湛《たた》えながらサロメに言った。

「お母さん、お母さん、そんなことはねえ外国の王様が考えることですよ。神の国ではねえ、人の嫌がる奉仕をするほどえらいんですよ、人の下目下目についておれば皆が、いつか上に立つようにしてくれるんです。あなたは、まだわたしが王様になるように考えているようだが反対ですよ、わたしは苦い盃《さかずき》を飲みに行くんですよ、見ていて御覧なさい、ローマ兵がわたしを縛り上げわたしはえらい目に遭いますからねえ」

八四　樹上の税関長

イエスが、そんな、なごやかな気持ちでおっても、弟子達の興奮はまだ続いていた。で、旅の間も、イスカリオテのユダが、他の弟子から排斥されていた。それを、イエスは、面白い譬え話で、みんなが忍耐するように説いた。

ちょうどエリコにさし懸《かか》った時、村々から、大勢の人が集まって、イエスを見るために、道も狭くなった。

エリコの税関長ザアカイも、イエスの顔を一度見たかったが、背が低いのと、街では持てないので、誰も、前列でイエスを見よと勧めてくれるものはなかった。考えた末、彼は、自分の屋敷の隅に生えていた大きな桑《くわ》の樹《き》の上から、イエスの顔を見ることにした。

イエスがやって来た。とてもえらい人気で、街道は通れないほど、人で詰まっていた。ザアカイの家の半丁ばかり手前で、イエスの前に歩いていたマタイは、エリコの税関長ザアカイが、自分の家の生垣の上に出張っている大きな桑の樹の枝に乗っかって、イエスの方を見ている姿を発見した。

これまでも、度々、エリコを通ってエルサレムに出る度毎に、この家の垣根の傍を通ったので、イエスは、マタイから、ザアカイの人となりを聞かされていた。

マタイは、イエスに、桑の樹の枝を指さして言った。

「先生、あの樹の上から、税関長のザアカイが見ています」

そう言って、笑った。

樹の下に来た時、マタイはにこにこ笑いながら、ザアカイを見上げて挨拶をした。

「ザアカイさん、久しぶりですなア」

「よう！」

ザアカイは笑いながら、簡単に言葉をかけた。イエスも樹の下で立ち停った。

「ザアカイさん、私の方の先生です」

と、マタイは、イエスを、樹の上の彼に紹介した。

幾百人の眼は、樹の上のザアカイにその瞳を据えた。彼は、顔を真赤にして、樹の上で、まごまごした。

街路に溢れた群衆は、みんな笑い出した。それを気の毒に思ったイエスは、要領よく、マタイを通して、今夜、彼の家に泊ってもよい、と言わせた。

「ザアカイさん、今夜、先生は、お家に泊ってもよいと言っておられますが、どうですか？お差し支えありませんか？」

ザアカイは、すぐ樹から下りて、イエスを家に迎え入れた。

群衆は、イエスが、街でも評判の悪い売国奴扱いされている徴税人の家に入って行ったので、口々に言った。

「おや、おや、先生は、あんな家へ入って行ったよ」

街路から、石を、垣の中に投げ込んだ者もあった。しかし、ザアカイは、大いに面目を施されて、この上なく喜んだ。

その晩、晩餐の席に就いた時、イエスの正面に座ったザアカイは言った。

「先生、私は、決心いたしました。今まで儲けた財産の中から、半分だけは貧乏人に施すことにしました。そして、今まで、無理して取った者があった場合には、四倍にして弁済してやることに決心しました」

弟子達は、みんな、その事を聞き、顔を見合わせて喜んだ。

イエスは、口に持っていったパンを噛みながら言った。

「それは、いい決心をされた。この家は救われた。やはり、アブラハムの子に違いないね。人の子は、脱線している者を救うために来たんだからね、そういうことを聞くと、嬉しくてたまらないよ」

食事がすんで弟子たちが各々寝室に入ってから、イエスはまだ一人食堂に残っていた。

ザアカイは今宵の感激にうち慄《ふる》えて、イエスを歓待するために、何となしにそわそわしていた。その時、イエスは言いにくそうに、ザアカイに、エルサレムの牢獄に囚われているエヒウの話を話題に上せた。そして彼の娘ドルシラに与えた約束が気にかかると見えて、それとなしにこんな話をした。

「二百シケルあるとその娘がまた奴隷にならなくても、その父を救ってやることが出来ると思うんだがねえ、何かいい工夫はないだろうか、実は五十シケルくらいは出してくれる者もあるんだけれども、まだ百五十シケル足らないのでねえ、ドルシラにどうかしてやると約束したけれども、そのまま放ったらかしてあるんだが、今度エルサレムに出たら、どうかしてやらなくてはならんのでねえ」

ザアカイはその言葉を聞いて即座に答へた。

「先生、そんなことでしたら私は皆は出来ませんが、百シケルぐらい出させて頂きましょう」

イエスはザアカイの好意に感謝した。

「ありがとう、それでもうあと五十シケルを誰かに頼んで作ってもらって早速、ドルシラにアントニアの牢獄まで持って行かそう……実際あの親子は誰も面倒を見てやる者がないので可《か》哀相《わいそう》だから、どうかしてやりたいと思っておったんですよ、お陰であの一族も日の目を見ることが出来るでしょう、やあ、ほんとにありがとう」

イエスが繰り返し感謝するので、ザアカイも全く面目を施され、その夜は嬉しくて一睡もしなかった。

翌朝イエスの一行は、夜明け前に棕櫚《しゅろ》の町エリコをあとにしてエルサレムへと急いだ。登り四里の道は相当にえらかったが、昼過ぎ一行はベタニアの村についた。そしてラザロとらい病人シモンの家に合宿することになった。

二月ほど前イエスに復活させてもらったラザロは、再び健康になって、イエスを心より歓迎した。マリアも、ラザロの健康が何より不思議だと言ってイエスに感謝した。しかし、イエスはもう過去のことは忘れているかのごとく、ラザロの復活の話などはおくびにも出さなかった。そしてむしろどうにかして、アントニアの牢獄に囚われているエヒウを救い出すことのみを考えているらしかった。それでマルタの顔を見るなりすぐ尋ねた。

「ドルシラはその後来ませんでしたか？」

マルタは両手を揉《も》みながら答えた。

「いいえ、一向お見えになりませんでした」

「どこにいるかなア」

「この前先生がお立ちになってから、妹がドルシラさんをお連れして、革揉《かわなめ》しのベンヨセさんのところへ女中にお世話したんですが、その後ラザロが羊門のところで一度ドルシラさんに逢ったそうですが……その時はその革揉しの家もよして、博労《ばくろう》の家に奉公しているとか言っていたそうでございますよ。何でも革揉しの家におっては、お父さんを自由にするだけの金が、とても出来ないからと言って、博労さんに頼んで羊飼いになるんだと言って、早く二百シケルの金を作るんだと言っていたそうです」

イエスはマルタの話を聞いて、窓越しに見える無花果《いちじく》の葉を見つめながら物思いに沈んでいた。

マルタはイエスに階下から水を汲んで持って来た。その時イエスはマルタに尋ねた。

「じゃア、ドルシラは今、どこにいるか分からんね」

「いや、先生、ラザロはその博労の家を知っていますからすぐ分かると思いますがね、ラザロに尋ねにやりましょうか」

「いや、それには及ばないがね、一つ気にかかってることがあるんですよ。それはあんなにドルシラに約束したでしょう、出来るだけエヒウを救い出す金を作って見ようと言ってね――しかし、まだ百五十シケルしか出来ていないものだから、私はなんだかドルシラの事が気にかかって、近頃は夢にも折々あの子が悩んでいることを見るのでね、どうかしてやりたいと思っているんですよ」

「そうですか、先生、もうあと五十シケルなんですか、百五十シケルあるんですね、じゃア、ラザロと相談して、家の羊を十匹ぐらい売りましょうか、五月まで待てば毛が売れるんですけれど、ラザロの全快祝いに神様に献金しましょうかねえ……しかし先生、エルサレムの商売人はね、とても金離れが悪くてね、売ってもすぐ金をくれないんですの、しかし、過越し祭で燔《はん》祭《さい》に羊を献《ささ》げる人もありますから、よく頼めば博労さんも金をくれると思うんですがねえ」

マルタは階下に飛びおりて行った。そしてラザロと相談したらしかった。すぐまた階上に飛び上がって来て悲しそうな声を出してイエスに言った。

「先生、困りましたねえ、売れる羊がたった六匹しかいないそうです。家には……しかし先生、先生がエルサレムにいらっしゃる間に、兄弟して是非その五十シケルは作らせて頂きますわ……先生そうすれば、ドルシラのお父さんはきっと救い出せるんですか?」

世話女房らしいマルタは、ラザロが復活してから、ナザレ人イエスに対する態度は一変した。それまではマリアのことをナザレ気狂いと嘲っていたが、今度は彼女自らが、ナザレ気狂いであることを誇りとするようになった。

イエスは、マルタの問いに何と答えていいか知らなかった。しかし今までの例に徴してローマの司法官には、金を待って行きさえすれば、大抵の罪人が釈放せられたことを知っていた。で、イエスは言った。

「ローマ政府はお金が欲しいと見えて、金さえ出せば大抵の人は自由になるじゃアないの。だからエヒウの友人も金を千卒長《せんそっちょう》に渡して出て来ているところを見ると、全く望みがないということはないようだね」

それを聞いて、マルタはイエスに手を差しのべた。

「先生、少しお待ち下さい、きっと私五十シケルを作って、先生の御心配になっているエヒウを自由の身に出来るようにいたしますわ」

イエスはマルタの手を堅く握りしめて、にっこり笑った。

八五　ナルドの香油

その晩らい病人シモンは、イエスの一行を招いて晩餐会を開いた。ラザロも招かれたが、マルタとマリアはお台所の応援に行った。

旧暦七日の月は大空に懸り、ケドロンの谷は紫色に見えていた。

イエスが食堂の中央に座席を取ったとき、ベタニアのマリアは、ナルドの香油の入った壺を持ってイエスに近づいた。そして、イエスの前にひざまずき、香油をイエスの足に注いで、それを彼女の髪の毛で拭った。

香り高い芳香は部屋に充ち、弟子たちはマリアの思い切った所作に眼を丸くした。

「惜しいことをするなア、香油を買う金があれば、貧乏人にやればよいになア、あれだけで三百デナリもするだろう」

そうイスカリオテのユダは呟いた。

それを聞いたイエスは直ぐ彼に答えた。

「貧乏な人はいつもいるが、私はいつまでもいないよ、この娘は私のお葬式の香奠《こうでん》のつもりでやってくれるんだから、あんまりやかましく言わんがいいよ」

そう言われたのでマリアは、そっと涙を呑みこみ、その席から立って台所に入った。

八六　日曜日

「万歳！」

「ホサナ！　主の名によって来《きた》るもの万歳！」

「ホサナ」

「万歳！」

「なんだい？」

祭司長のカヤパは、神殿の東門にあたる、通称美麗門《うつくしもん》の方に当たって、時ならぬ歓呼の声があがっているのを見て吃驚《びっくり》した。宮守頭《みやもりがしら》のエホヤダも神殿の表門に出て、美麗門の方を凝視した。大衆は手に手に棕櫚《しゅろ》の葉を持ち、上衣《うわぎ》を路上に敷いて、驢馬《ろば》に乗って歩いて来る者を待っていた。

そこへアンナスもやって来た。彼は、エホヤダにその歓呼の声が何であるかを尋ねた。

「さあ？　私も分かりませんのですが、今、見にやりましょう」

学者のベンエズラが美麗門の方からやって来た。それを見たカヤパが彼に尋ねた。

「あれは何ですかい？」

「いや、また例のナザレの大工がエルサレムに来たといって、馬鹿な奴どもが騒いでいるんですわい……大工の野郎、馬にもよう乗らないで、汚い着物を着て驢馬に乗ってるんですがなア、それを馬鹿な奴どもが皆ありがたがって、日除けの頭巾を路に敷いたり、上衣をあいつの乗ってる驢馬に踏んでもらったり、気狂いのようになって、あいつを天から来た救い主だといって喜んでいるんですよ」

彼らは神殿の石段の上に立って話していた。

美麗門の方に当たって歓呼の声が聞えると同時に、神苑《しんえん》内におった諸国よりの巡礼者たちは皆美麗門の方に集まってしまった。

狂気したようになって、熱心党のシモンが民衆を整理していた。

「こら、そこどけ、そこどけ、救い主様《メシア》のお通りではないか」

そういうと民衆はさっと美麗門の両脇に立ち退いて、中央部をイエスのために開いた。

イスカリオテのユダは、いかにも得意になってイエスの乗っている驢馬の口元を取っていた。

「万歳！」

「ホサナ、主の名によって来《きた》るもの、ホサナ」

その歓呼の声に、地中海の諸国から来た巡礼者のほとんどすべてが、美麗門を中心にして集まった。それだけ人が集まると、さしもの広い境内もすべての会衆を容《い》れるには狭過ぎた。日はようやく西に落ち神殿の屋根は紫色に光っていたが、大衆の宗教的情熱に較べるなら、黄金で巻かれた神殿も何だか子供欺《だま》しに見えた。幾万の大衆が、ホサナ、ホサナを連呼してもイエスは驢馬の上に乗って笑い顔一つしなかった。またイエスは歓呼する大衆に媚《こ》びへつらうような態度は少しも取らなかった。

彼は両眼を神殿の屋根の上に据えて、深く自分の運命について考えている様子であった。

石段の上に立って見ていたアンナスは疳《かん》高い声で言った。

「困ったこったなア、また一騒動起こされると迷惑するなア――一つ思ひ切ってやってしまおうか」

そう言って、彼は女婿《むすめむこ》のカヤパの顔を見上げた。

そう言っているうちに大衆の先駆は神殿の石段の下までやって来たので、アンナスもカヤパも、エホヤダも、ベンエズラも皆苦味走った顔をして、祭司長の事務室まで廊下伝いに入って行ってしまった。

「万歳！」

「ホサナ！　主の名によって来《きた》るもの、万歳！」

そうした声は神殿の中まで共鳴を起こして何ともいえない荘厳な感じを与えた。

もう日はとっぷり暮れた。神殿の中は灯明だけが、七つの焔《ほのお》を揃えてかすかに燃えていた。

神殿の南側から東側にかけて並んでいる両替屋の店や、鳩や羊を売る小商売人たちも皆、店を仕舞ってしまった。それは幾万の群衆が宮の中に押し寄せると、彼らの屋台店を顛覆《てんぷく》されるだろうとの恐れもあったからだ。もう暮れが近づいて犠牲を献げる当番の祭司たちも皆引き上げた。

イエスは美麗門の内側で驢馬を下り、静かに皆の敷いた上衣の上を踏んで宮の中に入って行った。それで弟子たちも彼のあとに随《つ》いて入った。

神殿に入ったイエスは、宮の賽銭《さいせん》箱の横まで行って、静かに瞑目してひざまずいた。それで弟子たちも皆ひざまずいたが、大衆はいくら待ってもイエスが神殿の中から出て来ないのに退屈して、ある者たちは闇を踏んで各自の天幕に帰った。

二十分近くも神殿内に瞑想していたイエスは、立ち上がって周囲を見回すと、そこにはもう弟子の外誰もいなかったので、彼も静かにまたベタニアの方に歩いて帰った。

八七　月曜日

「宮守頭さん、早く来て下さい……ナザレの預言者が暴れ出しましてな、大変なんです」

その声を聞いてエホヤダは、事務室の扉を開いた。

「どうしたっていうんだい？」

「どうしたもこうしたも無いんです、あの……昨日の晩おそく、大勢と一緒にエルサレムへ上って来たイエスが今、あのように暴れているんです」

エホヤダは美麗門に向いた石段のところまで出て見た。果たして商人が言ってきたとおり、イエスは麻縄で鞭をつくり、両替屋の店をひっくり返していた。

これは大変なことが起こったと思ったエホヤダは、すぐ祭司長カヤパの事務室に駈け付けた。しかし、カヤパは部屋にはいなかった。それで、エホヤダはまた表に飛び出して、イエスに直接行動を止めさせようとしたが、あまり群衆が大勢彼を取り巻いていたのでエホヤダは恐れをなして、イエスによう接近しなかった。それでエホヤダは美麗門に面した神殿の石段の上に立っていたが、そこへ祭司長の下僕《しもべ》マルカスが通りかかった。エホヤダは彼を呼び止めた。

「おい！　イエスが暴《あば》れてるっていうが、あいつを捕える工夫はないんかい？」

「いや、実はそのことについて今、ローマ軍の千卒長のところへ相談に行くところなんです。さっきカヤパ殿の自宅の方へ、早速どうかしてくれといって頼みに来た男もありましてね、我々の手で捕えて見ようかと思ったけれども、御覧のとおりに諸国からやって来ている群衆は、大抵皆イエスに賛成しているもんですからね、ローマの兵隊に頼んで捕えてもらうより外、道はないんですよ」

そう言っている間も、イエスが神殿内の悪徳商人を征伐《せいばつ》していると聞いて、境内に集まる群衆の数はますます増えた。そしてイエスが両替店の屋台をひっくり返す度毎に万歳の声を上げた。

「いや、実に痛快だなア、実際あの商売人たちは悪いからなア、預言者が出て来て、あいつらに痛棒を加えてくれなければ、世界中からお参りに来るものが皆困るよ」

そんな話を境内のあちらでも、こちらでも数人ずつ集まって話していた。また、あるところでは、こんな話をしている者もあった。

「この店というのは皆、アンナスがやらせていて両替屋の儲けも、鳩売りの儲けも皆、アンナスが歩合を取ってるというじゃアないか、なにしろ、エルサレムの市場で買えば一歳の羊がわずか六シケルで買えるものを、神殿に献げるために祭司から買うと、三十六シケルもするというんだから、暴利も暴利、少し程度を通り越しているよ、ほんとに困ったことだなア……だからイエスが怒るのは当り前だよ」

マルカスがローマの百卒長を連れて来た。しかし、境内に集まった数万人の人々は、イエスが両替屋の店を顛覆する度毎に万歳を連呼して喜んでいるものだから、とても手が付けられないと思ったか、黙ってまたアントニアの塔に帰って行ってしまった。それで、マルカスは神殿内のエホヤダの部屋に入った。ちょうどそこへカヤパも顔を見せた。

カヤパはマルカスの顔を見るなりすぐ尋ねた。

「ローマ軍の千卒長はどこへ行ったね?」

「すぐ百卒長が見に来てくれたんですけれども、あんまり大勢でしてね、こんな時にイエスを捕えたら、また騒動にでもなると困るからと言って帰って行ってしまったんです。どうもナザレの大工には手がつけられませんなア」

八八　火曜日

黄金の延べ板を張った神殿の四方の壁は、眩《まばゆ》いばかり朝日を照り返して、信神深いユダヤ人の賛仰の的になっていた。過越しの大祭に地中海の沿岸諸国からやって来た数十万の巡礼は、朝早くから聖都の周囲の山々に張りめぐらした天幕から、この黄金を巻いた、神殿を目当てに集まって来た。

彼らのすべてはモーセによって起こった奴隷解放の奇跡が、今度の過越し祭に再び繰り返されることを翹望《ぎょうぼう》していた。

いや、そうしたエジプトからの快報が繰り返されないまでも、メディアの大王クロスによって七十年間のバビロンの捕囚より解放せられた如く、今度の過越し祭には、ローマ政府の羈絆《きはん》より解放せられて、自由の星が見上げられるのではないかと、期待して来たものも数少なくなかった。

イエスが民衆に支持されたのは、全くこの期待に一致したからであった。しかし、イエスに対する期待が全面的に裏切られて、三年有半の歳月をイエスのために空費したと考えるほど、幻滅の悲哀を感じていた者はイエスの十二人の弟子達であった。

そのうちでもヘブロン市の郊外で生まれた、イスカリオテのユダの失望は全く想像以上であった。

彼は、エルサレムの七十人議会でイエスをキリストだと言う者があれば厳罰するという命令の出たときは、まだイエスについて失望していなかった。しかし、ラザロの復活以後、七十人議会が決議をもってイエスの逮捕令を発布したとき、もうこれは駄目だと思った。

イスカリオテのユダは元来が商業出身であったので、始めから労働者の多いイエスの弟子たちの間にはあまり信用されなかった。しかし、彼としてはイエスの外に国権を回復してくれる者はないと思ったので、あらん限りの侮辱を忍耐してイエスについて来た。

しかし、いつまで経ってもイエスが逃げてばっかりいて、急所急所を押えて行くべきはずのところを、皆時機を失してしまったので、彼はもう厭気がさしてしまった。

ことにイエスが宮潔めだと称して、エルサレムの商人を怒らせてしまってからというものは、彼は全く気を腐らせてしまった。

「先生、宮潔めもいいですけれども、エルサレムの商人を怒らせてしまっちゃア、軍資金が全く続かんじゃアありませんか」

そう言ってイスカリオテのユダは、祭司や神殿内の商人たちと正面衝突をした後、エルサレムからベタニアまで引き揚げて行く途中、ケドロンの谷でイエスに忠告したこともあった。

「二年前の過越し祭の時、先生に三十八年動けなかった全身不随の妹を治してもらった者の兄貴は、神殿の門の入口で両替屋の店を出していたもんですから、あの時はお礼だといって十シケルも献金してくれたんですが、今日は先生が、あの男の店を真っ先に叩《たた》き壊しなすったので、ぶうぶういって怒っておりましたよ」

そうイスカリオテのユダは付け加えた。

しかし、イエスはそれに対して一言も返事をしなかった。

こうしたイエスに対する反感からイスカリオテのユダは、過越し祭の火曜日の朝、イエスに伴われていったんエルサレムの神殿に入ったけれども、神殿内の礼拝が済むと他の十一人の弟子達と一緒に行動をしなかった。他の弟子達はソロモンの廊下に行って、イエスの話を聴いていたけれども、彼は神殿の中に居《い》残って、去年の春から心易くなった宮守頭のエホヤダと時局談を始めた。

「あなたがローマの兵隊を祭壇の上から突き落したというのはこの上からですか、随分高いですなア、十四五尺もありますか、これで」

黒っぽい石灰岩で出来た自然のままの大きな祭壇を見上げて、イスカリオテのユダはへつらうようにエホヤダに言った。

エホヤダは何と思ったか、イスカリオテのユダをさし招いて、普通ならば祭司の職にある者の他、登ってはならないその祭壇に、案内してやると言い出した。

イスカリオテのユダはそれを身に余る光栄と思って、早速、小山のように盛り上がった、昔アブラハムがその子イサクを献げたと伝えられている、神聖なる祭壇の上へ両脚を慄《ふる》わしながら登った。

イスカリオテのユダの頭には古い歴史が急に復活して来た。

――イエスが説いている天の父の救いなどいっても、この神聖な歴史に較べては子供だましのようなものだ。あんな偉そうなことをいっても、イエスはまだ一度もこの神聖な祭壇の上を踏んだことはないではないか――

小山の頂のように広い祭壇の上には円形の窪みが作られてあった。そしてその円形の端の方には犠牲に献げられる動物の血が流れるように穴が穿《うが》たれてあった。

宮守頭のエホヤダは自慢話のように祭壇の上に立って、イスカリオテのユダの耳に囁《ささや》いた。

「ここからローマの兵隊を突き落してやったんだよ、あいつら実に無茶をするからなア……」

イスカリオテのユダの耳にはその言葉が入らなかった。彼はアブラハムがイサクを献げんとしてから約二千年、連綿として続いて来たこの神秘なる聖所には、神の特別な恩寵《おんちょう》があると思ったので、祭壇の頂上の隅っこにひざまずいて至聖所に向かって黙祷《もくとう》した。

身体がぶるぶる慄えた。あまり永くそこにいると天罰がたちまち来ると思った。イエスの高尚な説教に感動しない彼も、この技巧を加えてない素朴な自然石の祭壇には不滅の印象をうけた。

「ありがたいですなア、もったいないですなア」

声を慄わせながら、イスカリオテのユダはその言葉を繰り返した。

何と思ったか祭壇から降りたエホヤダは、イスカリオテのユダを彼の事務所に連れて行った。

「まあ掛けたまえ、君、妙なことを聞くようだがねえ、君はナザレのイエスとは親しいようだが、一体あの男は、なぜあんなに、昨日のような乱暴なことをするんだね、僕もあの預言者のいう神の国っていうことは多少分からんでもないがね、あの男が神殿に対して破壊的の態度に出るということは、根本的に間違っていると思うね、僕は」

イスカリオテのユダもそれに共鳴した。

「いや、私もそれには同感です。イエスが全能者を天の父と呼んで、自らを神の子だと言ってるのは少しおかしいと思いますなア」

「君もそう思うかね。君のように長年イエスに交わりのある人でも？　すると君に教えてもらいたいが、あの男が奇跡を行ってるというが、実際信ずべきものかね」

「あれはほんとでしょうな、それは確かにあの人は変わったところはありますよ、しかし、結局あの人はエッセネですね、現代には向きませんですよ、私にはあの人のいうことがもう、さっぱり分かりませんですよ」

また地方から巡礼の一団が着いたと見えて、賑かな賛歌の響きが神殿内を揺り動かして、何とも言えないほど荘厳な感じをイスカリオテのユダはうけた。

「どうもいいですなア、やはり先祖から伝わって来たしきたりはいいですなア、私はイエスがいうように、この神殿を破壊するというような気持ちには、全然共鳴しませんなア……私は第一イエスが犠牲を売ることを邪魔したり、お賽銭《さいせん》の両替に反対したりする態度が気に食わんですよ」

宮守頭のエホヤダは眼を丸くして、イスカリオテのユダの顔を覗きこんだ。

「ふふム、そうですか、じゃア、あなたは大工イエスには共鳴していらっしゃらないんですな」

「ええ、ええ、私はあの男に幻滅の悲哀を感じているんです。あの男はもう少し大きな仕事をする男かと思っていたんですがねえ、あの男はあれだけの男ですよ。あの男は二口目には十字架、十字架と言っていますがねえ、自らは民の罪を負う神の子羊だと自任しているらしいですがな、私は大工していた男が一人ぐらい死んだところで、イスラエルの罪の贖いにはならんと思うのです」

エホヤダはしきりに頷《うなず》いていたが、何か思い当たることかあったと見えて小声に言った。

「君、お差し支えがなければカヤパ祭司長に会ってくれませんか、君が私に言ってくれたようなことを祭司長にもう一度言ってくれると、祭司長は非常に安心すると思うんですがねえ……そうするとあなたはあの、皆が預言者だといって騒いでいるあの男も、別に大したものではないと思っておられるんですね」

「ええ、あの男は安息日は守らないし、水祓《みそぎ》の水は汲まないし、断食もしなければ、燔祭の羊一匹買うことをしないくらいですからねえ、私のように、きちんきちんと儀式を守って行きたい人間には、型が合わんですよ、とにかく、私はあの男には幻滅の悲哀を感じていますなア」

「じゃア君はもうあの男と行動を伴《とも》にしないですか」

「ええ、もう今度の祭りであの預言者とは手を切ろうと思っているんです、どこかこの神殿の庭掃除にでも雇ってくれませんかな、わははは」

「じゃア君、これからいっしょにカヤパ祭司長のところまで会いに行きませんか」

「ええ、行ってもいいです」

ちょうど二人が宮守頭の事務所を出ようとした時、祭司長カヤパが神殿に入って来た。

エホヤダとイスカリオテのユダは、打ち揃って丁寧に敬礼をした。すると祭司長は少し機嫌がわるいと見えて、答礼もろくろくしないうちに大声に怒鳴った。

「また例のナザレのイエスが来ているねえ、ソロモンの廊に大勢集まっているようだよ。あいつがいると余ほど燔祭を献げる者も数が減るだろう、昨夜も鳩売りの男がやって来て泣いておった。あいつは早く捕えてやっつけんと、神殿の修繕費が今年は少し足らんぜ」

そう言いながらカヤパは、アントニアの塔から持って来た、ローマ政府が管理していた祭司長の式服を着けるために、宮守頭の隣の部屋に入った。この式服はテベリウス皇帝の時代になってシリアの知事ヴテラスがアントニアの塔から取り出してきて、いったん祭司長に監理を委ねたものであった。

エホヤダは、イスカリオテのユダを表に待たせておいて、一人カヤパの後から式服の置かれてある部屋に入った。そして何かしきりにひそひそ話をしていたが、また出て来た。そしてイスカリオテのユダを部屋の中に呼びこんだ。

そこには眼の醒めるような美しい十二個の宝石の入った祭司の胸当てや、色糸で作られたエホデと称する式服や冠などが置かれてあった。イスカリオテのユダは遠くから祭司の長《おさ》を見たことはあったけれども、眼の前に祭司の長と民衆から神聖視されているその式服を見るのは、これが初めてであったので、一種異様な感じがした。

彼はイエスに代わって彼自ら何か一芝居打てるような感じがした。そして、その式服の前に立つと大工イエスがいかにも貧弱に考えられた。髯《ひげ》武者のカヤパは、漆《うるし》のように濃い黒い頬髯《ほほひげ》を両手で撫で下ろしながら、ぶっきらぼうにイスカリオテのユダに尋ねた。

「君、イエスを捕まえる工夫はないかねえ、大勢集まってる前で捕まえると民衆が騒ぐから、あまり人のいないところで捕まえたいんだがねえ、君助けてくれないかね、君も知つてるとおり元老院（カヤパは七十人議会をそう呼んだ）は、もうずっと前にあの男のありかを知らせてくれる者に賞金さえ出すことになってるんだがねえ、一体あの男は祭りに出て来てどこで寝ているんだね?」

　イスカリオテのユダは明確に答えた。

「あの男はいつもオリーブ山に寝たり、ゲッセマネの園で寝たりしていますがね、どこって別にはっきりはしていませんのです」

　カヤパはそれを聞いて鼻の先で笑った。

「まるで野驢馬のような男だねえ……少しは気が狂ってるのと違うかね」

　ユダは、目尻に深い皺を寄せてカヤパに答えた。

「気は狂っていないでしょうが、ちょっと普通では判断出来ない男ですなア」

　するとカヤパは、法服の袴《はかま》をはきながらイスカリオテのユダに言った。

「君、明日の晩、僕の家へ晩飯を食いに来てくれんかね、別に何も御馳走は出来ないけれども、ガリラヤから送って来た、うまい葡萄酒が来ているから少し早めに来てくれたまえ、また面白い話もあるよ」

　そう言っているところへ、七十人議会の議員ベンエズラが飛びこんで来た。そして、少し扉を開いてエホヤダに言った。

「困るねえ君、またうるさいイエスが来やがって、大勢の者に燔祭無用論を唱えているよ。それで、僕が何の権威をもって昨日あんなに暴れたのかと聞いたところが、彼奴《きやつ》生意気にバプテスマのヨハネは天から命令をうけたのか、自分勝手に行動したのか、その返事をしてくれるなら早速答えるとぬかしゃがってな、全く始末に負えんよ」

　カヤパはベンエズラに声をかけた。

「まあ、はいりたまえ」

　ベンエズラが部屋に入ると、カヤパは笑いながら彼に言った。

「あいつは賢いんでな、さっきもマルカスが私に言っていたが、イエスは傍に立っていたが、ローマに税金を納めていいか悪いかと、マルカスがイエスに尋ねたところが、イエスは傍に立っていたものの帯の間に挟んでいた一枚の銀貨を借りてマルカスに渡して、『君、そこに鋳《い》抜いてある顔は誰の顔だね』と尋ねたんだそうだ。マルカスが『これは皇帝の顔です』と答えたところが、イエスは即座に『皇帝のものは皇帝に返し、神のものは神に返しなさい』ときっぱり答えたので、マルカスも突っ込みようがなくて困ったそうな——とにかくあの大工はとても頓智《とんち》のいい男だねえ、一筋《ひとすじ》縄《なわ》じゃアいかんぜ」

　礼拝のラッパが神殿に響き渡った。コラの子らの歌う賛歌が全殿を揺るがせた。それでカヤパは慌《あわ》てて式服の上衣を着けて廊下に飛び出した。だが、トンミムと呼ばれて神秘的な力を持っていると信じられている、大切な、十二個の宝玉の入った胸当てを忘れて、また慌ただしく部屋に取りに入った。

　そして部屋に残っていたイスカリオテのユダには、一言の挨拶もしないで至聖所の方に消えた。

八九　水曜日

イエスがエルサレムに来ていることを聞いたドルシラは、みすぼらしい姿でベタニアのラザロの家まで尋ねて来た。

夜明け前オリーブ山に行って一人祈って来たイエスが、食事をするために、ラザロの家に帰って来ると、地方から出て来る巡礼が皆美しい着物を着ている中に、一人ドルシラだけは破れた衣を着て、ラザロの家の小さい入口にしょんぼり立っていた。それを見たイエスは、可哀《かわい》相《そう》に感じた。

「よう、ドルシラ、あなたどうしているの、近頃は?」

ドルシラは恥ずかしそうに、顔もよう上げないでイエスの一言にはや泣いていた。

「先生、私はいま先生のお生まれになりましたベツレヘムで羊飼いをしているんですの、親切な博労《ばくろう》さんが、羊が仔《こ》を産んだら、その産まれた仔どもの半分だけくれるという約束で、二月の寒い時から今まで羊といっしょに野晒《のざら》しの生活をして参りましたの、しかし、噂によりますと、お父さんは、羊が仔を産む前にもう死刑になるだろうといって、この間監獄の看守が言っておりましたので、きょうは先生に是非お願いして、二百シケルのお金をお貸し願いたいと思って参りましたのです」

　イエスの顔色はさっと変わった。

「そう、牢屋の番人がそう言っていたかね、そいつは困ったなア、百五十シケルは出来たんだがね、あと五十シケルが出来ないのでわたしも弱っているんだよ。しかし、この宿のラザロの姉さんも親切に、五十シケルだけは作ってやろうと言ってくれているので、それを待っているんだがね、きょう夜明け前からエフライムに行って、何でも知り合いの羊飼いさんのところで、五月までの約束で六頭とか七頭とかの羊を融通してもらうんだとか言って出て行ったがね。この次の安息日までには帰って来ると思うんだが、少しエフライムまでは遠いのでねえ、いつ帰って来るか分からないので、あなたに約束した金が出来ないのはほんとに残念だねえ」

　ドルシラは相変わらず裸足《はだし》であった。足の親指の関節には大きなあかぎれが、石榴《ざくろ》のような口を張っていた。

「先生、先生に頂いた十シケルはそのまま大切にして持っているんですの、しかし、去年の水道一揆からエルサレムも御承知のとおり不景気でしょう、こちらのマリアさんが親切に革鞣《かわなめ》しのところへ世話して下さったんですけれども革屋さんもあまり商売がありませんのでねえ、私は羊飼いになってしまったんです。しかし、もしかするとこの過越し祭の前に父が死刑になるのではないかと思って、心配で、心配でたまらないんですの。十日に一遍ずつくらい、ベツレヘムから出て来てお父さんのところへ面会に行くのですけれども、あれから一度もお父さんには会わしてくれないんですの。皆ほかの人は番兵にお金やるもんですからねえ、自由に面会出来るんですけれども、私は一デナリでも溜《た》めて早くお父さんを自由にしてあげたいと思うもんですから、それでいくら行っても面会が出来ないんですの……先生、しかし、エリコの娼妓《しょうぎ》ラハブの祈りをきいて下すった神様は、私のようなつまらない者の祈りだってきいて下さいますわねえ」

そう言った彼女の言葉は語尾が濁っていた。彼女はまた続けた。

「先生、私はあなたの教えを受けなければこんなに苦しまずに済んだんですの、もう一度ラモテギレアデに帰って身売りすれば二百シケルはすぐ出来るんですから、父を救い出すことはすぐ出来たんですけれども、先生が純潔を守るほうが、金を作るよりもよいとおっしゃいましたし、命よりか霊魂のほうが大切だとおっしゃいますので、二度の勤めもようしないで、羊が仔を産む三月を楽しみにして、冬からずっと今まで野原の洞穴の中で暮らして来ましたんです。……しかし、先生、お父さんの命を助けるために、私の純潔ぐらいはどうでもいいと思うんですが、やはりいけないんでしょうか？」

去年の秋、妓楼《ぎろう》から出て来た時と違って、ドルシラの頬ぺたにも霜焼けやあかぎれの痕跡《こんせき》が残っていた。そして永らく髪にも油をつけないと見えて、ベツレヘムの野で吹き晒《さら》された髪は赤茶けて見えた。

「ドルシラ、しかしあなたのお父さんはね、自分は死んでもいいから娘だけ救ってくれと言って、ヨアキムさんに言伝《ことづて》して来たんだから、あなたがまた二度の勤めに出たなら、親孝行にならないじゃアないの！」

イエスがそう言うと、彼女はまた泣き出した。彼女はまた涙を拭いてイエスに言った。

「先生、実際親心というものはありがたいもんですねえ、お父さんは世間の人から見ると悪いかも知れないですけれど、私を育てるために随分苦労してくれましたからねえ。お父さんは私を育てるために、ペレアからガリラヤに、ガリラヤからサマリアに、私が十一の時に、サマリアのセバステの祭司の家の小間使いになるまで、ほんとに私のことを思ってくれましたからねえ。私はお父さんと一緒にあちこち漂泊《ひょうはく》した五年間がいまだに忘れられないんです。それもお父さんのためなら、この命でも差し上げて惜しくないと思うんです。しかし、母が病気して薬代も払えなくなったもんですから、私はとうとう十五の春に身売りして母の薬代を作ったんですけれども、いつかはお父さんに世話になった御恩をお返ししたいと思っていたんですが、その御恩が返せないうちに、お父さんがローマの兵隊に捕まってしまったんです……。

先生、あの人は気は荒いですけれども、世間でいうような悪い人ではないんです。決して好いてこのんで掠奪したり、強盗したり、人を殺したりする人ではないんです。私や弟に食わせたいばかりに、つい心ならずも他所の羊を盗んだり、山羊を泥棒したことはありましたでしょうが、決して底から心の腐った人ではないと私は信じているのです。それはお父さんは酒癖は悪いです。しかし、それは酒を呑んだ時のことで、素面《しらふ》の時はほんとに人に親切で、困ってる物乞いでも見れば持ってるものを皆やりたいという性分でした。それがあの人の悪い病になって、困ってる物乞いを助けるためには金持ちから取って来てもやりたい、という気性になってしまったんです。

その気性を私はよく知っていますから、どうかもう一度あの人を牢屋から救い出してあげたいんです……先生、どうか私の父を救ってやって下さい。私の父を救い出すことが出来るなら、一生私はあなたの奴隷となって働きます」

そう言ってドルシラは、またラザロの家の玄関口に泣き伏した。

イエスはドルシラの言葉に、義理の父ヨセフが、なさぬ仲の義理の子であった彼を連れて、仕事を尋ねて漂泊した幼い時のことを思い出して、義理の父を思う心で一杯になった。

義理の父ヨセフは、雨が降りつづいて仕事のない時でも、決して苦《にが》い顔をせずに自分の食う食物がなくても、彼にまず食物を与えてくれた。彼は満四歳のときまで、大工ヨセフを真実の父とのみ考えていた。ある時、鍛冶屋のニカノルの家に遊びに行って、ニカノルの母がその祖母とヨセフの噂をしている話の間に、

「ヨセフさんは感心な人やなア、どこの子か分らぬあのイエスを、自分が生ました子供以上に可愛がっているのが、ほんとにいじらしいねえ」

と、話しているのを聞いた。

その時初めてイエスは幼な心に、彼の義理の父の尊さを胸に刻みつけられたのであった。

それからイエスは、天地の創造者は義理の父ヨセフを通して味い得るような、愛の神であるということを、ひしひし感じるようになった。彼は義理の父ヨセフが荒々しい言葉を出すことを一度も見なかった。しかも、人一倍に信神《しんしん》深くて、いつもイザヤ書の聖句を誦《そらん》じていた。ヨセフは決して腹を立てなかった。仕事先の旦那《だんな》衆が、どんなむずかしい人であっても、ヨセフは決して腹を立てなかった。その義理の父の感化によって彼はもう子供の時に立派な霊魂を自らのうちに発育さすことが出来た。

境遇は違っているが、ドルシラが父を思うことは、その深さにおいてあまり違っていなかった。それでイエスは、そこに泣き倒れているドルシラを助け起こして、階下に降りて行き、マリアに頼んで朝飯をいっしょに食べ、彼が準備していた百五十シケルの金を彼女に手渡した。

朝飯がすむと、ドルシラは羊のことが気になると見えて、またどこかに姿を消してしまった。

九〇　木曜日

「おや、先生、何かおいり用ですか?」

腰をまくり、両袖をたぐり上げたイエスが、マルコの家の炊事場に入って何か捜している様子だったので、御祝儀の晩餐の用意を手伝いに来ていたベタニアのマリアは、イエスの異様な姿を見てそう尋ねた。

「ああ、足を洗う盥《たらい》をちょっと貸してくれんかねえ、皆の足があんまり汚れているので少し、足を洗ってやろうと思うんだよ」

イエスはそう答えた。

「先生、私が洗いますわ」

マグダラのマリアが竈《かまど》からパンを取り出しながら、イエスにそう言った。しかし、イエスの言うことにはいつも柔順なベタニアのマリアは、彼の言うとおり炊事場から二階まで、盥と水瓶《がめ》を運んだ。マルコの母は炊事場で一生懸命に若菜を茹《ゆ》でていた。マルコは表から大きな酒徳利一杯に葡萄《ぶどう》酒を買って来た。マルコの母はその葡萄酒を受けとって、それをベタニアのマリアに二階に運んでくれと頼んだ。

で、マリアが二度目に二階にのぼって行くと、イエスは弟子の足を次から次に洗っていた。そしてちょうどペテロの順番になっていた。しかし、ペテロはイエスに足を洗わそうとはしなかった。

「先生滅相もない、私が先生の足をお洗いしなくちゃアならんのに、先生が私たちの足をお洗いになるというのは全く逆様《さかさま》でございますよ」

ベタニアのマリアは用事を済ませていったん二階から降りかけたが、イエスの態度があまり平素と変わっているので階段のところに立って見ていた。するとイエスは、ペテロに厳かな口調で言った。

「ペテロ！　今わたしのしていることは、あなた達には分からんでしょうが、きっと先に行って理解してくれる時が来るでしょう。先生が弟子の足を洗うのだったら、あなた達はお互い同志もう少し足の洗い合いをしなくちゃいかんね」

その言葉を聞いて大勢の弟子たちは噴きだした。

そこまで見てベタニアのマリアは階段を下に降りて、イエスが弟子たちの足を洗っている様子をマグダラのマリアに話した。彼女は眼を丸くして吃驚《びっくり》していた。

「そう？　先生が皆の足を洗っていらっしゃるの、皆頭掻《か》いているだろうねえ……他の人を押しのけて置いても自分だけ出世すればいいと思ってる人たちばかりだからねえ。先生が痛いところを教えていらっしゃるんだわよ」

若菜とパンが出来たので、ベタニアのマリアはマルコと二人でそれを二階に運んだ。もうその時に足を洗うことが済んで、凹《おう》字形になったテーブルの中央にイエスが座り、ヨハネはその右に、ヤコブがその左に、ヤコブのすぐ左手にイスカリオテのユダが座席を占めていた。

足をイエスに洗ってもらったペテロは、わざと遠慮して左側の一番端に席を取っていた。ベタニアのマリアは階段の近くに置かれてあった水瓶と盥を下に持って降りようとした時、イエスは厳かに弟子たちに言った。

「外国ではねえ、皆、一番偉そうにするものが王様になるんだけれども、あなた達の間ではその反対をしなくてはいけないよ。あなた達のうちで、これから一番偉い者になろうとするものは、人の奴隷になったつもりで働かんといかんねえ。今わたしが足を洗ったのはその一例を示したんだから、皆それに倣《なら》う必要があるね」

ベタニアのマリアはいい言葉を聞いたと思って直ぐ階段を降りた。こんどは若菜に付ける酢を忘れたので、ベタニアのマリアは急いでそれを持って上がった。その時イエスは弟子に向かって悲しげな口調でこんなことを言っていた。

「聖書にかいてあることは皆そのとおりになるよ……ここにいる者のうちにわたしを裏切るものがある、その人こそ生まれなかったほうが遥かに仕合せだったねえ」

そう言うと弟子たちの間には、

「誰だい?」

「困った奴もいるなア」

と私語《ささや》く者もあれば、

「先生それは私ですか?」

と、聞きなおす者もあった。

ベタニアのマリアは下から運んだ酢をイエスの横に置いて、そっと階段の方に降りようとしていた。その時ペテロはイエスの右に座っているヨハネに信号して、イエスに誰のことか聞いてくれと頼んでいた。

するとイエスは、種入れぬパンを割いて酢につけ、イスカリオテのユダの方に差し出して言った。

「これを受け取る男だよ」

それを受け取ったイスカリオテのユダは、頓狂《とんきょう》な声を出してイエスに反問した。

「先生、私ですか？」

そう言って彼は怒りを含んだ調子でイエスを睨《にら》みつけた。

ベタニアのマリアは、この席でこんなことが起こるとは思わなかったので、急に階段を一つ降りたところに立ち止まって、次の瞬間に何が起こるかと見ていた。するとイエスはイスカリオテのユダに厳粛な口調で言った。

「さうだ。君は、計画していることを早くしたまえ」

ベタニアのマリアにはこの言葉が何を意味しているか分からなかった。あるいはイエスがドルシラの父を救うためにユダを派遣《はけん》するのかとも思った。弟子達もそう理解したものと見えて、お互いに顔を見合せていた。しかし、ユダは沈黙したまま静かに席を立って表に出て行ってしまった。

それでマリアはユダのあとから階下に降りたが、竈の前にドルシラが、どこで聞いて来たか汚い着物を着てぼんやり立っているのを見て吃驚した。それで彼女はドルシラに尋ねた。

「ドルシラさん、ユダさんはあなたに用事があったのと違うの？」

ドルシラはただ呆気《あっけ》に取られて頭を左右に振った。

「いいえ」

「私はまた先生があなたのことを心配していらしったから、あなたのお父さんを助け出すために、あなたのところまでユダさんにお金を持たせておやりになったんだとばかり考えていましたわ」

そうマリアはいぶかるように言った。

「あなたの姉さんは、エフライムから帰って来られましたか？」

ドルシラは折り返してマリアに尋ねた。

「いいえ、まだ帰って来ませんのよ、今か今かと思って待ってるんですけれどねえ、あんまり帰りが遅いので先生も、少し心配していらっしゃいましたわ。しかし、遠くまで羊を連れて出て行く人だから、羊の群れを見付けるのに暇がかかるんだと思うんですよ。もう追っつけ帰って来るかも知れませんねえ、だけど、もう外が暗くなったから今頃帰って来ても監獄のほうはもう閉まっているわねえ、帰って来ても役所へ届けるのは明日になるでしょうねえ」

そうマリアが言うと、ドルシラは悪い顔もせず、

「じゃア明日また早くお家までお伺いしますから、よろしくお願いいたします……」

そう言ってドルシラは、月の光で白く見える路次のかなたに姿を消した。

九一　新約の血

ベタニアのマリアは、まだ何かする用事があると思ったので、マルコと二人で給仕に出た。

するとイエスは、小羊のない過越し祭の前祝いの食卓を見回して言った。

「過越し祭の祝いには小羊がいるんだが、今夜はわたしが小羊の代わりになるよ」

弟子達には、ますますイエスの言葉が分からなかった。

イエスは、パンを割きながら黙祷して弟子達に言った。

「もうこれがこの世での最後のお祝いだなア。こんどいっしょに食う時は天国で食おうよ」

イエスはまた葡萄酒の入った酒壷を取り寄せて、皆の盃《さかずき》に注ぎながら言った。

「もうこの酒も最後だなア、こんどは天国で飲もうぜ……これはわたしの血だよ、多くの人の罪を贖《あがな》う新しい約束の血だよ」

そうイエスは、独り言のように言って盃の底を見つめた。

弟子達は、イエスの逮捕令が出ているから、イエスが非常に悲観的なことを言っているとは思ったが、それが贖罪の血であるということはよう理解しなかった。それで、イエスが盃を取りあげたので、彼らもそれを取り上げた。イエスが飲んだので彼らも飲んだ。

イエスはまた盃を措《お》いて天井裏を見つめていたが、皆に聞えるようなはっきりした声で言った。

「人の子が栄光を受ける時がいよいよ来た。それによって天の父も栄光をお受けになるだろう。わたしはまだしばらくの間皆と一緒におれるが、少すれば君たちはわたしを、どこへ行ったか尋ね回るだろう。わたしの行くところへ皆ついてはよう来ないとエルサレムの人に、わたしはよく言ったことだったが、同じことを君らに言わなければならぬ時が来たよ」

そう言ってイエスは平気な顔をしてパンの端を囓《かじ》った。弟子達は、ただイエスが七十人議会の出した捕縛令を気にしているんだということだけは考えていた。

しばらくしてイエスは、また弟子達の顔を一通り見回して、はっきりした口調で言った。

「わたしは新しい憲法を君たちに制定しておこう。それは別にむずしいことではないよ。ただお互いに愛し合いなさいというだけのことだよ。わたしが君らを可愛がったように、もう少し君ら同志も可愛がり合いをしなければいけないね。仲間同士可愛がり合いをすれば、それだけでわたしの弟子だということが分かるんだよ」

その話を聞いていたペテロは、大きい声を出して机の端の方から尋ねた。

「先生、どこへ行かれるんですか？　……私は先生の行かれるところへ、どこへでも随《つ》いて行きますよ」

その言葉を聞いて、イエスは微笑を漏らしてペテロに答えた。

「いくら随いて来ようと思ってもそれは駄目だよ、しかし先になったらどうか知らんなア」

ペテロはその答を聞いて居丈高《いたけだか》になった。

「それは先生、どういうわけですか？　私はたとえ殺されても先生に随いて行くつもりなんです」

イエスは、引きつづいて微笑を浮べながらペテロに言った。

「君がいくら力んでも駄目だよ。君は今夜一番鶏《どり》が鳴く前に、わたしを三度知らないって言うだろう」

ペテロはその席に立ち上がった。

「滅相《めっそう》もない、私はもう先生のためには命を放《ほう》り出す覚悟をしているんです」

そう言って、ペテロは上衣《うわぎ》の端で両眼を拭いた。

九二　予定の行動

しばらくの沈黙がつづいた。東の窓から右手の少し欠けた大きな月が部屋を窺いているのが見えた。イエスはしばらくしてまた弟子たちに尋ねた。

「皆に訊《き》くがねえ……今まで諸君は旅に出る時でも、財布も嚢《ふくろ》も靴なども、わたしの方から当てがわないで出て行ったが、それで困ったことがあったかね？」

それを聞いて、弟子たちは異口同音に答えた。

「いいえ、先生、少しも不自由はしませんでした」

それを聞いて、イエスは言葉を改めて言った。

「これからはね、今までと違って皆、財布も嚢も靴もちゃんと用意して出るようにしたがいいね。刀を持っていない者もこの際は着物を売って買ったほうがいいいな」

ペテロは、それを聞いて直ぐ懐中から一振の刀を取り出した。

「先生、私はもう、ずっと前からちゃんと用意しているんです」

それを見たイエスはペテロに言った。

「もうそれだけあれば上等だよ」

そう言って彼は独り言のようにまた言った。

「聖書に『彼は罪人《つみびと》と共に数えられたり』と書いてあるとおり、わたしも聖書どおりの運命を歩かなくちゃアならんのだろうなア」

ペテロの傍に座っていたバルトロマイは、彼の刀を見てイエスに尋ねた。

「先生、私もこれから町へ行って買って来ましょうか」

イエスは頭を左右に振った。

「もういらん、いらん」

トマスは不安な顔をしてバルトロマイに言った。

「おれも町へ行って買って来ようかなア」

イエスは、あまり皆が心配しだしたので、

「あんまり騒がないがいいね、わたしの行くところは非常にいいところなんだから、また準備が出来たら君らを迎えに来るよ、天の父の屋敷は広いからなア、何人行っても大大夫だよ……皆こう言えばわたしの行くところがどこか分かるだろう」

その時にイエスに向かって右側の端から三番目に座っていたトマスは、大きな声で質問した。

「先生、私たちは、あなたがどこへいらっしゃるか、それさえ知らないんですから、その行く道なんか少しも知りませんですよ」

ほかの十人の弟子たちは、イエスがどんな答えをするかと彼の方に視線を集めた。

「その道ですか？　わたしがその道なんですよ、わたしを通らなければ誰も、天の父のところへ行かれやしないよ。わたしそれ自身が真理なんだよ、生命《いのち》なんだよ。わたしが分かれば天の父が分かるはずなんだ」

その時、反対側に座っていたピリポが、大声でイエスに言った。

「先生、天のお父さんが見たいですなア、一遍お引き合せ下さいよ」

その言葉を聞いて、イエスは眼を細くしてピリポに答えた。

「ピリポ、あきれたねえ、君はわたしとこんなに永く一緒にいるのに、まだそんなことを言っているんかね、わたしを見たものは天の父を見たのと同じことだよ。天の父はわたしと一緒だし、わたしは天の父に深い関係を結んでいるんだよ。もしそれが信じられなければ、わたしのして来たことを見てくれるがいいね、わたしを信じてくれる者は、ほんとにわたしのするぐらいなことは出来るよ。いや、それよりも大きいことが出来るぜ。天の父のところへ行って君たちが、わたしの名をつかって天の父に頼めば、必ず天の父はきいて下さるよ」

四月の白い月が灯の暗い部屋をあかあかと照した。イエスはその月を見て弟子たちに言った。

九三　慰め主、聖霊

「わたしは、あなた達をこの世に捨てておいて孤児とはしないよ。必ず新しい慰め主を君たちに送って、君たちの分からないところ、また淋しい時に一々指導するようにするよ。そしてこの聖霊はわたしの言ったことを一々君らに思い出させて、わたしのことをよく理解させてくれるだろう。この聖霊は俗世間の人間には全く理解の出来ないものだけれども、あなた達はこれを授けられる特権を持っているんだ」

そう言ったとき、アルパヨの子ユダは、歯切れよくイエスに問い返した。

「先生、なぜあなたは私たちによく御自身のことを隠さずにおっしゃって下さって、なぜ世間の人に理解の行くようになさらないのですか？」

それを聞いてイエスはすぐ答えた。

「世間の人でもわたしを愛してくれるなら、直ぐ天の父のこともわたしのことも理解出来るだろう。しかし、わたしを愛してくれなければ、わたしをもまた天の父をも理解はようしないだろうねえ」

ペテロは、イエスがはっきり遺言めいた話をしたので、顔を伏せて泣いていた。その向かい側に座っていたアルパヨの子ユダも、その兄弟ヤコブも、ペテロのように声を出して泣きこそしなかったが、洟水《はなみず》をしきりに手拭いで拭《ふ》いていた。

その時、イエスはペテロに聞こえるように言った。

「そう皆悄気《しょげ》ちゃア駄目だよ。わたしがまた来ると言ったことを覚えていてくれるがいいね、皆わたしを愛していてくれるなら、わたしが天の父に帰って行くことを喜んでくれるはずだ。天の父はわたしよりやはり何を言っても大きいからなア……事件が起こらない先にいろいろ話したのは、いよいよ事実となった場合、皆がわたしを信じ得るように言っておくんだよ。もうこの後また君らと話する機会はないだろう。しかし、皆気をつけるがいいね。落ちつきということを君らに餞別にしておくよ。皆気をよく落ちつけてね。心の平静を破らないようにしたまえ。この後皆も苦労をするだろう、しかし、男らしく戦って行くさ。勝利は我々のものだ」

月の光はますます冴《さ》えて来た。それに反して弟子たちの顔はますます暗くなった、それを見たイエスは嘆息して言った。

「ああ、ああ……とうとうこの世の主が近づいた……しかし、わたしに対しては何の権威もないがなア……」

遠くから繰りこんで来る巡礼の歌声が、町のあちらこちらに聞こえた。その時イエスはしばらく沈黙して、それらの歌声に聞き入っていたが、何事か決心したような口調で言った。

「さア行こう、いよいよもう時が来たよ」

その声に十一人の弟子は、電撃を受けたように立ち上がった。

一一章　不法な裁判

九四　イエスの捕縛

「大変だ！　大変だ！　先生がローマの兵隊に捕《つか》まったよ！」

マルコが真っ裸のまま逃げ込んで来た。ベタニアのマリアはお台所の流し場で、皆の食事した後の皿や鉢を洗っていたが、マルコの悲しげな声に戦慄《せんりつ》した。

――さては案じていたことが本当になったか――

彼女の胸は急に暗くなった。

「あんなに食事の時に言われていたが、まだ一日や二日の猶予《ゆうよ》はあると思ったのに、はやローマ兵の手に渡されるとは、何という因果なことだろう」

そう思ったベタニアのマリアは、すぐ前垂れをはずしてマルコの家を飛び出した。こんな時にはヘロデの内大臣クーザの妻ヨハンナに働いてもらうより方法がないと思ったので、彼女はすぐ、そこから十四、五丁離れたヘロデ王の離宮の裏に当たるクーザの屋敷まで飛んで行った。そしてわざと表門から入らないで、裏門から台所へ飛び込んで行った。そしてそこにいた女中に、クーザ夫人を呼んでもらった。何事が起こったかとクーザ夫人のヨハンナはすぐ出て来た。

ヨハンナはいつになく唇に紅までつけて、お祝いの席に座っていたと見えて、服装までいつもの物とは変わっていた。ダマスコ織りの綾《あや》模様が、天井から吊り下げたオリーブの灯《あかし》に照り返されて美しく光った。

「マリアさん、マアお上がんなさい」

ヨハンナは何も知らぬらしかった。

「はい、ありがとうございます」

そうは言ったけれども、心の中の乱れているマリアはもう半分泣いていた。

「ちょっと奥様」

そう言ってヨハンナを招きよせ、彼女の耳許《みみもと》に囁《ささや》いた。

「奥様、今の先、先生がローマの兵隊に逮捕されなさったということを、お聞きになりましたか」

「いいえ、そう？　ほんとに？」

「そうなんですって、今マルコさんがねえ、あの人も捕まえられそうになったので、真っ裸になって、逃げて帰って来ましたの。そして先生が、どこかに捕えられて行ったということを、皆に知らせて来ましたの、奥様、先生をお助けする工夫はないでしょうか？　あなたは知事夫人とはお親しい仲ですから、何かの方法で先生を助け出して下さいますなら、どんなにみんなが喜ぶか分かりませんわ」

そう言って、マリアはヨハンナの顔を覗《のぞ》きこんだ。しかし、ヨハンナは、さすがは大臣夫人だけあって落ち着いていた。

「やはり、アンナスやカヤパの仕業でしょうね、きっとそうよ、あの人達は分からないからね」

「ローマの兵隊は私達をも捕《つか》まえに来はしないでしょうか」

と、マリアは心配げに言った。

その言葉に対して、ヨハンナは一言にして答えた。

「捕まえに来たら、捕まえられたらいいじゃないの……」

「ほんとうに、そうですわねえ……私、先生とであれば、たとえはりつけに懸けられても本望ですわ、しかし、先生だけ一人を殺すのは厭ですわ、先生を助け出す工夫はないでしょうか」

「待っていらっしゃいよ、ちょっと、家の人に聞いて来るから」

しばらくしてまた、ヨハンナが奥から出て来た。

「今、うちの召使をやって調べさせますからね、あなた、お上りなさらない？　夜遅く若い女の人があまり出歩くと、あぶないから今夜は家で泊っていらっしゃい」

「ありがとうございます、姉さんや弟に知らせてやりたいと思いますから、これからちょっと帰って来たいと思いますの」

そこへまた裏木戸から、背の高い奴隷が手紙をもって入って来た。そして、黙ったままその手紙をヨハンナに手渡した。ヨハンナはそれを持って奥へ入って行ったが、それは大祭司カヤパの義理の弟に当るヨナタンからクーザに宛てた手紙だった。それによってイエスが今、アンナスの家に引っ張られて来ていることがよく分かった。また、奥から出て来たヨハンナは奴隷に言った。

「返事はいりませんから、よろしくとお伝え下さいまし」

奴隷はまた沈黙のまま軽く敬礼して裏門の方へ消えた。

「先生はやはり、大祭司のところへ引っ張られて来たそうですよ。今、大祭司の義理の弟さんのヨナタンさんから手紙が主人のところへ届きました……私が想像していたとおりよ。きっとあの人たちは、イエス様を無いものにしようと思っているんでしょう。イエス様がはっきりあの人たちを泥棒だと言われるものだから、癪《しゃく》に障《さわ》ったのでしょうねえ……まあ、少しいいでしょう、ベタニアのマリアさん、もううちもお祝いがすんだところなんだから、お上がりなさいよ。そして、少し相談しましょうよ、この後どういう風にしたらよいか」

それもそうだと思ったので、仕事着のままあまり見苦しいとは思ったが、マリアは客間に通してもらった。客間の椅子に腰を下ろすとすぐまた、表門の木戸を叩く者があった。そして、表から客間に入って来た人物は、ベタニアのマリアも見覚えのある七十人議会の議員ニコデモであった。

ニコデモは、クーザの妻ヨハンナの顔を見るなり少し慌《あわ》て気味に言った。

「奥様、ガリラヤの預言者もとうとうローマ兵に捕まって、祭司長のところに引っ張って来られたそうですねえ。アンナスの一族はわるいやつですから、この前の決議に基いて預言者を殺してしまうだろうと思うんですが、何かよい対策はないものでしょうか」

胸まで垂れた、やや胡麻塩《ごましお》まじりの長い鬚《ひげ》を、片手で掴《つか》んでニコデモはそう言った。

「そうですってねえ、困りましたねえ」

そう言っているところへ、クーザが出て来た。ニコデモはクーザの顔を見るなり、時候の挨拶もそこそこにして直ぐ緊張した口調で言った。

「今の先、アンナスの子のヨナタンから手紙をもらったんですがね、ガリラヤの預言者もいよいよ捕縛されたそうだねえ、ああいう立派な預言者を捕縛するなんていうことは、大きな誤謬《あやま》りだと思うんだがね、そんなことを言ったって今さら始まらんことだし、あなたは知事のピラトとは平素より御昵懇《じっこん》の中だしするから、一つ是非あなたにお願いして、ピラト知事（総督とも呼ばれる）に、たといガリラヤの預言者を正式裁判に回して来ても罪にしないように、頼んでもらいたいんですがねえ、どうでしょうか」

そう言っているところへまた、背の高いローマ風の袈裟《トガ》を着けた、一見貴公子風のアリマタヤのヨセフが入って来た。そしてニコデモの顔を見て彼と固い握手を交した。アリマタヤのヨセフは、ガリラヤ訛《なま》りをむき出しに、クーザに対する挨拶もそこそこにして、客間の入口のところに突っ立ったままニコデモに言った。

「また七十人議会の臨時議会を開いて、アンナス、カヤパの一派は自分の商売に邪魔になるガリラヤの預言者を、死刑にしたいという決議をさすんでしょうなア、厭になっちゃいますなア」

ヨハンナは、ニコデモとアリマタヤのヨセフの二人に椅子をすすめた。だが、ニコデモはよほど興奮していると見えて、座る勇気さえなかった。

「こんなことしているとだんだん、国民の罪が神の前に、積み重なってしまって、ユダヤ民族は滅亡するより他、道はありませんなア。ヘロデ・アンチパス王は、ヘロデアとの姦通問題に引っかかって預言者ヨハネの首を切ってしまったし、今年はまた、国家として王様以上に大切な役を勤めている祭司長が、ガリラヤの預言者を殺すというんであれば、国民の前途が全く案ぜられますねえ」

アリマタヤのヨセフは、入口に近い、ローマ風の古典的な椅子に腰を下して、ローマ風に頭を散切《ざんぎ》りに刈ったクーザに尋ねた。

クーザもまた椅子に腰を下しながら明瞭に答えた。

「ええ、どうもアグリッパ殿下が、ローマから帰って来られましてねえ。アンチパス王の機嫌が悪いものですからね。実はその他にもいろいろ理由があるんですけれども、妻もよしたがいいというもんですから、セフォリスの御殿からエルサレムまで引き上げて来たんです……全く遊ぶことばかり考えている貴族階級の世話役ってものは辛い役でしてねえ。私はもう少し早く止めたいと思ったんですけれど、とうとう去年の暮れまで辞める機会が無かったんです」

クーザは嘯《うそぶ》くようにそう言った。ニコデモはその言葉を聞いてクーザに尋ねた。

「しかし、君はピラトに頼みに行く事ぐらいは出来るんじゃないの？」

「だがねえ、知事に頼みに行くのであれば妻を遣《や》ったほうがいいですよ。ピラト知事は、ピラト夫人の言うことであれば、なんでも聞くんだから、それは正面から行くより、ヨハンナに言ってもらって、ピラト夫人のクラウデアさんに頼んでもらったほうが有効だと思いますよ」

「じゃあやはり、そうしてもらうかな」

透き通るような声で、アリマタヤのヨセフはそう言った。

で、話は決まった。ヨハンナが直ぐピラト夫人クラウデアに会って、祭司長カヤパの暴言を牽制《けんせい》してもらうことになった。

九五　ピラト夫人

クーザの妻ヨハンナは、ベタニアまで帰るマリアと一緒に彼女の家を出た。道が暗いのでヨッパ門から大通りに抜け、神殿の西門から左手に折れて、ダマスコ門に抜ける広い通りを五、六丁北に上って、今度は二人肩を並べて通れないほど狭いアントニアの塔に通ずる路次の方に回った。ピラトの屋敷はアントニアの塔のすぐ西北部に当たり、神殿からいえば一つの通りを隔《お》いて北西の隅っこに当たっていた。過越し祭の前祝いの盃《さかずき》が、どの家でもどの家でも汲まれていると見えて、町は相当に賑やかだった。マリアはピラトの屋敷の前で、ヨハンナに別れようとしたが、ヨハンナは是非一緒にピラト夫人に会え、と勧めてきかなかった。

「だって、こんな女中さんのような仕事着のまま、知事さんの奥さんにお目にかかるのは、あまり失礼ですから、これで失礼させて頂きますわ」

「じゃあ、いいことがあるわ、あなた、この私の上装を着ていっていらっしゃい、私は上衣の下に訪問着を着て来たから別に恥かしくないわ」

そう勧められてマリアはすぐクーザの妻ヨハンナの上衣を貸してもらって、屋敷の中に入って行った。ベタニアのマリアに取っては、すべての物が珍しかった。彼女としては今日まで、下層社会の処女とばかり交際していたので、服装や儀式のやかましいエルサレムやローマの、上流階級の家庭に出入りするのは今夜が初めてであった。

ピラトの官邸の扉が開いた。ヨハンナとマリアは真紅な絨毯《じゅうたん》をモザイクの床の上に敷いた大きな客間に通された。

ピラト夫人はすぐ出て来た。彼女は祭りの関係でもあろう、ギリシャ風に髪を結んで、金の根付《ねつ》けでそれを飾り、美しく縁を刺繍した、ギリシャの女神が着けているような、気の利いた服装をしていた。

「まア、ヨハンナさん久し振りですねえ。この間ピラトから聞いたんでしたが、今度はヘロデさんのお邸《やしき》をお止《よ》しになったんですって、どうなすったの？」

彼女は、特別に美しいラテン語でヨハンナの両手を握りながらそう尋ねた。それでヨハンナも、三年間ローマに行っている間に覚えた片言のラテン語で、少し、はにかみながら答えた。

「はい、まっ直ぐなことを、まっ直ぐに踏んで頂くようにお勧めしても、聴いて下さらないもんですから、忠告申し上げる意味で御前《ごぜん》から下がらせて頂きましたの」

「しかし、あなたはよく今まで辛棒なさいましたわ」

ヨハンナは、ベタニアのマリアを知事夫人に紹介した。

「この方はベタニアのマリアさんといわれまして、ガリラヤの預言者のお弟子さんの一人なんでございますの。実はこんなに遅く突然お伺いいたしましたのも、そのガリラヤの預言者の事なんでございますがね、もうお聞きになったと思いますが……ガリラヤの預言者はいよいよ、大祭司カヤパやその妻君のお父さんに当たるアンナスの手によって捕まえられたそうでございますが、そういう話はまだ、こちら様のお耳に入っていないでございましょうか？」

「いいえ、聞いていませんよ、ガリラヤの預言者はいつ、つかまったんです？」

「つい今晩の宵の口のことだと思うんでございますが、実はあなた様もよくお聞き及びになったと思いますが、ただ今祭司長を勤めておりますカヤパの妻のお父さまというのが、なかなかエルサレムでも威張《いば》っている人でございましてねえ……」

そこまで言うと、ピラト夫人はそれをよく理解していた。

「アンナスには私の主人も閉口しているんですの。去年の春の水道事件の騒動なども全くあの人に責任があるんですのよ、あの人はいったん水道を作るためには、神殿のお賽銭《さいせん》を一部分寄付してもよいという約束で、工事を始めていたにかかわらず、中途から、あまり費用が多くかかると言って、私の夫を一人悪者にして、去年の春の騒動を惹《ひ》き起させたんですよ……あのアンナスさん、どうしたんです？」

「あのアンナスですねえ、ガリラヤの預言者がおれば、神殿のお賽銭が少なくなるからといって今晩、預言者を捕らえて死刑に処する相談をしているのだそうでございますの。それで多分明日あたり、御主人様の方へ、ガリラヤの預言者を囚人として引っ張って来ると思うんでございますが、是非あなたの御尽力で、あの人を無罪放免にして頂きたいのでございますの」

　クラウデアは、二人を客間に残したまま奥へ入って行った。すると今まで聞こえていた八絃《はちげん》琴《きん》の音がはたと止まった。そしてピラトが、クラウデアに伴なわれて奥から出て来た。

　ピラトは、いかにも人に会うのが面倒臭いというような顔をして、八絃琴を持ったまま客間の入口に一番近いところの椅子に寄りかかって、ヨハンナの言葉を待っていた。

　ピラトは度重なるユダヤ人の騒擾《そうじょう》に、気を腐らせているということは聞いていたが、こんなに神経質になっているとは、ヨハンナも想像しなかった。それで彼女も沈黙のまま窓の傍に、ベタニアのマリアと二人で突っ立っていた。すると、ピラトの気むずかしいことを知っているクラウデアは、ヨハンナの顔と、夫の顔を等分に見ながら、歯切れのいい言葉で言った。

「あなた、ヨハンナさんの頼みを聞いて上げてくださいませんか？　なんでもいつかこの前にもヨハンナさんが話していらしった、あの有名なガリラヤの預言者っていう方が、さっきアンナスの手で捕まったそうですが――」

　ピラトは、手に持っていた八絃琴を片一方の椅子の上に置いて、急に居丈高《いたけだか》になった。

「なに？　アンナスがガリラヤの預言者を捕縛した？　アンナスにそんな権利は無いじゃないか、それはお前カヤパの間違いと違うか……しかし、アンナスという奴は悪い奴だから、それくらいのことはしそうな男だ。あいつはこの前も俺との約束を破って、反納税同盟の連中と組んで都を騒がせた、実に吝嗇《きたない》奴だからね。何するか分からないよ。多分清廉潔白な預言者が邪魔になるんだろう、きっとそうだよ、俺には分かっているよ」

クラウデアは、そこだとばかり力を入れて夫に言った。

「それでヨハンナさんが、あなたにお願いしてくれといって来られたんですがねえ。多分明日あたりガリラヤの預言者を死刑にしてくれと言って、こちらの方へ正式裁判を仰ぎに来るだろうって言われるんです。その時は是非あなたの正しい御捌《おさば》きによって、預言者を無罪にしてやってほしいって言われるんです……そうでしたねえヨハンナさん、あなたの御要求は？」

ヨハンナは起立したまま丁寧にお辞儀をして、ラテン語で明瞭に答えた。

「ハい、左様でございます……多分アンナスとしては、ガリラヤの預言者がなにか特別の謀《む》反《ほん》でも計画しているかのように言って来るでしょうと思いますけれども、奥様もよく御承知のことと存じますが、あの預言者は決して暴力に訴えて革命を起こすような人物ではないのでございます。現に去年の春、反納税同盟の連中が五千人も集まって、あの人を中心に一旗揚げようとした時でも、あの人はわざわざツロ、シドンの方へ旅行して騒動の中心からお避けになったような、しっかりした人物でございますのよ……ですから、アンナスやカヤパのこちらへ言って来ることは全く、自分らがあの人によって儲けが少なくなることを不平に思って、無理なお願いをして来ることと思いますの。それで、どんなことを言って来ましても決してお聴き入れくださらないで、最も正しい立場から御判断願いたいんでございますの」

ピラトはそれだけ聞いて、明瞭に答えた。

「いや、奥さんよく分かりました。出来るだけ努力して見ましょう。私の方でもあの預言者のことについては多分調べた材料もありますから、出来るだけあなたの御希望どおりにやって見ましょう。ほんとうにあのアンナスという奴は悪い奴ですから、何をしでかすか分からないので、こちらの方としても実は困っているのです」

それだけ言って、ピラトはまたそのまま奥へ入って行ってしまった。ヨハンナも余り長居をすると悪いと思ったので、直ぐピラト夫人に感謝して官邸を出ようとした。ピラト夫人は彼女を親切に玄関まで送り出して来て、ヨハンナの手を固く握りしめて言った。

「ヨハンナさん、またこんなことでなしに遊びに来て下さいね。キプロさんがエルサレムにいられた時にはよく遊びに来られたので、あまり淋《さび》しくなかっただけれども、アグリッパさんがまた、アンチパス王と喧嘩《けんか》して、エジプトの方へ行かれてからは誰も遊びに来てくれないもんですからね。とても私は近頃淋しいの。あなたまた明日遊びにいらっしゃいな、ねえ、この方もまた明日一緒に連れて来て下さいよ。あすはお祭りじゃないの、皆遊んでいらっしゃるんでしょう？」

ヨハンナはその親切な言葉に甘えて、ガリラヤの預言者の身の上を案じつつも、知事夫人に接近しておくことは、正式裁判の上にも重大な影響かあると思ったので、また明日を約束して官邸を出た。

九六　屠所に曳《ひ》かれる羊

ベタニアに帰るはずだったマリアは、先生の身の上が心配になったのでまた、クーザの妻ヨハンナと二人で、ヨセパテ門に近い谷に臨んだマルコの家に舞い戻った。しかし、家の中には誰もいなかった。皆、イエスのことが気になると見えて、家を明けっ放しにしていた。

しかし、そこはアンナスとカヤパの邸に一番近いので、二人はまたヨセパテ門のすぐ傍にあるカヤパの邸の入口まで、イエスの運命を気づかって恐る恐る暗闇の中を歩いた。

宵《よい》の口、西の方に光っていた明星は隠れてしまい、ソロモンの築いた城壁の一部だといわれているエルサレムの南側の崩れかかった石崖の上には、満月に近い月が白く光っていた。

四、五丁歩いてカヤパの家の門の前に来たとき、年の若いマルコが反対側から帰って来た。

それと気のついたベタニアのマリアは彼に尋ねた。

「先生は大丈夫？」

マルコはマリアにすり寄って小声に言った。

「帰ろう、帰ろう、こんなところにいちゃあ、君も捕まるよ」

そう言われたので、マリアとヨハンナはまた、マルコに連れられて彼の家まで引き返した。

ヨハンナは心配だと見えて、イエスが弟子と晩餐を共にした部屋に入って、祈りを始めた。マリアも気が気ではなく、マルコからイエスが捕縛された前後の事情を委《くわ》しく聞かせてもらった。

マルコは早口にこんなに言った。

「イエス先生がここを出られると直ぐ、変なことに、ローマの兵隊が先生を探しに家の中に入って来るじゃあないですか、その時あなたはまだ地下室におられたので御存じはないでしょうが、母と私としか家にいなかったんです。私は、いったん出て行ったイスカリオテのユダが、ローマの兵隊と一緒に二階に上がって来たものですからね、こいつは怪しいと思ったので、母にいうと母が心配するもんですから、黙って家を飛び出したんですよ。先生がいつもゲッセマネの園に祈りに行かれるということを聞いていたものですから、その兵隊たちが来ないうちに、先回りして、先生に逃げてもらおうと思って抜け道を走ったんですがねえ。イスカリオテのユダの連中は直ぐゲッセマネの園にイエス先生がいると考えたと見えて、私が向こうに着いた時には、ローマの兵隊が後から大勢やって来るところでした。何しろ暗いでしょう。ペテロさんを最初に見つけて

——兵隊が来ますよ、ローマの兵隊が先生を捕縛しようと、家までやって来ましたよ。そら、あすこへ来てる、先生に早く逃げるように言って下さい——

そう言ったけれども、もうその時は遅かったですよ。先生は平気でしょう、ローマの兵隊が

やって来ると、

『あなたたちは誰を尋ねているんですか？　ガリラヤのイエスならわたしです』

と言って平気な顔をしてローマ兵の方へ出て行かれるじゃありませんか、ところがローマ兵は吃驚《びっくり》して、かえって腰を抜かしてね、尻餅《しりもち》をついて、そこへでんぐり返る者もありましたよ。そのときイスカリオテのユダが出て来やがって、あいつ憎たらしい、先生に抱きついて接吻するじゃないですか。つまり、兵隊に合図をしたんでしょうねえ、すぐそれと分かって一人の兵士は後からやって来て先生を縛り上げようとしたんです。その時ペテロは手をかけようとした祭司長のカヤパの家の家来マルカスの耳を、抜き身ですっぽりと斬り落してしまったんですよ、すると先生は、

『ペテロ、刀を鞘《さや》に納めなさい、剣に立つものは剣にて滅びるよ、そんなことをしちゃいけない』

そう言って、地上に落ちた耳を、すぐ拾ひ上げて、マルカスの頭にくっつけなすったよ、そして自ら進んで縛られようとなすったんだよ。その時私は、捕縄《ほじょう》を出してイエス先生を直ちに縛ろうとする様子が見ておれんもんだから、その捕縄を奪い取ったんですよ。するとその兵士が僕一人にかかって来たもんだから、僕は掴まえられてしまったんです。しかし、その兵士はまた、欲を出して、たしかピリポだと思いましたねえ。そこに立っていた弟子の一人の着物を掴まえていたんです、そうですね。一時はそこにいたものは大抵捕まったんですがねえ、先生

が大声で、

『弟子たちは抵抗しないから赦してやって下さい、わたし一人捕まえたらいいんでしょう』

そう言われたので、外の人たちは皆いったん赦されたんですがね、捕縄を取り上げた僕だけを憎いと思ったか、私だけを赦してくれないもんだから、私は帯をといて着物だけをその兵隊に掴ませて素っ裸になって逃げて帰って来たんです。わははは、しかし後にヨハネがここ立ち寄りましたがねえ、先生のゲッセマネの祈りはとても真剣だったってねえ。『御心《み》にかないますなら、この杯をわたしからお取り下さい』と三度祈られたそうですがね……しまいには『わがままは申しませぬ、御心のままにして下さいませ』と祈られたそうですよ。

先生が持っていらっしった日除けの白布の上に、血交《まじ》りの汗が滲《にじ》んでいるところを見ると、血の汗を滴らしてお祈りをされたと見えるねえ」

そう言ってマルコは、ヨハネの置いていったイエスのかぶっておられた日除けの白頭巾を、ベタニアのマリアに見せた。

「まあ、ほんとにねえ、勿体ないわねえ、こんなにまでして先生は、イスラエルの事を思って下さるんですねえ……それはそうと、カヤパは先生を捕まえてどうするんでしょうか？　私心配になって仕方がないわ」

そう言っているところへ、ペテロが顔を日除けの頭巾でかくしてマルコの家に入って来た。ベタニアのマリアは、いつもの快活なペテロに似ず、あまり彼が悄気《しょげ》ているので、地下室に降りて行って水差しに冷たい水を一杯汲んで、ペテロの前に持って行った。そして彼女は、彼の傍に立ったまま尋ねた。

「先生は大丈夫でしょうか?」

そう尋ねたけれども、ペテロは机に寄りかかって泣いては悔やみ、悔やんではまた、着物の先を引き裂いて一人で悲しがっていた。

彼は表に鳴いている鶏《にわとり》の声をしきりに気にしていた。

「ああ、鶏がもう鳴きおったなア……鶏が一度鳴く前に、お前は三度私を知らんと言うよと、先生がいわれたが、そのとおりになってしまった。俺はもう駄目だ……」

その言葉を聞いて、ベタニアのマリアはペテロに折り返し尋ねた。

「先生のところへ誰か行かなくても、いいんでしょうか?」

そう言って彼女はペテロの横顔を見つめたが、彼は返事もしないで、南側の窓を窺《のぞ》くようにして、引きつづき鶏の鳴く声に耳をすましていた。そして彼は独り言のように言った。

「——先生を助け出す工夫はないかなア、俺はあれだけ先生に約束をしておいて、いざという場合になって先生を裏切ってしまった——」

そう言って彼は窓枠に頭をすりつけて、さめざめと泣いた。

ペテロの懺悔《ざんげ》を聞いたベタニアのマリアは、これは先生の身の上に重大事件が起こっていると思ったので、すぐ家を抜け出した。そして殺されてもよいと覚悟をきめて、カヤパの家の入口まで走って行った。しかし、そこには門衛も誰もいなかった。

中門のところまでマリアは平気な顔をして入って行った。ちょうどその時イエスが皆に嘲笑されているところであった。

庭にいた群衆は面白がってそれを見ていた。中庭の四方には炬火《たいまつ》が赤々と燃やされていた。西側に向いた窓の下には祭司長のカヤパであろう、ローマ風の椅子に凭《よ》りかかって、狡猾《こうかつ》そうな目尻の下がった顔をイエスの方に向けていた。

マルカスは意地悪にも、イエスの両眼を手拭いで眼隠ししておいて、朋輩に彼の頬ぺたを烈しく殴らせていた。

「おい、預言者、今お前を殴ったのは誰か言い当てて見ろ」

そうマルカスは叫んだが、イエスは沈黙したまま何も答えなかった。すると、マルカスの妻の兄に当たる男は右の手の拳を固めて、イエスの背部から烈《はげ》しく彼の頭の上に拳骨《げんこつ》の雨を降らせた。

「おい、預言者、誰が殴っているか言い当てて見ろよ。お前は生意気に神殿の中で乱暴しゃがって、両替の店を出していた俺の女房を苔《むち》で殴ったことを覚えているか、今日は俺が復讐してやるんだ。たかが大工のくせに思いあがりやがって、イスラエルの預言者だなんて、よくも言えたもんだなア」

どこから出て来たか、宮守頭のエホヤダが裏木戸の方から出て来た。そして大きな声を出してマルカスに言った。

「こいつは殴ってしまえ、ほんとに生意気だよ。こんな奴がのさばっている間は神殿の中で商売も何も出来やしないよ。両替屋は引っくり返す、鳩を売ってる店は潰《つぶ》してしまう、終《しま》いには俺が羊や牛を繋《つな》いでいるところまでやって来やがって、羊や牛の繋いである綱まで皆ほどいてしまうという、無茶なことをやる奴だ。こいつは、こんな時に制裁しないと、制裁する時がないから、俺は皆に代わってウンとやっつけてやるよ」

そう言って、目隠しされたまま中庭の真ん中に後手に縛り上げられて、土下座させられていたイエスを、エホヤダは両手で二つの頬ぺたが腫れ上るほど殴りつけた。

それを見て皆は笑い出した。中門の傍でその光景を見ていたベタニアのマリアはもう堪《たま》りかねた。

「エホヤダさん……もう堪忍してあげなさいよ」

と、大声に叫んだ。

中庭にいた百に近い人々の視線は、ベタニアのマリアに集まった。マリアは直ぐ人垣をかきわけてエホヤダに近づき、彼を突きのけた。それを見てマルカスは、ベタニアのマリアの襟筋《えりすじ》をつかまえて彼女を地上に引き倒した。

「待っとれ、てめえもついでに殴ってやるから」

いつ来ていたか、ヘロデの内大臣クーザの妻ヨハンナが、祭司長カヤパの前に出て来た。そして彼に軽く挨拶をして小声に言った。

「あの娘は私のよく知っているものですから、私に引き取らせて頂きます」

そう言って、ベタニアのマリアのところまで至極落ち着いた歩調で近づいて行った。

「マリアさん、ヨハンナですのよ、あなた帰らなかったの？　用事があるからこっちへいらっしゃいよ」

カヤパの息子ヨナタンも大手を振って家の中から出て来た。そしてヨハンナと一緒にベタニアのマリアを連れて、彼女を門の外に連れ出した。

カヤパの屋敷の隣の家では鶏がしきりに鳴いていた。

九七　ローマ法

カヤパの家を出たヨハンナはヨナタンと別れて、ベタニアのマリアを伴ない自宅まで急いだ。二人の間には一言の言葉も交わされなかった。二人の女は余りの興奮に、出す言葉さえなかった。

ヨハンナはわざと裏門から自宅に入ったが、クーザはまだ起きていた。そして彼の妻を慰めるように言った。

「あすの朝、夜明け前に七十人議会の召集があるそうだなア、いよいよイエスを死刑にするつもりらしいな、アリマタヤのヨセフが出席しないと言っているが、俺は傍聴に行って来よう、それであすの朝は早く起こしてくれよ。寝過ごすと、おくれてしまうからなア……カヤパは少し、慌《あわ》てているなア、夜明け前に会議を開かなくても、よさそうなものだがなア。カヤパの連中は日が出てから会議を開くと民衆が騒ぐかも知れないと言って心配しているんだよ」

そう言ってクーザは寝室に入ったが、ヨハンナはベタニアのマリアを客間に通し、寝台を教えて自分は居間に入った。

ベタニアのマリアは生まれて初めて、こんな美しい客間に通されたので、人生の矛盾をつくづくと感じた。だが、彼女は先生のイエスが、今もなお苦しめられていると思うと、寝床に入る気がしなかった。彼女は部屋の隅っこにうずくまって、椅子に凭《もた》れてイエスが敵の手より救われることを、徹夜して祈った。

それでも朝方少し眠気が催して椅子に凭《よ》りかかったまま、うとうとしていると早、表門が開いた。そしてクーザの声が玄関にした。

「行って来るよ、もし何か変わったことがあったら直ぐに知らすからなア」

そう言い残して、クーザの足音は南の方へ消えた。

さてはもう七十人議会の会議が始まる頃であろうかと、ベタニアのマリアは髪を梳《くしけず》り顔を洗って廊下に出ると、ヨハンナはいかにも柔和な顔をして戸口の外に立っていた。

「お寝《やす》みになって？　私はちっとも寝られませんでしたわ。ゆうべあまり興奮しちゃったもんですからねえ。うちの旦那さんはもう七十人議会の会議の傍聴に行くと言って出かけましたよ。何か変わったことがあれば知らせてくれるでしょう……まあ何もないけれど、パンの一切れでも召しあがって下さらない？」

そう言って、ヨハンナはベタニアのマリアを食堂に通した。

そこには大理石の大きな卓《テーブル》が中央に据《す》えられ、金の延べ板で造った酒壷が二つも並べて置いてあった。素焼きの酒壷ばかり見ていたベタニアのマリアには、それがほんとに珍しかった。

マリアがその酒壷を見て感心していると、ヨハンナは独り言のように小さい声で言った。

「クーザはね、こんどその金の酒壷を売って先生の御事業に献げたいって言っているんですのよ。私たちはもう富も地位も名誉もすべてを献げて、キリストについて行く覚悟をしているんですの」

マリアはヨハンナのその決心を聞いて感心してしまった。

女中が焼きたてのパンを持って来た。

ヨハンナはそのパンをマリアに勧めて、また言った。

「この屋敷も近いうちに売ってしまうことにしているんです」

マリアは訝《いぶか》ってその理由を尋ねた。

「どうしてですの、奥様」

「だって、先生はつい先だっても、『主よ主よと言うものだけが天国に入れるのではない、あるいは渇き、あるいは旅人、あるいは裸、あるいは病み、あるいは囹圄《ひとや》にある者を見て、この世の最微者《いとちいさきもの》に仕える者だけが天国に入ることが出来る』と言われましたからねえ。夫婦で相談してこの家も神様に献げるつもりなんです」

そんな話をしているところへ、どうしたことか早、クーザが表から帰って来た。ヨハンナは驚いて椅子から立ち上がった。

「まあ、どうなすったの、あんまり早いじゃァないですか」

「だってお前、僕が行った時はもう済んでおったよ。もう先生に対する反対運動はこの前から七十人議会じゃァ決議していることだしなア。開いてすぐ死刑の決議をして、知事に回す順序だったらしいなア」

「やはり死刑ですか?」

ヨハンナはその言葉に力を入れて聞き直した。

「ああ、やはり死刑に決まったというなア」

ベタニアのマリアは、クーザの横顔を見て尋ねた。

「どういう理由なんでしょうねえ」

「理由もなにも無いでしょう。ただ先生が生きていると神殿の商売が止まるから、早く殺してしまいたいんだよ。しかし、口実はいくらでも付けられるよ。何でもイエスがガリラヤで反逆を計画したとかいうのが主な理由だそうだがね。そんなことは理由にならんね。ああ、そうそう、何でも先生がエルサレムの神殿を破壊して見ろ、おれは三日目に建ててやるとか言ったことが、安寧《あんねい》秩序を害するとかいうので、エホヤダが証人になって出て来たそうだが、これも死刑の理由にはならんので成立しなかったそうだ。……しかし何でも先生が、『宇宙の神は我が父であり、我は神の子である』と言ったことが、やはり一番皆の神経を悩ましたそうだ。カヤパなどはもう、その言葉だけで十分だ、それだけで反逆罪を構成すると言ったそうだよ……私にはどうも分からんが、欲な商売人にかかるとすべてのことが反逆罪の種になるのでねえ」

ベタニアのマリアは、クーザが死刑にされる原因を説明している間もそわそわしていた。彼が食堂の椅子に腰をかけると、ベタニアのマリアはすぐ別れの挨拶をして表に飛び出した。それでヨハンナは丁寧に彼女がどこへ行くかを訊《き》きただした。

「あなたこれからどちらへ回られるつもり?」

ベタニアのマリアは隠さずに答えた。

「私、これからローマの法廷の方へ回って傍聴して来ようかと思っているんでございますの。ただ傍聴するだけじゃア、なにもならんと思うのですけれども、もしかすると先生が死刑にならずに済めばよいと思っているんですの」

「それもいいでしょうねえ、しかしまた変わったことがあれば会いましょうね、どこかでね……マリアさん、私はほんとにあなたをたよりにしているのよ」

ヨハンナはそう言って、ベタニアのマリアの二つの頬ぺたに温かい接吻を与えた。

ヨハンナの家を出たベタニアのマリアは、駆けるようにして、ヨセパテの門まで狭い街路を南に走った。もしかすると法廷に曳《ひ》かれて行くイエスの顔を見ることが出来ると思ったからであった。しかし、ヨセパテ門まで来た時に、二丁ばかり東を行くローマ兵の一団があった。それでマリアは明らかにそれがイエスの一行であると推測した。

それで直ぐに彼女は踵《きびす》を返してヨッパ門まで走り、東に折れて神殿の西門まで早足で通り抜け、そこでイエスの一行に会おうとした。それはもしかするとローマ兵が、そこから神殿の境内を通り抜けて、アントニアの塔の牢獄にひとまずイエスを入れて置いて、知事の時間の都合を見て、裁判をするのではないかと思ったからであった。

来た、来た、槍を持ったローマの兵士が先頭に立って、すぐ後に祭司長が厳《いか》めしい式服を着て真っ先に歩き、祭司長の家僕四人がその後につづき、両手を後に縛りあげられたイエスは、紺色の女のかぶるような頭巾をかぶせられて曳かれて行った。

イエスの前後左右には十数人の壮漢が彼を取り囲んで、イエスを奪還しに来る者に備えていた。その後には宮守頭《みやもりがしら》のエホヤダと、彼の輔佐役であるアサフの子パダヅルが、半分てれ気味になって歩いていた。

ベタニアのマリアはイエスの顔を見ようと思ったが、彼があまり紺の日除けを目深にかぶっていたので、イエスの顔を見ることが出来なかった。一行は神殿の方には曲らないで真っ直ぐにダマスコ門の方に抜け、右折してアントニアの塔のすぐ前にある法廷へ入った。法廷はピラトの官邸に接続している大きな建物であった。

ベタニアのマリアが法廷に入った時は、まだ四、五十人しかそこに入っていなかった。エルサレムの民衆が、イエスの死刑になることを知らなかったためであろう。どういうわけだか大祭司は法廷の門までやって来て、それから中には入らなかった。

ベタニアのマリアは顔覆いをしたまま、隅っこの方に小さくなっていたが、一間ばかり離れて立っていた二人の証人らしい男は、もう一人の男に説明していた。

「そら、明日は過越しのお祭りだろう、異邦人の家に入ると身が汚れるんでなア、祭司の長《おさ》はここへよう入らないんだよ」

ローマの法廷は朝の九時過ぎでなければ開かれないというのに、きょうはどうしたことか知事のピラトは、日が出るとすぐ法廷に入って来た。

威容はいかにも堂々たるものであった。まず番兵が槍をもって奥から出て来ると、頭を丸坊主にしたピラトが、知事の位階を表象した大幅の、沢山襞《ひだ》の入った袈裟《トガ》を左の肩から右の腰の方へ巻きつけて、その端を左の肩の上に覗かせて、いかにも熟練した裁判官のような風采をして出て来た。

彼の後からはまた二人の番兵が槍を持って出て来た。千卒長も銀色の兜《かぶと》に同じく銀色の胴巻をつけて、長剣を左手で押えながらその番兵の後から出て来た。

書記の男であろう、羊皮紙とペン軸をもって右手の方から出て来た。そしてピラトの前の大机の傍に腰をおろした。

番兵の一人が大声に叫んだ。

「開廷！　被告、大工イエス！」

芝居の舞台のようなところに曳《ひ》き出されたイエスは、両手を後手に縛りあげられたままピラトの前に立った。その時、七十人議会の議員の一人であるベンエズラと宮守頭のエホヤダが原告を代表して原告の席についた。

ピラトはベンエズラの方に向いて尋ねた。

「あなた達はこの男に対して、どういう決議をもって来られたんですか？」

「知事閣下、我々はローマ皇帝陛下の天運無窮《むきゅう》なることを祈り且つ知事閣下の御努力について常に感謝しているものでありますが……」

ベンエズラがそう言った時、法廷の入口に立っていた祭司長のカヤパは、アンナスを顧みて右の瞼《まぶた》を早くしばたたいて同時に舌を出した。アンナスはそれに答えて二つの頬に微笑を湛えながら、首を左右に振って、小声に言った。

「雄弁家はあれだから困るよ」

ベンエズラはなお言葉をつづけた。

「閣下、このイエスという男は民衆の税金を納めることに反対し、且つ自らユダヤの王と称してローマ政府に向かって、反逆の行為に出ているものであります」

ベンエズラがいかにも爽《さわや》かな口調でそう言ったけれども、ピラトは昨夜遅くクーザの妻ヨハンナから委《くわ》しい事情を聞いているので少しも驚かなかった。彼は顔の筋肉一つも動かさないで、イエスの方に向きなおって尋ねた。

「その方は原告が訴える如く、ユダヤの王と自称しているのか?」

イエスは先刻から沈黙して、天地の神に祈っていたが、静かに眼を開いてピラトに言った。

「あの人たちはわたしの主張しております神の国ということを取り違っているんです。あの人たちはわたしが何か地上において野心があるように考えているようですが、わたしの国はこの地上にありはしません。もしそうでしたらわたしの弟子たちは、わたしがあの人たちの手に捕らえられないように戦ったでしょうが、戦わなかったところを見ると、この地上の王国にわたしたちは関係はないんです」

ピラトはイエスが明確に、原告の訴訟条項を弁駁《べんぱく》したことを痛快に考えたと見えて、ベンエズラに振り向いて言った。

「原告は被告の言葉を聞かれたと思うが、この問題は宗教上の問題であって、あなた達の七十人議会の手で処理すべきものとは違いますか?」

その言葉を聞いてエホヤダは居丈高になった。

「閣下、宗教裁判で済むようなことでしたら、朝早くから閣下に御面倒かけることはしないんです。この犯罪者が、ガリラヤ地方より始めてユダヤ各地にまで、反乱の種を蒔《ま》いていることを閣下はお聞きになりませんでしたか……我々にもし死刑に処する権利があれば、この男は当然もうとっくの昔に死刑に処せられているはずなんですけれども、我々にそうした執行権が無いもんですから、閣下の御裁断を仰ぎに参ったのです」

遠くに立っているベタニアのマリアは、狡猾《こうかつ》で商売の上手なエホヤダが、ここでも商売気を出していると思って、憎たらしく思った。

知事のピラトはガリラヤという言葉を聞いて、彼の右横に腰をかけていた書記に尋ねた。

「この男の本籍は、ガリラヤなんだね？」

丸坊主の書記は爽かなラテン語で即座に答えた。

「左様でございます閣下、この男はガリラヤのナザレの者でございます」

ベタニアのマリアは誰かがユダヤの国ベツレヘムの、ダビテ王の子孫だと言い出さなければよいと気づかっていたが、幸い誰もそうだと言い出す者は無かった。

その言葉を聞いてホッと一安心したらしく、ピラトはわざと声を低めて二人の原告に向かって言った。

「原告はどう思われるか知らないが、ローマ帝国の規定によれば、管轄《かんかつ》の違う罪人を、管轄外の知事が裁判出来ないことになっているがな、そう御了承願っていいですか、この被告はガリラヤの住民だということになっていますから、ヘロデ王殿下の採決を仰ぐべきものだと私は思惟《しい》しますがな……それで、裁判をお急ぎになるなら、私の方から使いをやって殿下のご都合を聞かせますがね、いかがしましょうか？」

　ユダヤの習慣法に明るいベンエズラでも、ローマ法の取り扱いにはとんと暗いので、ピラトの公平な態度にはやや恐れ入った。しかしまた、エホヤダの考えでは、王ヘロデはバプテスマのヨハネを殺害した関係もあり、その問題から騒動を起こしたイエスであるから、必ずや彼らの希望どおり早速死刑に処してくれるだろうと思ったので、ベンエズラとエホヤダは、法廷の上で話をまとめて、ヘロデの裁判でもよいということに腹を決めた。しかし一応七十人議会の議長、祭司長カヤパの意見も聞かなくてはならんので、壇の上から法廷の入口に立っているカヤパに大声で尋ねた。

「祭司長殿、この裁判をヘロデ王の方に回すと言われていますが、それでよろしうございますか」

　カヤパは長髯《ちょうぜん》を撫《ぶ》しながら大声に答えた。

「よろしい、よろしい、区域が違うなら仕方がないよ」

　番兵の一人は壇の上から消えた。そして伝令として十数丁離れている、ヘロデの屋敷まで飛んで行った。

　それで公判はひとまず閉廷となった。法廷に入っている民衆は、ぞろぞろ狭い街路に出た。しかし、ヘロデからの返事がないので、ローマ兵はイエスを法廷の上にぼんやり待たしておいた。

それを見たピラトは、法廷の裏にあたる待合室に、イエスを連れこんで尋ねた。

「一体、君は何をしたんだね、別に大きな犯罪も犯していないのに、祭司長の連中は馬鹿に騒いでいるねえ……あの人たちがしきりに、君はユダヤの王様と自称している、と言うのは、何のことだね、一体？」

イエスは、その問いに対して反問した。

「一体、そういった話はあなたがそう信じていられるんですか、それとも祭司の長《おさ》たちがそう言ってるっていうんですか？」

ピラトは、イエスの論理の整然としているのに感心したというような顔付きをして笑いながら答えた。

「僕はユダヤ人ではないから、その間《かん》の事情は少しも分からんがね、君らの国の人や祭司長らがそうだと言って君を訴えているから、それについて君に聞いているんだよ」

イエスは、また法廷で言ったことを繰り返した。

「わたしの国は地上にはありませんですよ」

ピラトは追っかけて尋ねた。

「じゃア、君はやはり王様は王様なんだね……君の国土は地上にはないけれども……」

イエスは明確に答えた。

「あなたが言われたとおりです。わたしはそのためにこの世に生れて来たのです。つまりわたしは真理を証しするために、この世に形をとって生まれて来たのです」

ピラトは小首を傾けて、椅子の肘掛けの上に頬杖《ほおづえ》をついてイエスに聞きなおした。

「ふふん、するとさらに聞きたいが、君のいう真理というのはどんなもんだね。その本質を聞かせてもらいたいねえ」

そんな話をしているところへ、ヘロデの都合を聞きに行った番兵が帰って来た。それでイエスはピラトの質問に答えないうちに、ピラトの官邸から引き出された。

もう外は春の日が狭い街路を隅々まで照らしつけていた。祭りに出て来た諸国からの巡礼が晴れ着を着飾って賛歌を歌いながら、神殿の方に繰りこんでいた。

九八　ヘロデ王の法廷

ピラトの宮廷を出たイエスは、また大勢の訴願人《そがんにん》に取り巻かれて、ヨッパ門に近いヘロデの屋敷に急いだ。

ベタニアのマリアは法廷を出たところでイエスを待っていたが、イエスがなかなか出て来ないので、先回りしてヘロデの屋敷の入口で待っていた。するとヘロデの屋敷の隣からクーザの妻ヨハンナが出て来た。それでベタニアのマリアは彼女に言った。

「旦那さまにねえ、よく頼んで無罪にするように殿下にお願いしてくださいよ」

ヨハンナは、笑いながら小さい声で答えた。

「努力して見るわよ、しかし裁判のことは全く見当がつかないでねえ」

そう言って彼女はヘロデの屋敷の表門から大手を振って入って行った。そこへ大勢のローマ兵に護られて紺染の頭巾をかぶったイエスがやって来た。

ベタニアのマリアは、わざとヘロデ王の屋敷の門柱に体を寄せて、イエスに聞こえないと思ったけれども鋭い声で叫んだ。

「先生、祈っていますよ!」

そう言うと、イエスはローマの兵隊の肩と肩との間から首を延ばして、ベタニアのマリアの方に振り向いて無言のまま軽く頷《うなず》いた。

一行が入ると門は堅く鎖《とざ》された。幸いベタニアのマリアは一行の中に混って屋敷に入ることが出来た。

ここはピラトの官邸と違って、裁判するには非常に不便だった。第一、裁判に使用する玄関先というのがすこぶる手狭で、三十人も入れば身動きも出来なかった。それでヘロデの千卒長ヨシュアは南側の庭を臨時の法廷に宛《あ》てることを宣言した。

それでピラトの官邸からここまでついて来た祭司長のカヤパも、七十人議会の議員のベンエズラも、宮守頭のエホヤダも、皆揃ってヘロデの屋敷の南側の庭に回った。

カヤパの連中は昨夜からあまり寝ていないので、よほど疲れたと見えて、芝生の上に足を投げ出して座っていた。その時ガリラヤとペレア両国の領主ヘロデ・アンチパスは、父ヘロデ大王が着ていた真紅の式服に、テベリウス皇帝から贈られたクリーム色のローマ式袈裟《トガ》を左の肩から右の腰へ引き回し、さらにその端を右の肩から垂れ下げて、左手でそれを支えていた。

王が正面の玉座に着くと、十人の番兵はローマ式の兜をかぶり長い槍をもって王の左右を護った。書記役のフロルスは数歩下手の右側に座を占め、ローマの裁判所でするように、羊皮紙とペン軸とインキ壷をもって畏《かしこま》って裁判の開廷されることを待っていた。

ピラトの法廷と違って、ここでは祭司長のカヤパ自らが訴願人となった。

「殿下、殿下の御盛徳を仰いで欣賀《きんが》に堪えません。さて突然ながらここに殿下の賢明なる御判断を仰ぎたいのは余の儀でもございません。ここにローマ兵の手によって捕縛されて参りました、ガリラヤ国ナザレの大工イエスの身の上についてでございます。彼は殿下も既にお聞き及びだと存じますが、話を簡単にするために、要約して申し上げます。

彼はローマへ税金を納めることに反対し、ローマ皇帝に対して反逆の計画をしていたものでございます」

カヤパの後に立っているベンエズラは、すぐ傍に立っているエホヤダの袖を引いた。庭のうしろの方ではカヤパが、ローマの知事の前で言うようなことを、ユダヤの王の前で言っているのがおかしい、と言って私語する者もあった。

それで、ヘロデも裁判するのに困ってしまって、どう言ってイエスに質問していいか、見当がつかなかった。しかし、何とか言わないと王の尊厳が失われると思ったのか、大声にイエスの方に向いて尋ねた。

「その方はローマ政府に対して反逆の計画をしたことがあるか？」

しかし、イエスは直立不動の姿勢を取ったまま、彼の正面に開かれている御殿の窓を直視して、一種の法悦に浸《ひた》っているかの如く、王の質問に対して一言も返事をしなかった。

一分……二分……三分……四分。

王はイエスがいまに答えるかと、答えを待ったけれども、それは全く無効であった。

四月の太陽は、美しく大地から首を出した若草をなめまわして、今日の旅路を楽しんでいた。雀が御殿の軒先に巣を組んでいると見えて急がしく、塵泥《ちりひじ》を咬《くわ》えては巣のところまで運び込んでいた。イエスは、受難のこの日を覚悟していることでもあり、今になって自己弁護のようなことはしたくないと思っているらしく、直立不動のまま、軒の雀を見上げて人生の浅ましさと対比して考えているらしかった。

庭の隅っこの石榴《ざくろ》の木に体を寄せかけて、イエスの横顔を見ていたベタニアのマリアは、イエスの視線を伝ってヘロデの御殿の軒先の雀の巣を見上げた。

「……庭の雀は一銭で売ってるじゃないか、しかし神の御許しなければ、その一羽だって地には落ちないのだ……」

　そんなことをイエスがガリラヤの野辺で言われたことを、ベタニアのマリアは思い出した。昨夜からの苦難にかかわらず、イエスは透明な水晶の玉のように少しも取り乱したところはなく、生死を超越して民の罪を負う神の小羊のように、屠場《ほふりば》に曳かれて沈黙していられる有様を見ては、その神々しさにベタニアのマリアは頭が下がった。

　あまり返事が遅いので、書記のフロルスが催促をした。

「お前は殿下のお言葉が聞こえなかったか？　何をぐずぐずしているんだッ」

　そう言われてイエスは姿勢もくずさなければ口も開かなかった。すると興奮しているカヤパがさらにイエスの攻撃を始めた。

「殿下、この男は実に生意気な奴であります。四十六年もかかってやっと完成しかかったエルサレムの神殿を破壊せよ、我は三日目にそれを建ててやる、などいうようなことを抜かしやがるんでございます」

　カヤパの言い方があまり滑稽なので、そこに立っている者は皆くすくす笑った。それで王へロデも彼らについて笑った。しかしイエスだけは、全く無生物になったかの如く瞬《まばた》き一つしないで、正面の窓枠の光るのを見詰めていた。

　カヤパはさらにイエスを論難した。

「それどころではありません。昨夜もその男を捕らえて来て我々の手で調べたんですが、この男は、天地の造り主は彼の父であり、彼奴《きゃつ》は神の子であると自称しているんでございます」

しかし、さすがのヘロデもカヤパの訴えが何れも宗教問題に関係していて、彼の行政事項に何ら関係がないものだから、裁判するのに困ってしまった。しかし、何とか祭司長らの希望どおりに裁判してやらんと、彼自らの評判を落とすと思ったので、イエスに向かって尋ねた。

「その方は果たして神殿の破壊を教唆《きょうさ》したことがあるか？」

そうヘロデがどす太い声で尋ねたけれども、イエスは一言半句返事をしなかった。それでヘロデも困ってしまい、祭司長カヤパに言った。

「祭司長殿、今まで訴えられたような事実は、あれは皆ローマの知事の所管事項に属するように思いますがどんなものでしょうねえ。あるいはこの男が殺人をしたとか、あるいは強盗をしたとかいうことであれば、私が裁判しなくちゃアならんですが、ローマ皇帝に対する反逆罪については、むしろ知事閣下の裁断を仰いだほうがいいと思いますがねえ」

「そう言えばそうですなア――」

そう言って祭司長カヤパは頭を掻《か》いた。宮守頭のエホダヤは大声で笑い出した。

「この裁判はなかなか手間がかかる裁判だなア――知事のところへ持って行けば、管轄違いだから、ヘロデ王のところへ持って行けと言うし、ヘロデ王のところへ持って来れば、事件の内容がローマ帝国の治安に関する問題だから、知事のところに持って行けと言われるし、一体どうしたらいいもんだろうなア――」

その言葉を聞いてまた皆噴き出した。商売人の仲間であろう、法廷の真ん中で弥次《やじ》る者があった。

「お祭りの余興には持って来いですよ、わははは……」

それから法廷の空気は全く乱れてしまった。祭司長の一団は王ヘロデと私語を始めた。法廷の中央にいた商人の連中が、また一塊《ひとかたま》りとなって何か大声に論議し始めた。しかし一人イエスは超然として相変わらず不動の姿勢をとり、今度は天を見上げて、一人祈っている様子であった。それで遠くからイエスの姿を見守っていたベタニアのマリアも、イエスと同じ姿勢をとって天を見上げた。

九九　死刑か笞刑か

目覚めるような真紅なローマ風の衣に、ローマ式の袈裟をつけてヘロデ・アンチパス王の後《のち》添《ぞ》いの妻で、先には今の夫の弟にあたるピリピの妻であった姦婦ヘロデアが、平気な顔をして裏庭からクーザの妻ヨハンナを伴《つ》れて、ベタニアのマリアの立っているところにやって来た。すぐその後から、イツリアの王ピリピと同名で、ヘロデ大王の妾の子であるヘロデ・アンチパス王とは腹違いの兄弟であるピリピが出て来た。彼は最近ヘロデアの娘サロメと結婚したばかりであった。サロメはわざとダマスコ織りの着物を着て、年より老けて見せようとしていた。

裁判が済んで皆が立ち話をしている時なので、ヘロデアとサロメは直ぐ近くの者に聞こえるような大声で私語し始めた。

「ちょいと、あの人は少しもバプテスマのヨハネに似ていやしないじゃないの？　皆ヨハネがイエスの形をとって蘇《よみがえ》ったなどと言うけれども、あれは嘘だったんだねえ。あれはヨアキムの一派が、わざとそう宣伝したんだろうね」

ヘロデアがイエスを指しながらそう言うと、サロメは母の肩に手をやって、疳《かん》高い声で答えた。

「随分汚い風をしている人ねえ、あの人も、大勢女の人がついてるからもう少し色男かと思ったら、存外年寄りねえ」

そう言っている時に庭の中央部にいた両替屋の男が、古靴の中へ馬糞《ばふん》を詰めてイエスに投げつけた。

「こらッ、キリスト、お前に献金するよ！」

それがイエスのところにはとどかないで、イエスのすぐ前にいる神殿の鳩売りの頭に当たった。それを見た会衆はどっと吹き出した。一人がイエスに対して悪戯《いたずら》を始めると、イエスに店を顛覆《てんぷく》された商人の連中は、次から次と悪戯を始めた。多くは自分の靴を脱いでイエスに放りつけたが、その度毎に会衆はどっと笑った。

しかし、中にはイエスの前に腰かけているヘロデ王の足許まで靴を放りつける者があったので、ヘロデ王付の兵卒は、イエスを引っぱって、ヘロデアの立っているところへ連れて行った。するとその横に立っていた学者のベンエズラがイエスに冷かしのようなことを言った。

「どうじゃ、こうせられちゃア奇跡も行えないだろう」

イエスは、それに対しても馬耳東風《ばじとうふう》に聴き流して一言の答えもしなかった。祭司長カヤパと相談の結果、ヘロデ・アンチパスは知事ピラトに伝令をやって、もう一度イエスをローマの法廷に返還してもよいかどうかを尋ねにやった。

その命令が王の口から漏れると、法廷は全く閉会を宣しない内に、閉会同様になってしまった。会衆はどっと、イエスとベンエズラの問答を聴きに集まった。月曜日の朝、両替屋の店を引っくり返された、背の高い神経質の男がイエスに食ってかかった。

「おい、キリスト、お前は天下の救い主だというけれども、何故両替屋をいじめるんだい」

そう言っている後から穿《は》いていた靴を脱いで、イエスの頰ぺたを殴りつけた、豚のようによく肥えた中背の男があった。この男はパリサイ宗でも気の暴《あら》いことで通っている、エルサレムの名物男であった。

彼は去年の水道事件の時、ピラトの屋敷に最初の石を放り込んだのは俺だと言って自慢しているような男だった。名をシャルムと言って、エルサレムでも保守派で通っているシャンマイ派の塾長をしていたこともあった。

一人が殴り出すと、両替屋の店を顛覆された二十数軒の商売人たちも、鳩を売る台を顛覆させられた小さい店の女商人からも、我勝ちにイエスを殴ろうと、彼の周囲に群がった。

それを見たベタニアのマリアは鋭い声で叫んだ。

「あなた達！　およしなさいよ、王様の法廷の中で、なんですか、この人は私の先生です、この人を殴りたけりゃあ、私を殴って下さい」

そう言って、昔の革命党の首領アスロンゲス兄弟の血を引いた侠気《きょうき》なベタニアのマリアは、群衆の中へ躍り込んで行った。それをヘロデ・アンチパス王は面白がって見ていたが、守衛の兵卒はさらに、イエスを元立っていた位置に連れ返して、槍の柄《え》を横たえて群衆がイエスに近づかないようにした。

エルサレムの商人たちがイエスをなぶり物にしているのが面白くなったので、ヘロデもヘロデアもまたピリピの花嫁のサロメも、イエスの傍にやって来て、何かイエスが奇跡でも行いはしないかと熱心に見物していた。

「もう少し、なぶったらきっと奇跡をするでしょう、一つ奇跡をやらせたら面白いのにねえ――」

サロメは母のヘロデアにそう言った。

「さあ、どうしたら奇跡をするだろうねえ」

ヘロデアは少し頸《くび》を傾けて考えていたが、すぐ答えた。

「天から来《きた》るキリストにしては、少し服装が汚《きたな》すぎるから、ヘロデ王の着物でも着せてやりましょうか？………エリアのように天から迎えに来た雲に飛び乗る奇跡でも見せて欲しいですねえ」

平凡な生活に飽きている宮廷生活者はそんなことを言い出した。

やがてサロメは、夫ピリピが着ていた緋《ひ》の衣を取り出して来た。そして兵卒に命令した。

「これをメシアに着せておやんなさい。あんな汚い着物を着ていちゃア、メシアとは見えないからね。何かあの人が奇跡を行ってくれると面白いのにね。そうしたら私ヘロデ王にお願いしてすぐ釈放してもらうがねえ」

一〇〇　緋《ひ》の衣

そう言ったサロメの腹の底には、複雑な心理が働いていた。それはヘロデの内大臣クーザの妻ヨハンナが彼女の後ろに立っていたので、彼女の一人息子が病気を直してもらったという事実もきいていたのと、彼女に対する遠慮もあり、またバプテスマのヨハネに対する彼女の仕打ちがあまりひどいという批難の声が高かったので、エルサレムの民衆に対して媚《こび》も送らねばならなかった。それで、半ば嘲笑的に、半ば憐憫《れんびん》の情から思い切って、夫ピリピの一張羅《いっちょうら》をイエスに投げ与えた。

兵士がその緋の袈裟《トガ》をイエスの体に巻きつけると、イエスの着ていた茶褐色の山羊の毛で作った質素な着物には全く不釣合であった。聴衆はそれを見て大声にどっと笑った。

そうしているところへ、ヘロデの伝令が帰って来た。それで十人のヘロデの兵卒は、千卒《せんそつ》長《ちょう》に引卒されて、イエスを看視しつつまたヘロデの門を出た。祭司長もエホヤダも、ベンエズラもシャンマイ派のシャルムも、そして大勢の神殿内の商人たちも、ぞろぞろローマの兵卒の後から随《つ》いて出た。

四方の門から繰り込んで来た巡礼たちは、神殿に行く途中、イエスの行列を見て、何事が起こったかとぞろぞろあとからついて来た。ベタニアのマリアもその群衆の中にまぎれてヘロデの屋敷を出たが、弥次の連中と行動を共にしないで、ヨッパ門からさらに北に回ってヘロデ門の方に回り、ローマの兵士よりか先に法廷に入った。そして前のように後ろには立たないで、たった一人でイエスを守護するようなつもりで、石灰岩の敷石の敷かれてある法廷の一等前の方に、一人ぼんやり立っていた。

しかし、イエスは中々来なかった。それで彼女はまた表に出てイエスの来るのを待っていたが、やがてイエスの一行はやって来た。そしてアントニアの塔の方へ入って行った。今度出て来たときには、ヘロデの屋敷でもらった緋の衣は剥《は》がれて、彼が、いつも着ていた汚い服装のまま法廷へ出て来た。

朝の六時頃の法廷とはうって変わって、それから二時間ほどたった第二回の公判は広い法廷に敷かれた舗石一杯人で埋まってしまった。神殿の商人たちは、カヤパやエホダヤと道で打ち合せて来たと見えて、わざとベタニアのマリアを取り囲むような隊勢を整えて最前線に出て来た。

しかし、今度も祭司長だけは法廷の入口に立って、異邦人の邸《やしき》には入らなかった。それはシャンマイ派のシャルムも同様だった。

型の如く原告は右に、被告は左に、壇上の席についたが、ピラトは宮守頭のエホヤダに言った。

「原告はどう考えているんですか？　既にヘロデ王におかれても、無罪として判決を与えないで、当方に送り返して来られたんですが、もし原告の方において強いて当法廷において処罰してくれというなら、反逆罪としてでなく、安寧秩序を乱す者として、違警罪《いけい》に問うこととしたいんだが、それではあなたの方は不服ですか？」

法律のことはさっぱり分からないけれども、なんだかピラトがイエスの肩を持っているということだけは、法廷に充満していたエルサレムの商人たちや、地方から集まって来た巡礼たちによく呑みこめた。

片隅に陣取っていたガリラヤのセフォリスの一隊は、法廷から大声で叫んだ。

「預言者を赦してやれ！　エルサレムの商売人にガリラヤ人を審判する権利があるか！」

その大きな声に、法廷の最前線にいた商人たちも辟易《へきえき》した。ガリラヤの巡礼たちは、エルサレムでも一番よく金を落として行く人たちなので、その連中に反対せられると商売が上がったりになると思ったものだから、ヘロデの屋敷で騒いだような態度には出なかった。

その空気を見て知事のピラトは、一人合点して大声に怒鳴った。

「大工イエス、右は、安寧秩序紊乱《ぶんらん》の廉《かど》により笞刑《ちけい》に処す」

そう言って、さっさと控室に入って行ってしまった。第一線にいた神殿の商人たちは壇上の宮守頭の顔を見上げて大声に叫んだ。

「なんのこっちゃ、馬鹿らしい」

「こんなことなら、何もピラトに頼まなくてもいいじゃアないか」

「笞刑ぐらいのことなら、祭司の長だって処罰する権利を持っているじゃアないか」

ピラトが奥に入ると壇上に立っていた宮守頭のエホヤダと、七十人議会の議員ベンエズラは舗石の上まで下りて来た。

ヘロデの屋敷で、古靴に馬糞を詰めてイエスに投げつけた背の高い男が、まずエホヤダに向かって叫んだ。

「なんですかい、こんな馬鹿な裁判なんてありゃアしませんよ。七十人議会は死刑を執行してくれと決議したんでしょう、それにピラトは笞刑の宣告をしただけじゃありませんか——馬鹿らしい」

一〇一　インマヌエルの血

それで皆申し合わて群衆心理に訴えて、裁判をもう一度やり直してもらうように決議した。それで、エホヤダとベンエズラの二人はまた、壇上から控室に通ずる扉を開いて官邸の方に入って行った。それを見て、ガリラヤの巡礼たちは歓声をあげて表に出て行った。

ベタニアのマリアはとうとう祈りが聞かれたと思って、エルサレムの商人たちの間から抜け出て、いったん法廷を出た。そしてピラト夫人に感謝の辞を述べようと、アントニアの塔の方に歩き出した。するとアントニアの塔の前には数百人の弥次が集まっていた。何事が起こったかと、ベタニアのマリアもそこに立っていた一人に聞くと、その男はすぐ答えた。

「今、預言者と言われているイエスが三十九度笞《むち》で打たれているところですって――」

それを聞いたマリアは人垣を分けて、アントニアの塔の中へ入って行った。しかし、槍を持っている兵卒たちが綱を張って、見物人がイエスに接近することを許さなかった。

春の太陽は眩《まばゆ》いばかりアントニアの塔を照しつけ、正面に見える神殿の上部を黄金の板で張った北側の壁は大きな金剛石《こんごうせき》のように光っていた。

皮肉にもその壮大な神殿の見えるところで、大工イエスは裸体にせられたまま俯伏《うつぶ》せに座らせられ髯武者の大きなローマ兵に、鉄片のくっ付いた革の笞で、ピシャリ、ピシャリと殴られていた。

イエスは、両手を前方で縛られたまま俯伏せになっていたが、今日の日を覚悟していたと見えて、微動だにもしなかった。鉄片で剔《えぐ》られた部分から血が泉のように吹き出していた。

傍に立っていたもう一人の兵卒が、

「二十六ッー」

と大声に怒鳴った。まだ三十九まで十三残っている。ベタニアのマリアは生まれて初めてこうした笞刑を見たので、その残酷な方法にたまげてしまった。

彼女の立っていたところはイエスが笞刑を受けている場所より、約十キュービット〔約五m〕ほど離れていたが、イエスが打たれる度毎に、あまり肥《ふと》ってもいない筋肉の引き締った白い皮膚が、熟した石榴《ざくろ》のように幾ケ所も破裂するのを、十分見ることが出来た。

感受性の鋭いベタニアのマリアは、第二十七番目の笞が振りあげられた時、もうイエスをよう見なかった。

――昨日の夕方から、アンナスに苛《いじ》められ、カヤパの屋敷で嘲弄《ちょうろう》され、ヘロデの屋敷で殴られ、うち続く侮辱と嘲笑に大抵の人ならもう参ってしまうところを、人類の罪の赦しのための受難とは言え、よくまあこれだけ忍耐して下さるものだと思えば、マリアはイエスの尊い体験に自然頭が下がった。で、イエスの上に打ち据《す》えられる笞の一つ一つが彼女の背中に一つ一つ加えられるように思われた。

もう十分だと思うけれども、人間の罪があまり深いものだから、イエスが身替わりになって、いくらでも笞を受けて下さると思うと、人間の罪の深さに自然泣けた。

彼女が両眼を顔覆いの端で蔽《おお》っている間に、笞がイエスの皮膚に食い込んだ音がした。右へ数えて、二、三人目のパリサイの男が、

「これで二十七じゃな」と数えるのが聞こえた。

ベタニアのマリアは、もうイエスがその場に昏倒《こんとう》していやしないかと考えながら、また眼をあけて見た。しかし、イエスは相変わらず謹厳な態度を持して姿勢さえくずさず、静座したまま顔さえ上げないで、吹き出る血を拭《ふ》こうともしていなかった。時々、首の部分が蠕道《じゅどう》するのがよく窺《うかが》われた。それでベタニアのマリアは、イエスが俯伏《うつぶ》せになったまま咽《むせ》び泣きをしていられるのだと察した。彼女は、イエスが涙を民衆に見られまいと、隠していられるのがいじらしく思えて泣けた。

そう思っているうちに、第二十八番目の笞が唸《うな》りをたてて大きな円を描いた。そして、またイエスの背中の皮と肉が剳りとられた。

ベタニアのマリアは、麻縄を飛びこえてイエスに代わってあげたいと思った。それで、彼女は瞑目して天の父に祈った。

――天の父様、なぜ罪もない神の子を、こんなに苦しめなければならないでしょうか。私は

先生が流し給う血が私と皆のためであることをよく知っておりますが、外に方法はないものでしょうか？　もしほかに方法があるものなら、早くイエス様の傷をお治し下さい。そして、もうこの上先生が苦しまないようにして下さい――

一〇二　ベタニアのマリアの祈り

そう言って祈っているうちに、第二十九と第三十番目の笞が皮膚にあたる音がした。しかし、マリアはまだ両眼をよう開かなかった。

――神様、イエス様は血を持って行かなければ救われないと言われましたが、罪なき者の血をこうしてまで流さなければならないのでしたら、私はむしろ地獄に行きます。ああ、もう結構です――結構です。こうまでして人の子が苦しまなければ、人間は救われないんでしょうか？――

彼女は心のうちでそう神に反問した。第三十番目の笞がおりた。マリアは勇気を出して眼を開いて見たが、イエスの背中は、春の雨の後、鋤《すき》で掘り起された畝《うね》のようになって、笞の当たった筋々《すじ》によって腫《は》れあがり、その腫れあがった頂点が鋤の先でおがされた土塊《つちくれ》のように破裂していた。〔おがす＝「掘り起こす」の意の阿波弁〕

——天の父様、勿体《もったい》のうございます。あなたの御子が、こうまで私たちのために苦しんで下さるとは知りませんでした。カインの末裔《まつえい》として神に叛《そむ》いた人間の悪い血ですから、イエス様が身代わりになって罰を受けて下さるということは、何という深い御計画でしょう——

第三十一番目の笞がまた鳴った。左手の後ろの方で、

「しぶといやつだなア、中々伸びおらんなア、大抵これだけやられたら、普通のものなら伸びるんじゃがなア」

第三十二番目の笞がまた響いた。イエスを中央に置いて、その向こう側に数人のローマ兵が見物していたが、その一人が仲間の者にこんなことを言った。

「この男だろう？　カペナウムの百卒長ガリオの従卒を治してやったのは——」

「そうじゃ、しかしこの男は水道一揆に多少裏で工作したらしいな、だって、今ここに入っているエヒウを尋ねて来ていたぞ」

もう一人の男がつけ加えた。

「この男はなかなか食えん男だぜ。表面はおとなしいように見えるけれども、内心はローマに対して革命思想を抱いているらしいな」

第三十二、第三十三の笞が回った。

ベタニアのマリアは人目もはばからず、麻縄の前にひざまずいて瞑目して神に黙祷を捧げていた。

――どうか神様、このイエス様の血が無益に流されないで、人類の罪を潔める贖《あがな》いの血であるようにして下さい――

第三十四の笞が当たった。

傍に立っていた百卒長は大声に言った。

「この犯罪者は、もう法廷に伴《つ》れて行かなくっていいのか?」

イエスの噂をしていた三人の兵士の一人が大声に答えた。

「もう、いいと思いますがなア」

その隣に立っていた小柄の男が百卒長に言った。

「この男は、よほど妙な体を持っていると見えて、少しも伸びませんですなア。不死身でしょうかなア」
三十五、三十六の笞が両方の肋骨《ろっこつ》の上に落ちた。殴っている男がこんどは大声に叫んだ。
「これで参るだろう……これで参らんのだったら、こいつは魔術を使っているんだよ」

イエスの両脇から血がほとばしり出た。

それでもイエスは、微動だにしなかった。

それを見た笞を振っている男は大声に叫んだ。

「やはり、こいつは術を使っているぞ。少しきつくやっても、びくともせんが、どうしたんだろうなア。ちょっと伸ばしてしまってやろうと思ったけれども、巧《うま》くいかんわ――」

三十七、三十八の笞は背中の対角線上に落ちた。
もう、あと一つだと思うと、ベタニアのマリアは凱歌《がいか》を上げた。

「よう辛棒して下さった。イエス様——あなたのこの尊い犠牲を、私たちは永久に忘れますまい」

第三十九番目の笞は、冗談半分に尻の上を横殴りに殴った。

「ああ済んだ——こんな不死身の男を殴ってると、こっちの腕が痛くなるわい」

そう言いながら、笞を持っている男は三人の兵士の方へ歩いて行った。

笞刑が済んでもイエスは、顔を縛られた両手の間に埋めて、起き上がろうともしなかった。そして引きつづいて人類の罪のために泣いていた。ベタニアのマリアにはよくその気持ちが分かった。

それで彼女も麻縄を掴まえて、イエスを見ては祈り、祈ってはまた眼を開いてイエスの涙に同情した。

百卒長は大声で叫んだ。

「もう釈放してやれ！　可哀相に……こいつは祭司の長《おさ》に嫉妬《しっと》されて、ここへ連れて来られたんだろう。この男の評判があまり良いもんだから、カヤパはこいつを憎んでいたんだよ。俺は知っている」

その言葉を聞いて、小作りの男はそれに反対した。

「百卒長殿、それは少し違いますぜ。やはりこの男も、水道一揆のバラバの一味徒党ですぜ――だってこの間、エヒウの娘を連れて来ましたぜ」

「それはお前、親切ということだよ」

「いいや、それは親切の程度を越えておりますぜ」

一〇三　荊《いばら》の冠

門衛の詰所にいる男が、イエスがヘロデの邸でもらって来た真紅《まっか》なローマ風の袈裟《トガ》を、イエスの方に投げつけた。

「おい、これを着せてやれ、着せてやれ」

その壮麗な衣裳が、今三十九の笞刑を受けた犯罪者に不釣合と思ったか、笞を持っている男は、着物を拾い上げて兵士に尋ね返した。

「これア、どうしたんじゃい？」

「これア、そいつのだよ。ユダヤ人の王様のものだよ」

「なに？　ユダヤ人の王様？　こいつは、ユダヤ人の王様かい？」

小作りの背の低い男は笞を持っている男に答えた。

「さっき門のところで、エルサレムの商売人が言っていたがなア。こいつは、ローマに税金を納めなくてもいいと主張しているんだそうだ。そしてローマに反旗を翻《ひるがえ》して、ユダヤの王様になろうという野心があったんだそうだ」

「ふーン、道理でこの着物は、ヘロデの邸から冷かしのつもりで送って来たんだな――よし、そんならこちらも王様扱いにせんといかんだろう」

そう言うなり彼は、笞を捨ててイエスに近づき、イエスを靴で蹴飛ばした。

「こらッー　ユダヤ人の王様、これから戴冠《たいかん》式が始まるぞ」

そう言って、彼はヘロデの家から持って来た真紅な着物を、イエスに着せようと努力した。しかし、イエスは背中の傷があまり痛いので、十分立つことが出来なかった。で、彼は引きつづいて瞑目《めいもく》したまま、地べたの上に座っていた。そして、兵卒たちのなすままに任せた。

ローマ風の緋の袈裟《トガ》が、左の肩から右の腰を回ってまた左の肩に掛けられた。

「これだけじゃア不似合だなア――冠《かんむり》がないといかんわ。おい、冠はないか？　誰か裏庭へ回って荊《いばら》で冠を造って来いよ」

小さい男が、鎌を持って裏庭へ走った。もう一人の兵士が、日除けにしていた簾《す》の子の葭《よし》を一本抜いて来た。

「これを、笏杖《しゃくじょう》の代わりに持たせればいいよ」

そう言って、葭を背の高いローマ兵に渡した。背の高い男は自分が刑に処した犯罪者が、あまりにも気品が高いので、自分と対比して彼自身が何か大きな罪を犯しているように思った。ことに、見物人の中にはベタニアのマリアのように、むしろイエスに同情する態度を示していた者もあったので、自分の良心の責め苦から少しでも遁《のが》れたいと工夫していた。で、わざと口実を作るために、そのしぐさがいかにも執拗《しつこ》かった。

荊の冠が来た。それは、パレスチナ特有の一寸以上もあろうと思われる長い刺のついた荊の枝で環《わ》を幾重にも作って、小器用に編んだものであった。

刑を執行した大きな男がまたそれを受けとって、イエスの頭のところまで持って行こうとした。しかし、素手でそれを持とうとした瞬間に、彼の手に荊の刺が深く突きささった。

「あいたたた――ようも、こんなに刺の沢山ついてるのを、上手に編んだもんじゃなアー」

笑いながら、そう大きな男が言うと、

「この手袋を穿《は》めて編んだんだよ」

そう、小さい男が答えた。

「その手袋を借してくれえ――王様の頭にかぶらせるのにも、とても手袋穿めなくちゃアよう持たねえや、俺は――」

手袋を穿めた大男は、二つの手で荊の冠をそっと持ち、それをイエスの頭の上に押えつけた。皮膚といわず、後頭部の毛の間といわず、荊の刺のささった所から血が滲み出た。

それでも、イエスは無言のまま一言も言葉を発しなかった。

それに吃驚した刑の執行者は、大声に叫んだ。

「おい！　ユダヤ人の王様は、これはいよいよもって不死身だぞ。頭のぐるりから血が滲み出ているのに、痛いとも言いやがらんなアー」

ベタニアのマリアは、先刻からこの光景を見ていて、イエスの変わり果てた姿に感動した。そして、しきりに洟水《はなみず》を拭いた。彼女は、イエスが口癖のように愛誦している預言者イザヤの書の一節を思い出した。

――彼はあなどられて人に捨てられ、また顔を覆いて避くることをせらるるものの如くあなどられたり。洵《まこと》に彼は我々の病患《なやみ》を負い、我々の悲しみを担えり、彼は我々の咎《とが》のために傷つけられ、我々の不義のために砕かれ、自ら懲《こ》らしめを受けて我々に安きを与う。その打たれし傷によりて我は癒《いや》されたり。（イザヤ書第五十三章三節～五節）

イエスが眼を開いた。彼は民衆より顔をそむけて、神殿の金色の壁に視線を注いでいた。イエスをなぶり物にしている男は、いくらイエスを苛《いじ》めても、徹底的に柔順で、少しも腹を立てないことが癪《しゃく》にさわったらしく、イエスの頬ぺたを左手で殴りつけて、また彼の顔に唾を吐きかけた。

「こらユダヤ人の王様！　真っ直に向け！　……少し怒らせてやろうと思うけれども、こいつは少しも腹を立てんところを見ると、よっぽど、どうかしているわい、こいつ――」

そう言ったかと思うと、彼はさらに小さい男に命令を下した。

「皆呼んで来い！　そしてユダヤ人の王様万歳を一つやろうじゃないか――それが済んだら釈放してやろう」

ちょうど、朝の検閲に運動場へ出て来た多勢のものが、塔の陰に集まって無駄話をしていた。小さい男が呼びに行ったので、何事が起こったかと皆出て来た。

そのうちの一人は四月ほど前、イエスを案内して、骨折して寝ている仲間を治してもらったことがあったので、イエスをよく覚えていた。

「おい、無茶するなよ、可哀相に、それは――なんじゃい！」

そう言っているところへ、営舎を隅々まで触れて回っていた小さい男が帰って来た。そしてイエスを苛めることに反対している男に食ってかかった。

「こいつはユダヤ人の王様じゃないか――お前も、ぐずぐず言わないで跪拝《きはい》しろよ」

一〇四　妻の忠告

イエスをなぶり殺しにしはしないかと、ベタニアのマリアは心の中で案じていたが、その時アントニアの塔の向かいにあるピラトの官邸から使いが来た。で、ベタニアのマリアは何気なしにピラトの官邸の方に振り向いた。すると、ピラト夫人とヨハンナが知事官邸の小さい窓からこちらを見ているのがよく見えた。使いは、大声で言った。

「百卒長殿、笞刑《ちけい》に処した犯罪者はまだ釈放されないでここにおりますか？　ここにおればもう一度官邸の方へ連れて来て下さい」

で、イエスはまたピラトの官邸に曳かれて行った。しかしピラトも、荊の冠を着せられて歩行にさえ困難を感じているイエスを見たとき、独り言のように言った。

「もうこれでいいなア――もうこれで釈放してやろうや」

そう言いながら彼は、もう一度イエスを兵士に引っぱらせて公判廷に出た。緋の衣を着、荊の冠を着せられて血みどろになっているイエスを見た時に、法廷の中に詰っていた群衆は鬨《とき》の声をあげた。その声の納まるのを待って、ピラトは会衆に向かって大声で叫んだ。

「皆、この人を見てくれ……これだけ懲らしたら、もういいだろう――この大祭の時には毎年一人ずつ囚人を釈放してるんだから、この男を赦そうや」

最前線に座っていたエルサレムの商人たちと、エホヤダやベンエズラの組は、それに承服しなかった。

「反対！　反対だッー」

「そいつは死刑だッー」

「バラバを赦《ゆる》せ、バラバを！」

「そいつは十字架にかけてしまえー」

申し合せをしていたエルサレムの商人達は、ガリラヤの巡礼衆が、イエスの笞刑の宣告を聞いて、安心して法廷を去ったことを善いことにして、また町からさらに大勢のものを呼び集めて来た。

「バラバを特赦にしろ！　イエスを十字架につけろ！」

ピラトは、またベンエズラとエホヤダを、壇上に差し招いた。そして、彼らに言った。

「イエスを、あれだけ厳罰に処したら、もうあれで善いじゃないかね？」

ベンエズラは、ピラトに食ってかかった。

「これくらいの処罰でしたら、何にもあなたを煩わす必要が無かったんです……我々はローマ政府より死刑に処する権限を付与されていないもんですから、こうして、朝早くから正式裁判に訴え出たのです」

そう言っている時に、ピラトの妻クラウデアが奴隷を使いによこして彼を控室まで呼び込んだ。ピラトが例のイエスを第一回の公判の時、尋問した控室に入ると、クラウデアは、余程興奮しているらしく鬢《びん》のほつれ毛を撫《な》で上げながら、口の先をとがらせて言った。

「ちょいと、あなた——もうナザレの預言者をいじめるのは、善い加減にしたらどうですか？さっき窓から見ていると、兵隊はあの人の背中を八裂きにして、荊の冠まで被《かぶ》らせていましたが、——カヤパはまだあれだけで承知が出来ないで、あの人を死刑にしようって、貪欲《どんよく》な神殿の商人達を煽動《せんどう》して、法廷内で示威運動をさせているようですが……」

ピラト夫人がそう言っている間も、法廷の群衆の大騒ぎをしているのが、控室までよく聞えた。

「こらッ、ピラト出て来い！」

「バラバを特赦しろ！」

「イエスを死刑にせえ！　こらッ貪欲泥棒」

ピラトは、その声を気にして妻に言った。

「あの調子だからね――全く手がつけられないんだ」

「手がつけられんからと言って、あんな正直な哲学者を、エルサレムの野良犬に噛ますようなことをしたら、それこそあなたの責任になりますよ……

……私ね――今朝方、あの人のことについて悪い夢を見たのです。夢は逆夢《さかゆめ》ということがあるから反対になってくれると善いと思っているんですがね。あなたがあの人を十字架にかけて、とうとう私達が叔父《おじ》さん（テベリウス皇帝のこと）から、位を剥奪《はくだつ》されて流刑になっている夢を見たんですのよ。あまり夢が悪いもんですからね、もうこの問題について、あなたが深入りしないが善いでしょう――」

そう言って、クラウデアは彼女の夫に眼もくれないで、廊下伝いに居間の方に入った。

妻の忠告に、決心の臍《ほぞ》を固めたピラトは早速、奴隷に大理石で造った洗面器をわざと公判廷に運ばせ、大衆の前に立って大声に声明した。

「いったん、笞刑を宣言した以上、本官において前言を翻《ひるがえ》すことは出来ない。それで諸君が強いてイエスの死刑を要求するなら、彼の血については本官としては一切責任を持たないから、これより以後は本人の身柄は諸君の自由にしたが善いだろう」

そう宣言して、ピラトは大衆の見ているところで手を洗った。

その時、法廷の出入口に頑張っていたカヤパが、垂れ下がった頬髯《ほほひげ》をしごいて言った。

「君もわからん人だね――この男はローマ皇帝に対する反逆者だから、死刑に処してくれと言っているんじゃないか？　君はローマ皇帝の反逆者に味方するのか？　そんなら君も反逆者と認定して善いか？　よし！　そんなら、そのとおり、ローマ皇帝にわしの方から上申するからそう覚えておれ！」

「そのとおり！」

「ピラト……おまえは皇帝に反逆するつもりか？」

祭司長カヤパの論難《ろんなん》に、エルサレムの商人達は、さらに雷同《らいどう》した。

その声を聞いて、ピラトの顔色はさっと変わった。

――ローマ皇帝の名が出て来た以上、もう勝てない――

と、ピラトはそう観念した。

その時、千卒長もピラトの耳に囁《ささや》いた。

「閣下、あまり大衆を興奮させると、この前のような事件が起こりますから、善い加減になさってはどうですか？　先日も、この男は反納税主義者と通じている殺人強盗の男を、アントニアの牢獄まで訪問して来たこともあるそうで、必ずしも、祭司長の言葉が全部虚偽じゃないようです」

千卒長は局面を救済するために、笞刑の場所で拾った話をピラトにした。

ピラトは一層腰が弱くなった。そして、会衆は一層騒ぎ出した。

「反逆者に与《くみ》する者は反逆者だぞ！」

「ピラト！　こらッ皇帝への裏切者！」

その声に恐れをなしたピラトは、千卒長をいったん控室まで呼び入れ、もう一度彼の言葉を聞き質《ただ》して千卒長に言った。

「よし！　じゃ、君の言うとおりにしよう。また、僕が就任した時のような騒ぎや、昨年の水道騒動の時のように、うるさく騒がれたら困るからなア……じゃ、前言は取り消しとして、そして死刑は即刻ということにするんだね――その方は君が引き受けるな？」

「はい！　お引き受けいたします」

「よし、そのとおりすぐ宣告しよう」

再び、法廷に現れた拍子にピラトは、さっき自分が手を洗った洗面器に足を踏み込んで、水を壇の下に座っている商人のところまでまき散らした。

「こら！　慌《あわ》てるない！」

そう、背の高い商人が大声に叫んだ。

その声がピラトの胸に異様に響いたと見えて、ピラトは急に袈裟《トガ》の襞《ひだ》をつくろって、正式に裁判長の席についた。

千卒長は、槍尻《やりじり》の尖先《さき》で書記席の机を斜横《ななめよこ》に叩いて、叫んだ。

「静粛に！」

光った槍の穂先を見た会衆は、たちまち静粛になった。そこには咳《せき》一つしているものもなかった。

その時ピラトは、大声に叫んだ。

「ナザレのイエス、右の者、ローマ皇帝に対し、反逆の意図あるものと認定し、磔刑《たくけい》に処す、おって処刑は即刻施行す」

鋪石の上に座っていた商人達は、

「万歳！」と叫びながら総立ちとなった。

ベタニアのマリアは、クーザ夫人と法廷の裏木戸の陰に立って、こっそりその後の経過を見守っていたが、民衆の万歳の声を聞いて相抱いて泣き倒れた。

一二章　十字架への道

一〇五　ヴィアドロロサ

「さア行こう！」

百卒長のセバスチャンがそう号令をかけた。四人の兵卒は退屈そうに立ち上がった。

「見せしめに、あのずぶとい奴も連れて行けって、お上の命令だよ！」

セバスチャンは、またそう付け加えた。

「じゃ、あの水道一揆の時の人殺しも連れて行くんですか？」

髯《ひげ》武者の男がそう尋ねた。

「バラバかい？　彼奴《あいつ》は釈放だってよ……だから、この間へブロンで強盗殺人をやりよった、バラバの部下のものを、二人引っ張って行くがいいよ」

アントニアの塔の地下室の監房から、三人の囚人が髑髏山《ゴルゴタ》まで引っ張って行かれることになった。先頭にはナザレの大工イエスが血の滲《にじ》んだ着物を着て、背の高い髯武者の兵士に引かれて獄門を出た。その後から、バラバの同志で熱心党の間では誰一人知らないものの無いエヒウが続いた。最後には、これもバラバの一味徒党の一人で、元バプテスマのヨハネの弟子であったアキバが元気よく十字架を負って道を急いだ。

——イエスの額には一面に血が滲んでいた。アントニアの塔の裏庭で被《かぶ》らせられた荊の冠の刺《とげ》が後頭部といわず、額とはいわず、頭一面に突きささって、とても痛そうであった。

それに昨夜宵《よい》の口にカヤパの屋敷で、祭司長の下男マルカスに蹴られた腰の部分が烈《はげ》しく痛んだうえに、今の先き鉄片のくっ付いた革の笞で三十九回殴られた、その傷口から血がたらたら流れ出るのでイエスは獄門を出るまで、十字架を負っていたが、重い十字架を背負ったために、少しくっつきかかった背中の傷口がまた開き、赤い血が腰から足を伝って滝のように流れた。それを見たマグダラのマリアは、あまりに痛々しいイエスの容貌を見て、彼女はイエスを見違えたほどであった。

「あらッ?………先生は血みどろになって出て来られますよ」

彼女は、獄門の傍に立っていたイエスの母マリアにそう囁《ささや》いた。

「そう?」

イエスの母は獄門の柱に半身を隠して、十字架の重みで、全身を前屈みに歩いてくる息子の姿を見た。

彼女は一目見るなり浅黄《あさぎ》の衣の袖で顔を蔽《おお》い、泣きじゃくりしながら、全身を柱にすりよせた。

「先生！」

マグダラのマリアは、昨夜から泣きはらした二つの眼の視線をイエスに注いで言った。それを見た兵士は大声で怒鳴った。

「寄ってくるじゃない！」

その声に辟易《へきえき》して、獄門に待ち構えていた女弟子は声を出して泣き出した。

しかし、イエスは血の滴っている割合に気丈夫であった。彼は側に寄り添ってくる女達に眼もくれないで、一生懸命に重い十字架を、どうにかして軽く担《にな》いたいと苦心している様子であった。狭い路には渓から拾って来た丸石が敷かれてあったので、足元に注意しないと非常に歩きにくかった。

母マリアとは少し離れて、ベタニアのマリアは狭い通りの曲り角に一人立っていたが、イエスを見るなり、全身を舗石《しきいし》の上に投げ出して、彼を伏し拝むようにして言った。

「先生！　私に代わらせて下さい――」

だがイエスは首を左右に振って、それを拒んだ。イエスは、苦しくともこの日の出来事を覚悟していた。

彼は立ち止まった。肩に十字架の柱の角が食い込むので肩を換えようとしていた。ラザロの姉マリアは、その間イエスに代わって十字架を支えた。

後方から、髯武者が怒鳴った。

「早く、行け！　早く！　ぐずぐずするない！」

彼はまた立ち止まった。イエスは前進することが出来なかった。

肩を換えても、苦しそうに肩で息をしていた。今にも前にのめりそうだ。

四月の空は晴れていた。春の太陽は、灰白色《かいはいしょく》の石灰岩で築かれた家々の、軒端《のきば》から麗《うら》らかな光線を投げつけて、石崖《いしがけ》の下から蒲公英《たんぽぽ》の黄色い花が覗いていた。それに眼をつけたイエスは、十字架を背負ったまま立ち止まった。

それを見た兵士は、前方を凝視した。田舎から過越し祭に子供と二人で出て来た親子があった。山羊の毛で作った、厚っぽい羊牧者《ひつじかい》の着る上衣を肩に引っかけた赤ら顔の四十恰好の男が、十八、九の男の児と一緒にのそのそやって来た。

「おい！　親爺《おやじ》さん！　この十字架を背負って、そこまで行っておくれ！」

細眼の兵士は、その親爺さんを掴《つか》まえてそう言った。人の善い親爺は苦笑しながら頭を掻いた。

「これは、エルサレムの風習じゃから仕方がねえなアー」

兵士はそう大声に言って、イエスの十字架をルポスの父シモンに背負わせた。彼はクレネから、祭りにやって来た者であった。

「えらい災難じゃなア！　お祭りに来て、死刑囚の十字架を担わせられるとは」

彼はそう言って苦笑した。その時、彼はまだ、死刑囚が預言者イエスであることに気がつかなかった。で、マグダラのマリアは、すぐその死刑囚がイエスであることを彼に知らせた。

ラザロの姉はまた走り寄って、クレネのシモンが、イエスに代わる間、十字架を支えていた。そしてイエスの身体が自由になると、なりふりも構わず血の滴るイエスの足元に身体を投げ出して、血に滲《にじ》んだ彼の足を接吻した。

「ほんとに、勿体ない！　勿体ない！　こうまでして、イスラエルの罪を負って下さるんですか……」

マグダラのマリアもその機会に、イエスの顔に流れている血を手拭いで拭《ふ》き取った。

細眼の兵士は、女達がしつっこくイエスに付きまとうのがうるさいと思ったか、大声でまた怒鳴った。

「そこどけ！　そこを！」

そう言って、身軽になったイエスを追い立ててダマスコ門まで出た。

そこを田舎から出て来た巡礼の群れが無数に出入していたが、誰いうとなしに、

「あれッ？　ガリラヤの預言者が曳《ひ》かれて行くよ！」

「可哀相に……荊の冠を被せられて血みどろになっているよ！」

「おや、はりつけにされるんだな」

　こんなことを口々に言いながら、イエスの顔を見るために、わざわざ近くまでやって来た。イエスの両側には、彼を慕うガリラヤから来た女や、エルサレムの娘が、大勢声を立てて泣きながらついて行った。その中でも、ベタニアのマリアは、イエスの母とは反対側を歩きながら、いつもの慎ましやかさに似ず、顔覆いまで剥《は》ぎ取って、今にも路上に泣き倒れそうになって、よく石角につまずいた。そして前方を歩くローマの兵士にぶつかりそうになった。

一〇六　悲しむな、エルサレムの女

　どこで聞いたか、去年の仮庵祭に、石打ちになるところを、イエスの一言で生命を拾った評判の悪い女も、泣きながらベタニアのマリアの後からついて来た。またその傍には、ヘロデの内大臣クーザの妻ヨハンナが、人に顔を見られないように顔覆いの上から眼だけを出して、評判の悪い女の後から静かに泣き腫《は》らした眼を、人に見られまいと頭を垂れて歩いていた。

　ダマスコ門を出て一丁ほど行ったとき、エヒウの娘ドルシラがどこで聞いたか、汚い着物を着て、裸足のまま駆けつけて来た。そして皆の居《い》る前も構わず、二三丁離れたところからでも聞こえるような鋭い声を立てて、泣き叫びながら、父エヒウの傍に寄り添って来た。

「お父さん？　死なないでおくれ！　よう！　お父さん……死なないでおくれ――」

そう言って、十字架を背負っている父に抱きついた。髯武者のローマの兵士はまた、大声で怒鳴りつけた。

「おいッおいッ！　こんなところで囚人にさわっちゃあいかん！　刑場まで来いッ、刑場まで」

ドルシラはその声を聞いてなお泣き出した。するとエヒウは、娘のドルシラに小声で言った。

「預言者の先生も、私と一緒にきょうは磔《はりつけ》にかかるんじゃ」

そう言って身の丈《たけ》の高いエヒウは、長い顎《あご》を突き出して、前方を見ろと表示した。

「ほんと？　どこに？」

急にすすり泣きを止めて、ドルシラは大きな縦縞《たてじま》の着物の袖《そで》で両眼を拭いて前方を見つめた。

「血に滲んだ着物を着て、荊の冠を被っているのがその人だよ」

なるほど、父エヒウが言うとおり、前方には血に滲んだ着物を着て大勢の女に取り囲まれながら、爪先上がりにダマスコ道を登って行く男があった。ドルシラはもう一度聞き直した。

「お父さん、あれはだれ？」

「あれは、ナザレの預言者イエスだよ……お前の世話になった！」

「えッ？」

ドルシラは吃驚してしまった。彼女は駆け出した。そして群衆をかき分けて、十字架を担いでいるルポスの父シモンがイエスであるかと思って、立ちすくんで凝視した。しかしそれはイエスと違っていた。だが、ドルシラはさらに荊の冠を被っている男に眼を移した。しかし、顔一面に血が滲んでいるせいか、またはイエスがいつも着ている服装と、今日はすっかり変わっているためか、それがイエスだとはどうしても信じられなかった。それでドルシラはまた、群衆をかき分けて、イエスの間近を俯向《うつむ》き加減に歩いている、被衣《かつぎ》の女に尋ねた。

「この方がナザレの預言者ですか？」

ドルシラは被衣を被っていなかったので、顔覆いをしている女には直ぐ分かった。

「おや、ドルシラ！」

そう、マグダラのマリアは彼女に呼びかけた。

「私はマグダラのマリアよ、あなた、いつここへ来たの？」

「ああ！　あなたはマグダラのマリアさんですか？　私のお父さんも、今日はいよいよ死刑になるので、直ぐあとから来ているんです。……そして、ナザレの預言者もとうとう今日は死刑にされなさるんですか？」

マグダラのマリアは、すぐイエスに言った。

「ドルシラのお父さんも今日お仕置になるんですって……後から来ているのがドルシラのお父さんですって」

イエスは、沈黙したまに軽く頷《うなず》いた。

ドルシラはイエスに言葉をかけようと、マグダラのマリアとイエスの間に割りこんで、イエスに言葉をかけた。

「先生！　どうなすったんですか？　先生もお仕置になるんですか？　嘘のようですねえ、私は分からなくなってしまったわ。先生のような、人を助けるために苦労ばかりしていらした方が、磔《はりつけ》にされるというのは、どうしたんでしょうねえ……」

背の高い髯武者の男は、イエスを後手に縛り上げてその紐《ひも》を堅く持っていた。しかし、もう今日が最後と思ってか別れに来た人々の間の会話は、比較的自由にして、あまり厳しく咎《とが》めだてはしなかった。

ドルシラは慌てて走って来たと見えて、息遣《いきづか》いも苦しそうに、言葉を切れ切れに言った。

「先生！　私もあなたの身代わりになってあげたいわ……私など生きておったって仕方がないんですもの、先生！　私はあなたのためなら身代わりになってもいいですよ。ほんとうにどうしたんでしょうねえ……世の中は分かりませんねえ、ほんとに先生、私のような罪の深いものは死刑にしてくれないし、あなたのように罪も汚れもないお方を磔にかけるというんですから」

ドルシラの言葉を聞いて、イエスと並んで歩いていたベタニアのマリアも、母のマリアも、ヨハンナも、マグダラのマリアも、スザンナも皆啜《すす》り泣きして泣いた。

一〇七　ダマスコ門外

ベタニアのマリアのすぐ後について歩いていた、石打ちからイエスに救われたエルサレムの女も、ローマ兵の方に振り向いて疳《かん》高い声で言った。

「もしもし、この旦那《だんな》さんの代わりに私を磔にかけて下さることは出来ませんか？　私なぞはもう、とっくの昔に死刑になってもいい女なんですから、この旦那さんの代わりに私を磔にかけて下さいよ、ねえ、お願いですから……」

ローマ風の兜《かぶと》をかぶった髯武者の男は、二つの眉の間に縦皺《たてじわ》を寄せて、大声で怒鳴った。

「うるさい奴じゃなア、ぎゃあぎゃあ言うな、希望ならお前たちも捕らえて皆殺してやるから、その用意をしておれ！」

ベタニアのマリアは、その時すぐ兵士に答えた。

「ねえ、兵隊さん！　私たちはほんとに殺してもらいたいんですのよ。その代わりにねえ、この先生を赦《ゆる》して上げてちょうだいよ」

兵士は、右手に持っていた槍の柄《え》で、ベタニアのマリアの顎を一つぶん殴りながら大声で怒鳴った。

「よし！　希望どおりにお前たちも、髑髏山《ゴルゴタ》の上に行ったら、磔にかけてやるからそう思え」

石こ詰めにされようとした女は、ほつれた鬢の髪を撫であげながらベタニアのマリアの右腕に抱きついて囁いた。

「ちょいとあなた！　あの兵隊の持っている縄を、ひったくって先生だけを逃がしましょうか、私たちがイエス様に代わって磔にかかるつもりならなんでもないわよ」

髑髏山《ゴルゴタ》に差しかかると、道が急に狭くなったので、十字架を担いでいたルポスの父、クレネのシモンは急に立ち止まった。それでイエスは、彼を囲んでいる女たちに向いて言った。

「エルサレムの女たちはなぜわたしのために嘆くんだね？　むしろ自分の子供のために泣けばいいに！　きっと子のない女のほうが幸いだという日が来るよ、――その時には丘に向いて私たちを隠してくれというだろう……青木がそんな目に逢えば枯木はどうなるだろう……」

そうイエスは、涙一滴《しずく》流さないで、来るべき審判の恐ろしさについて暗示された。

山道を一列になって登るようになってからは、エルサレムの街道を並んで歩いたような調子には行かなかった。十字架を背負ったアキバは先頭に立ち、イエスの一行がその後につづき、イエスの後には母マリア、クーザの妻ヨハンナ、マグダラのマリア、スザンナ、ベタニアのマリア、石こ詰めにされかかったエルサレムの女、の順序で坂道を登って行った。最後にエヒウが娘ドルシラに助けられながら坂道を登った。親孝行のドルシラは父に代わって十字架を担い、少しでも父を慰めようと努力していた。

イエスの男弟子たちのうちで髑髏山《ゴルゴタ》に一緒に登って来たものは一人もなかった。（磔刑が済んで十字架が丘の上に建てられた時、ようやく恐る恐る、イエスに最も可変がってもらったゼベダイの子ヨハネが道のついていない北側の墓場の間を縫って、こっそりやって来た）

髑髏山《ゴルゴタ》は、オリーブ山から見るとまるで人間の頭蓋骨のように見える山であった。東南東に向いた断崖に屍を入れる横穴を掘るために、大きな眼の窪みに見えるところと、二つの鼻穴と、歯の恰好になった大墓穴を、いかにも細工したように掘ってあった。そこはダマスコ道から二百尺ばかり東に向いた丘になっていたので、物見高いエルサレムの人々や、サマリアを通ってエルサレムに入って来る巡礼は、皆お仕置になった死刑囚の顔を見に、高いところまで登って来た。

三人の死刑囚が丘の上へ着いた時、イエスは縛られた手を苦にもせず、エルサレムを足の下に見下ろして、眼を開いたまま天の父に祈っていた。

エルサレムはオリーブ山から見るほど美しくはなかった。だが、足の下に見えるアントニアの塔と、その南側の神殿を中心として描き出された架空線は、蒼空《あおぞら》に抱擁せられて玉のように光っていた。西のヨッパ門に近く、高く聳《そび》えているのはダビデの塔であった。城壁は大きな蛟《こう》竜《りゅう》がどくろを組んだように相つながり、家々の屋根はその鱗のように見えた。

一〇八　髑髏山《ゴルゴタ》

ドルシラは父エヒウに抱きついて、さんざん泣いていた。兵士たちは奴隷たちを督励して、十字架を立てる深い穴を三箇所に掘っていた。土は石灰岩が酸化して血のように紅く、蓬《よもぎ》と荒地野菊がそのあたり一面に密生していた。百卒長のセバスチャンは大声に叫んだ。

「まん中に大工イエスを磔にかけて、その左はアキバ、その右はエヒウ、早速準備せえ！」

髯武者の男は、エルサレムを眼下にして祈っていたイエスに命令した。

「こら、こっちへ来い、あそこの十字架の上に仰向《あおむ》いて寝ろ！」

イエスは、従順に十字架に歩みよった。しかし、アキバは反抗してどうしても十字架には接近しようとしなかった。エヒウはイエスが十字架に接近したのを見て、勇気を出して、その方に近づこうとしたが、ドルシラがそれを引きとめた。

「お父さん、死なないでおくれ！」

その鋭い叫び声を聞いて、ベタニアのマリアはハンカチの先で両眼を拭いた。

「お父さん、死なないでおくれ、出来るだけ十字架にかかるのを遅らせてねえ！」

そう泣きながら言ったドルシラは、彼女の周囲を見回した。そして、そこにベタニアのマリアのいるのを発見して、彼女のところに飛んで行った。

「マリアさん、お姉さんはまだ帰って来られないんですか？　あんまりおそいわ……」

そう言っている間に、ドルシラの父は静かに十字架の方に近づこうとしていた。それを見たドルシラは、また彼を引き止めるために飛んで行った。彼女は、ダマスコ街道から髑髏山《ゴルゴタ》にべタニアのマルタの走って来る姿が見えないかと思って、エヒウを抱き止めながら、鷲のような眼付きをして瞳を斜面にすえた。そして小声に父に言った。

「お父さん、あなたの保釈金二百シケルが、もう二三日待てば必ず出来るのに、まあ何という因果なことでしょう——こんなことになるんだったら私が、もう一度勤めに出て、千卒長のところへ二百シケルの金を届けたほうが好かったのにねえ、——お父さん、もう一日死刑を延ばしてもらうことは出来ないの？」

そう言い残して、ドルシラは百卒長のところへ飛んで行った。

「百卒長さん、あのエヒウの死刑をもう一日お待ち下さることは出来ないんでございましょうか？　実は今日あたりあの人の保釈金二百シケルが積めると思って用意しているんでございますが、五十シケル足らないので、私はここに百五十シケルだけは持っているんです。今日一日だけ待って下されば、二百シケル全部調《ととの》えて千卒長さんのところにまで届けることが出来るんです。どうぞ父の命を助けると思ってお待ち願えないものでございましょうか？」

ドルシラは、百卒長の前にひざまずいて彼を伏し拝むようにして、そう頼みこんだが、百卒長は頭を左右に振ってドルシラの言葉を聞こうとはしなかった。

「もう遅いねえ、千卒長から命令が出たもんだからね、もうここまで二百シケルを持って来たところで、手心をするということは出来んねえ、それにもう知事さんが判決を下したもんだからね……いくら運動しても、もう遅いねえ、明日は安息日と大祭日が重なっているから、今日中に死刑になる者は死刑にされるのが、今までの習慣だからねえ……」

そう言って、百卒長は頑としてドルシラの言葉に応じなかった。ドルシラは、また泣く泣く父のところに帰って行って無言のまま彼を抱いて泣いた。

イエスが十字架の傍でひざまずいて祈っているのを見たベタニアのマリアは、俯向《うつむ》けに十字架の上にしがみついて、彼女自らが十字架にかかると言ってきかなかった。

その光景を傍に見ていた百卒長のセバスチャンは、そっと涙を手甲《てこう》の先で拭いた。そして、部下に言った。

「今日の囚人は、いつもの囚人と少し違っているなア、馬鹿に家族の者の同情があるじゃないか」

そう言ったけれども鬚武者の兵士はきかなかった。遠慮会釈《えしゃく》もせず、十字架にしがみついているベタニアのマリアの襟筋をつかまえて傍に引き倒した。それをクーザの妻ヨハンナが無言のまま抱き起こしに行った。

奴隷が大きな釘を三本持って来た。イエスは荊の冠をかぶせられたまま顔に露ほどの悲しみの表情もあらわさないで、まるで、寝床にでも入るような調子で、十字架の上に仰向《あおむ》けになった。彼は大きな瞳を据えて、澄み切った蒼空を見上げていた。

髯武者のローマ兵は奴隷にイエスの片手を持たせておいて、自ら長さ一尺もあろうと思われる釘を、大きな金鎚《かなづち》でイエスの右の掌の中央を貫いて台木に打ち付けた。紅い血は周囲に飛び散った。

鉄の釘が鋭い金属性の音を立てて、乾燥した春の空気を震動させた。ベタニアのマリアはその時イエスがどんな気持ちでいられるかと思って、イエスの右手と彼の顔を、涙を払って等分に見ていた。

イエスは、釘を掌に打ち付けられた瞬間に大声をあげて祈りをした。

「天の父さま、赦してやって下さい。この人たちは何の意味でわたしを磔にかけているか知らないんですから」

その声を聞いてベタニアのマリアは、同じ言葉を口の中で繰り返した。

アキバが反抗するので、いつも死刑囚を取り扱っている奴隷たちが六人もかかって、彼を十字架に細引きで縛りつけてしまった。しかし、右側のエヒウはイエスにならって、素直に十字架の上に仰向けになって、奴隷に釘を打たせた。

ドルシラはローマ兵に叱り飛ばされながら、父の脚に抱きついて離れなかった。彼女の疳高い泣き声が金鎚の響きともつれ合って、祭りの光景に相応しくない哀調を、エルサレムの空に送った。

　イエスがちっとも暴れないものだから、たった一人の奴隷と髯武者のローマ兵の二人で、彼を十字架に釘付けすることが容易に出来た。――十字架はローマ人が発明した、世界で最も残酷な死刑の方法であった。それは別に、急所を刺し貫いて一度に殺すのではなく、数日間も野《の》晒《ざら》しにして、苦痛のあらん限りを、死刑囚に嘗《な》めさせようとする、最も残忍な方法であった。

――奴隷はイエスが少しも苦痛を訴えないので、少し頼りなくなったか、右手の釘を打ってしまって、左手に回ったときに、口ごもるように言った。

「この人は痛くないのかなア、平気な顔をしているよ！」

　隣のエヒウは釘が痛いと見えて
「あ痛い、痛い痛い！」

と絶叫していた。

　アキバは彼の手に釘を打ちつける奴隷に、呪いの言葉を発していた。

「今に見ていろ、きっと俺は餓鬼《がき》となって出て来て、お前の家に祟《たた》ってやるから」

　イエスの母マリアも、クーザの妻ヨハンナも、スザンナも、あまりむごたらしいといって遠く離れた蓬の茂った所に立ったまま、イエスのところには寄って来なかった。両足を合せて第三番目の釘が台木に打ちこまれた。

　奴隷もあまりイエスがおとなしいので少し遠慮して、骨の上を避けて釘を打ちこんだ。

「この人はおとなしいですからなア、あまり痛くないように打ち付けてやりましょうかい……わしア今年で二十年近くも十字架にかかる囚人を、何百といって取り扱って来たが、こんなおとなしい上品な囚人は初めてじゃなア、どんな悪いことをしたんだろうなア、この人は?」

そう奴隷は髯武者のローマ兵に尋ねた。それを傍で聞いていた百卒長のセバスチャンは、髯武者のローマ兵に注意した。

「おい、おい、下から持って来た罪状を書いた罪標《すてふだ》を、台木に打ちつけることを忘れんようにしておけよ」

その罪標は、ピラトが冷かし半分に罪状を書かないで、「ユダヤ人の王ナザレのイエス」と、ヘブル語とラテン語とギリシヤ語の三体で、書記にかかせたものであった。

それをよう読まない奴隷は髯武者の男に尋ねた。

「旦那、罪標には何と書いてあるんです?」

「これかい、ユダヤ人の王ナザレのイエスと書いてあるよ」

一〇九　三つの十字架

奴隷はその言葉を聞いて、黙々として梯子《はしご》を取りに行った。それは人間をはりつけた十字架を起こすのに梯子を数個用いなければ、真っ直ぐに起こすことが出来ないからであった。しかし、奴隷はイエスがあまりおとなしいのに同情して、彼の十字架を立てるのを一番後に回した。それは、十字架を立てると体重で両手の肉が裂け、囚人が苦しむことを知っていたからであった。

イエスに取り掛っていた奴隷は、独り言のように言った。

「憎たらしい、一番暴れている奴を先に起こしましょうや」

そう言ってまた、梯子をアキバの方に運んだ。アキバの死刑があまり突然であったためか、彼に寄りつく者は一人もなかった。彼は呪いの言葉を連発していたが、十字架が立てられるようになってからは、呪いの言葉を止《よ》して大声に苦痛を訴えた。

アキバの十字架が立つと、大勢の奴隷はエヒウの方に回った。その間もイエスは静かに天を見あげて神の懐に抱かれているような気持ちでいた。ベタニアのマリアが想像した以上に、イエスは平和な顔をして、その瞳は天ばかりを見あげていた。

遠く離れていた母のマリアは、あまりイエスが静かなので、マグダラのマリアに尋ねた。

「あの子はもう死んだんでしょうか、あまりにも静かですから」

マグダラのマリアはイエスの顔を、すかすように見て小さい声で答えた。

「まだ生きていらっしゃいますよ、大きな眼をあけていらっしゃいますわ」

エヒウの十字架を立て終わった十数人の奴隷たちは、四人の兵士と一緒になって、最後にイエスの方に回った。四つの梯子を前後左右から持ち寄って、十字架を起こした奴隷たちは、大木でも植え替えるような調子で、イエスの釘付けにされている十字架を、深い穴の中に落とし入れた。その瞬間だけはイエスも吃驚して顔をしかめた。それでもイエスは一言半句苦痛を訴えなかった。

その刹那《せつな》、息をはずませて小走りにマルタが、ダマスコ道から髑髏山《ゴルゴタ》に登って来た。しかし、はやもう三つの十字架が立ち、その中央に彼の弟、ラザロを復活させたイエスが、十字架にかかっているのを見て、坂を登ったところで泣きくずれてしまった。

マグダラのマリアもイエスの母マリアの傍で泣いていたが、涙を拭いて直ぐ傍を見ると、マルタが着物を裂きながら大声をあげて泣いていた。で、彼女の傍に近づいた。

「マルタさん、ドルシラは先刻から随分あなたを待っていましたよ、さっきも百卒長に、もう一日延ばしてくれと言って、エヒウの命乞いをしていましたがねえ、あなたがもう半時早いと、あるいはエヒウは助けられたかも知れなかったのよ……お金は出来たの？」

「ええやっと、昨夜作って夜通し歩いて帰って来たところなんですの……ほんとに因果なことねえ、事件が悪い方に傾くとこんなに何でも行き違いばかり起こるもんですかねえ——私はもう先生が十字架にかかってるということを、ベテパゲ村で聞いて、ほんとだと信じられませんでしたが、やはりほんとでしたのねえ」

マルタはそう言いながら、父エヒウの十字架にすがって泣いていたドルシラの傍にまで歩いて行った。そして無言のまま彼女に財布に入った五十シケルを渡した。しかし、ドルシラはもうその金を受け取らなかった。彼女はマルタの顔を見る勇気さえなかった。それでマルタは財布のままドルシラの内懐に突っこんで逃げるようにして、イエスの母のところまで引き返した。するとドルシラは、父エヒウに二百シケルのお金を見せて大声に言った。

「お父さん、やっとの事で今、金が出来たんですの、お父さん許してくださいねえ、すべてに行き違いが出来てお金が間に合わなくて……とうとうお父さんを救い出すことが出来ませんでした、みんな私が悪いんです。こんなになるんであれば思い切ってもう一度、私が勤めに出ればよかったのに……」

そう独り言のように口ごもって、ドルシラは泣きつづけたが、父エヒウは苦しいと見えて、一言もそれに対して答えなかった。

一一〇　天国へ行く盗賊

イエスの辛棒強い態度にはさすがのローマ兵も感心した。

「おい、こいつは不死身か、少しも痛いと言わんじゃアないか」

エヒウを引っ張って来た小柄の兵士がそう言った。

百卒長のセバスチャンがそれに呼応した。

「実に偉いもんだなア、これだけえらい目に合わされて、一言半句不平を言わないんだからなア、ちょっと我々も軍人としてこの人だけの修養が欲しいもんだよ」

その言葉をきいた髯武者の男が、百卒長を冷かした。

「えらい百卒長は謀反人《むほんにん》に感心していられますなア」

「いや、謀反人であろうと誰であろうと、これだけ修養の積んでいる男はちょっと珍しいなア、ギリシャの哲学者ソクラテスでも、これだけの修養はなかったろうなア、ローマにはやっているストア派の哲学者の間には、もちろんこれだけの修養の積んだ男はおらんよ、ほんとだぜ」

小柄の兵士も百卒長を冷かした。

「百卒長殿、今日はえらいあなたも哲学者になられましたなア、わはははは」

十字架が立つと絶望したベタニアのマリアは、イエスの顔も見ないで十字架の下に泣きくずれていたが、見物に来ていたパリサイ宗の学者や、サドカイの小役人どもが、イエスを目がけて石を投げるので、もうそこにもおれなくなった。で、彼女は丘の北側に下りて斜面の途中で一人泣きつづけた。

西に向いた、三つの十字架が、一列に並んで見えた。日が南に回ったので、十字架の陰が蓬の生えた丘の上に斜めに落ちた。十字架を透かして、エルサレムの神殿が浮き彫りのように見えた。

ベタニアのマリアは、昨日の晩方から起こった出来事を思い出すと、人生がまるで夢だか、現《うつつ》だか分からなくなった。

野犬が、五六匹連れ立ってやって来た。いつも、刑場の屍《しかばね》を食い荒す野犬だと思うと恐ろしくなった。しかし、彼女は立ち上がって、野犬を追い払う勇気さえ持たなかった。

あまりに、疲れていた。イエスを救わんとする一切の努力が無効に終わって、今は倦怠《けんたい》のみが彼女の全身を占拠した。そして人生の一切が徒労であるように思われた。

たんぽぽの若芽が、蓬と荒地野菊の生えている隙間に、萌え出で、蟻は急がしく、小石の間を縫っていた。

「――蟻になった方がずッと仕合せだわ！………どうして、人間だけ、こんな醜い状態でいるのだろうか？………」

ベタニアのマリアは、蟻が、彼女の衣服の裾から這い上がってくるのをじっと見詰めながらそう考えた。

西方ベテホロンの谷に当たって、大きな雲が見えた。その北、エフライムの山々は霞《かす》んでいた。

「――復讐してやりたい――このような暴虐に対して――」

という声が胸の底から湧いて来た。そして十字架を見上げると、イエスは首を左に曲げて、いかにも平和な顔をしていた。雲間から日輪の光が漏れて、イエスの十字架の上だけを照すので、イエスの顔に後光が差しているようだ。

「どうして、あんな平和な気持ちでおれるだろうか？」

それがベタニアのマリアには不思議であった。

「――疲れた者は、私までお出で、私がすぐ治してあげるから――」

そう、ガリラヤでイエスが大衆に言われたことが思い出された。

イエスは、死んで行く――最後の瞬間まで少しも、取り乱したところ無く、凡《すべ》てが物静かで美しい、その一挙手一投足、くっきり美しく見えないものは、一つも無かった。少しも彼は粉飾しているのではない。しかし、その簡素な服飾そのものが、如何にも自然で美しかった。彼が、十字架の上に横たわる様子から、十字架にかかっている今、眼の前に開展《かいてん》している血みどろの死そのものが、如何にも美しい。

ベタニアのマリアにとって、死がこんなに芸術的であり得るとは今の今まで考えなかった。しかし考えて見れば、それも、何でもないことであったのだ。

――自分のための、自分の死だと思えば死の瞬間にすらわがままが出て、醜さのあらん限りを暴露するのだが、すべては人のため、すべては贖罪の愛のためと覚悟して見れば、醜さは、自然消滅するはずだということが合点出来るのであった。

風の無い日だ。気圧は重い。隼《はやぶさ》が一羽、髑髏山《ゴルゴタ》をかすめて西から東に飛んだ。独り静かにしていると、池の面に、周囲の影が映るように、祭りのエレサレムの騒音が丘の下から聞えてくる。

ベタニアのマリアは、イエスが徹底的に何人にも親切であったことを回想した。そこにもイエスは、自己というものが無かった。真にイエスの生活そのものが、民の罪を負う神の小羊の生涯であったことを、ひしひしと感じさせられるのであった。

もし、民衆の罪を負うべき人があったとしても、その人はイエスのような人の外には無いとも考えた。

それがしかも、過越し祭の前の日――エルサレム城門外……戸口に小羊の血を塗る代わりに都の城門を、血で塗る今日の因縁を思った。〔モーセの出エジプトの時、イスラエル人は戸口に羊の血を塗って救われた〕

牛がのそのそ北側の斜面をうろつきながら草を食っていた。

彼女は、その静かな大自然の中に、人間だけが、何故、かく浅間しく、十字架を立てねばならぬかを、ひとり瞑想した。

――一粒の麦の死が、多くの実を結ぶように――

――血が身体の傷口を癒やすように――

――愛する者の身代わりが友人の生命を救うように――

潔き小羊の生命《いのち》がけの愛が、理屈なしに、神を宥《なだ》め得ることを、彼女はしみじみと感じるのであった。

そう感じた瞬間に、彼女は世界が急に明るくなったように思った。

鳩の群れが、神殿の方から髑髏山《ゴルゴタ》の十字架の上まで飛んで来て、また、神殿の方に帰って行った。十字架を凝視しておればおるほど、それが何ら自然界と矛盾することなく、人類の過去一切の罪を贖う不思議な力が、そこから湧き溢れ、人類から万物に及ぼし、自然界の大維新が、そこから起こってくるように感じられた。

地鳴りがした。ベテホロンの谷の上に出ていた雲が、だんだん空全体に広がって、日輪の光も遮《さえぎ》られた。

しかしそれらは反対に不思議なことには、不自然だと思われていた十字架がベタニアのマリアの眼には自然的に見えるようになった。

「――イエスさまは思い残すこともなく、望まれていたとおり民の罪を負う神の小羊として死なれたのだから、御本人には嬉しかろう――」

そう思うと、十字架は勝利であった。そしてベタニアのマリアにとっては慰めでさえあった。

「――もう泣かないで、神の小羊の血を感謝して、その血を生活に生かそう」

そう思った瞬間に、彼女には希望さえ湧いて来た。それで、彼女は涙を拭いて弟のラザロに知らせるために丘を駆け下り、オリーブ山を東に越えてベタニア村へ飛んで帰った。

ベタニアのマリアが、立ち去った頃から見物人はだんだん多くなった。復讐に成功したことを喜んでか祭司長のカヤパまでが、神殿の朝の勤行《つとめ》を済ませて、宮守頭のエホヤダと、学問で聞こえているベンエズラを連れて髑髏山《ゴルゴタ》まで登って来た。そして大人気《おとなげ》なく大声を張りあげてイエスを罵《ののし》った。

「おい、その態《ざま》はなんだ、それではもう神殿に来て暴れる元気は無いだろう、神殿を破壊して三日目に建てるなんか大きいことを言ったが、その態はなんだ！」

ベンエズラは石を拾ってイエスに向かって投げつけた。しかしイエスは瞳を天に向けて、彼らの顔を見ようとさえしなかった。

月曜日の朝、イエスに両替の台、鳩を売る店などを顛覆《てんぷく》された五十人近くの商人たちは、皆ひとかたまりになってやって来た。そして口々にイエスを罵って、御丁寧にもイエスの顔に唾《つば》を叶《は》きかける者さえあった。

しかし、イエスは一言半句も彼らを罵り返さないで、頭を北に向けて預言者サムエルが住んでいた、真北に見えるピラミッド形の山を凝視していた。

空はますます暗くなった。明日に控えた大祭に祭司長らもぐずぐずしておれず、イエスを思い切り罵っておいてまた、登って来た道を降りて行った。祭司長や宮守頭の御機嫌取りについて来た商売人たちも、今日中に儲けておかないと、明日の大祭は安息日と重なって商売が出来ないので、イエスに向かって放るだけの石を放り尽くしてまた、神殿の方に帰って行った。

人あしが遠くなると共に、十字架にかけられている囚人たちも、木にかかったまま安定する工夫を見つけたと見えて、十字架にかかっていながら雑談を始めた。ことにアキバは一年前のガリラヤの事件のことを思い出して、イエスを罵り始めた。

「おい、イエスの馬鹿野郎！　人を大勢お前は助けたが、お前は自分をよう助けないのか？」

イエスはそれに対して何ごとも答えなかった。アキバの言葉を聞いていたエヒウは、イエスの代わりに弁解した。

「おい、アキバ、貴様はしたことの報いを受けたんだから当たり前だが、先生は違うんだから、余り無茶なことをいうなよ」

そう言って、エヒウはイエスの方に頭を向けて哀願するように言った。

「先生、天国にいらっしゃったら私をも、どうか覚えていて下さいね、ほんとに頼みますよ」

そう言ってエヒウは泣いていた。イエスは引きつづき沈黙していた。それでエヒウはまた催促するように、悲し気な声を張りあげてイエスに尋ねた。

「先生、もう遅いですか、今頃改心しても天国に間に合いませんか？……」

イエスもその声に動かされたと見えて、エヒウの方に振り向いて答えた。

「よし引き受けた、今日一緒に天国へ行こう」

ドルシラは引きつづき衣を裂いては泣き、泣いては着物を裂いた。そして、余り悔んだので、嘔吐《おうと》をさえ催した。それを見たマグダラのマリアは彼女を連れて、髑髏《ゴルゴタ》山の麓の家まで水を飲ませるために連れて行った。マグダラのマリアは道々ドルシラに言った。

「お金ではお父さんを贖《あがな》うことができなかったけれど、イエス様が魂をあれだけお引き受け下さったんだから、あなたも安心なさいよ」

ドルシラは涙を払って、気軽に答えた。

「私もお父さんがあんな美しい気持ちになってくれたので安心いたしましたわ。あの人は、生まれつき悪人じゃないんですからねえ、きっと神様もお救い下さると思いますわ。この世で生き永《なが》らえて罪を作るより、あんな美しい気持ちになって、天国に行ってくれるほうが、本人にはどれだけ仕合せか分かりませんわ、私もほんとにそう思いましたの……」

一二　母

母のマリアは、イエスがはっきり、ものを言ったのに元気づいて十字架の下まで近づいた。その後を追って弟子のヨハネは、周囲に人影がないのを見て、彼も元気よく十字架に接近した。

それを見たイエスは非常に喜んだと見えて、十字架の上からヨハネを呼んだ。

「ヨハネ、ヨハネ、母をよろしく頼むよ、君のお母さんと思ってね」

ヨハネは、袂《たもと》の端で両眼を拭いてイエスを見上げて答えた。

「はい、かしこまりました、お言葉に副《そ》います」

それでイエスはまた母に視線を注いだ。

「お母さん、ヨハネを子供と思ってね、可愛がってください」

イエスの温情あふれる言葉に、ヨハネはすぐイエスの母に抱きついて、彼女の二つの頬に接吻した。

正午近くなったので、見物人も皆食事に帰ってしまった。それでローマの番兵も二人ずつ交替に、アントニアの塔まで食事に帰ることになった。アキバについていた兵隊が大声に叫んだ。

「おい、きょうは籤《くじ》引きしないんかい、値打ちのあるのはユダヤ人の王様の大幅の布だけだなア、こいつも少し血がついているが、洗濯したらまた何か役に立つだろう」

そう言って、彼は蓬《よもぎ》の茎の葉をしごいて四本の籤を作った。それをみんなに引かせて、自分に当たったといってイエスの十字架の後に置いてあった縫目《ぬいめ》なしの白布を、小脇に抱えて山を下って行った。

朝方晴れていた空は、イエスが十字架にかかった九時頃曇りと変わり、どんよりした薄曇りは十二時頃になって一層重苦しい、微風さえない、いやな天気に変わった。

十字架から少し離れて立っていた母マリアは、頭痛がするといって、草むらの中に俯向《うつむ》いて座りこんでしまった。イエスの母マリアを抱き上げるようにして、ゼベダイの子ヨハネが背中を撫《さす》っていた。

マグダラのマリアがまた、ダマスコ道から丘の上にのぼって来た。そしてイエスの母の傍にうずくまっていた、イエスの母の妹に言った。

「ちょっと、今、神殿から出て来た人に聞きましたがねえ、イスカリオテのユダは、ヒンノムの谷の内側の崖の上で首を吊っているってねえ、可哀相にね、なんでも今朝、祭司長カヤパからもらった銀三十枚を、祭司長の邸まで返しに行ったんですって、しかし、祭司長が受け取ってくれなかったので、神殿の中へお金をそっくり放り込んでおいて、直ぐ神殿の南側のヒンノムの谷に下りて行って、首吊ってしまったんですって」

そうマグダラのマリアが話し終わるか終わらぬに、大地の底に大きな地鳴りがして、十字架が左右に振れるほどの大地震があった。

その時、イエスは大声に、「渇く」と言った。その声を聞きつけたマグダラのマリアは、十数歩イエスの方に接近して彼の顔を見上げた。

ローマ人の奴隷に交って立番していた祭司長の下男も吃驚してすぐ立ち上がった。それでマグダラのマリアは下男に言った。

「咽喉《のど》が渇いているんでしょう？　水はないかしら」

そう言うと下男は気を利かせて、没薬《もつやく》の入った葡萄酒《ぶどう》を傍に生えていた蓬の葉先に浸してイエスの口に持って行った。しかし、イエスは首を振って飲まなかった。

イエスはその後、眼を閉じて首を右横に傾けていた。よほど苦しいと見えて一切物を言わなくなってしまった。血は両足から十字架の台木を伝って下に流れ、十字架を埋めるために掘りかえされた石灰岩の小石までが紅く血に染まっていた。

一一二　百卒長の発見

昼飯を食いに帰って行った二人の兵隊がまた髑髏山《ゴルゴタ》に登って来た。そして昼飯も食わずにイエスを見守っている百卒長のセバスチャンに言った。

「百卒長殿、弁当でも持って来ましょうか」

百卒長は髯武者の男に振り向きもしないで、即座に答えた。

「いらないよ、俺は今日ほど死の問題について深く考えさせられたことはなかった」

そう人のことのように言って、蓬の生え茂っている髑髏山《ゴルゴタ》の大地を檻《おり》の中に入った獅子のように、あっちへ行ったり、こっちへ来たりして物思いに沈んでいた。そこへまた、宮守頭エホヤダの下僕が下から登って来た。そしてローマの兵隊の一人に大声で報告した。

「今、大きな地震があったなア、神殿の中では素祭《そさい》〔穀物の供え物〕のパンの台が顛覆《てんぷく》するやら、お灯明の台が引っくりかえるやら大騒ぎをしたよ。そして、どうしたはずみか至聖所の幕がまん中から真っ二つに裂けよったよ……これは過越し祭の最中に、囚人を死刑に処した祟《たた》りかもしれないア、縁起が悪いこっちゃ」

それを傍で聞いていた小作りのローマ兵が気にし出した。

「いやなことを言うやっちゃなア、わしは今度ほどいやな思いをして囚人を磔にしたことはなかったよ……あのまん中の奴は、彼奴《あいつ》は曲者《くせもの》だぜ、彼奴は術を使うというからなア、死んでから何をしでかすか分からんぜ」

その言葉を少し離れて聞いていた百卒長のセバスチャンは、四人のローマ兵が立ち話しているところへ直ぐやって来た。

そして背の低い男に言った。

「君は朝方あのイエスが木に打ちつけられる時に、何と言ったか聞いたか？」

「いいや、私は係りが違いましたんでなア、聞きませんでした」

「私は聞きましたよ、何でも神様にお祈りしていたようでしたなア」

髯武者の男がセバスチャンにそう言った。で、セバスチャンは髯武者の男に尋ね返した。

「君はその文句を覚えてるか？」

「いや、文句どおりに覚えていませんが、何でも自分を磔にかける者を赦してやってくれというような事でしたなア」

「そうだ、そうだ、そういうことだった、実に偉いなア君、私はあの言葉を聞いて実に泣けたよ、あの男は死刑に処している我々に対して、少しも悪い気を持っていないんだなア、むしろ我々を不憫《ふびん》に思って、我々を救ってやろうという気持を持っているんだなア、あそこまで徹底するとえらいもんだなア、朝方若い娘が、イエスの代わりに十字架にかかるから磔にかけてくれと頼んでおったが、あれからの態度を私はずっとここで朝から続けて見ているんじゃが、実に立派なもんじゃなア、ローマ帝国のどこを捜したって、こんな立派な態度に出る男はありやしないぜ、結局するところ我々は彼を殺したけれども、彼は我々のような下等な人間を憫《あわ》れなものだと思って、救おうと思っているらしいなア」

四人の兵卒はセバスチャンの言葉を聞いて大声に笑い出した。

「百卒長殿、あなたは少し今日は気が触れてやあしませんか、わはははは」

午後になって冷かしにやって来る者は一層減ってしまった。それは明日の大祭日を前に控え、物忌《ものい》みをやかましくいうユダヤ人は、死人に接近すれば神殿の中に入れないということを恐れたからであった。それで髑髏《ゴルゴタ》山の頂上には、わずか三つの小さい団体しか残っていなかった。一つの団体はローマ兵の団体であり、第二の団体はローマ兵の奴隷と祭司長の下僕たちのかたまりであった。そして第三の小団はイエスの母をめぐる人々であった。

一一三　エリ、エリ、ラマ、サバクタニ

イエスは午後になってから首を真っ直ぐに前方に垂れ、手足の激しい疼痛《とう》を、歯を噛みしばって忍耐している様子であった。クロパの妻は蓬の中にうずくまっていたイエスの母に尋ねた。

「明日は大祭なので、今日中に死骸は取り下さなければならないと思うんだがねえ、お墓をどうしましょうねえ」

傍に座っていたマグダラのマリアは、すぐイエスの母に代わって答えた。

「ベタニアのラザロが入っていた墓でも借りて、お入れしておけばいいじゃないですか」

(いつごろから始まったか、紀元一世紀頃のユダヤの人々は屍《しかばね》をエジプト人がするように岩窟の中に納める風習があった。しかし、金持ちのほかは岩窟を掘る余裕がないので、骨になるまでの期間あるいはまた当分のうち、金持ちの墓場に屍を頂かってもらう風習があった。白骨の谷といわれた神殿の東側のケドロン谷の東岸には、そうした目的をもった墓のために無数の穴が穿《うが》たれていた)

ちょうどそう言っているところへ、マグダラのマリアがよく知っている、アリマタヤのヨセ

フが丘の上に従者二人をつれて登って来た。彼の姿を見るなりマダダラのマリアは、蓬の中から立ち現れて、アリマタヤのヨセフがまだ十字架に接近しないうちに、彼に話しかけた。彼女は小声に俯向《うつむ》き加減になって言った。

「旦那様、えらいことになりました」

アリマタヤのヨセフは大きい首を横に振り、両腕を左右に広げて、どす太い声で言った。

「さあ、こうならならなければよいと思っていたんですが、とうとう来るところまで来ましたなア、さぞかしお母さんは嘆いていられましょうなア」

アリマタヤのヨセフはそう言いながら、イエスの方に振り向いて両手を十文字に組んで烈《はげ》しく胸の上を叩いた。

その頃のユダヤ人は悲しい時にはこうした表情をした。

しかし、イエスは眼を開いてはいたが、アリマタヤのヨセフに向かって、一言の挨拶もしなかった。アリマタヤのヨセフは小声でマグダラのマリアに尋ねた。

「まだ生きておられるんですか?」

「ええ、ええ、生きておられますとも、つい昼頃は渇くとおっしゃられましてね、没薬を入れた葡萄酒を蓬の茎の先につけて、お飲ませしようとしたんですけれども、首を振ってお飲みにならなかったんです。何しろ非常に修養の積んだ方ですから、こっちから先も(そう言いながらマグダラのマリアは人差し指の先を親指で区切って見せた)痛いということをおっしゃいませんでしたねえ、あすこにいるローマの百卒長も兵士も皆びっくりしておりますですわ」

アリマタヤのヨセフはイエスの柔和な顔を見上げて感心した。

「さぞお苦しいでしょうが、少しも苦しそうな表情はしていらっしゃいませんなア、実に御立派な態度ですなア。それに引きかえて、両側の囚人はいかにも死に様が悪いですなア、これらの囚人はどういう罪状で来たんですか？　もちろんあなたはご存じないでしょうねえ」

「いいえ、私はよく二人とも知っているんでございますよ。左の方にかかっている人は、アキバさんといいましてねえ、元来はバプテスマのヨハネのお弟子さんでしたがねえ、去年の春、バプテスマのヨハネが殺されると直ぐ復讐をしてくれと言って、カペナウムの先生のところへ来られたんでした。しかし、先生か首を横にお振りになったものですから、それから、ヨアキムの一派に参加して、反納税主義の連中と一諸になり、水道事件のときもエルサレムで大分暴れたらしいんですの。しかし何しろ軍費が続かんもんですから、そのうちにだんだん堕落して、掠奪《りゃくだつ》などもやるようになったんでございましょう……

その右にかかってる人も、よく私も顔を知っておりますが……イエス先生はとてもあの人の一家族を、いい方に導こうと思って御苦心なさったようでした。やはり若い時から反納税主義者の仲間に入って、ローマ政府にずっと反対して来ていたようでしたが、この人もうちの先生を担いで一旗揚げようとしたこともありましてね、カペナウムへも去年の春の騒動の時、ちょっと顔を見せたこともございましたわ」

マグダラのマリアがアキバとエヒウの姿を等分に見ながら、述懐的なことを小声に言ったので、アリマタヤのヨセフは小刻みに首を上下に振って、

「それで分かった。この二人はバラバの組の人なんですな、皆水道事件にカヤパが雇って来た熱心党の一味ですな。イエス先生は二人のことをよく御存じですか？」

「エヒウのことは御存じでしょうが、アキバのことについては御存じないかも知れません」

アリマタヤのヨセフは、イエスの十字架を後にして、蓬の中に隠れるようにしてうずくまっているイエスの母の方に歩いて行った。

母のマリアは、彼を見るなり半分身を起こして、無言のまま敬礼をした。

アリマタヤのヨセフは、彼女より二三歩手前にしゃがんで言った。

「ほんとうにお気の毒でしたなア、さぞ、がっかりされたでしょう」

イエスの母は小さい声で答えた。

「ずっと前から『わたしはローマ兵に捕まって祭司の長《おさ》や長老達に苦しめられて、終《しま》いには磔《はりつけ》になるんだ』と度々あの人は言っていましたから、えらい縁起の悪いことをいうと思って、平素から覚悟はしておったんでございますけれども、こうなって見ますと、まるで夢のようでございますわ、何でもあの子は聖書にかいてあるとおり死ぬんだって言っておりましたが、ほんとに不思議なことで、まるで着物の裏表を合せたように、一々預言者の書にかいてあることが符合しますのでね、今になって、もう少しあの子を大切にしてやればよかったと思います

わ」

そんな話をしているときに、イエスは密雲のたれこめた大空を仰いで声高く、

「エリ、エリ、ラマ、サバクタニ」

と、絶叫した。

すぐ警戒の任務にあたっていた一人のローマ兵が、イエスの方に歩いて行った。ローマ兵と草むらの陰で雑談していた、祭司長の下男も、イエスの十字架の方へ足早に歩いた。

ローマの兵士は祭司長の下男に尋ねた。

「なんて言ったんだい、あれは、エリ、エリ、なんとか、かんとか言っていたが……」

「私もよくは聞いていなかったんですが、預言者エリヤを呼んだんかも知れませんな」

そう、祭司長の下男は頭を右手で抱えて恐る恐る言った。彼は続けた。

「この人はな、なんでもベタニアの若い衆を墓から生き更《かえ》らせたそうですからなア、よく番をしておらんと、天からお迎えが来るかも知れませんぜ」

そう言って下男は眼を細くした。

ローマの兵士は妙な顔をして下男に言った。

「馬鹿いえ、そんなことがあるかい！」

「だってエリヤっていう預言者はねえ、天から火の車が迎えに来てヨルダン川から天に昇って行ったんですぜ」

そう言っているところへ、アリマタヤのヨセフがイエスの母とマグダラのマリアを伴って、二三十間《けん》はなれた蓬《よもぎ》の中から出て、十字架の方に歩み寄って来た。イエスは苦しそうに肩で息して首を右に傾け、両眼を閉じて口の中で何か言ってる様子であった。

ローマの兵士はアリマタヤのヨセフの服装を見て、彼が七十人議会の議員だということをすぐ判定した。それでラテン語で彼に尋ねた。

「あなたはこの人を御存じですか?」

「ええ」

「先ほど大きな声で、エリ、エリ、と言っていましたが、あれは何ということですか?」

「あれは『わが神、わが神、なんぞ我を捨て給《たも》うや』という聖書の句でしたよ、たしか」

そう言っているところへ百卒長のセバスチャンもやって来た。セバスチャンは彼を知っていると見えて、恭《うやうや》しく挙手の礼をした。アリマタヤのヨセフは彼に言った。

「御苦労ですなア、このまん中の人は私の国の人でしてねえ、私よく知ってる人なんです、昨日までこんなことになろうとは思いませんでしたが、とうとうパリサイ宗の連中や、祭司長と意見が合いませんで、ここまで来てしまいましたが、ほんとに世の中っていうものは分からんもんですなア。私はあくまでこの人を厳罰するという祭司長の説に反対しましてねえ、今朝あった会合にも出なかったんです」

アリマタヤのヨセフは爽《さわや》かなラテン語で百卒長にそう言った。

一一四　我が魂を御手に委《ゆだ》ぬ

もちろん、彼としては、ローマ政府の役人にその国語で、はっきり、彼の態度を言明する以上、彼自らが、たとい、その場で捕縛されてもよいという一大決心は持っていた。しかし、百卒長の返事は全くその逆であった。

「いや、この囚人はその態度といい、その覚悟といい、私も今朝から大いに教えられているところなんです」

そう言っている時に、イエスは右に傾けていた首を左に向け直して小声に言った。

「成就した！」

アリマタヤのヨセフも、イエスの母も、マグダラのマリアも、その謎のような言葉に吃驚して、十字架のイエスを見上げた。イエスの母は、アリマタヤのヨセフの方に振り向いて尋ねた。

「成就したって言いましたなア？　何が成就したんでございましょうなア？」

アリマタヤのヨセフもその言葉の意味が分からなかった。そこへベタニアのマリアがまた、弟のラザロをつれて黒の着物に黒の頭巾をかぶり、黒の顔覆いをつけてイエスの最後を見とどけようと、丘を登って来た。

マグダラのマリアは二人に注意した。

「もう先生もお長くないでしょうね、よほどお苦しいようですわ、あの肩を御覧んなさいよ、あすこにいる奴隷がいうのにはねえ、もうああいうような呼吸をし出すと最後が近いんですって」

そう言ってマグダラのマリアは、またイエスの顔を見上げていたが、イエスの胸は波立っていた。マグダラのマリアはまたベタニアのマリアを顧みて言った。

「今の先ね、先生はね、成就したって大声に言われましたよ、何が成就したんでしょうねえ」

それでベタニアのマリアは、マグダラのマリアに小声で言った。

「ああそうですか、そうでしょうねえ……先生は贖罪《しょくざい》の死を遂げるのだと、ゆうべもお盃《さかずき》のときに、はっきり言っていられましたからねえ、聖書どおりに神様とのお約束を全部お果たしになったとお思いになって、安心していらっしゃるんでしょう、私たちには不幸ですけれども、先生としては本懐をお遂げになったわけですねえ、なるほどねえ、『成就した』って言われましたか、ほんとに美しい御生涯でしたねえ」

アリマタヤのヨセフは、マグダラのマリアを少し離れたところに呼びよせて尋ねた。

「お墓の準備は出来ているの?」

「いいえ、なにも見当がないんですのよ、しかたがなければ、あすこに立っている若い娘はベタニアの者ですから、あすこのお墓へでも一時預かってもらおうかと思っているのです」

「そんなんにしなくてこの直ぐ山の下に、うちのまだ使わないお墓があるから、そこへ入れておいてもいいじゃないの」

「お母さんがいいとおっしゃるなら、そうしてもいいですよ、じゃアお母さんにちょっとおうかがいして見ましょう」

マグダラのマリアはイエスの母を呼んで来た。それでアリマタヤのヨセフは、同郷の好みをもって親切に墓穴を提供することを申し出た。もちろん、マリアには、それに反対する理由はなかった。彼女は深く感謝してアリマタヤのヨセフの墓を使用させてもらうことに決めた。

イエスの母が墓の相談をすませて、彼の方に向き直ると、左の方に首を曲げていたイエスは、真っ直ぐに首を向けなおして、天に向かって大きく眼を瞠《みは》り、ほとんど遠くでは聞こえないような声で、彼の地上における最後の言葉を発した。

「お父様……霊魂《たましい》を……御手にお預けします」

ベタニアのマリアはイエスの明確な短い祈りに吃驚して、イエスを凝視した。彼女の周囲におったすべての人々も、その次にイエスが何というか、一語一句を聴きのがすまいと、身動きもしないで立ちすくんだ。

大空は、ますます暗くなって、また小さい地震さえあった。短い最後の祈りをして一分も経たぬうちに、イエスは大きく息を吹いて、彼の首は肩の間に落ちこんだ。

幾百人かの死刑囚を扱ってきた、経験のある刑場の奴隷は大声に叫んだ。

「ああ、今、息引き取ったな」

そう言って彼は脛《すね》に手を当てて見たが、イエスの体温はまだ残っていた。もう駄目だと知ったアリマタヤのヨセフは、イエスの母に言った。

「私はこれから知事さんのところへ行って、死骸を今日中に片付けるようにして来ますから、少しの間ここで待っていて下さい」

百卒長もその言葉を聞いて、アリマタヤのヨセフと一緒に官邸に今日の死刑執行の結果を報告に行くと言い出した。それでイエスの母と彼女と共にいた女たちは、皆二人を送り出した。坂の方に歩き出した百卒長は、アリマタヤのヨセフに大声に言った。

「実に立派な最期《さいご》でしたなア、こんな人を殺したのは、ほんとに間違いでしたよ」

そう言って彼はアリマタヤのヨセフの前に立って道を急いだ。坂のおり口までアリマタヤのヨセフについて行ったベタニアのマリアは、イエスの十字架の周囲に誰もいないことを見て、踵《きびす》を返して十字架の方に飛んでゆき、またイエスの両脚を抱いて大声に泣いていた。

その日の暮れ方、アリマタヤのヨセフは、イエスの女弟子たちに手伝ってもらって、十字架からイエスを下ろした。そして没薬《もつやく》や沈香《ちんこう》など百斤ばかり、丘の上まで持って来たニコデモにも手を貸してもらって、すぐ坂の下の墓場にイエスを鄭重《ていちょう》に葬った。

日没と共に月はその暴虐に怒り、血に染まって、地平線上にふくれ上がっていた。

一一五　死の蹂躪

遂に復活の朝が来た！　東雲《しののめ》のまだ白まざる先に、黎明《れいめい》がまだ瞬《また》かざる前に、陰府《よみ》はイエスを吐き出し、死もまたイエスの蹂躪《じゅうりん》するところとなった。

イエスが葬られて三日目、イエスを墓に探したマグダラのマリアは、天使に戒められて空しく家に帰った。

神の贖罪愛に死んだものは、神の贖罪愛のために復活した。そうだ！　そうだ！　贖罪愛そのものが死ぬべきものではなかったのだ。

神の義故に万民の罪を一身に引き受けて、神の聖なる厳罰に服することを覚悟した神の小羊は、神の悩みに答え奉《たてまつ》ったのだ。至聖者の悩みを、悩みとし、滅私《めっし》公に報じたその義烈《ぎれつ》に、全能者も泣き給うた。

ただ人類贖罪の死を覚悟したイエスは、神にとっては、人間の形をした、神の子であった。

全能者は、死に向かって宣告し給うた。

「死よ、この愛の前に、おまえは何の権威も無い！」と。

それを聞いて、「死」は身震いして、三日目にイエスを、陰府より吐き出した。

死よ！　おまえは、イエスを何者だと思っていたのだ！

神は彼によって、その義を宥《なだ》められ、その愛は、再び、人類と至聖者《しせいじゃ》をつなぐ力とはなった。

光よ、罪人の涙を蒸発させろ！　罪人よ、おまえの魂の墓石を跳ね飛ばせ、もうおまえの一切の罪は赦され、おまえの罪は無罪と宣告された。たとい、おまえの知己友人が、おまえに指をさすとも、神の小羊は、その罪を赦して、おまえのために、神に謝罪してくれたのだ。そして、宇宙の創造者は彼の名によって、おまえの赦免を宣言した。

躍り立てよ、闇に縮こまる罪人の子らよ！　贖罪の道は開かれた！　おまえ達はもう罰金の準備をしなくとも、イエスが支払ったその血によって、すべては帳消しになった。

霊魂のことは、霊魂のこととして考えるが善い！　何をまだ考え込んでいるのだ、霊魂の世界においては、いと小さき人の子が千億万人を救う愛の力を持ち得るのだ。霊魂の数学は「二二が四」でないのだ。「二二が十兆」であり「三三が億兆」であり得るのだ。一つの鎖は千億の繫《つな》がりになることもあり得る。

霊魂の幾何学は三辺相《あい》等しき三角形のみが、他の一つを補修し得るのではない。愛の三角形は蟻の穴ほどの小さき贖罪愛によって、太平洋大の海をも救い得るのだ。それは雷管が爆弾を破裂さすように、口火が花火を打ち上げるように働き得るのだ。

天使よ、天使よ！　二十世紀のマグダラのマリアに声高く叫んでくれ！　贖罪の事業はすでに完成され、罪の鎖は打ち砕かれたと。

闇に泣く淫売婦よ、出て来い！　監房の殺人犯も、復活者キリストを見るが善い！

血が人体の傷口を癒やす如く、彼の贖罪の愛は、人類更生の糸口を開いた！

勝利だ！　霊魂の勝利だ！　贖罪愛の勝利だ！

柳に再生があり、麦に種の更生が約束されているのに、霊魂の世界だけには、再生の道が開かれていないと思っていた時、この日、神はイエスの復活によって、霊魂更生の秘密を打ち明け給うた。

創造者は、ここに、再創造の秘義の種明かしをなし、無常の宇宙に再創造の希望を啓示し給うた。

死よ！　死よ！　おまえも、とうとう、イエスのために、物笑いとなったなア！

七つの太陽は一度に昇った。その一つは永遠に没することはない！

闇は逃げた！　罪は破砕《はさい》された！

ああ、人間よ！　この新しき運命について永遠のキリストに感謝するがよい！

跋

私の手は慄《ふる》えている、私のからだはわなないている、脈拍は結滞《けったい》勝ちだ、人類五十万年の歴史にまだ姦悪《かんあく》うち続き、流血の惨事が歴史を色彩って行く。こうした時代に、私は科学と文明を信用することは出来ないのだ。

「人もし新たに生まれずば神の国に入る能《あた》わず」、とキリストは叫ばれたが、ローマ帝国時代に言われたキリストの言葉は、二千年を経た今日も同じ意味を持っている。飛行機が飛び、潜水艦が突進し、ラジオとテレビジョンが発明せられても、霊魂の改変があり得ない以上、あらゆる発明も発見も全く無価値に等しい。

ローマ時代から人間はどれだけ霊魂の身長を加えたろうか？　それを思うとき私は、キリストの霊魂の身長の基準にまで伸び上がる義務があると思う。

霊魂の身長とは何をいうか？　彼の心が天より最微者《いとちいさき》へまでの距離を持っているか、否かということである。キリストは大工として生活し、宇宙の創造者の全的意識を彼の自覚に収め、創造の目的をもって人類の歴史を見直した。そして神より離れた、最微者《いとちいさき》が罪と穢《けが》れに悩んでいることを見て、これを批判する前に、これと協力して再生せしめんと努力した。

ああ、この再創造の意識こそ、キリストの霊的身長が歴史の基準となった理由だ。国は興り国は亡び、民族は起こり民族は消滅する、その間《かん》にあって独り、霊魂の身長に神の基格を持つ者のみが、歴史の尺度を決定した。

私は、こうした霊魂の呻きをもちつつ、このキリストの小説を綴った。ある人は私を冒瀆《ぼうとく》者というかも知れない、そう言われても私はその批判を甘受する。私は、キリストの霊的身長の基格をもう一度現代に持って来たいために、こうした表現の方法を取るより道が無かったのだ。

この小説を書き出してから私は満五年になる、筆を執っては考え、筆を置いては祈り、人類の低迷に、人間の無為に、至聖者に訴えつつこの書を完成した。

贖罪愛の意識をもったキリストを表現するには、私の筆はあまりに無力であろう、しかし、幾度でも努力しているうちに、人類の更改の日が来ないとは誰が保証出来ようぞ。

ああ太陽よ、星よ、暴風よ、洪水よ、如何にかして私は霊魂の潔《きよ》められんことを待っているのだ。熱化し、風化し、浄化してくれ、私の魂を……そして世界の霊魂を神の国にまで引き上げてくれ、ああ、砕けたる私の魂に、ほとんど自らの涙の洪水に溺れんとしている私を救ってくれ！　ああ太陽よ、星よ、暴風よ、洪水よ！

一九三八・一一・一〇

賀川豊彦

編者あとがき

加山　久夫

一

二〇〇九年秋のある日、毎日新聞社の学芸部長から私に突然電話がありました。ノーベル文学賞委員会が五〇年前の記録を公開し、一九四七年および四八年の候補者リストに日本人初として賀川豊彦の名が含まれていた、というのです。確かに、賀川の著作は早くから海外で紹介されており、その中には、大正時代最大のベストセラーとなった自伝小説『死線を越えて』ほかの小説も含まれています。しかし、そもそも賀川は職業作家ではなく、彼が世に送り出した三〇冊近くの小説のほとんどは、労働運動、農民運動、協同組合運動など、さまざまの社会運動を拡げ、人びとを啓発するために執筆された大衆文学でした。したがって、わが国文壇から評価されることはほとんどありませんでした。

そこで、一度、賀川の文学作品にきちんと批判的に向き合ってみようと、二〇一〇年十月、賀川豊彦記念松沢資料館および世田谷文学館の共催により、「賀川豊彦の文学〜その作品の力〜」の主題のもとに、作家太田治子氏による講演および田辺健二、森田進、濱田陽の三氏によるシンポジウムを開催しました。その際、近代日本文学を専攻する田辺氏が『小説キリスト』の復刻を強くお勧めになりました。モチーフと動機の切実さが一体となっている、そこに文学の力がある、というのです。しかし、私はこの提案を宿題とすることをお約束しましたが、そのままになっていました。

正直に言って、新約聖書を研究分野とする私には、本書の復刻に少なからざる逡巡《しゅんじゅん》がありました。近年、わが国でも数多くのいわゆる「イエス本」が刊行されており、遠藤周作や小川国夫などのキリスト者作家によるイエス・キリストについての格調高い作品があり、他方、著名な新約学者であるゲルト・タイセンによる小説『イエスの影を追って』(邦訳)のような著作もあります。たとえ小説の形においてであれ、その直接資料となる福音書ほかの資料的研究は重要であり、この研究分野での近年の発展には実に目覚ましいものがあります。その点で、七〇年以上も前に刊行された本書の復刻にどれほどの意味があるのか、そこに逡巡の理由がありました。しかし、この度、この作品を読み返してみて、私のその思いは少しずつ変えられてゆきました。

二

賀川は五年の歳月をかけて完成した本書の「跋《ばつ》」において、執筆の意図についてこう述べています――

「ローマ時代から人間はどれだけ霊魂の身長を加えたろうか？　それを思ふとき私は、キリストの霊魂の身長の基準にまで伸びあがる義務があると思ふ。霊魂の身長とは何をいふか？　彼の心が天より最微者（いとちいさきもの）へまでの距離を持っているか、否かといふことである。キリストは大工として生活し、宇宙の創造者の全的意識を彼の自覚に収め、創造の目的をもって人類に歴史を見直した。そして神より離れた、最微者が罪と穢れに悩んでいることを見て、これを批判する前に、これと協力して再生せしめんと努力した。あゝこの再創造の意識こそ、キリストの霊的身長が歴史の基準となった理由だ。

国は興り国は亡び、民族は起り民族は消滅する、その間にあって独り、霊魂の身長に神の基格を持つ者のみが、歴史の尺度を決定した。

私は、かうした霊魂の呻きをもちつゝ、このキリストの小説を綴った。」

この年、一九三八（昭和十三）年、日本は軍国主義を徹底化する中で、すでに深く中国大陸を侵略しつつあり、政治情勢は風雲急を告げていました。これまで個人的には、賀川は、労働運動や農民運動などの社会運動の渦中で、無政府主義に立つ左翼指導者らから激しい非難を受けてきましたが、いまや超国家主義のもとで、「歴史の尺度」を確認しなければなりませんでした。それは、「政治革命」か（左であれ、右であれ）、「精神革命」か、という選択でもありました。さらに、経済的には、一九二九（昭和四）年に起こった世界大不況以降の深刻な貧困問題はなおも社会に深く根をおろしており、防貧としての彼の社会運動はますます活発に展開されつつありました。彼は、本書の執筆中の五年間に、多忙な実践の中で、本書の外に二四冊（内四冊は共著）の著書と五冊の訳書を世に送りだしています。

したがって、五年の歳月をかけたとはいえ、多忙のゆえに、必ずしも表現上の充分な推敲がなされているとはいえず、事実誤認も散見されます。にもかかわらず、洗礼者ヨハネの死からイエス自身の十字架死へ、さらに散文詩による復活（「死の蹂躙」）に至る、一一五の切り口からなるイエス劇には、著者の並々ならぬ創作意欲が伝わってきます。牧師である賀川が社会運動に関わることについて、私はイエスの弟子だから社会運動を行うのですと語るように、彼の幅広い社会運動の思想と実践の根底には、イエスのように生きたいという彼のキリスト信仰がありました。したがって、必然的にイエス像と賀川像は関わり合っており、本書はまさしく「賀川のイエス・キリスト」なのです。つまり、本書のキリスト像には賀川像が投影されており、著者賀川にはキリストが生きているのです。

この意味において、賀川豊彦の小説世界を論じた文芸評論家の辻橋三郎が、『小説キリスト』を、『死線を越えて』三部作と共に、賀川の自伝系小説に位置付けて、つぎのように述べていることは適切であると考えます――

> イエス主義者とは、イエス・キリストにならって、十字架の道を実践するものの謂《いい》であるようだ。ということは、イエス主義者にとって、イエス・キリストは、まさしく彼の原点であり、原理であるということだ。そこで、そのイエス・キリストを描いた、この小説『キリスト』は、イエス主義者としての自己確立の書、イエス主義者としての貧民問題との対決の書、イエス主義者としての資本主義との対決の書、に続く、イエス主義者としての自己の原点、原理の書、ということができるのではないかと思う。さらに言えば、実存の地点でイエスに倣い、イエスと共に生死しようという、賀川の決断の書ということができよう。いわば、小説『キリスト』は、賀川の自伝系小説のみならず、虚構系小説の原点、原理でもあり、賀川文学のすべての集大成でもあったのである。（辻橋三郎『近代日本キリスト者文学論』五四頁）

三

では、『小説キリスト』は主観的に思いのままに書かれたものなのかというと、その点ではかなり慎重です。賀川は二十五歳の時に出版したアルバート・シュヴァイツァーの学位論文の抄訳『基督伝論争史』（一九一三年）の出版以降、『イエスの日常生活』（一九二三年）、『福音書に現れたるイエスの姿』（一九二五年）、『キリストに就いての瞑想』（一九三二年）など、イエスに関する一二冊の著書を発表しており、イエスに強い関心を有していました。これらが本書執筆への地ならしになっていることは想像に難くありません。とくに、『賀川豊彦全集』の編纂者・解説者である武藤富男によれば、「『小説キリスト』は『キリストに就いての瞑想』に肉づけしたものである。」（『全集』第三巻四〇四頁）

賀川はまた、本書の執筆以前に二度聖地を訪ねています。最初は一九二五（大正十四）年、ヨーロッパでの講演旅行を終えたのち、聖地巡礼をしています。エルサレムを振り出しに、ガリラヤ地方一帯を訪ね、ユダヤの荒野にも足を踏み入れました。それから十一年後、北米およびヨーロッパでの講演行脚の後、聖地を再訪しました。このときはトルコからシリアのベイルートを経てエルサレムに入ります。「実は、キリストの伝記小説を完成する目的で、私はトランス・ヨルダン地方に行きたかった」（『世界を私の家として』より）のですが、アラブ人の反英、反ユダヤ武装蜂起のため、それは実現しませんでした。しかし、二人の大学教授の案内を受けて、ダマスコを出発し、ツロ、シドン、デカポリス、カイサリア・ピリピなどを精力的に訪ねています。当時としてはまことに得難いこれらの聖地体験は、本書の執筆に際して、地理的背景や風土や民族文化などを描くうえで彼に貴重な示唆を与えたであろうことは言うまでもありません。

賀川は資料の選択を共観福音書に限定せず、ヨハネ福音書からも広くイエスの言葉や振る舞いについての諸資料を選択し、イエス像を織り成します。このことによりイエス・キリストの全体像がより豊かになると賀川は考えたのです。特に、イエスの公生涯の初期から神殿問題がクローズアップされるのもヨハネ福音書によるものであり、祭司長らによる神殿祭儀を利用した営利主義へのイエスの激しい批判――宮潔めの実力行使にいたる――と、それゆえのイエスへのユダヤ教当局の反発――イエスの逮捕・裁判・処刑にいたる――など、本書における重要な動機と繋がっています。

さらに、賀川は、想像力をはたらかせてプロットや人物や仕掛けを創出しています。熱心党員をはじめ多くのユダヤ人はローマ帝国への激しい敵意をもち、反納税同盟なるものに参加するとともに(八「反納税同盟」)、政治革命の指導者をイエスに期待します。彼らのある者たちは運動や生活の資金を得るために盗賊にもなります。イエスとともに十字架につけられた二人の罪人はそのような人物であり、その一人がかつてイエスと交流のあったエヒウでした(一〇九「三つの十字架」)。そして、彼の娘ドルシラは本書における脇役の一人として重要な役割を果たしています（五八「ドルシラの涙」、七一「放浪者エヒウとその娘」）。極貧のなかで、獄中にいる父を何とかして救い出すために身を売ることも考えるドルシラのために、イエスは金策します。結局、不首尾におわり、さらには、彼自身がドルシラの父とともに十字架につけられる運命を引き受けることになるのです。かつて、賀川は、貧民街の少女玉枝が売春宿に売られたのを知って、何とかして助け出そうとしたことがありますが、ドルシラには玉枝が重なって見えます。イエスは、多くの人びと、そして身近な弟子たちからも反ローマ帝国の革命の指導者として立つことを熱望されますが、彼はこれを峻拒《しゅんきょ》し、「最微者（いとちいさきもの）」を貧困や病や差別から解放することに心を注ぐ、精神革命の道を歩むのです。

その象徴的表現として、イエスはペテロにこう語りかけています――「バルヨナ・シモン、お前は仕合せ者だ。お前の名が巌《いわ》だとは、よく付けたものだ。その信念の巌の上に新しい社会を築いてくれ」（二五「メシアの告白」）。その典拠（マタイによる福音書一六章一八節）では、「わたし（＝イエス）はこの岩（＝ペテロ）の上にわたしの教会を建てる」とありますが、賀川は、「わたしの教会」を「新しい社会」に言い換え、しかも、その愛と奉仕の実践を促す命令文に仕立てなおしています。賀川はイエスに贖罪者を見るが（八一「神の小羊」、九一「新約の血」）、イエスの贖罪死を信じるだけに留まることをよしとせず、さらに、「贖罪愛の実践」こそが、キリスト者の召命であると信じたのでした。「教会」――賀川は生涯にわたり教会を愛し、現役の牧師として人生を全うしました――を「新しい社会」と言い換えていることには、そのような賀川の思想が込められているのでしょう。もしイエスの言葉を伝える上記典拠に福音書記者マタイの神学が込められているとすれば、むしろ、賀川のキリストの言葉のほうが、イエスの思想により忠実であると言えるかもしれません。福音書のイエスが庶民のなかに入っていったように、賀川のキリストもまたそうであり、大衆的人物として、庶民の言葉を語っています。この点で、イエスの威厳を損なうものとして、読者の顰蹙《ひんしゅく》をかうかもしれません。しかも、彼はしばしば「わははは」と笑い、周囲の人びとも笑うのです。福音書には見られないイエスの姿です。でも、作家の想像力をとおして立ち現れる「笑うイエス」は存外、イエスの実像を反映しているのではないでしょうか。笑うこと、特に困難な状況にあっても笑えることは、人間にとって救いであり、まことに幸いなことです。

『小説キリスト』では、ヘロデ・アンティパスの内大臣クーザの妻ヨハンナもまた、しばしば登場し、イエスの処刑を何とかして免れさせようと、ピラト夫人に働きかけたり、さまざまの努力をします。上流階級のヨハンナははやくからイエスの働きに関心をしめし（七「ヨハンナ」）、ついにはイエスの伝道活動に馳せ参じる一大決心をします（五六「ヨハンナの家出」）。イエスの「神の国」運動は、貧しい人びとだけにでなく、彼らにも開かれているのです。

イエスの逮捕と裁判、むち打ち、そして処刑の痛ましい情景を著者は詳細に追って行きます（八六〜一一四）。そのなかで苦しみ痛みを敢然と耐え、神への絶対的信頼のうちに死んでゆきます——「イエスは、死んで行く——最後の瞬間まで少しも、取り乱したところ無く、凡《すべ》てが物静かで美しい、その一挙手一投足、くっきり美しく見えないものは、一つも無かった。少しも彼は粉飾しているのではない。しかし、その簡素な服飾そのものが，如何にも自然で美しかった。彼が、十字架の上に横たわる様子から、十字架にかかっている今、眼の前に開展《かいてん》している血みどろの死そのものが、如何にも美しい。」（一一〇「天国へ行く盗賊」）

このようなイエスの姿はいささかリアリティに欠けるものではないでしょうか。むしろ、十字架上のイエスには、激しい苦しみと孤独のなかで神が見えなくなり、絶望のうちに死んでいった姿こそが相応《ふさわ》しいと言うべきなのではないでしょうか。通常の人間の感性で福音書を読み、その痛ましさにいささかでも感情移入するとき、そう考えるのが自然です。しかし、賀川はそう考えませんでした。神の全意識を内にもつ人、そのようなただ一人の人として、イエスを見るとき、いわば自然が破壊的力によって壊滅的に破壊されてもなおその美を失うことなく、再生の生命を底に隠し有しているように、賀川の眼前には、最後まで神への信頼を失うことのないイエスの姿が現出したのでした。

最後の一一五「死の蹂躙《じゅうりん》」は復活を物語ることなく、散文詩によってその意味を謳《うた》いあげます――

創造者は、ここに、再創造の秘義の種明かしをなし、無常の宇宙に再創造の希望を啓示し給うた。

七つの太陽は一度に昇った。その一つは永遠に没することはない！
闇は逃げた！　罪は破砕《はさい》された！
ああ、人間よ！　この新しき運命について永遠のキリストに感謝するがよい！

四

本書の刊行にあたり、『小説キリスト』（昭和十三年、改造社）を底本としましたが、今日の読者、ことに若い人びとに読んでいただくためには、旧漢字および旧仮名遣いを改めるだけでなく、今日では理解しづらい表現などにも手を加えることが必要であると考えました。また、散見される事実誤認も訂正いたしました。したがって、厳密な意味で「復刻」と呼ぶことはできません。この点、読者の皆様にご諒解《りょうかい》いただきたく存じます。なお、今日では差別的とされる用語について、多少手を加えていますが、基本的にはそのままとすることにしました。

これらの作業には、田辺健二氏（鳴門市賀川豊彦記念館館長・鳴門教育大学名誉教授）のご協力をいただきました。また、ミルトス社の河合一充社長には、初校の段階から最終段階まですべての点について多大の労をお取りいただきました。特に、背景となるユダヤ教関係の事項について、さまざまのご指摘をいただきました。出版事情の困難なとき、本書の刊行をご快諾いただきましたことと併せ、心から感謝申し上げます。

本書がキリスト（教）への関心をもつ糸口となり、さらに原資料である聖書そのものをお読みになる動機を提供することになれば、また、キリスト者であるなしに関わらず、そもそもキリスト教が広く社会に目を向け、そこに「神の国」を建設する働きを促すはずのものであることを、賀川のキリスト像から読み取っていただけるとすれば、望外の喜びであります。

二〇一四年二月十一日（信教の自由を守る日）

（賀川豊彦記念松沢資料館館長・明治学院大学名誉教授）

● 著者紹介

賀川豊彦（かがわ とよひこ）

1888年神戸に生まれる。幼少期に両親と死別、徳島で孤独な少年時代を過ごす。徳島中学時代、米国南長老派のローガン、マイヤース両宣教師に出会いキリスト教に入信し、卒業後、牧師となるべく明治学院高等部神学予科および神戸神学校で学ぶ。神学校在学中、1909年12月24日、神戸スラムに移り住み、救霊・救貧活動を始める。1914～17年、米国プリンストン大学および神学校に留学。帰国後、神戸に戻り、労働運動、農民運動、さらに協同組合運動などの先駆的指導者となる。賀川の自伝小説『死線を越えて』（1920年出版）は大正時代最大のベストセラーになり、一躍、国内外で広く知られるようになる。1923年、関東大震災被災者救援のため活動拠点を東京に移し、セツルメント（隣保）事業をはじめ、防貧策として、信用組合、消費組合、学生生協、医療生協など協同組合運動をさらに全国的に拡大していく。今日、賀川は「わが国協同組合の父」と呼ばれている。賀川は戦前には超教派的に「神の国運動」、敗戦直後には「新日本建設キリスト運動」を全国的に展開する。また、特に戦後、世界連邦運動のリーダーとして平和運動を推進。ノーベル平和賞候補および文学賞候補にも推挙されている。1960年4月23日逝去。

復刻版
小説キリスト

2014年 3月24日 初版発行

著者 賀川豊彦
発行者 河合一充
発行所 株式会社 ミルトス

〒102-0073 東京都千代田区九段北1-10-5
九段桜ビル2F
TEL 03-3288-2200 FAX 03-3288-2225
振替口座 00140-0-134058
http://myrtos.co.jp pub@myrtos.co.jp

印刷・製本 日本ハイコム Printed in Japan ISBN 978-4-89586-044-4
定価はカバーに表示してあります。